補血草

尹學芸 著

【第七屆魯迅文學獎得主】

《李海叔叔》作者尹學芸中篇小說集

自私人性、扭曲倫理、
陰暗官場、兩代糾葛……
透過刻劃社會底層生活，
逐一向讀者披露——

「在他那看似不動聲色的『殺人如麻』的過程中，我們可以強烈地感覺到有兩種看不到硝煙的精神戰爭在激烈進行著。」——王春林，文學評論家、《小說評論》主編

「尹學芸的小說，執著於人間煙火的庸常瑣碎，於人際與家庭的裂變中，書寫人性的幽明、和解與疏離。」——張燕玲，文學評論家、《南方文壇》主編

目錄

青黴素

1

老街有兩座四合院，其中一座住了四戶人家，比如我們和老石家就住東西廂房，夏天他們熱，冬天我們冷。所謂「冬不暖、夏不涼，有錢不住東西廂房」，就是指這種居住模式。正房和倒房住了另外姓氏的兩戶人家，因為與本文無關，暫且不論。但正坤哥家住了一棟獨門獨院。正房高大，東西廂房也夠格局，若沒有正房比照，一點兒也不像配房。門樓是木頭做的斗拱，曾經豔麗的圖案都斑駁了。但青石板的臺階光可鑑人，門口一邊坐一隻石獅子，是與門檻下邊的石頭臺階連在一起的，比貓大，比狗小。尾部是一團雲朵的寫意，線條勾勒的地方落滿了浮塵。門檻足有一尺高，因為太過年深日久，木紋一條一條都鬆落了。撕一下就能成一根牙籤。沒人覺得他家與眾不同，那年月，人活得都糙。

當然，他們家人口多。趙蘭香和四老歪生了七個兒子，號稱「七郎八虎」，老八是一隻黃鼬，經常到他家院子裡行走。黃鼬是四老歪的母親發現的，冬天的月光清白，黃鼬在雞食盆子裡舔一塊冰。四老歪的母親回屋倒了一缸子開水融那冰，從此跟黃鼬結下了情誼。黃鼬經常來串門，卻從不偷他家的雞。黃鼬甚至從瓦壟上給他家溜鋼鏰，讓他家從不少油鹽錢。當然這是傳言，但這傳言知道的人甚廣，許多年後，甚至被寫進了民間傳說，只是時代被往前提了大概一百年，鋼鏰變成了銅板。那年趙蘭香四十三歲，生了老七正輝。婆婆哭著說：「妳比母雞下蛋還生得勤，這是要吃人啊……打住打住，老八叫正風，就是那隻黃鼬，不許妳再生了！」趙蘭香果然再沒開懷，老八黃鼬卻從此有了名聲。四老歪其實只哥一個，他上面原本有兩哥一姐，但都得天花和傷寒死了。「傷」字四老歪讀四音，這不是罕村的口音，也有人說是黃鼬的口音。黃鼬跟他什麼關係，哪裡能講得清。四老歪什麼時候提起傷寒，臉上總是一副寒凜模樣，像劫後餘生一樣，讓人誤以為得傷寒的是他。四老歪生下來時，腦袋長在右肩膀上，接生婆啪啪給了兩巴掌，讓他往左歪，果然往左歪了一些。後來他長大了娶媳婦，接生婆還說自己當年手軟，若是再給兩巴掌，就把歪脖治徹底了。

我們家住的四合院是土改分的浮財。四老歪家的四合院卻是祖產。四老歪的祖上曾經跟官去過湖南，也有人說是做太監，告老還鄉時，從外面帶來了一個兒子。這也都是傳言，究竟是哪一輩的事，沒有人能說清楚。

四老歪能娶趙蘭香肯定是這座大宅的功勞。只是，誰都想不到四老歪會生七個兒子。他本人是個小個子，黃面皮，尖鼻子，尖下巴上長幾根狗油鬍，多少有些駝背。他倒背著手跟頭趔趄地走路，總是急惶惶的樣子。其實他不當家，啥事都是趙蘭香說了算。

※　　※　　※

正坤是四老歪的五兒子，我們都叫他五哥。

正坤跟我姐鳳丫一般大，那年初中畢業，鳳丫當了小社員。正坤被大隊送到了縣裡的衛生站，學做赤腳醫生。

這都是趙蘭香的功勞。老大正合，去了公社農技站；老二正清，去了水利站；老三正氣去當兵了；老四正義生下來是個殘疾，活到六歲死了。趙蘭香總能跟外面的人打上交道，比如，村裡來工作組，派飯一準兒派到她家。都知道蘭香嬸子的杏核油烙餅好吃，裡面的層薄如紙，而且層多得數不過來。雞蛋炒得又香又嫩，跟烙餅捲到一起，頂風能香出三里地。趙蘭香是個大個子，人也長得漂亮，一張嘴見啥人說啥話，臉上總是浮著笑，大多數時候不怎麼由衷。她對四老歪不滿意，動不動就皺著眉頭說：「要你幹啥使！」

當然，村裡也有別的閒言。有人給書記貼大字報，就把趙蘭香捎上了。書記趴在桌子上扒拉算盤珠子，趙蘭香在旁邊搧扇子，腳下趿拉著破鞋子，衣衫不整。旁邊有一行字：一丘之貉。這個成語那個時候很少有人知道，村裡百分之九十幾的人認不完全，所以，很難說有多少影響。順帶說一下，趙蘭香家人口多，但誰都休想趿拉著鞋子走路，她的兒子們個個器宇軒昂，衣服一個鈕扣都不短。

正坤哥學成回來正是秋天，街上到處都是玉米皮子玉米葉子，風走它們就跟著走，刷刷刷，刷刷刷的，像風拖著尾巴。他每天背著藥箱在村裡走，藥箱上的紅十字很搶眼。背襻掛在左肩上，左手在腰間卡握著，右手插在褲子口袋裡，一擺一擺地走路，能迷很多姑娘。正坤哥是幾個兄弟裡長得最好的，連身板都像趙蘭香。他從我家門前過，鳳丫經常追出去問：「有沒有人請你看病？」

「還沒有。」正坤哥回答得很鄭重。他人中很長，重眉重眼，後來我們說起他，都覺得他像戲裡的人，不用搽粉和抹胭脂，也有紅似白。那時村裡有劇團，專門唱樣板戲。現在我們說起來也記憶猶新，郭建光、李玉和、楊子榮，都演得有模有樣。但有一樣，妝化得再好，也沒有正坤哥好看。

我們管趙蘭香叫表大媽。我小時候就有刨根問底的毛病，特別想弄清楚這個「表」是怎麼來的，可父母都說不清楚，不知是幾代以前的事了。「一表三千里」，趙蘭香也說不清楚。她進我們家就誇鳳丫長得水靈：「兩家要不是親戚，結個親家多好。」

當然沒人把這話當回事，表大媽說話時臉上一點兒表情也沒有，你不知她哪句是真的，哪句是假的。只有我記下了，並在心底有了一絲小波瀾。

2

大喇叭一喊趙蘭香拿手戳，我們就知道正氣又寄錢了。正氣一年寄錢兩次，八月十五寄五塊，過年寄十塊。我們私下議論說，咋不攢一塊兒寄啊？或者，咋不寄給表大爺四老歪啊？在鄉下，男的是一家之主，這種拋頭露面的事，理應屬於男人。

四老歪也有大號，叫劉庚。可這大號沒人喜歡叫，大家張口四老歪，閉口四老歪，大人孩子都叫習慣了。

老街要穿過兩條街才到大隊。所以趙蘭香去取匯款單時簡直是一景。她走長條坑，那裡是主路，兩隻白薯腳邁外八字。她走路的時候又習慣一墩一墩地往後坐，似乎能把地碾出坑來。所以她看上去四平八穩，腳步永遠不亂。她微微皺著眉，嘴小幅咧開著，似乎正在做不情願的事。淡綠色的匯款單她用兩根手指夾著，遇到誰就舉給誰看，像是在展示麻煩。莊戶人很少見到這東西，所以總有人問，這樣一張紙就能當錢用？

趙蘭香認真地解釋，這張紙不能當錢用，但往鎮上的郵局一放，就有人給錢。

這天晚飯的桌子上，十家有八家會說正氣的匯款單。村裡也有在外當兵的，但往家裡寄錢的只有正氣一個人。趙蘭香的兒子就是不一樣，個個都有出息。

「你也去當兵吧。」我爸王大方坐在小坐櫃上，捲菸的時候總是一齜牙，用牙垢去黏合捲菸紙。我哥王永利剛高中畢業，是個娘娘脾氣。臘月我爸殺羊，讓他幫忙拽羊腿。羊還沒殺死，他小臉蠟黃，差一點兒就嚇休克了。

王永利說：「你給我去找工作組。」

我爸噌地跳下小坐櫃，就往外走。他是個雷厲風行的人，脾氣火爆得像鑽天猴和二踢腳。工作組一聽王永利是高中畢業，打心眼兒裡高興。填了表，體檢了，結果政審沒過關，說我姥姥家是地主。

我姥姥打年輕時就守寡，受盡族人欺負，沒過過一天好日子。定成分時，需要族裡出個地主，就把帽子給我姥姥戴上了，沒想到還能連累王永利。

我爸一點兒也不嫌棄我姥姥，說拉倒，這兵咱不當了。

王鳳丫尖刻地說：「他當也不見得能往家裡寄錢。」

王永利問：「妳咋知道？」

王鳳丫嘟囔說：「我算出來了。」

※　※　※

我跟王鳳丫住一個被窩，家裡就少我一床被，所以，她管我叫「侵略犯」，我稍微往她那邊一拱，她就說侵略犯又來了。她比我大七歲，已經是大姑娘了。高興的時候懷裡摟著我，估計會想入非非。每晚躺下，我都用腳心摩挲她的腳後跟。「有新鮮事兒嗎？」我喜歡聽新鮮事兒，什麼樣的新鮮事兒我都喜歡。她翻過身來說：「妳認識高燕紅嗎？」我說認識。她爸在九隊當會計，是個老實巴交的人。但高燕紅圓臉大眼，是個厲害角色。我聽過她跟人罵仗，花樣翻新，一點兒不怵頭，我頂佩服這樣的人。「她上吊死了。」王鳳丫捏了下我的脖子，一用力，差一點兒把我的脖筋捏斷。我顧不上嘔，趕忙問為什麼。王鳳丫說：「還能為什麼，原本是她去縣裡學赤腳醫生，臨了卻讓劉正坤頂了。現在劉正坤每天背著藥箱滿村串，她咽不下這口氣。」我手心都涼了，沒想到生活中還有這麼驚心動魄的事。想若真是把脖筋吊斷，得是非常難受的事。

「都怪表大媽。」想都不用想，原因一準兒在她身上，她肯定使了法術，把名額給自己的兒子爭取了。可村裡若是有個女赤腳，也是很好玩的事情啊。

「趙蘭香說，那丫頭想不開。如果妳想當赤腳，明說啊。我們家老五去不去都行，他還可以學別的手藝。這也犯得上上吊？」

「是犯不上。」我若有所思地表示同意。

「妳知道什麼！」王鳳丫氣得舌頭打結。

我謙虛地說：「我是不知道什麼。」

王鳳丫說：「表大媽才是得便宜賣乖，為了讓劉正坤當赤腳，她吃奶的勁兒都使出來了。」

「吃奶的勁兒怎麼使？」我瞪大了眼睛，我當真不知道。

王鳳丫蹬了我一腳，懶得再回答。

夜裡，我把王鳳丫冰醒了，王鳳丫一聲怪叫，逃到了被窩外面。我說：「哪這麼大的水，妳尿炕了？」王鳳丫說：「是妳尿炕了，把我漂出來了。」我說：「這水冰涼涼的，不像尿。」王鳳丫往我身上摸了一把，說：「妳可能要死了，身子都涼了。」

我說：「我是要死了，地上都是小白人，在向我招手。」

王鳳丫摸到堂屋地，用瓢往缸裡一捅，冰碴發出了咿啦啦的碎裂聲。她咕嘟咕嘟喝了半瓢水，這才喊我媽。「王雲丫要死了，身子都涼了。」我媽過來摸了我一把，說我熱著了，把被子往起翻了翻，說透透汗。

可早上我的身子火炭一樣地燙，燒得眉眼不睜。我媽說，不好。這丫頭忽冷忽熱，八成是得羊毛翻了。

也顧不得燒火做飯了。我媽衣衫不整地端著小麵瓢東一家西一家去借蕎麥麵。借到第五家，才借到那麼一捧，我媽答應以後用白麵還給人家。

端著麵瓢匆匆回來了。治羊毛翻只有蕎麥麵好使，這是祖上留下來的偏方。用雞蛋清和麵，把蕎麥麵搓成一個長條捲，然後在我後背上滾。只滾了那麼幾下，王鳳丫就喊：「出翻了，出翻了。長毛了，長毛了！」

我媽把蕎麥麵捲拿給我看，那上面似乎是有毛茸茸的東西。「妳身上長羊毛了，以後就可以變成小羊羔。」

那敢情好。我有氣無力地想，那樣就等著別人給我割草了。

我身上一絲力氣也沒有，胳膊腿像是安上去的，想動一下都覺得艱難。外面下小雪了，爸、媽、哥、姐都去隊裡出工了。他們喜歡這樣的天氣去上工，在那裡納一會兒鞋底，聊一會兒天，工分白給一樣。中午他們吃飯我沒吃。下午他們又去上工了。我實在燒得難受，起來喝了三次涼水。後來就迷糊了，想，有涼水也喝不上了。我以為我睡著了，可鳳丫收工回來喊不醒我，爸媽一下就慌了。

爸背著我往公社衛生院走，走到村口正好碰見趙蘭香表大媽。聽說我們去醫院瞧大夫，表大媽張開兩隻手臂往回轟我們：「回去，回去。家裡有大夫，還跑那麼遠幹啥？」我爸不是信不過赤腳劉正坤，是慌亂時刻把他忘了。表大媽這一提起，我爸也想起來了。他和表大媽一起往回走，到路口分岔時，表大媽說：「你跟孩子在家等著，我這就讓正坤過去瞧。」

於是，我一天打四針青黴素的日子就這麼開始了。正坤哥說我高燒必有炎症，有炎症必要消炎。消炎必要用青黴素，連國家領導人現在都用這個。說真的，正坤哥下手有點重。尤其是打第一針，他手有些抖，額上有重重的汗氣。往下扎針時，像掘井一樣剜了剜，突然驚慌了一下，迅速把針抽了抽，又重新往下刺去。我家裡人都在旁邊圍著，針頭沒入皮肉裡，他們都舒了一口氣。可正坤哥驚慌一瞬給我留下了太深的印象。因為針扎在我的皮肉裡，這與扎別人不一樣。第一次扎針結束了，正坤哥收拾好東西往外走，我覺得，他是踩了棉花垛了，腳被門檻子絆了一下，險些摔倒。第二次來，他已經從容了。他舉著針管朝天觀察時的神態相當迷人。他眼睛很大，睫毛很長，嘴唇抿緊時嘴角能旋出豆粒大的酒窩。我不由想起了鳳丫，想如果他們能扯上關係該有多麼好。他使用針劑也越來越嫻熟。用醫用剪刀啪地打斷藥管的頸項，用針頭把藥液吸進針管，然後對我說：「翻過來，打左邊還是打右邊？」

才幾天的時間，我的兩邊屁股就像鞋底子一樣硬板板，捏一把都不知道疼，但我的涼汗越出越少。眼珠像是掉進了眼眶裡，但有神了，身上也逐漸有了力氣。我媽給我吃煮雞蛋，我吃了蛋黃，把蛋清扔在了後院的棗樹下，用一塊硬土壓著。我總覺得沒煮熟的蛋清像鼻涕一樣讓人噁心。

許多年後，我只吃這樣的蛋清了。煮雞蛋時守著鍋，從來不敢超過六分鐘。人在時間的流程中總是在變來變去。這一點，我體會得太深了。

上級來做流行病調查，問了我的情況，歸納了幾個特點，虛寒、發熱、無力、厭食等等。基本可以判定是傷寒，一般潛伏期是兩到五週。聽說我每天打四針青黴素，上級來的人說，方向是對的，就是藥量有點大。

問打幾天了。我搶著說，打十九天了。好了還多打了兩天。正坤哥說，我的病凶險，需要鞏固。

3

我那一個月沒洗頭，頭髮裡長了很多蝨子。鳳丫扒著頭髮給我捉虱子，那些肥大的，都被她裝進小藥瓶裡，然後再灌上水，那些蝨子浮游浮游地都會游泳。她還愛擼蟣子。牠們成串地長在頭髮上，把人長成了白毛女。活的蟣子能擠出一股水，能聽見吧唧一聲響，鳳丫擠得特過癮。捉是捉不乾淨的，鳳丫便給我塗敵敵畏、六六粉，我走到哪裡，空氣裡都是一股嗆鼻子味道，頭皮被塗得雪白。我的頭髮越長越長，髮根還帶一些自來捲，特別適合隱藏，而且透氣。蝨子在我這裡是個頑固問題，很久都沒有徹底清除。後來我經常想，怎麼就沒一剪刀齊根剪去呢？得減少多少麻煩啊。

但那時我未必同意。後來我女兒長大了，一個小女孩如何護頭髮，我是深深領教了。

我差不多是村裡第一個接受正坤哥治療的人。當然，過去也有人找他，但不過是拿點藥，或給傷口擦點碘酒之類。正坤哥邊看說明書邊給人拿藥，現學現賣。像這樣正兒八經地打這樣多的針我肯定是第一個。關鍵是，正坤哥把我的病徹底根除了，這簡直是……妙手回春啊。

從那以後，正坤哥就變了。這當然不是我發現的，我上學放學很少看見他，而是聽姐姐鳳丫說的。正坤哥跟過去的體態和眼神都不一樣，越來越像名副其實的大夫。比如，街上看見小孩長眵目糊，他也要讓人家伸出舌苔，轉轉眼球，把聽診器放到人家的胸脯上，或者給人家把把脈——小孩子有脈嗎？村裡人真就這麼認為，你若說腰疼，他會說八十八長腰渣——你有腰嗎？所以，村裡很是有人看不習慣，說閒話。但那是少數人，在背後。當面越來越多的人叫他劉大夫。有一次，他回家吃飯時碰見了鳳丫，讓鳳丫喊他劉大夫。鳳丫紅著臉告訴我說，真不要臉。我眨巴著眼睛看鳳丫，不明白一句「劉大夫」跟「不要臉」有啥關聯，換了我，我就叫。

那天是週六，風刮得緊。傍晚的時候壓了些風，我剛走到門外，就見有人三五成群地往西走。我問她們幹啥去，她們說看熱鬧去，正坤的媳婦來了。我心裡咯噔一下，想，沒聽說過呀。我慌忙回屋圍上紫花頭巾，撒腿就往外面跑。紫花頭巾是我爸新給我買的，花了四塊五。又大又方又有毛性，看著就暖和。因為身上的衣服都是鳳丫的衣服改小的，這個頭巾簡直是我的昂貴財產，除了吃飯睡覺，我幹啥都圍著。正坤家的大門周邊著許多人，但大家都不往前走。門檻子上有個女的揣袖坐著，微微叉開腿，鼻子都凍紅了。但這真是個好看的姑娘，皮膚白淨，眉眼清秀，細瘦的脖子從紫花棉襖裡長出來，是一副不屈不撓的樣兒。她微微垂著頭，發簾斜斜地遮在額頭上，眼睛盯著臺階下面的某個地方，似乎是下決心要長在門檻子上。我說過，那副門檻子有一尺高，姑娘坐上去有一種無法言說的氣勢。她看著孱弱，卻分明有一種力量存在著，讓人不敢小覷。她不時地咬一下下嘴唇，芝麻牙白晃晃的。

趙蘭香正在院子裡罵：「瞧妳長得就像死小雞子，哪一點配得上我們正坤。正坤現在是赤腳醫生，全村人的病都會看……」

女孩說：「我也是赤腳醫生。」

趙蘭香說：「妳是哪個娘肚子裡的赤腳？也敢到我趙蘭香家的門口撒野，也不撒泡尿照照自己，跟我打嘴仗，妳配嗎？」

女孩說：「妳也沒啥了不起。」

趙蘭香忽然舉著掃把衝過來。掃把舉得高高的，人像風車一樣踉蹌。有人拽那個女孩說快避一避，女孩卻像釘住了一樣不動，連眼睛都不眨。趙蘭香一下拍到了門板上。趙蘭香哭著說：「有人養、沒人教的爛貨，居然敢上門罵我，再罵我撕爛妳的嘴！我家正坤就是打一輩子光棍，也不會娶妳個狐狸精，妳就死了心吧！」但趙蘭香一滴眼淚也沒有。她使勁擠眼睛，還是沒一滴眼淚。

女孩喊：「劉正坤，劉正坤！你當初是咋跟我說的？海枯石爛心不變！你咋這麼快就變心了？」

沒人應聲。但劉正坤肯定是在家裡。趙蘭香把掃把使勁一扔，掃把滾到了院子裡。誰都沒提防她猛熊一樣撲上去，用一隻胳膊套住女孩的脖子，一下就把她掀翻了。女孩仰面摔到了門檻子裡，趙蘭香跳著腳踹了好幾下，女孩滾到了院子裡。

女孩衝著灰濛濛的天空嚷：「劉正坤，你死了嗎？你就不能出來見我一面嗎？」

我衝到了臺階上，一仰頭，一下捂住了嘴。我看見有個人坐在東廂房的屋脊上，面目模糊，但是正坤哥無疑。

我的心咚咚咚地跳，像是發現了重大的祕密，不知該把這個信息告訴誰好。表大媽說那個女孩是狐狸精，這都是很嚴重的事。我突然冷得渾身發抖，覺得應該把這個信息告訴鳳丫，我模糊覺得，這個信息應該與鳳丫有關聯。我撒腿就往家裡跑，在炕上暖和了好一陣，鳳丫還沒回來。我趿拉著鞋子到外面張望，風吹涼了耳朵。我一摸腦袋，圍巾不見了。我提上鞋子衝刺一樣往現場跑，那裡人已經散了，只有大槐樹黑黝黝的影子。那棵樹長在門口的對面，平日沒怎麼注意到。還沒容我閃身，兩扇木門開了，背著藥箱的正坤哥走了出來。他說：「妳在這裡幹什麼？」我說：「我的圍巾丟了，來找圍巾。」他說：「是那條紫花的吧？肯定是從後面被人抻走了。」我突然想，他坐在屋脊上，說不定什麼都看見了。這是一件悲傷的事，可我顧不得悲傷。我特別想知道那個姑娘去哪兒了，他和姑娘之間發生了什麼。可我還小，問這些事覺得有些害羞。

一瞬間的猶疑，正坤哥已經消失了。他看上去與平時沒有什麼兩樣。腳步很重，震得凍土梆梆響。這讓我有些惶惑，也許是因為黑天的緣故，我什麼也沒能看清楚。

鳳丫把眼睛睜大了。「妳說表大媽會罵人，還會打人？」我故意不搭腔。鳳丫踹了我一腳。「問妳話呢。」

我撇著嘴說：「妳可別打算嫁給正坤哥，有妳受的。」

鳳丫又踹了我一腳：「瞎說什麼……趙蘭香的假模假式誰受得了。我告訴妳，趙蘭香心裡有人了。」

嚇了我一跳。又不是她嫁人，怎麼是她心裡有人了？

我問那人是誰，鳳丫卻轉了話題，說起與正坤哥相好的姑娘，是河東小麥河村的人。她和正坤在縣裡學醫的時候談起了戀愛，正坤遲遲不去她家求親，是表大媽不讓。娘兒倆甚至鬧到你死我活的地步，到底還是正坤哥敗下陣來。那姑娘自己找了來，沒想到大冷天連門都沒讓進，還挨打受罵。

「妳聽誰說的？」我問。

不等鳳丫回答，我就長長地哦了一聲。我開竅的感覺就是始於那個晚上，覺得想通了一些事情。

「妳是不是很難受？」我有些憐憫鳳丫。這裡面有很複雜的情感，真擔心鳳丫聽不明白我的話。

鳳丫趴在枕頭上，別過臉去，不一刻，又把頭扭了過來。她兩隻腳丫敲打炕，別提多沒心沒肺了。「妳說正坤在東廂房的屋脊上坐著，他幹啥坐在那裡？」

「我咋知道！」我突然有些洩氣。

※　※　※

小賣店的人也掙工分，但人家這一天的工分掙得多容易，風吹不著，雨打不著。還有，沒人的時候不會偷偷剝塊糖或掰塊點心放嘴裡？打煤油或醬油多打一兩也是可能的。我去買橡皮鉛筆時，經常會審視那樣多的貨物，算數再好，要想數清楚也是困難的。我還清楚地看見了半塊點心掉在了地上，一直也沒人撿。在他們眼裡，這都是尋常物吧。我每次去小賣店都會顧慮重重，都會遲遲地移不開腳步。我心裡的疑問太多了，那兩個人讓我充滿了不信任。

售貨員是一男一女，一老一少。我就愛打量鐵秀珍，她兩根辮子活像貓尾巴，又細又黃。刀子臉，就是比鞋拔子臉要窄，上面種著許多雀斑。罕村沒有比她更難看的姑娘了，她說話的聲音還不好聽，起高音時，像著急的家雀子一樣，吐不清詞兒，你不知道她在說什麼。

可她偏偏要嫁給正坤哥了。下聘禮那天，他們那條街都高興，就像家家辦喜事一樣。不知鳳丫怎麼想，反正我是很難過。這種難過我甚至想找正坤哥表達一下。吃甜棒時手割了口子。要在平時，找點細土面或草木灰摁上了事。可這天我跑到了大隊部，推開了醫療室的門，正坤哥正給一個人處理傷口，那個人被鍘刀切去了半個手指頭，幾層紗布都滲透了。

在旁邊無聊，我逛到了隔壁的小賣店。那個老頭不在，鐵秀珍在櫃檯裡坐著，抬起頭來問了句：「買啥？」

「不買啥。我手割了口子。」我舉起食指給她看，流了一些血，可已經風乾了。我擠了擠，已經不出血了。這讓我一下沒了信心，少了些找正坤哥的理由。

鐵秀珍對我的手指不感興趣。她掃了一眼，繼續埋下頭去。我往裡探頭看了一下，發現她在織毛衣。我忽然有些高興，大聲說：「妳是不是給正坤哥織毛衣？」

鐵秀珍也高興了，挑起小眼兒上邊的眼眉，驚奇地說：「妳咋知道？」我們倆突然都笑了起來，很默契，彷彿這是一個特別好笑的事。笑夠了，鐵秀珍說：「妳猜得不對。這個毛衣不是給正坤織的，是給正坤他媽——我婆婆織的。」她把毛衣舉起來，「我婆婆」幾個字說得有些顯擺，我甚至覺得她都臉紅了。只是她面皮黑，不好判斷。毛衣已經織到腰身了。那是一種湖藍色的毛線，用的是棒針竹籤，看上去很柔軟。她問我：「好看嗎？」

「的確好看。」我說得很是由衷。

她瞇起眼睛朝我了下，說：「回頭我也給妳織一件。」不等我有所表示，她又說：「妳有毛線嗎？」

我聽不出這話裡的其他意味。我對鐵秀珍充滿了好感。

※　※　※

我和鳳丫一下子就成了對立面。她每每說鐵秀珍不好，我就替鐵秀珍辯護。比如，她說鐵秀珍厲害，有名的渾不講理，跟家裡人打架也死去活來。我則說她心地善良，樂於助人。

「她還想給我織毛衣呢。」我舉例。

鳳丫笑得像抽了羊角風一樣，渾身縮成一團。我難受地看著她，心說人怎麼會笑成那樣，太不正常了。後來她平躺著，身子還笑得顛了起來。她把胳膊橫在臉上，我看她笑出了眼淚。然後，她迅速地翻了下身，把後背朝上，肩膀一聳一聳的。

我因為看了幾本書的緣故，多少明白些這種情感。我扳了一下她的臉，說：「妳是不是愛上正坤哥了？」

她像魚一樣又翻了過來，眼睛都紅了，可她還是滿不在乎的樣子，把臉上的頭髮往後一胡嚕，說：「怎麼可能！就衝正坤這麼聽他媽的話，將來誰嫁給他也不會幸福。」

這話我又不愛聽。兒子聽媽的話，能有錯？「妳看正合、正清的媳婦，哪個不是讓婆婆欺負得小雞子似的？」她倆都受氣，我是知道的。一條街挨門挨戶數，哪個兒媳婦不受婆婆的氣？多年的媳婦熬成婆嗎，不給兒媳婦氣受，這婆婆豈不是白熬了？

我就是這樣想的。鳳丫戳了我一指頭，說：「等妳有了婆婆再說吧。」

正坤和鐵秀珍早早就住在了一起。白天上班都在一個院子，晚上正坤哥藉口值班，特別方便。只是那張醫療床太窄了，不知他們是怎麼睡的。他們也不太在乎別人說什麼，還沒結婚，鐵秀珍就把「我婆婆」掛嘴邊上。她特別愛提「我婆婆」。趙蘭香提起鐵秀珍就笑得合不攏嘴，她說娶的這幾房媳婦，頂屬這個滿意。

我則想到了小賣部裡的那些貨物，經常想像鐵秀珍會像耗子一樣往婆家搬運。

正合和正清都自己談過戀愛，趙蘭香表大媽都沒答應。正合談的還是個中學老師，教過我物理，長著圓鼓鼓的額頭，是個特別聰明的人。趙蘭香對那些女人統統不放心，而是從娘家莊上找姑娘，頭次見面都要叫她一聲姨或姑。媳婦進了門，都跟她處得像媽和閨女。吃飯搶著盛滿飯碗，去茅房解手一個在裡蹲著，一個在外站著。過些日子就不行了，婆婆在背後說媳婦饞，媳婦在背後罵婆婆懶。老三的媳婦甚至鬧到離婚的地步，非要打掉肚子裡的孩子。這些都威脅不了趙蘭香，她在街上叉著腰說：「我又不缺兒子又不缺孫子，去穿紅的來掛綠的。反正我兒子馬上就要提幹了，誰家有閨女趕緊提前打招呼，來晚了就趕不上趟了。」正氣媳婦小眼珠瞪得溜圓，也只得偃旗息鼓，再不敢跟婆婆對峙。後來她跟正氣去了西藏，從此再不登婆婆門檻。

表大媽在罕村聲名遠播，別人都是雞蛋，只有她是石頭。這是她自己說的。

這個冬天我十三歲。記憶深刻的事情是終於有了一條自己的內褲。不是穿不起，是大人想不起來。一條街上同齡的女孩子七八個，都沒有穿內褲的習慣。內褲是平角，黑地紅花。更深刻的記憶是，這條內褲整個冬天都沒有洗。春天脫下來時，能自己立著。這真是讓人害羞的記憶，我經常想，怎麼就沒人提醒應該幹點什麼。或者，妳自己就不知道內褲穿那麼久不舒服？

轉年剛一進臘月，正坤哥結了婚。那時婚禮大多在臘月辦，說農閒是好聽的，最本質的意義在於剩飯剩菜能留下去，甚至能留到過年，過年就不用買肉了。那時的冬天可真像個冬天，從沒有暖冬之類的說法，大氣層相當給力。進了臘月天就會降大雪，早上起來草房屋簷下的冰錐能有兩尺長。小孩子的棉衣都一把抓不透。大樹小樹都穿白戴白，像萬朵銀花競相開放。當然，我這樣說是用了誇張的手法，王鳳丫一聽就很不耐煩。她心情不好。正坤哥的喜酒也沒去吃。我心情很好，表大媽說讓童男童女去壓炕，問我去不去。還用說？別人家都是小子壓炕，好生孫子。表大媽是讓男孩子嚇著了，她希望家裡能有女孩。我早早換上新衣服，洗頭髮，紮小辮，辮梢兒繫個蝴蝶結，把自己打扮得漂漂亮亮的。正坤哥的洞房是在正房的西屋，一下就能看出待遇來。正合、正清、正氣結婚都在對面廂房，他們誰也沒撈著住正房。當然，表大媽也想把鐵秀珍娶在廂房，但鐵秀珍不答應，堅決不答應。她就得住正房。正房與廂房不一樣。要高出一個頭，小格子窗上是盤叉圖案，新糊了毛頭紙，上面貼著紅喜字。新鋪新蓋一襯托，這大房子就像宮殿一樣，廂房哪有這氣韻。四個壓炕的孩子屬我大，另三個都是禿小子，最小的才六歲，大概剛學會不尿炕。我們在炕上一溜排開，我睡炕頭。因為燒了太多的火，身底下熱得像是要烤白薯，人像待在夏天一樣四抹汗流。六歲的小子剛要打呼嚕，我說，我給你們講個鬼故事吧。我肚子裡有很多鬼故事，都是聽正坤哥的奶奶說的。他奶奶小小的個子，花白的頭髮挽個髻，滿腦子都是神鬼。我記事的時候她就已經八十多了。有一天，給我講完故事她就死了，是在太陽底下晒死的。

說有一戶人家的兒子四歲了，一到夜裡就哭。問他哭什麼，他說看見了大白人，像房那麼高。大白人每晚都來，只有四歲的孩子能看見。後來他們請了捉鬼的，從後河堤一直尾隨到和尚墳，原來鬼是從那裡來的。他們把墳刨開了，見那白衣服疊得整整齊齊放在一邊，鬼在一個角落縮著。捉鬼人揚起鐵鍬一拍，就把鬼拍扁了。再一鏟，扔到了白衣服上。早有人準備了火柴，把那衣服點著了，大家圍住那火，不讓鬼竄出去。鬼身上沒肉，比紙還不經燒，忽燎兒一下，就沒影兒了……

我的本意是說，鬼沒有什麼可怕的。這不是正坤哥的奶奶教我的，是我自己總結出來的。說真的，給這些小人兒講故事我很乏味，只不過有些技癢。其實很敷衍，只講了個大概。就這，還把那個六歲小子嚇著了，哭嚎著要找他媽。這樣一折騰，半宿也沒睡著覺。眼剛一打札板兒，鞭炮劈哩啪啦響了，原來是新媳婦進門了。

娶新親的是我哥王永利和嫂子張聖文，他們是早一年結的婚。我哥算老高中生，凡事有點不信邪。娶親要趕早，這個道理誰都懂。因為同一天結婚的人多，誰先娶回誰發家，這是老例兒。所以早晨三點、四點就娶親的大有人在。但鐵秀珍要條件，她不單要在罕村搶第一，還要在全國搶第一。這天是臘月初八，陰曆陽曆都是雙日子，全國結婚的不定有多少。為了保證全國第一，她要求時鐘敲過十二點娶親的人就得上門。因為路太近，他們不能走村裡，要到村外繞一圈。我哥頗有微詞，說這有點像脫了褲子放屁。就這大雪天，村外的路又不好走，新媳婦上了車就不能下來，漆黑摸瞎的，誰能保證路上不跌跟頭或有個閃失？我哥被一致討伐，不該說不吉利的話。他哪裡拗得過鄉風鄉俗，雖然不情願，也得乖乖照辦。古時候娶親要抱小綿羊，預示六畜興旺。現在改抱個大皮襖，鐵秀珍要求這個皮襖是新的，我媽把我姥姥的皮襖借了來，是我爸給她買的羔羊皮。去時我嫂子抱著，回來鐵秀珍抱著。鐵秀珍嫌羊皮的味道衝鼻子，一路都在抱怨。大家都配合鐵秀珍把這個婚禮辦了下來，鐵秀珍也帶來了不菲的嫁妝。大包小包的布料，大梗小梗的條絨布，滌卡、凡爾丁、華達呢、嗶嘰，每樣都有幾塊。大家一邊翻她的包裹一邊咂舌，說以後鐵秀珍會把日子過天上去，她可會算計呢。

晚上吃子孫餑餑，她說鹹了，要重包。趙蘭香那樣大本事的人也沒了脾氣。她指揮人重新調餡兒，捏著一撮鹽的手抖著不敢往裡放。煮好的子孫餑餑繫上紅線繩，她親自端了上去，鐵秀珍餵了她一個，她滿足得像小豬崽一樣哼哼了三天。

4

「打針青黴素吧。」

「你打青黴素了嗎？」

有一段時間，我們村的人把這句話掛在嘴邊。發燒要打，咳嗽要打，眼睛腫了要打，腿受傷了也要打，彷彿不打就跟不上流行。正坤哥的手藝越來越有名。王鳳丫嫁出去十里地，村上的孩子還有跑過來打針的。因為正坤哥打針不疼，輕輕一刺，就像被蚊子叮了一口。收針時又溫柔又果斷，正坤哥的食指摁上去，那枚指甲就像充血一樣粉紅。很多人都愛看正坤哥的手，潔淨修長，蔥白一樣，指甲似乎從沒長長過，外緣呈弧形。不管面對什麼樣的病人，正坤哥從來沒有不耐煩過，而且不嫌髒不怕累。半夜三更有人喊，他背起藥箱就走。正坤哥的技藝也見長，他又學會了輸液。可別小看那枚小小的輸液針，捏住，又穩又準地刺進血管都不是容易的事。村裡的人得了大病在外住院，經常說那些年輕的護士，手藝還不如我們村的赤腳醫生呢。

毋庸說，輸液又成了村裡的流行語。醫療室裡那張床，正坤哥把那床鋪得像落了一層雪，一點兒針渣糊焦也沒有。感冒發燒去輸點液，簡直是人生的一大享受。經常聽村裡人說，找正坤輸點液吧，一輸就好。更有人說，輸液比打針好受，那液涼涼地在血管裡走，就像伏天吃塊井拔涼水冰的西瓜。你不能說罕村人說的沒道理，那道理確實是他們的真實體會，尤其是大姑娘、小媳婦，有時候渴望生病像渴望什麼似的。這話是鐵秀珍的原話。她說你當罕村的大姑娘小媳婦愛生病？那是因為有劉正坤！她說這話笑呵呵的，一點兒也不帶情緒。相反，臉上都是滿足和得意，彷彿劉正坤是她手裡的一塊寶，那塊寶能換來大大小小的鈔票。

村裡人都很慶幸，當初培養了劉正坤這樣一個人，是多麼正確。比上吊死了的那個丫頭不知強多少倍。

要說出過什麼事，那也是在所難免，罕村人想得開。比如一個叫張占剛的人，才四十出頭。有一晚覺得心臟不好受，輸了一瓶液後，就徹底好受了。村裡人會這樣說，這是壽命，怨不得別人。還有一個七十幾歲的老太得了腎結石，疼得實在受不了，央告正坤哥給輸液，輸著輸著人就死了。大家都說，她終於不疼了，這是哪輩子修來的福分。

對於生死，村裡人的看法向來豁達，他們不當回事。

其實，事情肯定不止這些。常在河邊走，那就得溼鞋。罕村人對正坤哥那真是沒說的，包容加理解，當然，這是我說的。有一次，村裡有個得傷寒的孩子死在了醫院，據說是引起了併發症。村裡人說，瞧，這要是讓劉正坤輸液，保準死不了。同樣是傷寒，王大方家的二丫頭那麼重，不也輸活了？

他們說的二丫頭就是我。十幾年過去了，那一天四針青黴素還在見證奇蹟。

※　※　※

鐵秀珍沒嫁過來之前，四老歪表大爺家一直很平靜。表大媽趙蘭香像個老帥一樣坐得住陣，兒子、媳婦、孫子、孫女都圍著她轉，她指東別人不敢往西，她打狗別人不敢罵雞。鐵秀珍嫁過來就不行了，她要給劉家改規矩。過去，正合、正清的工資都上交，媳婦們花一分張口跟婆婆要一分。比當下的財務制度還嚴格，媳婦們要一次錢，哆嗦一回。要五塊能給三塊就不錯了。這還是大媳婦。二媳婦不受待見，要三塊頂多給一塊五。在他們家其實有許多笑料。媳婦們來月經不使衛生紙，而是用布袋子裝草木灰，當衛生用品。這是趙蘭香她們那代人年輕時用的招法，沒想到借屍還魂了。鐵秀珍哪受得了這個，她在娘家就是個天不怕地不怕，帝修反來了堅決打，還怕妳個老太婆不成！鐵秀珍要求正坤哥的收入她保管，否則就分家。趙蘭香簡直氣瘋了，天下居然有這樣做媳婦的，嫁過來還不到一個月，就開始造反。這還了得！娘兒倆從吵嘴到對罵，誰都不退縮。鐵秀珍心想，我這次退一回，這輩子就會讓妳攮出尿來。趙蘭香心想，即便妳是皇上的女兒，嫁到劉家就得守劉家的規矩，管不了妳，我怎麼管別人。人一撕破臉，就說話沒好嘴，走路沒好腿。鐵秀珍越罵越痛快，說婆婆如何壓榨兒媳婦，倒不是指自己，而是指所有媳婦。因為常年不用衛生紙，襠裡像爛泥一樣臭烘烘，家裡整天一股子糜爛味。「妳不把別人當人，就不配別人把妳當人。也不撒泡尿照照自己，有妳這樣做婆婆的嗎？妳不配穿我織的毛衣，脫了，妳給我脫了！」鐵秀珍的小刀子臉寒光凜凜，手指點著趙蘭香的鼻子，硬生生地讓她把毛衣脫了下來。大家都說，趙蘭香這回可遇見茬兒了，啥婆婆使啥媳婦。

「撒泡尿照照自己」是趙蘭香的口頭禪，沒想到鐵秀珍用起來也輕車熟路。村裡河也有井也有，何至於到撒泡尿照鏡子的地步。那種極度蔑視、輕賤真是在骨子裡，細一琢磨，沒有比這更狠的罵人話了。

有一句話格外刺耳，鐵秀珍說趙蘭香跟大隊書記搞破鞋，「妳當罕村人不知道？呸，純粹是捂著耳朵偷鈴鐺。人家不是不知道，是裝不知道，護著妳那張老臉，否則臊也把妳臊死了」。鐵秀珍用一根食指劃拉臉，那是沒羞沒臊的意思。大家往回一想，可不得了，大隊書記不就是鐵秀珍的爸嗎？在罕村統治若干年，最近才被人拉下馬。被拉下馬的第二天就找姑爺輸青黴素，說喉嚨腫得吃不進東西。鐵秀珍沒文化，但腦子好使，宗宗件件的事都記著。說趙蘭香給書記送年糕，就像《奪印》裡的爛菜花一樣，來了就不走。為了讓自己的兒子當赤腳醫生，她像狗一樣三更半夜鑽寨子窟窿。鑽進來幹啥？妳當別人都是傻子？趙蘭香一下就給罵暈了。她家牆外邊有個碾盤，開始她撫著大腿在那裡哭，哭著哭著就沒氣兒了。

婆媳開戰的時候永遠看不見正坤的身影。趙蘭香一沒氣兒，他不知從哪兒鑽了出來，也不慌，也不忙，掐人中，潑涼水，就像對待其他人一樣，總算把老娘救活了。趙蘭香不依不饒，非要輸幾瓶液，她在醫療室的床上躺了好幾天，正坤哥每天寸步不離地伺候，直到有一天，趙蘭香自己都覺得不好意思了。

鐵秀珍經濟上鬧獨立還只是第一步。第二步，她在住房上鬧獨立。原來，她跟正坤定親後，就給自己選了房基。那時他爸還在位，把大隊院牆外的一處空場批給了她。這件事做得隱祕，連正坤也不知道。所以鐵秀珍鬧獨立有充足條件。自己手裡有幾個錢，又跟娘家拆兌一些，就把房子蓋起來了。大家發現了一個奇怪的現象，鐵秀珍跟婆婆罵戰也好，蓋房也罷，劉正坤都不參與。你永遠看不見他有態度。他每天背著藥箱走街串巷，像個不食人間煙火的聖人。他臉上永遠掛著淡淡的笑，不溫不火，幾十年如一日。除了做大夫，他啥也不做。包括下地幹活之類，都是鐵秀珍一個人泥裡水裡摸爬滾打。他沒煩過誰，也沒朝誰發過火，跟誰都沒產生過一丁點摩擦。他就像個蠟人，溫度幾乎恆定。

於是人們開始往回想，他不當赤腳醫生之前什麼樣。他初中畢業參加了幾天生產隊勞動，不出挑，也是沉默寡言的一個人。歇工時自己坐在遠離人群的地方，玩小蟲子。有一次，他把螞蚱用草梗穿起來一串，掛到了樹上，收工帶回了家。也有人問他幹啥使，他一笑，沒說。

他很少跟人交流什麼，見面說話永遠是幾句客套。

鐵秀珍的行為，等於給劉家鐵板一樣的生活撕開了缺口，以後這個缺口再沒能癒合。趙蘭香只得給兒子們分了家。老大老二也先後要了宅基，從老宅搬走了。老宅分給了老三和老七。後來，老三正氣轉業到了北京，在環保部門做督查。他自從做了軍官，就再沒給家裡匯過款。老七正輝大學畢業以後留在了天津，做規劃設計。他們經常很長時間不回家，老宅就剩下了表大爺表大媽兩個人，還有門口的兩個石獅子。那兩個獅子也老了，眉目越來越變得模糊。表大媽經常騎著小三輪趕大集，到集上去吃煎餅果子。她逢人就說自己有多後悔，當初瞎了眼，找了鐵秀珍這麼個媳婦，把好端端的一大家子人攪得七零八落。早知這樣，不如讓正坤娶那個赤腳醫生了，眼下人家在縣裡的醫院做大夫，已經是主任了。

也有人把這話傳給正坤，想看他的反應。正坤只是一笑，一句話都沒有。

5

正坤哥的婚姻生活，沒人能說出個子午卯酉。他幸福嗎？如果央視去問他，估計也問不出所以然。大家都知道，鐵秀珍說話做事看他眼神。那眼裡有情愫，也有畏懼。鐵秀珍蠻橫是出了名的，打遍街罵遍巷。在正坤哥面前卻乖得像隻貓，說話都不放開音量。她每天都往醫療室跑，梳洗頭臉，換乾淨衣服，扶著門框笑著問正坤中午吃啥飯，正坤只回答兩個字：隨便。鐵秀珍再問，吃蔥花餡餅行嗎？正坤哥頭也不抬地說，行。於是鐵秀珍心滿意足地走了，回家換上家居衣服，燒火做飯。她的刀子臉越來越圓潤，雀斑的顏色淺了，走路雀躍著步子，眉眼裡盛著歡欣。這是日子過得舒心的標誌。他們家買齊了所有的電器，鄰居都把肉放進他們冰箱。他們生了一對龍鳳胎，哥哥叫大水，妹妹叫小水。是正坤哥起的名字。他們是龍年生的，龍行雲，有雲就有雨。這寓意不錯。

鐵秀珍可圈可點的地方真不少，她遠不像表大媽說的那樣一無是處。大家都說，自打跟正坤哥結婚，她就像變了個人。家裡那樣多的地，耠犁鋤耪、春種秋收都是她一個人。要知道，她做姑娘的時候從沒付出過辛苦，横草不拿豎草不捏。孩子小的時候，她用自行車糖葫蘆似的帶著送到娘家，讓姥姥照看，下地回來再把他們接回家。大水裝一個筐裡，小水裝一個筐裡，再把兩隻筐拴在一起，她才去做飯。表大媽心安理得地做閒雲野鶴，跟人家鬥小牌，輸贏因為一塊錢大打出手。也有人問她為啥不給兒媳看孩子，表大媽說：「我的兒子我婆婆就不給看，我憑啥給她看？」

大家都覺得她沒說真話。她的理由也不是個理由。

搬進新房以後，正坤哥有時很晚才到老宅來，不徐不疾地邁著步子。黑暗像一層蛛網，輕易就被他戳透了。我遇見過他兩次，黑暗中有腳步聲沙沙地傳來，我本能地往路邊靠，還有幾步遠，正坤哥說：「是雲丫啊，吃了嗎？」聲音明顯持重，像個上了年紀的人。我說吃了。他站下來跟我說話，打聽鳳丫最近有沒有回家。鳳丫隨軍去了山西，後又轉業回了埧城，這樣一隨一轉，鳳丫變成了公家人，拿為數不少的工資。說起鳳丫，大家都說她命好，我自然有幾分炫耀，用誇張的語氣學說她工作上的事情，黑暗中正坤哥眼睛熠熠放光，我心裡一動，想起鳳丫又笑又哭的樣子。那是我告訴她鐵秀珍要給我織毛衣，她笑得抽搐，像得了羊角風。那時候真是不懂她為什麼會那樣，還有鐵秀珍說的那句話：妳有毛線嗎？

鳳丫自然是什麼都明白，因為她是大人了。就因為是大人，她才笑成那樣，這其中有多少微妙和不甘哪！她不肯參加正坤哥的婚禮，那一天我們又吃又喝，壓炕，講故事，娶親，放鞭炮，熱鬧得不得了。誰也不知道她去了哪裡。我暗暗嘆了一口氣，想鳳丫如果和正坤哥走到一起，真是好姻緣哪。我又嘆了一口氣，他們走不到一起。鳳丫清楚地說，正坤哥那麼聽他媽的話，誰嫁給他也不會幸福。鳳丫是明白人，也許是太明白了。

我罵鳳丫傻，鐵秀珍不是也挺幸福？

當然，後來我們又探討這個問題時，鳳丫說我傻，那麼簡單的問題都想不明白。「即便我同意，正坤同意，表大媽也不會同意。咱家有啥？爸就會跟工作組對著幹。正坤那麼好的條件，她找個大隊書記做親家，已經是最低標準了。」

「他有啥好條件？」

「長得好，職業好。」

「啥叫最低標準？」

「她瞧不起我們家。」

「她說妳長得水靈。」我還記得表大媽當年說的話，「兩家若不是親戚，做個親家多好。」

「妳做個試試。」鳳丫的嘴角翹了起來。她也是個好看的女子，但說心裡話，她沒有那個女赤腳醫生漂亮。但若要跟鐵秀珍比，那簡直不在一個檔次。鳳丫每要說不屑的話，都會翹起嘴角。「那個赤腳醫生妳忘了？大冬天來找正坤，她連門都不讓人家進，在這之前我都不知表大媽又會罵人又會打人。」

「肯定是正坤哥不聽她的話了。」

「所以她把氣撒到了女赤腳醫生身上。」

「正坤哥就在東廂房的屋脊上，院子裡發生的事他都能看見。他甚至看見了誰抽走了我的圍巾。」時過境遷，我說話明顯有些不實事求是。

「他不能堅持到底，他其實是個廢物。」鳳丫的口氣突然變得冷冷的，「他是個不負責任的男人，遇到事了就會逃避。」

「哦。」我有些洩氣。鳳丫的這些評價讓我酸溜溜的。在我心裡，正坤哥是個優秀的人，任何瑕疵也沒有。聽鳳丫這麼一說，正坤哥好像一無是處。我憐憫地看著鳳丫，覺得她的幽怨裡藏著嫉妒。他們中間隔了一條河，誰都不肯往前邁，結果造成了終身誤。這是我很多年之前的想法，現在仍然這麼看。

相比之下，鳳丫無疑更痛苦些。「他還腳踩兩隻船，跟表大媽一樣，不是什麼好東西。」鳳丫的嘴角又翹了起來，話說得有些露骨。

※　※　※

正坤哥轉身走了，背著藥箱的姿勢都沒變。但他明顯消瘦了，身形像要飄起來一樣。這個時候一般都是趙蘭香打電話把他打來的。「你爸身上又不好了，快給他拿點藥來！」趙蘭香從來也沒有好聲氣，不像年輕的時候顧忌顏面，「他咋還不死，他不死我都要愁死了！」

四老歪表大爺年輕的時候做過廚子，雖然沒有資格證書之類的可以標榜，但他做的虎頭丸子、四喜丸子、紅燜肘子之類的大菜，大家都說好。家常菜當然也做得好，所以表大媽一輩子都吃習慣了。過了六十歲，表大爺的身體明顯不行了，那些劣質油煙燻壞了他的肺。腰越來越佝僂，喘氣越來越困難，甚至掂不動一支炒勺。過去表大媽打牌回來能吃現成的，現在卻要給表大爺做飯，讓她不勝其煩。她不止一次說，正坤治得好全村人的病，咋就治不好他爸？他從來不給他爸用好藥！趙蘭香嘴裡的好藥，就是指青黴素。誰也不知道趙蘭香這話從何說起，自從跟兒媳婦交惡，兒子自然也成了對立面。既然治不好，她就頻繁地打擾他，不管多晚，她打電話他就得來。他不會不來。誰讓他是大夫呢。

「快，給你爸輸液，輸青黴素！」

他在表大爺頭前站了會兒，表大爺側臥著，臉有些偏朝裡，似乎是對外面的一切事不關己高高掛起。喉嚨裡像颳風一樣，有柴火葉子走動的聲音。一口痰含在胸腔裡，總伺機出來。表大爺把脖子伸長，用力，再用力，臉憋得青紫，卻是發出了詠嘆調般的綿長音節。「咱……治？」正坤疊著手站著，探著頭問。房梁上掛著燈泡，濁黃的光亮上沾滿了灰塵，他正好在燈光的暗影裡，躺著的人看他如霧裡看花。四老歪表大爺已經顧不得回應了，只是沉默地點了下頭。趙蘭香拿了根黃瓜走了進來，一撅兩節，把尾巴那頭給正坤，正坤看都沒看，用胳膊肘頂了一下，拒絕了。秋黃瓜的香氣滿屋子飄，正坤吸了吸鼻子。打開藥箱，東西都是現成的，甚至連藥都勾兌好了。正坤知道父親應該用什麼藥。他麻利地搬來一支大衣架，把輸液瓶掛了上去。抻出父親的左臂，用棉球塗了塗靜脈注射的位置，然後捏起輸液針，熟練地刺進了血管。

趙蘭香問：「你輸的是青黴素嗎？」

正坤答：「輸的是青黴素。」

青黴素和著葡萄糖一滴一滴往下走，不一會兒，四老歪就面頰赤紅，呼吸急促。

趙蘭香說：「青黴素是個好東西。」

正坤應了一聲，朝外走去。屋簷下有蝙蝠撲稜稜地飛，有蟲子唧唧唧地叫。正坤摸出一支菸來點上，吸一口再吐出來，夜色就更濃了。他平時不吸菸，誰也不知道他會吸菸。他從不讓自己身上有菸味。他偏頭看了一眼那窗，盤叉的格子被推拉窗取代了，上面裝著玻璃。這是東屋，裡面的窗簾拉上了，透出絲絲縷縷的神祕和詭異。屋裡有響動，開合櫃子的聲音，間或還有人語聲。趙蘭香嘟囔：「甭捨不得走，快去找你媽吧。」「我跟了你一輩子，你都給過我啥？」「屁大本事沒有，你就是個窩囊廢。」這話更像自言自語，斷斷續續傳出來，給幽暗添了幾分清冷。正坤回到了屋裡，四老歪已經陷入深度昏迷。那液一滴一滴走得歡暢，已經去了多一半了。他把藥箱打開，又合上了，又打開了一次，把棉球、鑷子之類的小東西收拾了。他的藥箱裡永遠井井有條。

「你就這麼不待見他？」他說得有些羞怯。

「我沒有啊！」趙蘭香本能地反駁，隨即又提高了聲音，「這一輩子他給這個家掙啥了？連你都不是他掙的。」

正坤心裡咚的一聲響，像是有什麼東西震落了。他想，她指的應該是赤腳醫生這個職業，而不是別的。大家都知道，這是趙蘭香豁出命去從人家手裡搶來的。那個丫頭叫高豔紅，生得四方大臉，早成了吊死鬼。村裡人甚至都不同情她，覺得她矯情。她爸是九隊會計，三腳踹不出一個屁。

炕上大包小包的包裹從櫃子底下翻了出來。不用問也知道，這是裝

「老的」衣服。趙蘭香一個一個清點，轉過頭來說：「你爸用不著了，把那液停了吧。」正坤也仰頭看，那液其實還在走，只是慢了些。拔下針頭，用棉球摁住針眼。趙蘭香說：「還摁著幹啥？就著他還有一口氣，我們得趕緊把衣服給他穿上。死了再穿妨活人。」

襯衫、棉襖、大襖、擺裙。四老歪死了樣地任擺弄。頭整個扛到了肩膀上，眼閉成了一個坑，青灰色的單子蓋到了胸口，那上面一起一伏。

趙蘭香看了眼座鐘，快十一點半了。她說他要是拖到下半夜，就得停大三天。他懂。扭頭看了眼牆上掛著的日曆。七號。再過半個小時，就是八號了。他坐在了炕沿上，折騰半天，他也累了。他無言地看著趙蘭香，就聽她嘴裡說：「廢物人也不能讓你空口走，啥事都有規矩。」她開茶葉盒子，抓好大一撮茶葉。返身捏四老歪的鼻子，他嘴張開了，她把茶葉塞了進去，順便又給他抿緊了。

捏鼻子的那隻手久久都沒有鬆開。

※　※　※

我爸王大方有心病。他的心病我模模糊糊地能感覺到。那時我還小，有個晚上他讓我做了兩件事：第一，把趙桂德請來；第二，去大隊的牆外邊貼個東西。事後我想，這兩件事其實應該是一件事。趙桂德與我爸的私交好，冬天的夜晚，他經常在我家一坐就是半宿。那天我爸讓我去請他，也是個冬天的夜晚，天上有稀薄的月亮，村道讓寒冷凍得硬邦邦的。我十一二歲，邊走邊想，趙桂德就今晚沒來，我爸卻讓我去請他，看來是要有大事發生了。莫名其妙的，我總覺得生活平淡，渴望有什麼大事打破這死水一樣的生活。小孩子也不都頭腦簡單。

趙桂德來我家後，我就睡了。然後，又迷迷糊糊地被叫醒了。我爸說：「妳敢一個人出去嗎？」我噌地坐了起來，這世界上就沒有我不敢的事。我爸交給我一張紙和一瓶糨糊，讓我貼到大隊部外邊的牆上。「注意不要讓人看見。」還特意告訴我，「要貼得高些，如果搆不著，腳下登幾塊磚頭。」

「回來如果遇見人，我就往表大媽他們家那個方向跑。」我自作聰明。我爸摸了摸我的頭頂，又順帶揪了下我的小辮兒，囑咐我這件事不能告訴任何人，哥哥姐姐也不能說。

我順利完成了任務，有一點小小的成就感。轉天上學從那裡過，我特意跑到那面牆上去看。那面牆上貼了各種各樣有字的紙，有粉連紙，有蒼綠色的紙，更多的當然是白紙，寫些又醜又大的字。最上面是一幅畫，一個男人趴在桌子上打算盤，一個女人趿拉著鞋子給他搧扇子。男的叫鐵成樹，女的叫趙蘭香。我歪著脖子看了兩眼，覺得這幅畫一點兒也不符合實際。眼下正是冬天，離搧扇子的季節還很遠。

我不敢判定哪張是我貼的。這裡是大隊的房山牆，各種紙黏在一起，有寸把厚。我也不關心我貼的那張都寫了些啥，這些對我都不重要。拐過牆角就是小學校，小學校是大廟改建的，外面有大紅的柱子。廊簷下有兩個老師正在說閒話。我彎過去聽了一耳朵。一個說：「你有沒有看見鐵書記的大字報？上面畫了他跟趙蘭香，寫的是一丘之貉。」另一個說：「哪裡是這麼簡單啊。趙蘭香衣衫不整，鞋子都還沒提起來，明擺著是作風問題。」我嚇了一跳，作風問題我可懂，這是大事。我見過有人遊街，手拿一面鍚鑼，敲一下喊一聲：我是破鞋 —— 我又跑回去端詳那幅畫，「一丘之貉」寫在右上角，差一點兒飛到了外邊。我還是搞不清搧扇子與作風問題有什麼牽連，難道一個人打算盤，另一個人就不許搧扇子？

※　　※　　※

自從王永利當兵的事受挫，我爸就想當書記。這個想法堅定不移。他找到工作組，說自己根紅苗正，三代都是苦出身，完全可以當書記。工作組是個女的，常年在表大媽家吃派飯。她故作吃驚地說：「老王為啥想當書記？」我爸思謀了一下，說：「想為人民服務。」工作組忍住笑看天，用牙齒啃上嘴唇，好一會兒才回應我爸：「真的嗎？」我爸當然說是真的，「誰撒謊誰是小狗。」他不知怎樣表達自己才好。工作組這才正色說：「當書記必須得先入黨，你是黨員嗎？」我爸愣了下，才覺得自己吃虧了。過去有人找他寫入黨申請書，可他不入。他說我保證比黨員做得好，咱們走著瞧。他有蠻力氣，總是幹最髒最累的活。到地頭了，人家歇著他不歇，大家都叫他二傻，他這是自己跟自己較勁。一直到晚年，他偶爾還會為這件事後悔，如果當年順順當當入黨，說不定也能當書記。

「那你就先寫入黨申請書吧。」工作組表現得很爽快。

大人也有天真的時候呢，那時我就這樣想。我媽不同意我爸入黨，說他入不成。我爸不信邪，在油燈下連著寫了三晚上的入黨申請書。開始是用我的鉛筆頭，粗壯的大手捉鉛筆頭的姿勢真費勁。光橡皮就使了差不多一塊，牆櫃上浮著一層橡皮皴，他鼓起嘴巴一吹，就四散奔逃。後來用鋼筆抄，那個鋼筆老拉稀，拉壞了不知多少張紙。關鍵是，我爸精益求精，又信誓旦旦，整整寫了三張紙，他大概是想用品質和數量來說明問題，好打動人心。他說自己在舊社會沒穿過一件新衣服，戶口本上寫的是貧農，其實比貧農還窮，是雇農。上無片瓦，下無寸土。我奶奶給大戶人家當奶媽，我爺爺給人家扛活，整天吃了上頓沒下頓。他邊寫邊抹眼睛，自己先感動了。他的文化是解放以後上夜校學來的，他肯學，還能攢詞兒。不像有的人，半天憋不出兩行字，像便祕一樣。申請書交上去後，就石沉大海杳無音信，工作組的人看見他繞著走。有人私下告訴我爸，還是因為我姥姥的成分問題，他根本不可能入黨。我姥姥是地主婆，整天挨批鬥。她的姑爺怎麼可能入黨？我爸登時就炸了，我姥姥的事在那兒擺著，工作組的人早知道，還讓他寫申請書，這不是明擺著耍人玩嗎！那段我爸專找工作組的麻煩，哪家請工作組吃飯，只要讓我爸瞄著影兒，他準跑過去給人家撊桌子。他有名正言順的理由，工作組是來工作的，不是來請客吃飯的。那些請吃飯的人家都有大大小小的事情要辦，買一噸煤，或買一輛自行車，或在哪裡給孩子安排個工作。為了吃成一頓飯，甚至要放警戒哨。罕村人看見我爸就笑，說這個王大方，不單是傻子，還是瘋子。我爸就是咽不下那口氣，我們家明明比表大媽家成分好，表大媽家的兒子又能做工又能當兵，我家卻不行。天下怎麼就沒有說理的地方！他得罪了多少人，是個未知數，不知有多少人戳他的脊梁骨。王鳳丫總覺得沒臉見人。有人給她提親，沒幾天她就嫁了。那年鬧地震，家家房倒屋塌，我爸被派到公社參加救援隊，村裡人可是鬆了口氣。可從那年開始，政治格局變了，工作組也解散了，那個代號工作組的人倒背著手邁外八字，兩根小辮子又細又短，像是掛在耳朵上 —— 再沒讓人見到身影。後來聽說她死於米豬肉，腦袋裡爬滿了蟲子。

又過兩年，地主都摘帽了。我爸又記起了那個茬兒，他還是接著寫入黨申請書，他還是想當書記。

他後來一直沒有當上書記，與他的性子有關。他不服管。人家說一句他說三句，話稍不投機，他就吹鬍子瞪眼，讓人下不來臺。鄉裡的幹部在夏天搶收的季節在樹蔭下打牌，他過去把牌都撕了，還給人家講了半天大道理，說群眾都在戰天鬥地，你們這不是作威作福麼！鐵成樹後來不當書記了，讓人告了下來。他點著我爸的腦門說：「王大方啊王大方，就你這脾氣還想當幹部？三天就讓人撤下來。你以為幹部是那麼好當的？得整天裝孫子才行。」我爸灰溜溜的。他想，有那空給人家裝孫子，倒不如自己幹點實際的。

要過許多年，趙桂德才開始在大隊的房山上畫宣傳畫，小人兒畫得齒白唇紅，用噴壺澆花。我激靈了一下。我去打醬油，代銷點早讓個人承包了，大家都說，現在的醬油比鐵秀珍那時候的醬油要好，兌的水少。但洗潔靈兌水多，倒碗裡都不起沫。那些宣傳畫都是「五講四美三熱愛」的內容，花紅柳綠的，煞是好看。我走過去跟趙桂德打招呼。突然想起許多年前那個冬夜，我來張貼的也許就是一幅畫，出自趙桂德之手。而身後的主謀，則是我爸王大方。

我心說，老王，不簡單哪！

我爸這一輩子，可說是一事無成。他有文化，腦子活，可都沒派上用場。他自己也覺得運氣差些，幹啥都不成功。改革開放以後，他做過皮草生意，包過工程，當過水果販子，賺錢的事對於他來說，簡直就是天方夜譚加白日做夢。可我覺得，是他的想法與現實有些脫節，很多事情他想得太過高遠，可現實就是眼眉前這點事。他總是受到生活的慘痛捉弄和嚴酷打擊，就像他一直沒能入黨，也一直沒能當書記一樣。我參加工作以後，他總是慫恿我入黨，說只有入黨才能從小到大當幹部。可我的心氣不在那兒，讓他很失望。他五十多歲的時候就健忘得厲害，出門回來甚至找不到家。當然，他比表大爺四老歪幸運，活過了七十歲。那些年港澳都回歸了，我們國家盡是大喜事，可他卻連兒女也不認得了，管王永利叫表弟，管王鳳丫叫表妹。為了不讓他把我認錯，我從來不問他我是誰。他說出的話也讓人啼笑皆非。比如，他管自己叫王書記，若問他早上幹啥了，他十有八回會說開會。他樂呵呵地就會說開會，可能覺得當幹部只有開會這一項，讓他一輩子欽羨。家裡人經常逗他，說王書記吃飯了。他就高高興興地答應。我媽奚落他說，一天書記沒當過，咋落了這毛病。他就悶悶的，用筷子戳飯碗，戳得非常不耐煩。我媽只得說，好了好了，我們先吃飯，吃完飯接著開會。

他失神的眼睛看我媽，重重地說：「趙蘭香的兒子為啥當兵？」

6

罕村有些風俗很厲害的，不由你不信。比如，有句話這樣說：不怕貓頭鷹叫，就怕貓頭鷹笑。貓頭鷹在誰家樹上笑，誰家準死人。小的時候我們專門印證過這件事，因為還沒學過數學，也不知有多大概率。但有一點明明白白，死人都是成雙成對的。先死個男的，後邊一定會死個女的。先死的如果是個女的，後邊一定跟著個男的。這個說法是一輩一輩傳下來的。若問有什麼根據，那肯定是什麼根據也沒有。

小時候不知怎麼那麼多貓頭鷹。夜深人靜的叫聲和笑聲都讓人骨頭是寒的。因為你要分辨牠是在叫還是在笑，牠叫和笑的聲音差不多。村裡有個二哥會打黃鼠狼，一個冬天能賣幾十張皮子，三塊五一張，一張就能頂一個冬天的工分。有個晚上他家樹上落了隻貓頭鷹，哈哈哈地笑起來沒完沒了。貓頭鷹笑他也笑，笑得比貓頭鷹的聲音還大。他自恃他和家人都身體強健，沒有什麼能奈何他們。可轉天早晨他遲遲不開門，家人推開門一看，他趴著死在了炕上，把炕席都撓出了麻花。

我們還相信很多東西。後灘有龍脈，如果不被破壞，罕村能出娘娘。和尚灘埋有九缸十八窖的金銀，是朱元璋打從這裡過，儲存以備建國的。我們認真跑去挖過，用抿鐽或小鎬子，像挖白薯的賊根一樣，幻想著面前如果堆一筐金銀可以天天吃點心。遇到鼠洞總以為離勝利不遠了。當然，最終什麼也沒挖到。後來又聽說，這些金銀會在地下行走，跟著朱元璋去了北京城也未可知。

這個朱耗子，領走金銀也不知會一聲，讓罕村人白白守了很多年！

這些類似神話和非神話的故事都是出自正坤哥的奶奶之口，我們叫她二奶奶。二奶奶是大戶人家的女兒，嫁給二爺爺時，坐八抬大轎。這在罕村都是有傳說的，因為縣太爺的轎子才四人抬。她常說這樣一句話：「地動山搖，花子摺瓢。」花子就是討飯的。過去討飯的人都端著瓢，這個東西家家都長，熟透晒乾的葫蘆剖兩半，大的是大瓢，小的是二瓢。當年我就問過她，這句話是什麼意思。二奶奶說，指的是好年景，花子都不要飯了。我長大以後覺得不可信，好年景大概意味著風調雨順，可如果地動山搖把人都震沒了，好年景還有個屁用。

她和趙蘭香婆媳一輩子相安無事。年輕的時候趙蘭香怕婆婆，怕得像耗子見了貓。年紀大了就反過來了。二奶奶癱瘓在西廂房，趙蘭香每當從這裡過，就會指著二奶奶說句：「妳咋還不死，活著就是個禍害。」二奶奶則趴在窗臺上，從窗洞裡露出一張癟茄子樣的臉，細瞇著眼，伸出舌頭對趙蘭香吐口水。二奶奶說：「早晚妳會害了我兒子，我做夢都夢見了！」

※　　※　　※

老家兒死了要走三年背時運，這簡直就是讖語啊。四老歪表大爺安詳地睡去了，早晨人們前來弔唁，紛紛誇讚他太會心疼人。沒怎麼讓人伺候就走了，還走在了前半夜，天亮就已經是第二天了。轉天早晨一出殯，能省一天的飯錢。他的六個兒子頭戴孝帽在兩廂跪著，大家總覺得少了誰，還有哪個沒來。不是七郎八虎嗎？數了又數，才想起老四正義打小就死了。老八正風是一隻黃鼬，來無影去無蹤。黃鼬的名字還是正坤哥的奶奶起的，年輕時的黃鼬有許多傳說。有一次，正風捉井壁上的小家雀，因為年老體弱精力不濟，掉下去淹死了。二奶奶給牠在菜園子裡造了座墳，說牠寧可掉井裡淹死也不吃家裡的雞。後來，趙蘭香又養了隻白貓，也叫正風。白貓是個不靠譜的，兩隻小黃眼球賊溜溜，從來不捉耗子。有次跟個耗子逗著玩，逗夠了又把耗子放跑了。趙蘭香看見牠就氣不打一處來，摸到磚頭是磚頭，摸到笤帚是笤帚，準打牠個落花流水。白貓基本不進劉家大門，牠在槐樹上造了個窩。靠吃百家飯活著。六個兒子跪在兩廂，左邊跪了三個，正合、正清、正氣。正氣轉業從西藏調來北京，顴骨上帶兩塊高原紅。右邊跪了三個，正坤、正傑、正輝。最小的正輝去年沒考上大學，正在復讀，那是一個發誓要走出罕村的孩子，平日腦袋撞個疙瘩也甭想他跟誰主動說句話。去遠處報喪的人一個一個回來了。姑、姨、舅舅三大家，然後才是「表」字輩。四老歪表大爺家的老親戚多，報喪人去了十幾個。供桌擺在頭前，長明燈點著了，瓜果點心擺好了，頭道紙燒過了，表大媽一個人在咧咧地哭。她突然想起了什麼，抹了把臉，扶在門框上對兒子們說：「你爸死了，你們都好好的，這三年都多加小心，沒事別出門，小心讓車撞了。」兒媳婦們都在旁邊擤鼻子，嫌她這話說得不吉利。守孝這三年過年都不用走親戚，這帳不是只有表大媽一個人會算。

自從這一大家子扯開，趙蘭香就像老虎被拔了牙齒，連餘威都沒了。當然，你不能說她從此怕了兒媳婦，這不科學。趙蘭香自己說，上不怕天，下不怕地，中間不怕空氣。事實是，兒媳婦們不從她手裡要錢花，那種恭敬的感覺就沒有了。表大媽非常不習慣，今天跟這個兒媳婦幹一仗，明天跟那個兒媳婦幹一仗，找的理由五花八門。比如，正合的媳婦養豬，她說不能吃乾麵，要摻豬食。三句話不投，她提著豬食桶給人家倒當街去了。把正合媳婦氣得，一邊拿簸箕收拾一邊哭。老二正清的媳婦有些窩囊，早年她橫眼豎眼看不上。鄉裡辭退臨時工，正清被退了回來，她就罵媳婦是個妨家娘兒們，自己好不容易給兒子找的工作，就這麼被她妨沒了。

有一次她去小賣店買東西，正趕上鐵秀珍去喊正坤回家吃飯。鐵秀珍從醫療室裡出來，就當她是空氣一樣，眼仁朝天。她們平時也不說話，除了公爹四老歪去世，鐵秀珍從不去老宅。趙蘭香也從不到鐵秀珍家裡去。這個當年最滿意的媳婦，成了結怨最深的人。平日還不覺得什麼，可這一「撞見」讓她覺得受了辱。她風車一樣闖進醫療室，破口大罵劉正坤，說：「如果你是我兒子，你就把她打一頓。你不把她打一頓，你就不是我兒子。」鐵秀珍本來已經走了，聽見吵嚷又回來了。鐵秀珍挑開門簾說：「正坤你要想打就打，咋打我都不還手。」鐵秀珍是過於自信了。她不相信正坤會真的對她動手，正坤從來沒對她動過手。劉正坤正給一個老太太塗抹藥膏，那老太太生了蛇盤瘡，從後背到前胸，像根帶子一樣繫在了腰上，差一點兒就在左胸上合圍了。鄉間有說法，如果合圍必死無疑。正坤用民間偏方熬了藥膏，裡面調了些青黴素，居然對那些小皰疹很有效。把老太太送出門，正坤回手把門關上了。只一拳，就把鐵秀珍打倒了。

後來，是趙蘭香跑出去喊救命。這件事傳出去，聽的人身上冷颼颼的。都知道趙蘭香對鐵秀珍積了多深的仇恨，她出去喊救命，這是要把人往死裡打的節奏啊。正坤騎在鐵秀珍身上，拳頭專往要害處搗。鐵秀珍想還手的時候已經沒了力氣，她的門牙飛了，嘴唇翻了起來。鼻孔裡躥出了黑色的血。一隻眼球甚至被擠歪了，整個腦袋腫脹了一圈，看上去非常可怕。若不是趙蘭香喊來的人把正坤拉開，真要出人命了。趙蘭香蔫沒聲地溜了。她從來不知道正坤這麼凶狠，怎麼有點像報殺父之仇？

鐵秀珍被娘家人送到了醫院。她爹鐵成樹來討說法。鐵成樹得了腦血栓，跌成了拐子。他拄根拐杖上門，正坤穿著白大褂正給人清理縫合傷口，一點兒也沒有曾經行凶的樣子。鐵成樹哆哆嗦嗦說：「正坤，好歹一夜夫妻百日恩，她是你兒女的媽，你咋能下那麼狠的手？」

正坤頭也不抬，說：「要是心疼，就領回去吧。」

※　　　※　　　※

半年以後，罕村又死了一個人，只是打破了符咒，沒死女的，死的仍是一個男的。其實這個時候，人們對死男死女已經沒有構想了。改革開放後，許多觀念和想法都更新了，那些舊的風俗、舊習慣都扔進了歷史的垃圾堆。大家都忙，也沒工夫編排那些窮講究閒磨牙。正合下班回來讓摩托車撞了。摩托車跑了，只在現場丟了塊車瓦。正合拾起來騎車回到家，媳婦在門口餵豬，他說了句「我讓摩托車撞了」，扔下車瓦去了屋裡，扎到炕上就沒起來。媳婦起初沒當回事。摩托車撞人還能把人撞壞？撞壞也不可能騎車回來。她家臨街，餵完豬又跟過路人說了陣話，進屋才發現正合吐了一炕。正合側著身子，頭枕在一隻胳膊上，真像睡著了。媳婦說：「晌午又喝酒了？喝酒咋還往炕上吐？」媳婦是個好脾氣的女人，她拿來笤帚、抹布收拾殘局，才發現正合舌頭在外吐著，卻牙關緊咬。她推了他一把，正合砰地變成了仰面朝天，人像口袋一樣沒了筋骨，卻也像口袋一樣沒了彈性。

從沒見過表大媽這麼悲痛過。她被人叫了來，先看了眼兒子，回頭就打了媳婦一嘴巴。媳婦說：「妳打我幹啥？」表大媽說：「正坤呢？快讓他輸青黴素！」正坤背著藥箱騎著自行車來了，血管根本不走液。表大媽說：「輸，你就輸。先把血管沖開。」結果血管到最後也沒沖開，正合的身體一點兒一點兒涼了，舌頭成了紫黑色，整個臉都塌腔了。

趙蘭香哭暈了一次，又哭暈了一次。她十六歲生正合，自己還是孩子呢。正合生下來像隻大耗子，餵養成人不容易。正合年前轉了正，如願以償吃了商品糧。正合從沒跟她生過氣，她是想老了不能動了，要指望這個兒子的，沒想到正合先走了。

又過了三個月，正清家裡修房子，他給房頂上的人遞菸，在架子上一錯步，從上面摔了下來，把腰椎摔壞了。醫院給做了修復手術，讓他回家輸液靜養。正坤背著藥箱在晚飯前進了二哥的家門，一瓶液走到深夜，轉天早晨，正清的身子涼了，誰也不知道他是什麼時候死的。

大家都說，四老歪活著的時候是個厚道人，死了咋就不厚道，連著帶走了兩個兒子。

兒媳們則說，都是趙蘭香咒的。

7

誰要說有其父必有其子，王永利第一個反對。他可不想成為我爸王大方那樣的人，他不想有我爸那樣失敗的人生。年輕的時候當兵受挫，我爸想入黨，想當書記，是想掌握主動權，晚年甚至想出了毛病。沒人知道王永利是咋想的，他有想法不輕易告訴人。我爸殺羊的時候他拽羊腿險些休克的事，王鳳丫當笑話說過一次，就不敢再說了。王永利真生氣，兩眼鼓出來，兩腮像氣蛤蟆一樣炸起來，彷彿下一刻他就要爆炸了。似乎那是個天大的短處。「至於嘛。」王鳳丫只能自己跟自己嘟囔。

但我們私下也說，王永利真不像我爸的兒子。我爸是個大炮筒子，一放一個響。王永利則是九曲十八彎，就像瀏陽河一樣。

要過十幾年，我才隱隱看出他的成長路徑。他跟我爸的目標其實是一致的，只不過方式方法不同，他更隱晦或更隱蔽，有點像曲線救國。一個偶然的機會，他認識了鄉教委的主任，他給主任送了三百塊錢的禮，便去教委做了臨時工。這個主任跟我姥姥是一個村，只不過八竿子打不著，但這也能成為一個關係。姥家村上的人都是舅，王永利叫了人家好幾年。

臨時工跟正式工其實沒區別。只要不看工資，負的責任一點兒都不少。王永利也是個能幹的人，管農校和成人夜校。那時的農校管農業技術推廣，經常去田間地頭調研。王永利在崗位上入了黨，這要是在村裡，根本不可能。只要有一個人卡住你，你永世都翻不了身。一晃他就幹了十多年，就是一直沒轉正。主任跟他關係好，總說讓他等機會，說有一個轉正指標也給他。

他如意地找到了我嫂子張聖文，這是他在教委的一大收穫，是下鄉調研時認識的。第一次來家裡，我們都沒看上她。個子不高，走路一躥一躥的，沒個穩當。可王永利笑得很殷實，眼裡都是水氣，我們就沒有話講了。王鳳丫悄悄對我媽說：「這樣的媳婦要是遇到我表大媽，保準一百個通不過。」我媽說：「是王永利跟她過日子，又不是我們跟她過日子，管她幹啥。」

後來，王鳳丫找婆家，我媽也是這態度。只要以後不回娘家哭委屈，就是好姻緣。

王鳳丫對我說：「我們家的人咋都顯得缺心眼，閨女嫁出去，連個條件都沒有。」

想了想，我說：「媽說的其實是最大的條件。」

※　※　※

王永利從鄉教委辭工回村裡，我們誰都不知道。開始還以為像正清一樣被公家開除了，後來才搞明白，他是請纓來做書記，是戴帽下來的。鐵成樹下臺後，曾有過一個書記，但沒幹幾年，就被人告了下來。罕村人愛告狀也是有傳統的，三五成群，想告就告。因為離鄉政府近，放個屁的工夫就到了。我爸簡直氣糊塗了。這若是過去，能戴帽下來當書記，還不得把人高興死？但現在不同了，都要跨世紀了，眼界和期許與日俱增，與大隊書記相比，他更願意王永利做個公家人，公家人世面廣，村書記說到底是個井底蛙。可這是王永利自己的事，人家在前街蓋了房子，辭工都沒跟老爹說一聲，你著急有啥用？

「當書記也好。」我媽開導他，「當年你不是一直想當書記嗎？」

「可那時候是啥年月？買肉憑票，當兵都要走後門。現在走前門，年輕人都不願意去，怕吃苦。」我爸搖了搖頭，他尤其接受不了世風日下。其實，還有一個最大的理由他不說出來，那時當書記，有集體經濟，個人能撈好處。鐵秀珍不識字都能當售貨員。憑什麼？不就憑她爸是書記？她當售貨員，旁邊專門給她配個會計管算帳。反正生產隊管記工分，擱誰誰樂意去。

我則想起了深夜貼的那張畫。鐵成樹趴在桌子上打算盤，表大媽趙蘭香在一旁趿拉著鞋子給他搧扇子。這幅畫肯定有許多種解讀，說不定會有出處有典故。最權威的解釋當然在我爸這裡，但這個事不能問，問了估計他也不會承認。那是個一箭雙鵰的伎倆，只是一隻鵰也沒射下來。

甭看他是大炮脾氣，那得看分啥事兒。否則，憑啥黑更半夜讓我去張貼那幅畫？現在想來我爸夠不負責任的。但那時村裡治安狀況好，一個小女孩不會走著走著就走丟。可見判斷問題不能忽略背景，否則肯定會有出入。

叨咕了一晚上，都是在王永利不在的情況下。屋裡煙燻火燎，我爸捲了不知多少支菸。他到老也抽不慣過濾嘴，嫌沒勁兒。就像好好的豬肉不吃，非要吃上下水、豬大腸一樣，大腸還要用鹼水親自打理，否則吃不出那個味。我以為他氣憤滿腔，不由為他擔心。他的炮筒子脾氣發起來，能把房蓋頂了去。可轉天王永利上門，我爸的思想轉變了，看上去他特別支持王永利。出謀劃策了半天，說宅基地不能亂批，村裡要有規畫。堤上的樹不能亂伐，不能壞了風水。欺街占道的違章建築要拆，罕村就一條主街，都讓他們欺負成雞腸子了！我媽偷偷抿嘴笑，說他這也是間接過當書記的癮。我素來對這些事情不上心，家中無戰事，我收拾收拾上班去了。

我在一家小報當記者，是自己考進來的。這麼大的埧城，只有這一家小報，讓我一考就考上了。王永利有事情愛跟我說，適當的時候，我也幫忙宣傳做個報導，當然，是在不影響版面的情況下。正合大哥死的時候，我正好在家裡休假，還特意看了眼正合大哥撿回來的那塊車瓦，給他們放到了外窗臺上。按照正合嫂子的說法，正合大哥的車禍沒有目擊者。但如果選擇報警，這塊車瓦也可以做證據。我把這層意思說給了正合嫂子聽，她卻不以為意。說憑這麼塊東西就能找到人，人家不承認咋辦？

王永利這次讓我回家，說有更重要的事。我下班直接去了他家，嫂子包的餃子正好出鍋。我還端著碗，王永利就把我拉到了西屋，告訴我正清死了。「妳知道正清死了嗎？」餃子是一疙瘩羊肉丸，咬開香氣撲鼻。我被燙了一下，笑著說：「大概都過三七了吧？」王永利撅了根笤帚苗剔牙，這一點特別像我爸。他說：「今天碰見了正清媳婦，黃臉打卦，說人死得蹊蹺。」我趕忙問咋回事。王永利說：「正清在醫院手術做得好好的，身體其他指標也正常，回家輸個液就死人，正清媳婦覺得液有問題。」我鬆了一口氣，說：「正坤哥也是老大夫了，行醫二十多年，治不好人是可能的，但總不至於把人治壞。」王永利嘬了一陣子牙花子，我就知道他有話沒都說出來。

「難道藥過期了？」我先想到了這個。

王永利搖了搖頭，說：「我不懷疑這個，正坤是個嚴謹的人。」

「當初給妳打青黴素，妳記得他做過皮試嗎？」王永利說出這話，自己都顯得不自信，自嘲地笑了下。

「那麼久的事咋會記得，況且我那時多小，還不到八歲吧……哎呀，你懷疑他不做皮試？青黴素做皮試是常識啊！」

說是常識，過去其實我也不知道。我們都是缺乏常識的人，因為在家裡和社會都沒人教你這個。最近有個稿件涉及這類問題，我才有些印象。

我又說：「即便正坤哥不知道，藥物外包裝上都有說明的，正坤哥那麼仔細的人，不會注意不到。哥，你太杞人憂天了，事情不會這樣的。」他就坐在我的身邊，我拍了下他的肩膀。

王永利想了想，認同了我的話。「正清那就是又添病了，醫院也不是多靠譜，許是沒查出來，許是查出來了沒說。」哥把笤帚苗撅得一段一段的，在手裡撚，「也許是我想多了。」

「你都想啥了？」我感興趣。

王永利坦率地說：「想啥我也不能告訴妳。」

我噘嘴說：「不告訴我，你大老遠把我喊回來，你以為我的時間可以隨便浪費啊！」

王永利說：「要不妳也應該回來了。」

「回來幹啥？聽你賣關子？」我白了他一眼。

王永利嘿嘿一笑，從口袋裡摸菸。那菸盒是軟包裝，已經壓扁了。可奇怪的是，王永利抽的是大中華。他掙幾個錢，怎麼會有那麼好的菸。看我疑惑，王永利解釋說，菸是別人給的，他借盒子用用。「醫院想給正清帶液，正清媳婦嫌貴，說這些藥自己家裡也有。如果從醫院帶了藥，說不定會是別的結果。」王永利繼續嘮叨。

「你還是懷疑藥？」

「我沒有懷疑呀。」王永利把菸叼到嘴上，打著了火，「大隊部還有事，妳快去看媽吧。」他往外轟我。

※　※　※

我還是去了正清哥的家。沒別的，就是有點好奇。正清哥的房子在西街，從王永利家出來，我要走一個刀柄和刀鋒。不知為什麼，我有點戰戰兢兢，心懸懸意懸懸，頭重腳輕，走刀柄和刀鋒的感覺，就是我心裡生出來的。我從小就是個好奇心強的孩子，什麼事都想知道個子午卯酉。王永利欲說還休的樣子刺激了我，我想親耳聽聽正清嫂子怎麼說。我們兩家的關係有些特殊，是親戚，這不消說。大事小情都要走動，稱呼帶個「表」字，就與街坊鄰居顯出不同來，但誰跟誰也不緊密。我爸和四老歪，我媽和趙蘭香，都是一種水和油的狀態，浮在上面，卻不交融。見面需要寒暄和客套，臉是熱的，心卻是冷的。這一點，我打小就知道。比如，有一次吃喜宴，我和表大媽坐一桌。燉公雞上來，她給這個那個夾好地方的肉，我就坐她旁邊，她看了我一眼，把個雞腦袋扔到了我碗裡，還說，妳吃鳳頭。我對著雞冠子吭哧就咬了一口。心說怕啥？哪都是肉。大人可能看得更清楚些，表大媽的分別心太明顯。就像鐵秀珍的小刀子臉，一般人家都不會找她做媳婦，她卻肯給長相那麼好的正坤哥。我們還跟王永利開過玩笑：「如果給你，你要嗎？」王永利說：「慢說她是大隊書記的女兒，就是公社書記的女兒也不行。妳以為大隊書記就像狗皮膏藥，想貼就能貼一輩子？」

我和鳳丫都對他豎大拇指，覺得王永利比劉正坤強。

劉家兄弟幾個都是大個子，只有二哥正清又瘦又小，一副小骨架，像沒發育成熟。臉是倒三角形狀，有幾分猴相。剛過四十歲，背就有些駝。正清和媳婦在大家庭裡不受待見那是一定的。比如飯出鍋了，他們如果先盛，趙蘭香就會夾槍帶棒，沒完沒了。他們的孩子也不受待見，小時候都一副受飢挨餓的樣。所以當初鐵秀珍把這個大家庭扯開，內心最歡喜的應該是他們。他們在西街蓋了房，十多年過去，小黑瓦的房脊有些下沉，所以他們請了工匠，要修補房子。他家還沒從哀傷中解脫出來，院子裡堆放著磚瓦石料，泥水遍地，雖已乾涸，匯成的雜七雜八的圖案還在。如果正清二哥不出意外，這些建築材料應該已經上房了，待在自己應該待的位置上。院子裡早就乾淨俐落了，他們夫妻都是勤快人。

二嫂子攥著我的手只是哭，一個勁地說後悔後悔後悔。是後悔修房，還是後悔出院，我沒問。坐在她的面前，就發現把問題問出口不容易。正清二哥無疑是她的天，天塌了她就六神無主了。她哭得我心裡也好難受，我安慰了幾句，起身告辭。我在院門外站了會兒，兩扇鐵門是新裝的，雞血紅。我還真沒見過那麼血紅的門，在青灰色的天光中一汪一汪的，像是能夠流動。牆根下的石頭縫裡還有紙灰曲蜷著，我回頭想了想，這些天一直都沒下雨。一條鮮活的生命就是被這些紙灰送走的。好涼薄啊！

只是……正坤就沒個說法？

8

王永利比劉正坤大八歲。他們之間是什麼狀態，我說不清楚。大概王永利也不屑於跟誰說清楚。他們過去什麼樣，我不知道，現在什麼樣我也不知道。這一點就跟女人不一樣。女人要是有這樣一個冤家，早嚷得滿世界盡知了。

我是聽張聖文我嫂子說的。王永利裁玻璃時割破了手，那血流得邪乎，就像碰到了主動脈一樣。張聖文用手絹給他繫了個死結，讓他趕緊去醫療室處理傷口。王永利騎著摩托車走了，張聖文回屋換了件衣服，也騎車追了出去。醫療室裡劉正坤正跟人喝茶聊天，他坐在椅子上，一條腿屈著，一條腿伸著顛噠，很恣意。我嫂子問：「你大哥沒來？」正坤身子都沒動，平板地問哪個大哥。我嫂子說：「你永利大哥裁玻璃割破了手，流了很多血，沒來你這裡上藥？」正坤說了兩個字：「沒來。」喝了口茶，又繼續跟人聊天。

我嫂子說，那一刻，氣得人真是不知該怎麼好。如果手裡有刀，都恨不得捅誰一下。怎麼那麼讓人不舒坦哪！表親，書記，比你大一輪，哪一樣都值得你關心一句。可人家不但不關心，還要表現出漠不關心來，那個勁頭拿的，真讓人牙根都是癢的。「還有比這更奇怪的事嗎？」我嫂子問我，「我可是一直拿他當表弟的，妳哥也從沒招他惹他呀。」

當時我想，這話你們說了不算。正坤哥說了才算。我知道王永利的臭毛病，他是個牛皮哄哄的人，喜歡擺架子。

既然沒來這裡，那一定是去鎮上了。我嫂子就像剛上岸的螃蟹，在大隊院子裡的楊樹底下吐了半天泡。她心臟不好，需要平復情緒。鎮上離罕村八里地，王永利一隻手扶車把，一隻手淌著血，這是好玩的？我嫂子滿腦子都是一路滴血的那根手指，到鎮上說不定就把血流完了。

好在手絹結的那個扣繫得死，王永利來到鎮上，那指頭腫脹成了水蘿蔔，但好歹血還是止住了。他疼得直打哆嗦。

回來我嫂子問他：「你跟正坤鬧過矛盾？」

王永利說：「沒鬧過。」

「從啥時開始不說話？」

「從啥時就開始不說話了。」

「到底從啥時候？」

「妳說從啥時候？」

我哥一瞪眼，我嫂子就趕緊擺手，說：「我們王家跟劉家，父一輩子一輩的交情。正坤醫術好，哪裡就用不著人家。你別當了書記就人五人六找不著北，皇上還有三個草鞋親戚呢。」

我哥冷笑一聲，說：「妳這話比喻得不恰當，妳以為劉正坤穿草鞋？」

我嫂子捶了他一下，說：「領會精神。你別以為天底下就你會說話。我告訴你，你是當哥的，又是書記，在正坤面前一定要低調。」

我哥說：「在他面前我沒調！」

我嫂子說：「你咋這麼犟呢！」

我哥說：「我犟了嗎？我沒犟啊！」

王永利一晃就當三年書記了，還別說，他肯定當得越來越有感覺了，與他在鄉政府當辦事員不一樣，說話的腔調、做事方式，甚至走路的姿勢都越來越像個書記。三年他和正坤就在一個院子裡，低頭不見抬頭見。可誰也想不到，他們都當彼此是空氣，腦袋撞個疙瘩，都不言語一聲，似乎從地老天荒時就這樣。

我嫂子說：「肯定是你的不是，回頭我去給正坤道歉。」

我哥說：「吃飽了撐的。」

我嫂子戳了他一指頭：「為什麼呀！都多大年紀了，還像小孩子過家家。」

按照我哥的說法，自從他當書記，正坤就從沒主動說過一句話，鐵秀珍也不例外，似乎是他們夫妻合計好的。有一天，王永利去醫療室拿兩片感冒藥，正趕上鐵秀珍也在，看見我哥進來，她臉衝牆。我哥開玩笑說：「好歹我也是當大伯子的，鐵秀珍，我沒啥對不起妳的吧？」正坤突然咆哮了句：「去死！」嚇了我哥一跳。正坤脖子上的青筋扯起來，臉煞白，眉毛突突地跳，兩隻眼睛通紅。他就那麼惡狠狠地看著我哥，像是要吃人，手裡拿著一把小鑷子，一隻拇指窩進去，也是要攥碎什麼的感覺。我哥趕緊出來了，當時他以為是人家夫妻正在鬧矛盾，讓他撞著了，事後想想又覺得不像。

「總之妳們都不要惹他，他對咱們家有仇恨。」

張聖文說：「他跟我沒仇恨。」

我說：「他跟我也沒仇恨。跟鳳丫就更沒有仇恨。」

王永利說：「那就是他跟大隊書記有仇恨。」

「那肯定不是因為嫉妒。」我搶著接了一句，轉念一想，點了點頭。

張聖文困惑地看著我。王永利說：「妳說得對。我也懷疑是因為更複雜的原因，比如……傷害。」

張聖文說：「你怎麼傷害他了？」

我扯了嫂子一下。我聽懂了王永利的話。不是我哥傷害他，而是書記這個位子曾經傷害到了他。所以他的厭惡和仇恨要複雜得多。

張聖文一頭霧水，連聲問為什麼為什麼。王永利說：「就妳這種豬腦子，想不明白這麼深奧的問題，還是閉嘴吧。」

張聖文佯裝打了他一下，說：「當年是我們把鐵秀珍娶回來的，他是不是從打那兒就恨上我們了？」

我和王永利一起說：「差不多。」

鐵秀珍自從挨打以後，就再不到醫療室來了。家裡的地都承包出去了，大水小水上學，她閒著沒事兒，整天在街上坐著。周圍是一群老頭兒老太太，大都是東倒西歪、半個身子的人。鐵秀珍在這樣的人群裡也不受歡迎，因為她經常說著三不著兩的話。「妳不死還等著啥？妳兒子不會給妳買棺材。」火葬買棺材是奢侈。她在說一個哭訴委屈的老太太，被老太太劈手打了一嘴巴。鐵秀珍嗷地發出了一聲叫，也聽不出是悲傷還是興奮。她跳起來把老太太撲倒了，騎上去兩手掄圓了抽打，別人根本拉不開。正巧老太太的兒子從這裡過，手裡拿著一截鋼絲繩。鋼絲繩抽到鐵秀珍的背上，碎花小襖都綻開了。

別人呼啦啦都走了。鐵秀珍在地上躺著。那人只抽了她一下，她就從老太太身上翻滾了下來，那感覺是皮開肉綻了。那裡是一個斜坡道，她半邊身子在坡上，半邊身子在坡下，臉上全是土。她沒有哭，雖然後背火辣辣地疼，她覺得沒有哭的必要。哭是給別人看的，眼下沒有看她的人。她睜著眼睛看空泛的天。日頭白花花的，她都不知道刺眼。耳朵裡嘶啦啦的都是蟬的鳴叫聲。她不喜歡，可又無可奈何。這裡就在大隊部的外面，走到門口十米都不到，可卻沒有人去喊劉正坤。拉架時沒人喊，此刻也沒人喊。過去她願意往那裡跑，洗淨頭臉，換上乾淨的衣服，喊他吃飯就像去相親一樣。那個時候正坤彬彬有禮，對她就像對待別人一樣友善。一個偶然的機會正坤變成了凶神惡煞，從此這個形象就定格了。她開始恨婆婆，覺得是婆婆讓正坤變成了這個樣子，後來她恨自己。男怕入錯行，女怕嫁錯郎，她明明就是嫁錯了，嫁了不該嫁的人。他們稀薄的情感不知飄向了何處。他們回不去了，再也回不去了。

是做午飯的時間了，空氣裡一股子米飯香，烙餅的焦糊味，還有蔥花餅的混合氣味，特別嗆鼻子。鐵秀珍也是愛做蔥花餅的人，因為正坤愛吃。放五花肉，或者放蝦皮，或者什麼都不放，麵攤開以後刷一層杏核油。這是跟婆婆趙蘭香學的。不能捲成筒，要折疊。鍋蓋敞開著，不能捂，這樣蔥花是綠的。小火多靠一會兒，靠出裡面的油，餅就變得外焦裡嫩。鐵秀珍喜歡琢磨這些事，喜歡這些事組成的家庭氛圍，孩子大人一同吧唧嘴，吃得熱火朝天。正坤端著碗，從來不挑眼皮。但偶爾會看小水一眼，嘴角嵌出一抹笑，那是個跟他長得一模一樣的丫頭，打小爺倆兒就會對眼神。鐵秀珍只敢偷偷看他，被他發現了，他會閃躲開身子。無疑，他是好看的。結婚十幾年，鐵秀珍仍是看不夠的感覺。她的肉身像大肉一樣讓他膩，她從不敢主動挨過去。煩的時候自己也罵，這他媽的也叫夫妻！

大水小水放學找到這裡，把她拉了起來。她悶悶地在前頭走，邁外八字的兩隻腳磕磕絆絆，有幾次她都要跌倒。小水喊：「大水，扶著媽！」兩個孩子一邊一個拽著她的衣袖，走出十幾步，被她不耐煩地甩開了。走到家門口，鐵秀珍站下了，對兩個孩子說：「今天不做飯，你們去買點心吃吧。」大水嗷的一聲叫，撒腿就跑。他的小刀子臉酷似鐵秀珍，正坤從不正眼瞧他。小水揚著小小的頭顱看媽媽，那張臉清秀而又俊美。她說：「媽，妳吃什麼？我光吃點心吃不飽。」她一巴掌打過去，小水的腮幫子立刻出現了幾個鮮紅的手指印。鐵秀珍罵：「找妳死爹去！」

※　　　※　　　※

在一個有著薄霧和霜雪的清晨，鐵秀珍的哭天嚎地驚醒了許多人。大家都習慣了她的歇斯底里，並不把她的嚎啕當回事。她經常就那樣嚎幾聲，像一隻孤獨的動物。鐵成樹在入秋的時候一個跟頭跌死了，鐵秀珍把他送到了墓地，跳進墳坑裡說啥也不上來。大家問正坤怎麼辦，正坤說：「不上來就不上來唄，我有啥辦法。」說完，轉身走了。鐵秀珍自己爬了上來，身上、臉上蹭的都是新鮮的泥土。那種往死裡哭的感覺，任誰都看得出，她哪裡是哭爹，分明是在哭自己。

稀薄的太陽升起來，街上有許多骯髒而雜亂的腳印。有個消息終於發散開。鐵秀珍為什麼嚎啕？因為小水死了。小水只是普通的感冒、發燒，引發了上呼吸道感染，卻導致了腎功能衰竭。鐵秀珍破口大罵，說劉正坤害死了小水。「你別以為我不知道，你故意不送孩子去醫院，你就是希望她死。你這個殺人犯！」鐵秀珍順著嘴角淌白沫，瞳孔張大了，頭髮披散著，像炸開的一隻刺蝟。大家都說，這個女人恐怕是真瘋了，過去她總說出格的話，多一半是裝的。

正坤鐵青著臉，指揮木匠打棺材。家裡有上好的松木板材，但正坤不讓用，而是把一對金絲楠木的箱子拆開來，重新進行了組裝。大家這才知道，正坤家還有這麼好的老物件，不知傳了幾輩人。表面光可鑑人，寸把厚，折頁都是包銀的，兩人搬動一隻箱子甚至都很吃力。正坤去城裡的綢緞行買來了織錦被褥和衣服，小丫頭睡進去，越發花團錦簇。正坤從額上剪了自己的一撮頭髮放到了小水的枕頭旁，合上棺材時，正坤一下癱軟了，哭著說：「丫頭，等著我。我過些日子就去陪妳。」

那一瞬間，很多人都被感動得稀里嘩啦。他們覺得，正坤才是真正捨不得小水的人。

正坤很快離了婚。據鐵秀珍說，離婚進行得普通又平常，就像平時過家家一樣。因為她已經無所謂了，過夠了。「你們知道嗎？自打生了孩子，他都沒跟我睡過覺，我連個寡婦都不如。」所以正坤提出離婚，她二話都沒說，跟正坤辦了手續。正坤除了幾件衣物，什麼也沒要。大家都稱讚鐵秀珍這婚離得值，正坤千不好萬不好，離婚這事對得起她。看得出，鐵秀珍也很滿意。她在街上坐著時，蹺著二郎腿，臉上經常有得意之色。那種迷幻的樣子，既是胸有成竹，又似有雄兵百萬。只是幾天以後正坤又結婚，讓鐵秀珍發了回瘋，堵著人家門口罵了半天。罵夠了，仍回到原來的地方坐著。臉上得意的神色沒有了，面孔冷峻起來，越發像個刀子。

正坤娶的女人叫惠玲，其實應該說是嫁，正坤「嫁」給了惠玲。惠玲是三個孩子的母親，半年前丈夫得肺癌死了。惠玲總鬧憋得慌，經常撫著胸口說，得找大夫瞧瞧。不知什麼時候兩人到了一起。惠玲比正坤小九歲，那年正坤四十三歲，惠玲三十四歲。有刻薄人說，惠玲家來了個扛活的，因為惠玲最小的孩子才八歲。

惠玲經常到醫療室來，問正坤吃啥飯。正坤說，妳等著，我回去做。忙完了手裡的活計，兩人一起往家裡走。惠玲個子不高，有點羅圈腿。若不是小上幾歲，真是很難說配得上正坤。大家都說正坤是第一美男子，配村裡任何一個女人都有富餘。當然，村裡人也會算一筆帳，鐵秀珍比正坤大三歲，惠玲比正坤小九歲，這一裡一外是十二歲的梗，這可是有分別了。差十二歲的女人，那頭人老珠黃，這一頭還能稱得上青春年少。也就難怪兩人總是肩並肩地走，正坤偶爾摟一下她的腰，或攬一下她的肩膀，或把手放到她額上，替她攏一把頭髮。兩人都是油裡調蜜的感覺。生活的味道從他們身上漫溢開去，這一條街都是溫馨的。

兩個月，正好兩個月，正坤走完了他四十三歲的生命旅程。惠玲嚇傻了，不知怎樣解釋她和正坤才好，甚至忘了什麼樣的話是丟人。「大早晨他就要吃白菜餡餃子，我給他包了一碗。吃完他往炕上一躺，說妳摸摸我屁股，涼不涼？我說廢話。屁股哪有不涼的。他說，那妳就往前摸，再往前摸……燙不燙？我才發現他真是燙，像在躥火苗子。他說，男人病先從根上病，要過年了，我不能病倒，我得給自己輸點液。他把藥調好，把針扎上，說妳出去吧，我瞇會兒。我就去掃當院了。掃半截不放心，進來看他，發現那液比自來水走得還快。他臉上起了一層紅豆，憋得就像個葫蘆頭。」

「他沒跟妳說點啥？」

「他就跟我說再往前摸，再往前摸……」

「妳應該打一二〇。」

「正要打，他就嗝嘍一聲咽氣了。」

事後惠玲說，正坤留下了二十五萬塊錢，發送他只花了一萬多。正坤還是挺疼人的，這是可憐他們孤兒寡母。結婚時間雖短，但能看出真心來。「平時他說過，死了由我來發送，埋得離小水近些就好，沒別的要求。我只當他說著玩，誰想到就應驗了呢。」

惠玲還把私密話說了出來：「正坤說，將來鐵秀珍死了，哪兒遠埋哪兒去，不准與他並骨。」

有人說：「誰管得了那麼久遠的事。妳又不是劉家人，妳管不了。」

惠玲說：「我管不了還有我兒子。我兒子管不了還有法律。正坤有遺囑。」

有人想看看遺囑什麼樣，到底沒能如願。

趙蘭香曾找惠玲要錢。惠玲說：「妳來不行，得妳兒子來。他沒讓我把錢給別人。」

也有人好奇地問趙蘭香：「正坤沒給妳錢？」趙蘭香氣咻咻地說：「給，一個月給一百！」

歷史就是一本書，既看不到第一頁，也翻不到最後一頁。所以，很多事情容不得看清前因後果。

就隨風而逝。

9

正傑比我大兩歲，我讀高一的時候他讀高三。正傑是老六，與弟弟正輝就差一歲半。他是在姥姥家上的小學，所以童年沒在一起摸爬滾打，感覺就像個陌生人。第一個八月十五在學校過，那種感覺真是又落寞又孤單。我從女生部下來，是想到外面透透氣，卻見正傑低著頭往這邊走。我問他幹啥去，他把兩隻手張開了，說：「在外面的小賣店裡買了兩塊月餅，一塊五仁一塊豆沙，正要給妳送來，妳想吃哪種餡？」

我難以置信：「你是特意來送我的？」

正傑說：「就是特意買給妳吃的啊，今天是八月十五，妳初來乍到，我怕妳想家。」

我說：「女生樓你上不去。」

正傑說：「我就想在樓下喊，妳總會聽得見。」

我這人特別容易感動，不由含情脈脈說：「正傑哥，你真好。」

正傑兩隻胳膊抱起來蹭了蹭，估計他是起雞皮疙瘩了。

如果說，我和正傑曾經有過什麼，就是吃了他一塊五仁月餅，然後在操場上一起看了一回月亮。這是一九八六年的秋天，在籃球樁下，我們一人倚在一邊，說了些大而無當的話。那些話，我現在想起來也臉紅，都是注定實現不了的。比如，到世界各地行走之類，我現在也只到周邊小國轉了轉，是所謂的商業旅遊，跟行走一點兒不沾邊。一點兒也沒想到若干年後我會當小報記者，這個小報隨時搖搖欲墜。而正傑守著一個爛攤子，一守就是很多年。那天的月亮又小又醜，烏雲一層一層在它身上碾過，天空不時黑黝黝一下。我問正傑高考志願準備報哪裡，對於高三生來說，這已經是很現實的問題了。正傑嘆了口氣，說我們這樣人家的孩子，這樣差的學習成績，哪裡有什麼好挑揀，有學上，將來能有個飯碗就不錯了。

因為剛來學校不久，我對未來有著美好的憧憬和想像。所以那晚正傑哥的話讓我備受打擊，也讓我鼓漲起的熱情瞬間瓦解。因為我也成績平平，還多少有些偏科，未來那艘船駛向哪裡，真是由不得人啊。我們就是在這種氛圍中，被老師抓了現行，老師把我們分開審，說我們不學好。無論怎樣解釋都沒用。其實，老師也覺得我們沒什麼，但既然逮到了，就不會輕易放過。轉天全校都知道了我們兩個人的名字，吃月餅，看月亮，高一女生和高三男生，被人把舌頭嚼爛了。那真是生不如死的日子啊，好在都有過去的那一天。畢業十幾年了，還有同學說，妳沒和那誰走到一起？就是你們當初一起看月亮的……

正傑哥在師範學校教歷史，那是我們埧城的北大和清華，很多幹部的出身都填那裡。當然，俱往矣，現在這所學校就只剩了空殼子，正傑和幾個同事在那裡守攤，一守就是很多年。說真的，我有些同情他，曾經的好年華，就這樣「守」過去了，就為了那個飯碗，這只飯碗得有多金貴！但看不見他就想不起諸如此類的問題，生活實在是太煩瑣、太麻煩、太不盡如人意了，哪裡有時間和心情想不相干的人和事。有一天傍晚，我在鼓樓前邊遇到了他。他還沒看見我，我趕緊胡嚕了一下頭髮，迎著他走了過去。不知道我在他眼裡什麼樣，反正我是覺得他顯得過於陳舊了。騎一輛破自行車，車把上掛著個黑皮包，是皮開肉綻的感覺。夾克和鞋子明顯都是地攤貨，眼鏡腿黏了塊橡皮膏……他騙腿兒下了車，我覺得這應該是上個世紀的經典畫面，就像背景中的那座明代鼓樓一樣，上面明顯遮著塊浮雲。浮雲也應該是上個世紀的，顯得殘破和古樸。正是下班時間，路上人來車往，車喇叭往死裡催。我們只來得及交換一下手機號碼，就被車流沖散了。

正傑一隻手扶把，擰著身子看著我，把手捂在了耳朵上，我明白他的意思，勤聯繫，打電話。「我有個東西想給妳看……」正傑挑起眼眉，幾乎是嚷，很認真很當回事的樣子。我沒當回事，朝他擺了擺手，也用手在耳朵上好歹比劃了一下。

※　　※　　※

我跟鳳丫住在一座城市，有事好商量。有天我們談起母親，在哪裡都待不住，無論在城裡還是鄉下，總說孤單、沒伴兒。又談起表大媽，她已經住十多年養老院了，好像自打正坤死，她就離開了罕村。據說，在養老院待得非常扎實，過年都不願意離開。鳳丫首先提議，母親如果也住敬老院，不就有伴兒了、不孤單了嗎？兩年前她的腦子就開始出現幻覺，記憶力差得驚人。若是腦子好，她是不肯住養老院的。她不願意把錢給別人，她算得清這筆帳。於是我和鳳丫從城南跑到城北，又從城東跑到城西，查看了七八家，備選的有一兩家。從西外環下來，有個藍色的大牌子很搶眼，寫的是「賈迎春家庭料理」。起初還以為是吃飯的地方，可看括弧裡的文字，才發現所謂的家庭料理不過是養老院的別稱。我們喜歡帶家庭這樣的字眼，異想天開地覺得，如果母親也能找到個「家」，是皆大歡喜的事。

是一座「井」字形的方形建築，正房是二層樓，又把東、西、南用迴廊串了起來，蓋了一模一樣的房子，院子裡就成了個天井。十幾個老人正在院子裡晒太陽，有個老太太從馬扎上站起身，朝我們這邊走。「這不是鳳丫、雲丫嗎？」我和鳳丫對視了一眼，異口同聲說：「表大媽！」一點兒不錯，真的是表大媽。她已經八十九歲了，腰板不塌，眼睛不花，白白胖胖，稱得上精神矍鑠。真讓人羨慕啊！我們的母親骨瘦如柴，整天顛三倒四，跟父親去世前一模一樣。我們又幾乎同時說：「沒想到您住在這兒，挺好吧？」她不知想哪裡去了，虛飾的微笑頓時浮在臉上，說：「我兒子死了我不能死，我得替他們活著。」

我說：「我前幾天見到了正傑哥。」

表大媽說：「他當校長，忙著呢。」

「好久沒見到正輝了。」

「他更沒空，扎到地底下修火車道，城市的地鐵都歸他管。」

我當然知道，正傑只是個普通的事業編，沒有職稱，不能晉級，牢騷滿腹。飯碗成了燙手的山芋，一門心思盼著退休。正輝則成了新聞人物，他是一家國企老總，因為決策失誤造成國有財產流失，成了反面典型。那天我在必勝客請正傑吃飯，正傑很不安，前後左右環顧，說這裡應該是年輕人來的地方。可一條商業街都是大排檔，哪裡有安靜的能說話的地方呢？

甫一坐下，正傑就說：「正輝是被冤枉的。我們從底層上去的人，上面沒人撐腰。」

我則想，人到中年，該是自己給自己撐腰的時候了吧？

我以為表大媽會問起罕村的人和事，或者問問我的母親，但她什麼也沒問。那個曾經喧囂的村莊在她的記憶裡明顯被抹去了。我們在院子裡站了一小會兒，就覺出時間的多餘來。鳳丫跟一個圓臉女人進了一間屋子，想必那就是賈迎春。事後鳳丫跟我說，人家都奇怪，說這個老太太不止一個兒子，可誰都不來看他，過年也沒人接她，每月的開銷從三個地方打過來，就沒事了。

正傑告訴我，正坤一死，表大媽的魂兒就沒了。她看中正坤以上的幾個兒子，他們的命運都是她安排出來的，在他們面前，她可以為所欲為。正傑和正輝是自己考出來的，從她的眼神就能看出生分來。也許是因為兒子太多了，她有些應顧不暇。

誰知道呢，也許還有別的理由。「正氣呢？」我問。

正氣當年從西藏調進北京，據說是偶然認識了衛戍區的某位領導，然後便是年復一年地寄土特產品。我想起當初表大媽取他寄的匯款單，是村裡的一景。後來他提幹了，把媳婦接走了，幾乎沒了音訊。

我問：「你多久看她一次？」

正傑說：「過去一個月總要去看一兩次，可每次她都要問，你有沒有當校長？你怎麼還沒當校長啊？有一次我特別生氣，說我不當校長妳就嫌惡我，妳到底是不是親媽。」

正傑不年輕了，卻還有些意氣用事，這是我對他的突出印象。也許是這些年的鬱鬱寡歡改變了心性，總之他不是我希望的樣子。

出了胡同就是鬧市區，我們的車子停在了槐樹底下。鳳丫沉默著，我也不想說什麼。我猜，她也許跟我一樣，想起了正坤哥。她當年不肯參加正坤哥的婚禮。

那個好看而又帥氣的赤腳醫生啊！

10

這個東西擺在了我和王永利面前的桌子上，那是一個黃絲絨面的本子，烏塗得已不可救藥。這是惠玲在正坤的葬禮上轉給正傑的，說藏在箱子的一個隱祕角落。「正坤的東西我都好好收拾著，我字眼淺，這個就不留著了。」惠玲說。

「惠玲根本沒看，若是看了，罕村早翻天了。」

那天坐在必勝客，正傑把本子給了我。看得出他有些猶豫，直到最後一刻，他強調說：「別讓村裡人知道，不好……」

說日記其實並不準確，裡面沒有多少內容。從字跡的顏色卻能看出時間的跨度來。從一頁到另一頁，跨度有三年。「我忘記做皮試了。」第一頁看得人手心出汗，是一九七四年十月十三日。「第一次打針啊！」「幸好沒事，高燒退了。」每天都有清晰的紀錄。「今天三十九度三，不出虛汗了。」「每次都擔心針拔不出來，那地方太硬了，真擔心那塊肉死了。」有些字跡都模糊了，但正傑說，十年前的字跡比這清楚。

哦，一晃正坤哥就去世十年了。

那些模糊的字跡居然是關於我的。在後面寫有我的名字。我一下就想起了當年正坤哥第一次打針時的驚慌。針扎在我的身上，我當然記得牢固，原來他是忘了做皮試。

好在我抗過敏。

正傑問我：「妳猜正坤是怎麼死的？」

我猶疑一下，說：「心臟病？村裡人都這麼說……他新婚燕爾。」

正傑微微皺了下眉頭，證明我猜得不對。若有若無的音樂在空中飄，頂上有許多葡萄藤，假的。

「他是自殺。」正傑落寞地看著窗外，馬路上人車流動，都急惶惶的，「人死了這麼久，也沒啥可忌諱的了。我就是想告訴妳，他是自殺，他心裡很苦。他一直處心積慮……」

「處心積慮……自殺？」

我問裡面都寫了些什麼。他說妳一看就明白了。

「一九八三年四月十二日。沒想到那麼快她就走了。三支青黴素果然有威力。四支呢？」我多少有些懂了，頓時冷汗淋漓。

「我們家族都是過敏體質，正坤他比誰都清楚。我爸，正清，小水，他自己。」

我喝了口玉米汁，甜得有些過分。

「他是故意的。」

我寒噤了一下：「證據呢？」

「有時候，他假裝給人家做皮試，其實根本沒做。他樂於看見過敏的人，那樣他就像獵手遇見了獵物。他的藥箱裡其實一直儲存著腎上腺素，可他一次也沒給人用過，難怪正清媳婦懷疑他。」

我越發吃驚，迅速百度了一下，腎上腺素果然專門對付青黴素過敏。

「誰知道呢。」正傑喝了口玉米汁，沒喝俐落，順嘴角淌下了些。我看出了他有些激動，手隱隱在抖，「也許就是變態吧，妳能解釋這種行為嗎？」

我解釋不了。

※　※　※

如今，這個本子就擺在我和王永利的面前，王永利現在仍是罕村的支部書記，已經是老書記了。他這些年坐得穩這把椅子有賴於他的兢兢業業。王永利說，他當年對正坤曾有過懷疑，就是正清死的時候。「記得我喊妳回來嗎？只是這件事情沒法說。怎麼說？」我說：「人命關天啊！」王永利說：「就因為人命關天，就更沒法說。」他搖了搖頭。「就像現在這樣。」他翻動一下那本子，一些紙屑飄了起來，是一股嗆鼻子的陳舊味。正說著話，我嫂子進來了，王永利順手拎起一張報紙，把本子蓋上了。我嫂子偏頭看了一眼，說：「埧城日報……有什麼新聞嗎？」王永利說：「喬書記下鄉調研了。」我嫂子說：「這算什麼新聞。」

我嫂子出去了。我翻到了日記中的某頁，指給王永利看。那裡面寫著表大媽往四老歪嘴裡塞滿了茶葉，而另隻手捏著四老歪的鼻子，久久都沒有撒手。

正坤蹲在外面的臺階上吸菸，他從來不吸菸。我至今都能想起他粉色的指甲蓋，摁到皮膚上會充血。

「嚴格地說，他只是幫凶，但他算在了自己的頭上⋯⋯都有編號的。他自己，正好是第十五個。」我告訴王永利，「他給自己用了八支青黴素。這麼多年，罕村就沒人察覺？」

「都跟我們一樣吧。」王永利說，「有一種無力感，讓妳說不得，做不得。」

「為什麼呢！」我真想他還活著。

電話響了。我拿給王永利看，是正傑打來的。「妳在哪兒？那個本子趕緊還給我。」他有些焦急。

「他反悔了。」我對王永利說，「給我的時候他說供我研究用，沒說要收回。」

王永利用報紙把本子包了起來：「還給他吧。」

我應了一聲：「正傑對我說，他的人他都帶走了。」

王永利說：「指的是小水？」

東山印

1

「青田，忙啥呢？」

手機鈴聲一響，楊青田見是一個叫馮暖輝的人，也沒太當回事。他把最後一張紙從打印機裡抽出來，雙手捋齊，在桌上戳了戳。手機夾在肩窩裡，隨口問：「什麼事？」

「我是馮暖輝。」手機裡的人就像長了雙透視眼，一板一眼地強調。

打了個愣。同學、同事、親友，嗖地過了一遍……楊青田趕忙扔下手裡的文件，從椅子上站了起來，踱到了窗前。「馮……馮縣長……」

「就叫我老馮吧！」聲音還是那麼清脆，像剛下樹的棗子，一點兒也沒有被歲月浸潤打磨。

「哪能呢……您永遠是老領導……這麼早打電話，您有什麼要緊的事吧？只要我能辦的……」

「沒有要緊的事就不能找你嗎……」馮暖輝往裡墊話。

「我哪裡是這個意思……您知道我不是那個意思……話沒說好，掌嘴……」楊青田很響地拍了胳膊一下。

馮暖輝咯咯地樂，說：「你可別太用勁，腮幫子紅了嗎？待會兒讓我瞅瞅……找你也沒什麼事兒……你能不能抽空到我家來一下？」

三十九度高溫，往車裡一坐，身上的汗嘩地下來了，白襯衫立馬貼在肉上，整個人像是剛從水裡撈出來的。明天市裡有會，早晨六點就走。傍晚還有接待，是偏遠省分的一個考察團。眼下縣長們正在開會，楊青田一合計，就是眼下有一段閒工夫。所以跟誰也沒打招呼，駕車出來了。

馮暖輝當過塤城的常務副縣長，楊青田那時剛出學校門，負責給她提拎包。那時不像現在，祕書是要管家事的，連煤氣罐都管扛。馮暖輝住四樓，楊青田沒少往上搬這搬那。一筐蘋果，或一筐柿子，都有百八十斤。知道住高樓辛苦，後來楊青田買房死活買一樓。一晃就是許多年過去了，那時的樓房都不帶電梯。馮暖輝從副縣長位置上退下來，又當過兩屆人大常委會副主任。眼下馮暖輝住在城東的幾間平房裡，是她從政府退任那年給的福利房。

馮暖輝離開政府時不怎麼體面，楊青田當然十分清楚。她本來有兩步棋可以走。當一屆縣長，然後名正言順再當一屆書記。或者，直接進市裡，找把合適的椅子坐。這一切，因為一場車禍改變了方向。她在人大待了兩屆，還沒到退休年齡，自己主動離任了。如今，這一頁早就翻過去了。當年改變命運的是馮暖輝，當然也還有他楊青田。楊青田都到了當年馮暖輝的年齡，還在政府辦當副主任，是名副其實的老賴 —— 就像賴在了這個工作崗位上。當年是他不願意走，現在是沒地兒可去。每一次人員調整都沒他的事，組織部門或有意或無意地把他忘了。繼馮暖輝之後，又來個副縣長也姓馮，為了不至於混淆，楊青田把老縣長的真名實姓添進了電話本，只是時間一長，他把這個名字忘了，忘得死死的。

這一片平房十幾排，剛落成的時候，是按大小官位排的。比如，書記縣長住一號、二號院，人大常委會主任和政協主席住三號、四號院。馮暖輝排在政協副主席前邊，排在人大常委會副主任後邊，住第五排或第六排。楊青田從來沒找錯過，今天卻有些犯含糊。這些平房高大方正、青磚灰瓦，二十幾年過去了，整體氣勢有些塌陷，卻仍不失威儀。畢竟當年是當作百年大計的工程去做的。楊青田極力去想當初的印象，防盜門是蘋果綠的顏色，外面有個奶箱。臨街，房山的空地用樹枝圍了起來，保母種了幾畦蔥蒜。如今那些空地都被整修了，種了綠化植物。隔幾步遠，有一株龍爪槐，看上去整齊劃一。楊青田站在了印象中的防盜門前，防盜門鏽蝕得厲害，已經看不出本來顏色了。楊青田從五排轉到六排，又從六排轉到五排，仍是拿不定主意，這兩家的外牆體上都掛著奶箱，防盜門鏽蝕得都差不多。楊青田都要急火攻心了。他提了兩兜水果，所以不敢貿然敲門。萬一被哪位老領導認為來看他的，從而一把拽進去，那麻煩就大了。汗都流進了眼睛裡，他用力擠了擠，才無奈地把水果放到地上，拿出了手機，卻不敢說找不到門口。「我進胡同了，麻煩您開下門。」楊青田站在兩排房子中間，前後追著看哪個防盜門有動靜。馮縣長在手機裡咯咯地樂，說：「看你轉悠半天了，看你還能轉悠到多久。」

嘁！楊青田的心折疊了一下，很不舒服。原來她一直從裡往外偷窺，就像貓偷看耗子，那種感覺真是怪誕，這大熱的天！脾性還像年輕時那樣愛捉弄人，一點兒沒改！五排的防盜門吱扭一聲開了，馮縣長笑吟吟地站在門口，身上穿一件大花的連衣裙。

※　※　※

「您還是那麼精神。」楊青田心有餘悸，小心地措辭，唯恐言語不周，給馮縣長留話把兒。她打年輕的時候就有些得理不饒人，那個伶牙俐齒，非常不講情面，工作人員都很怕她。祕書、司機都用不長，幾乎一年換一個。楊青田算跟她時間最長的，不到三年。她離開政府時，組織部門已經安排楊青田下鄉了，是她跑到縣委打架，把楊青田留了下來。她說：「我不反對你們過河拆橋，但不能拆我馮暖輝的橋。誰拆我的橋我要誰的好看，不信就走著瞧！」

楊青田由此躲過了那撥下鄉，但日子一直不好過。他的職級很多年都不動一動，勉強到了副處，是熬年混過來的。同為副主任，他年齡最長，卻是排在最後。當年下鄉的人，早就完成了從鄉鎮副職到正職的轉換，又到各大委局任一把。各路神仙歸位，椅子滿滿當當。這是人生最經典的輪迴，讓官場人等羨煞。他卻像籠子裡關著的一隻兔子，一直被圈養，卻只是在狹小的空間蹦跳，升不上去，可也沒被外派。估計當年有關「拆橋」的事情口口相傳，都成段子了。每一次幹部調整，他都被排斥在外了。

早些年，他曾經萎靡不振，有點兒壯志未酬身先死的感覺。年齡大了，自己慢慢看開了。在整個家族，他是最大的官。在同學中，也不是混得最差的。一個老副主任，混在最高衙門，每天跟領導同進同出，仍有不少人羨慕。一個農家子弟，還圖什麼呢。除了安慰自己，他也沒有別的話講。

※　　※　　※

馮縣長端來了瓜子點心水果糖果，茶几上擺了一溜盤子。一盤切好的西瓜放在另一隻茶几上，西瓜條切得又大又愣，裝滿了一只大盤子。她拿起一牙最大的，說：「瞧你熱的，快先吃塊西瓜解解暑。」楊青田暗暗吐出一口氣，心說妳還知道天熱啊，看著人在外邊轉，都不喊一聲。那西瓜明顯不是新切的，表皮都起皺了，失了水分。楊青田接過來，發現黑色西瓜子會動彈，仔細一看，爬了三五隻螞蟻。這是住平房的好處，方便動物們覓食。可也說明前副縣長年紀大了，粗枝大葉的毛病還沒改。楊青田趕緊放下，說：「這西瓜上有螞蟻。」馮縣長嘴裡說：「有嗎？沒見過啊。」舉西瓜到有光亮的地方查看，吹了幾口氣，說：「沒事，螞蟻讓我吹跑了。」西瓜重新遞到楊青田的手裡，楊青田接也不是，不接也不是。索性接過來，剛要放下，馮縣長趕忙說：「你吃，你吃，甭客氣。」楊青田只得端在了手裡。馮縣長說：「你多吃幾塊，我這裡很少來人，你再不來吃，都要糟蹋了。你又不是不知道，我這個人，最反對浪費。」

是。她最反對浪費。當副縣長時，她總強調讓工作人員把吃不了的飯菜打包。其實人家隨手就扔進垃圾箱，打包不過是給她看。

楊青田說：「國泰呢？他常過來吧？」

國泰是馮縣長唯一的兒子，幹個體。打小就是讓父母頭疼的角色，成績總是倒數第三名。後來安排了不錯的工作，卻因為婚姻辭職了。國泰的前妻跟人跑了，他娶了當時保母的女兒。馮縣長那時正春風得意，哪裡肯跟家裡的保母做親家，那仗打得地動山搖。更絕的是國泰，為了擺脫母親辭了職，租了個門臉賣水果，後來又去廣東倒騰皮貨。過得怎麼樣不知道，但肯定沒發大財。發了大財早就能有耳聞了，塤城屁股大，凡是能混出水面的都能當個人大代表、政協委員啥的。你沒到這個層次，那就一定還是小魚小蝦。

這樣的兒子兒媳估計是馮縣長心中永遠的痛，所以她沒接楊青田的話。

「我的視力越來越差了，看東西卻越來越清楚。」馮縣長在沙發上落座，裙擺朝下一捋，還像年輕人落座那樣有型有款。「你咋不吃西瓜啊？都吃了，都吃了。瞧你又買水果，我一個人根本吃不了多少，以後再不許隨便花錢了。」楊青田只得說，這兩天鬧肚子，大夫不讓吃生冷。馮縣長一迭聲地問：「吃什麼把肚子吃壞了？還是幹工作累著了？如果是腸胃感冒可不得了，得好好找大夫瞧瞧。」

楊青田關心馮縣長的眼睛。視力差是因為什麼，看東西清楚與視力差不是矛盾嗎？馮縣長又咯咯地樂：「我一解釋你就明白了，視力差是因為老花眼，看得清楚是因為心裡敞亮。這樣說你就明白了吧？我人年紀大了，心卻一點兒也不糊塗。我越來越覺得當初沒有看錯人，青田，你還是當年那個青年才俊。」說完，伸手在楊青田的膝蓋上拍了一下。

楊青田難為情地笑了，這話聽起來更像諷刺。轉眼他也是四十大幾的人了，年輕的時候也沒人說他是才俊。他清楚，馮縣長這是在給他搭梯子。換成別人，可能真的不會這樣一招呼就來。

「您的眼也花了？」楊青田知道問得多餘，但有些關心是必須的。「那個時候機關裡最有名的就是您的眼和您的牙，比很多年輕人都強。」

三八節搞活動，機關的女同志紉繡花針比賽，馮縣長總得冠軍。酒桌上，用牙開酒瓶子，馮縣長比小夥子們的牙都給力。那時馮縣長四十剛出頭，真是三千寵愛於一身啊！穿條裙子就能引領整個塤城的風尚，人的好歲月都是倏忽一瞬，再回首已物是人非。馮縣長低頭沉默不語，良久，抬起頭來說：「我現在是六〇後，再過幾年就是七〇後了，零件也該老化了。」

氛圍突然就有點兒冷凝，好漢再提當年勇是不對的。在別人是資本，在馮縣長可能只是傷懷。楊青田有些後悔，一不留神就碰人痛處，看來這話沒法說了。

楊青田勾下了頭，再不肯說話。他知道馮縣長有正文，只是需要鋪墊和過度。她表面上性格爽快，內裡卻是九曲十八盤，這些楊青田都知道，而且楊青田不能問。「沒事兒就不能請你串個門子？」幾乎猜得出這話就藏在馮縣長的舌頭底下，然後可能又要繞出一堆話題來。

「那個東山印，聽說要拆除？」馮縣長突然變得直接了。她摸來幾粒瓜子，在手裡撚了撚。楊青田注意到她的手有些抖，她作勢把瓜子放到兩牙之間，卻沒能發出嗑瓜子的聲音。瓜子只在那裡比劃著，候場。

她的手仍在抖。

楊青田愣住了，心說好快的消息啊。眼下縣裡的常務會這是議題之一，楊青田也只是在打印文件時掃了一眼。幾年前就有市民呼籲拆除東山印，現在終於要成為現實了。

楊青田本能地問：「您聽誰說的？」

馮縣長調和一下氣息，站起身，慢悠悠地走向裡屋，丟了句：「誰說的不重要，重要的是這個消息是不是真的？」

楊青田吞咽了一口空氣，有些話還是不能說出口。機關鍛造這些年，最是知道什麼說得什麼說不得。即便是滿城風雨，守住自己的嘴也是本分。

從屋裡出來，馮縣長的肩上多了條絲質披肩。這屋裡是有些陰涼，連楊青田都感覺落了汗以後汗毛在根根豎起。他不安地望向窗外，能看到一棵柿子樹，青柿子只有算盤子大，在枝葉間藏匿，果子和葉子的顏色幾乎一模一樣，不仔細分辨根本看不出來。楊青田覺得這是個新發現，什麼果實與葉子的顏色如此接近呢？還有棗子，年輕時的棗子。

楊青田站起了身，心想政府常務會很少推翻什麼事，但關於這個議案，還是要以新聞發布為準。因為這是大事，就像當年建造東山印一樣。

楊青田說：「等我把消息摸準了，我第一時間告訴您。您還有別的事嗎？」

頓了頓，馮暖輝說：「沒了。」

楊青田說：「上班時間，我沒請假，是溜出來的。」

馮暖輝也站了起來，拍了下他的後背，寬和地說：「我知道。」

楊青田往外走，防盜門總是拉不開。這還是開發商建房子時配置的，別人家裝修時就換了高檔的，但馮縣長節儉，一直用到現在。

「我來。」馮暖輝在背後說。

楊青田閃開身子，馮暖輝輕輕一推，防盜門開了。

2

東山印，就是在東山的山頂上造了一枚石頭印章。印臺是基石，印柄是觀望臺，站在那裡可以俯瞰塤城全景。印章中心鏤空的部分是博物館。按照當初的設想，一條馬路修到山巔的停車場，塤城有關歷史和文化的文字、實物、二三級文物藏品都將出現在博物館內，遊人遠道而來，可以登山，登山累了可以去博物館內參觀，了解有關塤城的歷史。這座北方小城有不同凡響的地方，沿河兩岸的麥田裡到處都是陶器碎片，有唐漢的，甚至有先秦的。

縣委書記李東印在全縣領導幹部會議上說，我們塤城有的是寶貝，在外卻沒有知名度。為什麼？我們缺城市名片。這麼有文化底蘊的地方，卻連一座博物館也沒有。考古發掘出來的文物都像破爛一樣在倉庫裡堆著，看著讓人心疼，我們對不起先人哪！塤城屁股大，十分鐘就能走完一條街，來旅遊的打個旋風腳就回了，甚至沒有理由住一晚。這不行啊，同志們，我們得想辦法把人留下來。遊、購、娛、住一條龍，我們得做篇大文章！

李東印是空降幹部，也是塤城第一任外派幹部，很是年輕氣盛，當時在塤城引起了不小的轟動。過去縣裡的主要領導都是在本地產生，副縣長、縣長、副書記、書記，按部就班。誰在哪個節點到站，誰在哪個站點接班，基本上從幾年前就能看出端倪。只要不出大紕漏，都是手拿把掐的事。李東印就像晴空霹靂，帶電而來，一下就把塤城的官場攪翻了天。

他的降臨終結了許多人的夢想。所以他在會議上的苦口婆心，很多人都當笑話聽。

有關東山印的靈感來自哪裡，當時有幾種說法。其中之一，便是在

「印」這個名字上，巧合的是，塤城恰好有一座東山，孤零零地坐落在城市的正東方。而這座東山，歷史上曾經叫過東印山，是以五代的一個和尚命名。據說山上還曾有座小廟，廟裡有東印和尚的牌位，時過境遷，早已蹤跡皆無。塤城人向來說話圖省事，年深日久，把那個「印」字叫丟了。如今，很少有人知道那段歷史，如果李東印不是從天而降的話，根本就不會有人去翻典籍，引發聯想。如果早晨太陽從東方升起，恰好是頂在山頂的那塊石頭尖上。所以李東印還沒到任，就已經是滿城風雨。李東印履職那天就帶了幾個友好登到了山頂，其中一人來自京城，是位風水大師。大師只有四十幾歲，山羊鬍子卻黑白參半，據說是因為修行太苦，早早有了仙風道骨模樣。那時東山只是一座野山，被砍柴和放羊的踩出了一條小路。幾個人登到頂上，臨崖而望。大師說，塤城騰飛指日可待了。李東印問此話怎麼講。大師說，過去有東山而無東印。現在東山、東印齊全，時機已到，這是人心，也是天意。人心可向，天意難違。李東印說，還請先生明示。大師在山頂撥開荊棘，踩出圓圓的一個圈。大師說，若在這裡能建一方印，那就是名副其實的東山有印。印在山巔，沐浴光華雨露，既是符咒，也是象徵，意味著隨時可以東山再起。

說人，說山，說城，都是風過耳。但有的人不會，到百度上查「東山再起」的出處。

博物館喊了幾任了，是該建了。但因為財力緊張，該建的許多公益項目都是紙上談兵。塤城土地資源匱乏，但只要有錢，在哪裡撥塊地建座博物館，絕非難事。削平東山建到山頂上，這樣的大手筆只有李東印敢想。東山海拔二百零八米，是燕山山脈的分支。背鄰一條燕水河，蜿蜒南下，與泃水匯至薊運河，奔流到海。反對者說，在這樣的高地搞大型建築，破壞環境不說，預算投資足足要增加一倍。光是從山下往山上修路，就是一項浩大的工程。這是為民造福嗎？這明明是糟蹋錢！

縣長謝大寬是本地幹部，屬來自工農的老幹部系列。文化不高，讀文件經常能讀出白字。如果李東印不空降，他也只能終止在縣長任上。那年，他已經五十六歲，幹滿一屆就要退休了。所以謝大寬提出反對意見不應該是以私挾公，他是真的看不慣了。

在政府常務會上，他公開說，不管李書記是什麼背景而來，是出於什麼目的把博物館建在山上，他作為墳城人，都有保留意見的權利。可李東印那邊緊鑼密鼓，找人勘察，拿設計方案，而且宣稱不花墳城財政一分錢，由他去市裡省裡甚至國家部委去化緣。項目之爭變成了意氣之爭，兩人到了拍桌子罵娘的程度，這就要底下的人好看了。

那一段的墳城烏煙瘴氣，因為東山印的項目，形成了南北對流，起初是暗流湧動，因為捐款事件，把矛盾推向了高峰。捐款名字要刻碑上，捐與不捐，立馬陣營分明。用李東印的話說，就是用這種方式來分清敵我。項目在重重阻撓中按時開工，歷時一年零八個月，主體工程尚未拿下，李東印在回家的路上遭遇了車禍，一輛裝載水泥罐的大貨車煞車失靈，整個從小車頭上軋了過去。

當時流傳一個說法，東山印的建設，觸怒了山神。

楊青田回到機關，常務會已經散了。兩個小青年正在收拾會議室，常縣長的雕花菸灰缸裡只有兩個菸蒂，看來會議時間不長，氛圍也還輕鬆。本屆政府開局之年，常縣長屬於連任，工作也容易有接續性。當年，東山印建設不是小事。現在，拆除也是大事。兩會代表和委員寫提案，簽名的多達百人。說那座爛尾建築有礙觀瞻，裡面成了公共廁所，很多登山的人憋著也要把屎拉到山上，臭味甚至能彌漫半個墳城。這說明了什麼？說明塤城人民在用別一種方式表達不屑和憤怒。這座建築還有致命處，擋住了東來紫氣。因為它正好面對著城市中心那條昌盛街，盡頭就是那座明代的鐘鼓樓。爛尾建築與鐘鼓樓遙遙相對，說不出的晦氣，否則當年李東印也不會有飛來橫禍。這幾年，塤城的經濟一蹶不振，各項指標在全省總是名列前茅，倒數。理由饒是多樣，有的能寫成文字，有的則難上檯面，在社會上蜚短流長。只要有人群的地方，這必是議題之一。過去二百零八米的東山，剛好托住升起的太陽，雨後的天氣，太陽像是從水裡升出來，披著柔曼薄紗。大家對頂尖的那塊石頭記憶猶新，旁邊還有一棵小柴樹。有月牙映襯的晚上，石頭和樹一起入畫，被人捕捉到相機裡，成了珍貴的歷史資料。李東印出事後，博物館工程自動停工了。據說，不停工後續資金也難以為繼，七千萬的預算，早就花完了。

塤城官場的格局由此發生改變。最傷心的莫過於馮暖輝。政府一正六副七位縣長，馮暖輝是常務。縣長與書記結梁子，副職各懷心腹事。因為很顯然，雙方都不能得罪。謝大寬在本地樹大根深，得罪了他，就等於四面樹敵。而李東印明顯是鍍金幹部，屬前途無量型。幾年基層工作是階梯，進省入常都是可以預見的事。這樣的局面不騎牆，還有路可走嗎？

但李東印專門會治騎牆幹部。他在全縣幹部大會上說，在東山頂上建博物館，是造福子孫後代的千秋大業。他號召支持他的領導幹部帶頭捐款，然後把名字和數額刻在碑上，豎到山頂，與山川同在，與日月同輝。名單按捐款多少排序，不管你是一般幹部，還是平頭百姓。他是第一個，捐了兩千元。這一招是封喉劍，讓多少人惶惶不可終日。他目光炯炯，注視著全縣最大的這間大禮堂，想看清潛在的敵人都有誰，所謂「清君側」也要有個名目。你是誰不怕，但我得知道你是誰。

謝大寬首先表明態度，不捐，而且讓屬下管好下屬。他說東山有史以來就是塤城人民的東山，不是你李東印的東山，你不能想搞什麼就搞什麼。你搞什麼東山印，名義上是建博物館，實際上是為自己封印掛冠。動機不純，用心不良。謝大寬的大嗓門能與大喇叭相媲美，根本不用麥克風，共鳴聲就在會議室裡迴旋。在如此重要的會議上公開唱反調，這在塤城的歷史上也絕無僅有。所以事後有人說，這一幕應該寫進塤城的歷史，由後人評說。這原本是一個戰前動員會議，捐款箱就擺在了主席臺下，謂之「認捐箱」。李東印猜度謝大寬的態度是不支持不反對，沒想到他會真的跳出來，公開撕破臉。他說我不單要向市委省委舉報，還要向中央反映。我就不相信你李東印可以一手遮天！這樣的局面猶如戲臺，錯過一時就是一世。人們瞪大眼睛看兩個舵把子鬥法，偌大個禮堂鴉雀無聲。大家等著看第二個「認捐」的會是誰。副書記、組織部部長、宣傳部部長、統戰部部長、政法委書記、紀檢委書記，東院的幾大常委都有可能。黑雲壓城，甲光向日。人們屏住呼吸等待。讓大家沒想到的是，後二排有人在書記話音未落時緩緩站起，拿起一個信袋嫋嫋地走到認捐箱旁，朝大家亮了一下。她是馮暖輝，捐款一千九百九十九元。

※　※　※

「你去哪兒了，找你幾次都不在。」賈主任手裡拿著文件，把眼鏡推到腦門上，對匆匆走過來的楊青田說，「到我屋裡來。」

楊青田說，他去郵局郵寄資料。遇到一位磨蹭的老同志跟業務員嗆嗆，說自己的一幅書法作品寄丟了，那是能拿國際大獎的。老同志沒完沒了，還拿出隨身攜帶的一本雜誌，說因為自己的作品沒寄到，雜誌社開了天窗。老同志打開雜誌，果然有一頁是空白。兩人吵得不可開交，楊青田拿過雜誌看了看，問老同志有沒有給雜誌社交錢。老同志說，還沒交。作品沒印上面，咋交？楊青田說，沒交您就賺上了。這樣好的紙，這樣厚的書，一頁得好幾百。老同志哼了一聲，好幾百？一千還掛零！

楊青田還要說下去，賈主任明顯有些不耐煩，說：「以後這樣的事你讓年輕人去跑，別凡事自己出馬。」楊青田說：「大家都在忙，我就這段有點兒空。」賈主任說：「拆遷項目常委會過了，前期準備工作要到位。雖是民心所向，也得注意輿論引導。畢竟是敏感項目，謹防有人藉機生事。」楊青田心裡一跳，脫口說：「東山印？」賈主任不滿地說：「恢復東山原貌是塤城人都關心的大事，你怎麼一驚一乍！」楊青田搖搖頭，建設項目耗資巨大，拆除仍需巨額資金。況且山頂方寸之地，建築垃圾也不好處理。那座建築是石頭堆起來的，甚至與山連體。如果將來有條件，把場地作為博物館使用，還真是有些特色。楊青田不明白，怎麼都跟東山幹上了。建築物拆除了，也不能讓削下去的山體重新長起來，這樣勞民傷財的事，怎麼就沒人站出來說話呢？

楊青田自己心猿意馬，沒注意賈主任擰著眉毛看他。待他回過神來，賈主任把眼睛摘下來扔到桌子上，嚴肅地說：「你是不是有什麼想法？有想法可以跟主要領導提出來。」

楊青田嚇了一跳，心說，賈主任這話怎麼像是在點穴，趕忙說：「我哪會有什麼想法。」

賈主任說：「沒想法就好。眼下拆遷東山印是工作中的重中之重，縣長三令五申，要防止當初支持東山印建設的人鬧事，尤其要警惕把名字刻在石碑上的那些人。宣傳工作要到位，電視臺、報紙、網站要全力以赴全面跟進，打一場大拆遷的攻堅戰。所有的文件資料由你和宣傳部的宋副部長把關，有你們兩個人的簽字，文章才能發表。」

楊青田就有些慌。當年他也是石碑上留名的人，只是那碑沒來得及往山上運，就不知去向。據說有人把石頭上刻的字磨沒了，派了其他用場。

那是一塊巨型片狀的疊層石，花費若干從山裡運來的，長和寬都過丈。政府這邊被刻在石頭上的只有寥寥幾個人，即使楊青田是副科級，也分外顯鼻子顯眼。

只是，他當時是馮暖輝常務副縣長的祕書，別無選擇。就是有選擇，他也仍有可能把自己的名字刻在石碑上。黨管政府，自己不聽縣委的聽誰的？私心裡，他覺得李東印書記格局大，有氣魄。塤城本地的幹部故步自封，是該有人給他們換換腦子了。

改革開放初期，有條鐵路要從塤城過，鐵路規劃部門想在塤城附近建座車站，作為周圍幾座縣級城市的交通樞紐，已經完成選址，當時的主要領導一直把官司打到北京，總算把這件事打黃了。他們的理由是，土地比車站寶貴，這大片地能產不少糧食，餵活許多人。而且建了車站以後外來人口激增，會增加安全隱患。於是車站挪到了鄰縣，人家拍手歡迎。十年以後，鄰縣比塤城人出行方便，塤城人才知道後悔。再過十年，鄰縣憑藉鐵路優勢完成跨越式發展，這事兒才變成塤城人嘴裡的笑話。只是他們中很多人是羅圈思維，再遇到同樣的事，他們還能做出相同的選擇。

那一場爭鬥兩敗俱傷。李東印出事後，謝大寬沒能如願代理書記一職，他被就地免職。可以想見，當時的市委市政府對如此窩裡鬥有多深惡痛絕。很長時間，東西兩院無當家主事之人，大家惶惶不可終日。兩個月以後，外派的書記縣長才到位。人們私下議論說，謝大寬若不生是非，塤城的幹部最起碼能形成階梯，到達縣長的位置。現在則把本地幹部上升的渠道堵死了。別小看一個位置，那是很多人一輩子的奔頭。謝大寬也知道這事的厲害，卸任以後灰溜溜的，從不見人。後來肺部查出了鈣化點，一直當肺結核治，把病情耽擱了。

怎麼那麼巧，李東印的週年紀念日，謝大寬也撒手人寰。

※　※　※

「好啊楊青田，你答應的事那麼快就忘了！」

是責備的口吻，但責備得很親暱。楊青田先是一怔，馬上明白了這親暱所謂何來。「昨晚電視裡的通告您看到了吧？我知道您一直堅持看塤城新聞，所以就沒給您打電話，多此一舉。」

「你忙，這個電話還是我來打吧。」馮暖輝果然開始夾槍帶棒，「青田不告訴我，我還有別的渠道，塤城的任何事也瞞不了我。我知道你心裡有大事，不會把這種小事放在心上。」

楊青田皺起眉頭，用牙齒咬了咬嘴唇。

馮暖輝嘆了口氣，說：「青田，別跟我一般見識，我不是針對你。我一宿沒睡覺，心裡不好受。那樣高標準的建築，當初投入的設計費就是幾百萬，是塤城唯一一座請國外建築師設計的作品，被某些土包子說成貪大求洋。工程雖半路擱淺，但永遠是個好基礎。當年你也是當事人，很多情況你了解。塤城就是座小土城，貪大求洋怎麼了？引進先進理念，提高人民的審美水平，這有什麼不對嗎？當初因為突發事件工程終止，不是今天拆除的理由。你我都是為建設東山印做過貢獻的人，他們就這樣草率地決定拆除，你怎麼看？」

楊青田心裡說，既然已經做出了拆除決定，誰還能怎麼看。他可憐巴巴地說：「聽縣委的吧。」

馮暖輝說：「如果縣委錯了呢？」

楊青田有些衝動，說：「已經形成決議的事，您就別擰巴了。再擰巴下去，還有什麼意義嗎？」

馮暖輝高聲說：「什麼叫擰巴？咋叫沒意義？作為一名黨員和一名退職老幹部，我有向組織反映問題的權利。決議有什麼了不起，事實證明，我們歷史上的很多決議都是錯誤的，包括中央決議！」

楊青田氣得鼓鼓的，她知道馮暖輝的蠻橫脾性又開始發作了。可這不是當初啊，妳的蠻橫哪裡還有市場啊！楊青田努力柔和著語氣反擊，說：「若說決議錯誤，當初建設東山印的決議首先就是錯誤的。如果知道造成的後果如此嚴重，李東印書記還會一意孤行嗎？」這話算是打蛇打到了七寸，馮暖輝一下子沉默了。作為迎檢項目，為了趕工程進度，李東印總是盯在現場，連續幾週不回家。很多不支持此項目的人後來都有些被感動，覺得李東印看著是個白面書生，其實還挺務實。他回家那天就是從施工現場走的，從山上下來，天上下起了小雨。夜幕四合，起了薄紗樣的霧。車到高速口，他給副書記打了個電話，交代迎檢項目的細節問題，二十幾分鐘後，悲劇就發生了。

過漳河大橋是個大下坡，前方有車拋錨，車輛需要繞行。車子都要頓一下，然後像蝸牛一樣右旋，車燈像螢火蟲一樣閃爍。一座龐然大物衝下來時，估計很多人都以為是天塌了。大貨車上的水泥罐一直在悠閒地轉，卻連砸四輛車，他們那輛在最裡邊。後來有人不無遺憾地說，東印書記若是早幾分鐘或晚幾分鐘上路，都會躲過那場災難。

可如果沒有東山印那個項目呢？楊青田那個時候經常犯痴，他會這樣想。馮暖輝與李東印私交好，她曾經許願說：「青田，我去哪兒你跟我去哪兒。」楊青田當然理解這話的意思，她很快就能離開副縣長這把椅子。所以那場車禍改變了很多人，其中也包括楊青田。

對面悄沒聲地把電話放下了。楊青田一怔，急忙又把電話撥了過去。電話響了兩下，斷了。楊青田心裡一陣難受，發了一個短信：馮縣長，對不起。

至於對不起什麼，楊青田攢了半天詞兒，也沒有把後面的話說出來。

3

這座東山從來都不起眼。如果你是外地人，碰巧在昌盛街的牌樓底下吃飯，一抬眼，就會看到東山印。為啥說要在牌樓底下吃飯呢？因為整條昌盛街那家黃鴨燜飯的生意最好，客人經常轉遍全城也要到這裡來吃，車子把寬寬的馬路擠成了一條縫。也有客人心細，問山上那個龐然大物是個什麼物件，服務員會這樣說，那是一個印，又叫東山印。當年有個縣委書記叫李東印，想千秋萬代把官做下去，就在山頂上修了這麼個東西。後來呢？客人問。服務員邊擦桌子邊說，沒有後來，印還沒修完，書記先嗝屁著涼了。對，埧城很多人都會這麼說。他們並不是對死人不恭，或者對李東印有什麼看法，他們就是願意那麼調侃一下。說到底，一座山上有沒有一封印，於他們這些每天端盤子端碗的人，沒有任何干係。

「你們可以去看一看，上山的路能跑車。」埧城人自豪地說。

「那石頭圍牆裡都有什麼？」

「什麼也沒有 —— 那是不可能的。那裡面都是大便。」

「什麼？」

「就是屎。」

埧城人的幽默有時會顯得可笑。

但電視臺發了通告以後就不一樣了。通告其實就是楊青田擬的。開始是宋部長先著手，洋洋灑灑寫了三千字。領導覺得太長，也太文氣，又讓楊青田再擬一稿。作為老文祕，楊青田知道領導的口味，通告自然要把體現民意放在第一位，說埧城人對東山有感情，恢復東山原貌是順民意、得民心之舉，也是本屆政府義不容辭的責任。調子激昂，擲地有聲。楊青田寫時卻心猿意馬。他努力把自己往外剝離，像以往任何一個公文材料一樣。你是機器，材料跟你無關。通告裝在 U 盤裡，是在家裡的電腦上完成全稿的。妻子秀玲穿著睡衣正好走過來，看了一眼。楊青田問：「作為一個人民教師，妳怎麼看拆除東山印這件事？」

秀玲說：「跟我有啥關係。」

楊青田堅持問她的意見。

秀玲不耐煩了，說：「拆不拆都跟我沒關係，你沒聽懂啊？」

楊青田嘆了口氣，說：「跟我有關係。當初我捐了五百塊錢。那時的五百塊錢，是工資的五分之一，可以買不少奶粉。」

這話有痛處，說出來更像嘲諷。秀玲扭身去了屋裡，唱歌似的說：「沒有那五百塊錢，我們不也過來了？」

楊青田站起身來去了洗手間，對著鏡子照自己。鬢邊鑽出幾根白髮了，額上有一槓一槓的抬頭紋。沒有那五百塊錢我們也過來了，秀玲這話說得沒錯。可還有很多東西沒過來，秀玲不知道，楊青田也從不對她說。李東印出事後兩個月，書記縣長空降而至，可是很奇怪，他們都視馮暖輝為敵，表面客客氣氣，那種隔膜和疏離連身邊的工作人員都看得出來。可馮暖輝是常務，很多事情都繞不開她。繞不開而去繞，這其中就多出來許多生硬和意味。楊青田經常看見馮暖輝抹眼淚，有一次，天都大黑了，馮暖輝的屋裡暗著燈，可司機就在樓下等。楊青田樓上樓下跑了幾個回合找人，發現馮暖輝躲在書櫃的暗角裡，眼瞼紅腫。楊青田摁滅了燈，從屋裡悄悄退了出來。都說官場如爐，誰不得經幾回脫胎換骨，似他們這樣的遭際委實不多。那兩年的時間可真是煎熬人。四周都是警惕而戒備的眼，這些眼神過去都曾友好而熱烈，就連馮暖輝的挑剔都是美德。楊青田則顯得手足無措，不管在任何場合，他似乎總是人們眼中的焦點。探尋、懷疑、不屑、拒絕……所有的信息彷彿都在傳導：你跟我們不一樣，你現在是邊緣人。

當時的縣長姓林，是從另一個區縣調來的。那天他特意把楊青田叫到了辦公室，問：「聽說馮縣長去給那個李東印燒紙錢，有沒有這回事？」縣長眼神似鐵，澆得楊青田的脊背一片冰涼。

這天是李東印去世一週年，按照鄉俗，頭天晚上應該燒些紙錢。馮暖輝讓楊青田踏察路線，從鄉村公路走，找離漳河大橋最近的路。楊青田沒想到馮暖輝去幹這個，一個副縣長，給一個縣委書記燒紙，這聽起來都有點兒不合情理。可馮暖輝想得出且做得出，又讓楊青田欽敬。紙錢香燭和一應物件都是馮暖輝自己備下的，裝在一個精巧的竹籃裡。楊青田現在都還記得，馮暖輝用自己的水杯裝了酒，那水杯是去日本考察時帶回來的。酒在風中飄灑時，楊青田吸了吸鼻子，是陳年茅台的香味。

李東印只喝陳年茅台。這個癖好很多人都知道。不多喝，每頓三小杯。他外出開會，其中的一個水杯裝的是酒，由祕書提著。李東印做過省長的祕書，省長是貴州人。這裡的情由不用細說，否則，三天三夜也說不完。李東印的鼻子，不是一般的鼻子。十幾種酒擺在那裡，他鼻子往前一湊，就知道哪個是茅台。稍一沾唇，十年、二十年的酒就分得清清爽爽。

李東印曾經作為功課向馮暖輝傳授。跟著啥人學啥人，跟著巫婆學跳神。楊青田的鼻子，也是那個時候練出來的。

天氣烏濛濛的，曠野裡隱約能看到秋收後的景象，萬物蕭條，腳下雜草叢生。司機沒有下車，坐在方向盤前呆呆地往外看。火舌躥起來老高，把這一方天空照亮了，幫馮暖輝燃著紙錢。楊青田選擇了避讓，他往夜的深處走，心裡湧動著一股難言的荒涼和憂傷。

應該說，他理解馮暖輝的感情，她和李東印是最合拍的人。這從一開始就看得出，李東印對她與對別人不一樣。幾次會議有楊青田參加，他總是格外留意。李東印講完話，總是越過副書記和縣長，最先徵求馮暖輝的意見。而馮暖輝的意見和建議也最中肯，有一說一，有二說二。他們之間沒有虛頭巴腦的東西，不需要虛與委蛇，看問題的角度和方式更接近也更默契。相比而言，副書記與縣長的思維和言談都有固定的套路，讓李東印的眉頭越擰越緊。楊青田曾經有過隱隱的不安，覺得這會遭人嫉恨。好在李東印在墳城只幹一屆，一屆過後，馮暖輝也正當年，如果不出意外，兩人都會有不錯的結局。

只是，天不假時日。

秋蟲唧唧，和著馮暖輝的喃喃自語。楊青田曾停下腳步，細心諦聽這黑夜，這曠遠的曾經豐收的土地，不知道此刻李東印的魂魄在哪裡，有沒有聽見馮暖輝的話。

林縣長的問話，讓楊青田失魂落魄。燒紙的事，無疑是敏感而又私密的，馮暖輝自然不想讓別人知道，楊青田和司機就是最大的嫌疑。他膽戰心驚地從縣長辦公室裡出來，想的都是馮暖輝如何發飆，他現在四面受敵，如果馮暖輝再不信任他，他都覺得沒有活路了。

進到她的辦公室，楊青田腿是軟的，眼是虛的，他不敢看她。馮暖輝一陣風似的飄過來關了房門，輕輕地說：「我知道，叛變的是司機，不會是你。」頓了頓，又說：「即使世界上的人都叛變我，青田，你不會。」險些讓楊青田落淚。他就是從那個時候開始變得死心塌地的，哪怕馮暖輝被降職被發配。還能怎樣。

「只是，林縣長為什麼要問起我這個呢？」楊青田問得有氣無力。他既然已經清楚，再問實屬多餘。

馮暖輝嘆了口氣，說：「你要是明白就好了。」

這個問題，困擾了楊青田很長時間。後來隱約觸到了那個核，是領導們之間的較量越來越白熱化。有時候，真的就像小孩子在過家家。楊青田那時還不到三十歲，對前途和事業還有想法。他覺得馮暖輝不是個尋常人物，講究起來像個貴婦，手袋都是從巴黎買來的，幹起活來是個拼命三郎，抗洪搶險都敢往上衝，根本不像個女同志。一座東山印改變了官場格局，但改變應該是暫時的。他們都還年輕，還有時間等。那天早晨上班，他們才得到有關車禍的確切消息，楊青田三步併作兩步跑上樓，莽撞地推開了馮暖輝的房門，見她佝僂著腰身窩在牆角，像是要把自己對折一般。楊青田想扶她坐到沙發上，她身子一軟，倒在了楊青田的懷裡。

※　　※　　※

環衛工人和灑水車先行上山，把東山印的汙穢清掃乾淨。電視臺連篇累牘地發社評，為這件事情爭取輿論加分。現在政府做事越來越謹慎，總怕蹚著地雷，人仰馬翻。可塤城的老百姓不管這個那個，東山印要拆除，一下攪動了很多人的神經。「哦，要拆除了。那得上去看一看。」很多人從打東山建了這個印臺，都沒上來過。經常上來的是那些習慣遛早和登山的人，早晨四五點鐘，就在山上亮嗓子。喔喔喔，啊啊啊，像一群雞，又像一群鵝。於是塤城人扶老攜幼一天到晚往來穿梭。偶爾還能看見坐輪椅的、拄雙拐的，艱難卻興致勃勃。他們發現，這座東山印其實挺好看。石頭是一水的花崗岩，從山下看，就是個石頭垛。到裡面一看就大不同了。原來是螺旋式。也就是說，從外面看像一枚圓圓的印章，從裡面看卻四稜見方。臺階寬敞平整，邁上去很舒服，是人的八字走法，透著紳士和祥和。裡面一共三層，繞來繞去就到了樓頂。樓頂是個大平臺，能容納幾十人跳舞，或者能擺七八個圓桌開席。站在這裡，人們又有了發現，這裡離天很近，彷彿伸手就能扯把雲絮。從高處俯瞰，燕水河的水分外清亮，倒映著遠處的山影，鳥兒在水裡盤旋。這個建築真是又結實又實用，為啥要拆呢，不拆不也挺好嗎？過去他們對東山有感情，現在他們對東山印有感情。老百姓的感情就是這麼怪。很多人今天去明天也去，不為別的，就是因為拆了以後再也見不到了。

他們彼此打招呼說：「去看東山印吧，再過幾天想看也看不著了！」

電視臺的每天社評只有幹部看，或者只有楊青田他們與之相關的人才看，老百姓才不管你怎麼說。他們就覺得這個石頭堆好看，生生把這裡看成了旅遊景點。

有一天，就有人發現山路被封死了。山下馬路的隔離帶在移動位置，過往的車輛需要繞行，警戒線拉到了五十米之外。酷暑的正午，施工人員也沒休息，他們穿著黃馬甲，頭戴鋼盔，臉上的汗水像小溪一樣奔湧，手背上結出了一層鹽鹼。

一群想登山的在那裡喊口號，喊著喊著就開始破口大罵，說：「如今的政府越來越不辦人事兒，納稅人養著你們是幹什麼吃的！」

※　　※　　※

陌生的電話號碼楊青田一般不接，接這個電話純屬條件反射。「楊青田，我是國泰。你告訴門衛把我放進去——政府什麼時候改招牌了，不是人民的政府了？」裡面門衛在喊楊主任，說這個人罵人。楊青田說：「你讓他在門口等一下，我這就下去。」

從三樓下來，楊青田一路都在琢磨，他怎麼來了。他有十多年沒見過國泰了，這個國泰，真是讓人一言難盡。往好裡說，是人率性，從不算小帳，有點兒像他爸老國。老國是林業幹部，一輩子就愛跟人吃吃喝喝，是有名的「三不挑」——不挑人，不挑地方，也不挑吃食，讓馮暖輝傷透了腦筋。後來在工會主席的任上退休，大家都知道，是沾了馮暖輝的光。退下來不久，老國就得肝癌去世了，馮暖輝忙得像個局外人，送別老國時，一顆眼淚也沒掉。

看見楊青田從樓門口出來，國泰就開始往裡走。門衛在後面追，說：「你還沒登記呢。」楊青田跟他握手，把他往外扯。國泰卻把他往裡拉。國泰立起眼睛說：「怎麼，這政府大門我就不能進來了？他不讓我進，你也不讓我進？」

楊青田趕緊解釋，說：「辦公室人雜，說話不方便。我們這麼多年不見面，找個消停地方，好好說說話，我再請你上去喝茶。」

國泰這才不情願地跟他往外走，路過門衛，國泰狠狠地瞪起眼睛說：「狗！」

國泰變成了一個黑胖子，條格的襯衫箍著肚子，褲子和鞋的品味不低，手包貼身挽著，已經有大老闆派頭了。楊青田問他在哪兒發財，他說在馬來西亞做生意，把香料、咖啡倒騰回國，再把絲織品倒騰出去，他們喜歡中國的這些產品。楊青田說：「國際倒爺。」國泰謙虛地說：「一點點小本生意，不能跟你們公務員比。」楊青田說：「公務員有什麼好！」國泰說：「可說呢？一輩子不出這幢樓，跟烏龜王八似的。青田，你這輩子算是白活了。」

吃了啞巴虧，卻無力反駁。楊青田憋了一口氣，狠狠地想，烏龜王八窩，你卻進不去。你以為你是誰。十多年不見，他覺得國泰仍是個不靠譜。

當年國泰就瞧不起楊青田，管他叫提拎包的。「除了提拎包，你還會點兒別的不？」國泰經常用這話挑釁。有一次，楊青田給他家送大米，是國泰開的門。米是一百斤，楊青田搬上來累得夠嗆，可國泰就是不讓他放下。擱客廳不對，隔廚房不對，擱哪兒都不對。轉了好幾遭，楊青田才知道在受捉弄。國泰小楊青田七歲，那年正讀高中。他在沙發上打遊戲，手指翻飛，還把楊青田指揮得團團轉。楊青田實在難以支撐，把米放到了廚房門口。國泰馬上跳了起來，嚷嚷說：「誰讓你放下的，誰讓你放下的？」楊青田氣得往外走。國泰說：「糧食要放到儲藏間，你是真不知道還是假不知道？扛起來，扛起來。」楊青田說：「你自己扛。」國泰說：「養你是幹啥吃的……」話沒說完，楊青田衝他肋下給了一拳。國泰想反擊，馮暖輝正好進來了。國泰抱起糧食進了儲藏間。看楊青田的臉色不對勁，馮暖輝問：「怎麼了？」國泰搶著說：「讓他把糧食扛到儲藏間他都不樂意！」

馮暖輝喝道：「你是幹什麼吃的！楊哥從樓下扛上來，你就應該趕緊接過來！」

國泰嘟囔說：「我還未成年呢，壓壞了怎麼辦。」

兩人一起往外走，國泰瀟灑地揮舞了一下手臂，鎖車。一輛大吉普停在馬路對面，楊青田說：「不錯啊，你的車？」國泰說：「什麼時候想跟我出去兜風，說話。」

4

三次論證爆破評審會得出了相同的結論，實施能夠做到萬無一失。常縣長在會上問：「哪個部門還有問題？」

交通局局長說：「看熱鬧的老百姓太多，公安局得注意疏散人口。」

公安局局長說：「我這裡拉著警戒線呢，他想進也進不來啊。」

「輿論呢？」常縣長問。

賈主任說：「人民群眾都持歡迎態度。都說這座建築擋風水。有的人家出了車禍、老人得病都說與這座建築有關。」

宣傳部宋部長說：「燕水河裡淹死幾個孩子，老百姓也說跟這個建築有關聯。」

常縣長點了點頭，說：「這些想法雖然有些迷信，可這總是人民群眾的呼聲。」

「山頂上的環境相對簡單，這對爆破是個有利條件。」

爆破專家是從北京專門請來的，曾經參與過國內一百一十九米和一百零五米兩座高樓的爆破，是個精瘦的小老頭。專家說，爆破分三個缺口，先從下到中，再到上，依次起爆，相互之間只隔半秒。

「這次爆破在控制裝藥、防護措施以及爆破技術、有害效應上，要達到世界領先水平，我們爭取再創造個奇蹟。」專家走到了電子顯示屏前，指著上面的圖例說，「我們要把二百公斤炸藥分為三千個爆破點，盡量最大限度地減少那一段炸藥的消耗量，來減少震動。同時，通過一層鐵絲網、兩層塑料網、三層草墊子來把爆破點全部封閉，以阻擋飛石。按照三烈度、九十分貝噪聲設計。五十米之外，三烈度是敏感的人稍有感覺，不敏感的人根本感覺不到。」

「為了最大限度地減少粉塵，爆破之前要把整幢建築清洗一遍。」

有人問，這麼大的建築怎麼清洗？

專家答：「要掛八千個水袋。每層樓都要澆很多水，一旦粉塵產生，就會被水包裹。」

「山上沒有水源。」有人提醒。

專家笑著說：「山上也沒有炸藥，我們是不是就不爆破了？」

※　　※　　※

「楊青田，你把文件交給常縣長了嗎？」口氣急迫而凜冽，已不容置疑和商量。

馮暖輝管自己寫的材料叫文件，密密麻麻三頁稿紙，讓楊青田頭皮發麻。

「文件」是國泰帶過來的。國泰說，他若不來送這份「文件」，老娘就要跟他拚命。「年齡大了，她毛病怎麼一點兒也沒少，我看見她就頭疼。」

國泰還是一副玩世不恭的嘴臉，真是生成的骨頭長成的肉，有些東西可能要如影隨形一輩子。

他們坐在咖啡館裡，靠窗。兩旁都是談戀愛的小青年，牽著手，或靠著肩。兩個大男人坐在單薄的椅子上用吸管，看上去真是滑稽。可這裡離政府最近，環境也還優雅。楊青田開玩笑說：「請你喝咖啡總得到個高檔的地方來。」看國泰要搶話，楊青田趕緊說：「我忘了，你是賣咖啡的。」

於是要了兩杯飲料。

手包放到桌上，從裡面拿出幾頁紙，楊青田就有了不好的預感，果然。國泰說：「你好歹看看，老太太為寫這個幾夜都沒睡覺，大早晨就讓我來找你。我到南邊的公園遛夠了才來找你，怕你忙。她讓你務必轉交給常縣長，越快越好。交到你手裡我就算完成任務了，你怎麼辦，我不管。我明天回大馬，你有事也別找我，你找不到。」

「馮縣長也找不到你？」

「她不找我。」

楊青田說：「你別這樣，她年紀大了……」

國泰說：「你可別提年齡，她心裡比我還年輕，都會做電子相冊了。她上廁所的時候我偷偷拉開看了一眼，好傢伙，都是年輕時候與人的合影，可那男的不是我爸。」

「誰？」

「我哪認識。不過那人還真是有點面熟，我當下還思忖，我是不是那人的兒子？」

楊青田瞪了他一眼，說：「你這也叫兒子，這麼埋汰媽。」

國泰齜牙一笑，那牙像貓牙，都是尖利形，像豎起來的葵花子一樣。「我不是開個玩笑嘛。我天生就是我爸的種，又笨又蠢。我上學的時候腦子不靈光，經常想，我媽要是嫁一個大學教授，我指定比這聰明。」

楊青田說：「那是你不用功。」

國泰說：「老師說話我都像聽外語，怎麼用功？」

國泰拿出手機，調出一張照片，說：「我還偷拍了一張，我媽年輕的時候真是美人啊，過去我還真不知道！不過那男的也不賴，比我爸強太多了。他現在如果也是單身就好了，我可以撮合他和我媽成一對。你看看，認識這個人不？」

楊青田接過手機，站起身來，把手機調整角度，眼鏡摘下來又戴上，戴上又摘下來。是在綠色的草地上，女的一身白裙，聞一朵粉色的花。男的在後面摟著她的脖頸。兩人往左後方傾斜，畫面溫馨而有動感，但明顯不是擺拍。後面一塊藍色的地標牌，上寫三個字：野狐嶺。遲疑片刻，楊青田說：「是她的大學同學吧？這人我好像……也不認識。」

國泰一把搶過了手機。「不認識還看這麼大半天……她過去沒跟你說過她的戀愛經歷？」

楊青田說：「她是領導，怎麼可能跟我說這些。」

國泰說：「不知他們最後為什麼分手，誰拋棄了誰。」

楊青田說：「問問你媽不就知道了？」

國泰說：「我媽那人你還不知道？那嘴蒸不熟煮不爛，比鴨子嘴還硬。這種事打死都不會說出口。」

「換了我，我也不會說。」楊青田心想，年輕時候的事，除了瘡疤還有什麼。說往事不堪回首，多半指的是那時候。

「你快看看正事兒吧。」他敲打那幾頁紙。

楊青田展開折疊的 A4 紙，果不其然，題目是粗大的黑體字，底下畫著水波浪：我反對拆除東山印！

是熟悉的手寫體，字很娟秀。這麼多年了，楊青田看見這字還是覺得很親切。前面是一大堆客套話，表揚本屆政府說實話，辦實事，處處為民著想。話鋒一轉，提出來幾點理由，句句都戳要害。1. 整體建築七千萬，這樣的建築被拆除，是對人民的犯罪。2. 是國際建築設計大師的作品，在規劃建設領域有很高的知名度。無論從美學還是實用角度，都有極其重要的保存價值，若被拆除，將成為國際笑話。3. 是埧城標誌性建築。現在沒有發揮作用，不意味著永遠不能發揮作用，要有長遠眼光。4. 除此之外，埧城還有不帶土腥味的建築嗎？城南的雕塑是兩根筷子，城北的雕塑一隻鳥，城中還有一位琵琶女，是傳說中的歌女。你知道老百姓怎麼說？提著鳥籠子去城南吃飯，然後到城裡找歌女。俗，大俗！聽說政府要拆除東山印，老百姓都急了，每天三遍往山上跑。為什麼？他們捨不得東山印。老百姓都知道這是座好建築，縣委、縣政府為什麼不知道？

「我以黨性和人格擔保，我寫這個材料是責任使然，是出於公心。我將用生命保護東山印！」

拉拉雜雜，前後都不在一個調上。馮暖輝辦事乾脆俐落，文筆卻不行，打年輕的時候就是弱項，所以她凡事倚仗楊青田。但大致內容還是看得明白。她反對拆除東山印，這是大前提。不反對就不是她馮暖輝了。可關鍵是，她這樣親自出馬還是讓楊青田覺得意外。更關鍵的是，她反對有效嗎？反對無效愣要反對，這也不是她做人做事的風格，她不是不識時務的人。看來人老了是容易分不清輕重，一個退職多年的副縣長，完全算得上人微言輕。最後一句尤其可笑，居然想用生命保護東山印，人家需要妳的生命嗎？

楊青田把「文件」推了過去，說：「現在一切都是箭在弦上，炸藥已經運上山了，怎麼可能阻止得了。你好好跟馮縣長解釋下，讓她別摻和這事兒了。」國泰瞪起眼睛說：「我跟她說？你不知道我跟她是啥關係？是仇人見面分外眼紅的關係。我能說服她就不來找你了，你以為這衙門口我願意來？因為她逼我，差一點兒跟我動刀子。」楊青田抖著材料說：「你給我，我有什麼辦法？」國泰說：「你不用有辦法，你把東西交給一把手縣長，就算完成任務了。」楊青田說：「有組織原則，我不可能直接給縣長遞送材料。」國泰說：「你給他偷偷放辦公桌上不行嗎？這玩意兒又不咬手。」楊青田哼了聲，心說，官場的道理如此深奧，你一個「小倒」怎麼弄得明白。楊青田搖了搖頭，堅持說管不了。國泰煩了，說：「你可別不當回事，我媽她老人家有強迫症，你要是讓她盯上，就準備做噩夢吧。」

楊青田確實沒有把材料交給常縣長。爆破拆除萬事俱備，這個時候送這樣的材料，是找不自在，但他拿給賈主任看了。賈主任也是政府辦的老人，看一眼材料說：「甭理她，是來找碴兒的。當初建東山印不該表態的時候她表態，現在又跳出來了。她以為她還是當年的馮常務，背後有李東印撐腰？」這話說得刻薄，可提起當初，楊青田也心虛，話沒往下說，灰溜溜地回來了。心想，當年若是不建，哪有現在的拆除。總之，都是劫數，跟錢過不去。材料放在了自己的辦公桌上，上面壓了本雜誌，碼碼齊，楊青田運了半天氣，決定先把這事擱下。等到東山炮聲一響，自己哪怕再登門去道歉呢。手機又響了，馮暖輝說：「你到底有沒有送給常縣長？聽說炸藥上山了，你小子可別給我玩拖延，耽誤了正事，你吃不了兜著走！」楊青田謊稱開會，把電話掛了。隨後又響，接連打了二十個電話都不止。楊青田頭都大了，這一天比一輩子都難熬。快下班了，楊青田匆忙收拾，想快些回家。電話又響了，楊青田沒好氣地說：「您能不能別這樣折磨人，我求您了！」有人咯咯地笑，卻不像電話裡的聲音。楊青田愣了一下，緊走幾步拉開了房門，馮暖輝笑吟吟地在門外站著，說：「我哪兒折磨人了？」

楊青田趕緊請她進屋坐。馮暖輝說：「把材料給我。常縣長在吧？我親自給他送去。」

楊青田不想把材料給她，是不想讓她去見常縣長。如果她不進自己的屋，則見誰都無妨。可她一旦從這屋裡走出去，情況就不一樣了。楊青田慌忙沏茶倒水，說：「我先過去看看縣長在不在。」

馮暖輝說：「不必了，那屋我又不是不認識，你忙你的吧。」

雜誌往旁邊一撥拉，材料露了出來。馮暖輝拿起材料，大搖大擺地從這房間裡走了出去。

楊青田一屁股坐到椅子上，手橫著一劃拉，那本雜誌落到了地上。

※　※　※

「馮大姐。」常縣長是這樣叫的。「我沒時間看您的材料，我一會兒還有客人，我這一天開了五個會，已經很累了。我不知道您具體都寫了什麼。可您是老黨員、老幹部，應該知道以大局為重，服從組織決定，做好周圍群眾的安撫工作，您怎麼能帶頭挑事兒？東山印不是我想拆就能拆的，您想留就能留的。我們有縣委，有縣政府。您寫的這些，只是您的一家之言，您有表達看法的權利，但這不是您阻撓我們工作的理由……」

「您還威脅我？您知道我們最近做了多少工作嗎？在山頂上爆破這樣

大的一座建築在塤城歷史上都是首次，省電視臺要直播，我們擔著多大的風險和責任，您知道嗎？」

「……您不用說什麼，您現在說什麼也沒有用。過去的一些事情我們也有耳聞，知道這座建築是在什麼情況下，出於什麼目的建的。我們是無神論者，也不想讓它成為哪個人的牌坊……」

「過去的事就過去了，我們不想追究，也沒有追究的必要……」

「七千萬的投入，據說沒花塤城一分錢。可哪一分錢不是納稅人的？我們掌管一個地區做父母官，如果凡是從狹隘的地域角度出發，還是人民的公僕嗎？還是黨的幹部嗎？我不說我能全心全意為人民，但我敢保證我始終把人民的利益放在首位，人民讓我幹的我幹，人民不讓我幹的我堅決不幹……」

「我沒說妳不是人民，妳怎麼這樣想問題？妳覺得這件事是兒戲？多少人在奔波、操勞，在五加二、白加黑，妳卻在這個節骨眼兒上跳出來反對，公開跟縣委縣政府唱反調，不是挑釁是什麼？還說用生命保護東山印，我倒想知道，妳是怎麼個保護法！……妳可以去市委省委告狀，也可以去中央告狀，就說我常某人說的，這座東山印，就是天王老子來，我也拆定了！」

沉悶的一聲鈍響，有點兒震魂攝魄，似乎連窗櫺都在抖動。楊青田騰地從椅子上站了起來，惶恐地想知道外面發生了什麼。他站起來，又坐下了。他想再等等，他不能過早地出現在人們的視線裡。樓道裡響起惶急的腳步聲。就聽賈主任說：「跳下去了，快出去看看，人怎麼跳下去了？」

楊青田心頭一凜，拉開房門衝了出去。樓下的草坪修剪得整整齊齊，像厚厚的天鵝絨毯，但周圍用磚砌出了圖案。馮暖輝橫亙在圖案中間，曲著一條腿，側臥在草坪上，就像一幅油畫。人們焦急地跑過去圍住她，問她怎麼樣。馮暖輝的臉蠟黃，她牽了一下嘴角，手指點著自己的鼻子說：「我，原常務副縣長馮暖輝，反對你們拆除東山印。」說完，長出了一口氣，疲憊地閉上了眼睛。

賈主任說：「我沒說人跳下去了，我說掉下去了。跳下去跟掉下去不一樣，你們都聽清了？」

有人說，聽清了。楊青田愣了一下，鼓了鼓勇氣說：「你沒說掉下去了，你的確是說跳下去了。」

賈主任說：「你腦子有毛病！」

楊青田說：「沒有。」

5

馮暖輝縱身一躍的視頻被人傳到了互聯網上，常縣長看見時，點擊量已經超過二十八萬次。因為出事地點是政府辦公樓，所以民意洶湧，猜測的理由五花八門。

拍視頻的是一個叫「城市的鷹」的小夥子。事發時，他正在前邊的樓頂上拍飛鳥。這隻「鳥」飛下來時，鏡頭只掃到了一個邊緣，甚至看不清落下來的是一個人還是一件衣服。但隨後有惶急的人群朝這裡聚集，一二〇救護車、穿白大褂的人、擔架，還有人舉著點滴瓶。有個人叉腿掐腰站在人圈外，一副事不關己的冷漠模樣。很快被認出，那個人是常縣長。跳樓落下的人，正好是在他的窗下。公安機關第一時間找到了這隻「鷹」，讓他刪除了網上和硬盤中的所有圖片，以為這樣就可以萬事大吉。殊不知，這年頭最難的事情就是保密。微博、微信隨手一轉，有心人何止成千上萬。幾個小時後，有人陸續去醫院送花，還有人在醫院門口掛出橫幅：支持馮縣長，保護東山印！

這年頭，怎麼那麼多吃飽了撐的沒事幹的人，沒有什麼消息他們打聽不到。

常縣長陷在沙發裡，不明白事情怎麼會演變成這樣。這個老太婆，語音輕輕的、柔柔的，既有風度又有涵養，可卻是牙尖嘴利，一句一句硬硬朗朗。她堅定地認為，拆除東山印就是對人民犯罪，就是勞民傷財。她作為一個老幹部，有責任有義務阻止他們做蠢事。「你們還年輕，在我面前就像一群孩子。千萬別因為這樣一個蠢事自毀前程。你們自己不心疼，我心疼！」常縣長一再暗示自己不跟她發火，最終還是沒能忍住。老太婆把話往旮旯裡趕，把人往死路上逼。她顯然對這房屋的結構熟門熟路。她指著外陽臺說：「你如果今天不答應我，我情願從這裡跳下去。我說到就能做到。」

常縣長看也沒看她，嘴裡嘲諷說：「老胳膊老腿摔斷了，很疼啊！」

老太婆說：「怕疼的可能是你。」

常縣長繼續說：「妳一個老幹部，一個月萬八千塊的退休金，若是一下子犧牲了，妳就虧大發了。既不能算工傷，也不能算烈士。頂多算上訪專業戶，拿性命來要脅縣長。組織上又不缺妳吃，又不缺妳穿，為了山頂的一個石頭垛，我才不相信妳真會這麼做。可以愛出風頭，但妳今天找錯了地方。」

常縣長埋頭簽署文件，把馮暖輝晾成了一片魚乾。

她往外走的時候，常縣長動也沒動。夕陽從花牆外的一棵梧桐樹的枝杈間射出光來，灑了一地碎影。陽臺足有兩米寬，外側是一米高的圍欄，馮暖輝往外走時有個下意識的手搭涼棚的動作。常縣長甚至看見她抬起了腿，穿著涼鞋的一隻腳，可笑地在欄杆上搓了兩下。賈主任正好走了進來，驚叫聲都要衝破喉嚨了，可看著常縣長穩如泰山的樣子，他給生生地壓了下去。

誰也沒想到，馮暖輝張開了手臂，真的變成了一隻飛鳥。

「原常務副縣長在縣長辦公室跳樓」重新成為各大網站的頭條新聞，通過一夜的發酵，刪帖反而成了催化劑。市委書記親自給常縣長打電話，語氣強硬地說：「為了拆除一座爛尾工程惹出這樣大的亂子，你可真有本事！我問你，即便把東山印拆除了，你各項經濟指標能上去嗎？ GDP 能增長嗎？對經濟建設文化建設都毫無益處的事，卻讓你大動干戈，我看你腦子真是進水了！」

常縣長面如死灰，握著手機的手一個勁兒地抖。

縣長在會上點名批評了楊青田，說他早就知道馮暖輝性格偏激卻不如實反映情況，還擅自讓她來見縣長，讓政府工作處於被動。如果提前把工作做好，完全可以防患於未然。縣長舉起馮暖輝的材料摔在桌子上，用手指點著說：「如果早一天讓我看見這份材料，悲劇也許就能倖免！馮縣長就不會遭這份罪！」楊青田木呆呆坐著，心裡想，你看見了，悲劇怎麼就能夠倖免呢？除非停止拆除東山印。這，可能嗎？

「楊青田，這份材料是不是最先到了你手裡？」

楊青田嚇了一跳，情不自禁地看了眼賈主任。賈主任卻聲色不動，目不轉睛地看著正前方。楊青田不安地挪動了一下屁股，不能說這件事他請示過賈主任，賈主任說「別理她，是來找碴兒的……」他不能出賣領導。他只得點頭說：「是我先看到的。我想……」常縣長啪地一拍桌子，怒斥說：「你想什麼想！拆不拆除東山印不是大問題，你腦子裡只裝著自己，不裝責任，才是大問題！」

楊青田羞臊得恨不得找個地縫鑽進去。

賈主任這才看了一眼楊青田，自己挺了挺後背。楊青田一副傻子樣，苶呆呆的，臉上像是起了火燒雲，把面皮都燒焦了。被領導這樣當眾訓斥，他是首次，在場的所有人估計都沒見過這陣仗，會議室裡的空氣彷彿不夠用了，呼吸都變得小心翼翼。楊青田猛然站起了身，左右看了看，到底沒敢有所動作，又坐了下去。他把腦袋扎到了桌子底下，一撮頭髮可笑地撅了起來。他的心一下亂了，原本頭緒分明的事，眼下自己也想不清楚了。

賈主任咳嗽了兩聲，避重就輕說：「工作出現失誤責任在自己，不該讓馮暖輝獨自留在縣長辦公室。可誰也想不到她會翻到圍欄外面，那麼大歲數的人，淘氣起來還像個孩子。」他通報了馮暖輝的摔傷情況，脊柱、肋骨多處骨折，但慶幸的是沒礙著脊髓。醫院動用了所有的技術力量進行搶救，包括請市裡醫院的骨科專家。專家的意見是，身體恢復需要一個漫長的階段，但從眼前的情況看，癱瘓的可能性很小。他對幾位副主任的工作重新進行了分工，楊青田的工作由李主任接替，近期專門負責協調醫院方面的事物，給老馮縣長最好的治療和護理，這還不夠，還要提供最好的膳食和營養，爭取讓她早日離開病床。「搞清楚她為什麼反對拆除東山印很重要，我不相信是她嘴裡說的那些理由。」

縣長稱許地點了點頭，賈主任又穩穩地說了句：「讓政府出爾反爾、失信於民，這事情不那麼簡單。」

※　※　※

「讓你去醫院你就去醫院？你是笨啊還是傻啊？」秀玲平時不是高門大嗓的人，可一旦發起脾氣，就有些歇斯底里，「你現在不是她的祕書了，這樣終日耗在醫院算怎麼回事，你不嫌丟人我還嫌丟人。你這是被人算計了！」秀玲教三年級數學，凡事愛往陰謀論上扯。她覺得有人利用楊青田曾經是馮暖輝祕書的身分在做文章，目的就是排擠他。「沒見過你這麼肉的人，總替別人背黑鍋。賈主任有什麼了不起，他又不是縣長，憑啥他的責任讓你承擔。該說的話不說，由著人往頭上扣屎盆子。這下好了，人家正好藉機把你清除出去。等你從醫院回來，別說椅子，連凳子也不會有了。馮暖輝現在跟你毫無關係，你憑什麼一頭栽她那邊去？」楊青田雙手疊握在頭下，仰面朝天在床上躺著。他原本不想跟秀玲說實情，女人有聽見風就是雨的毛病。可那天的事，他有些捋不清楚，他想聽聽秀玲的意見。他自忖沒有做錯什麼，怎麼就落了個被同仇敵愾的下場？

「什麼叫我一頭栽到她那邊？當初送醫院是我跟去的，各項檢查都是我陪她做的，組織上當然覺得派我去比別人方便。」

「憑啥你送她上醫院？」

「救護車來了，現場一片混亂。我做過她的祕書，我不送誰送？」

「是祕書更該避嫌疑。你不知道無風三尺浪？」

「六尺浪又能如何？有啥可避嫌的？我還就不信了，看誰能把我咋著……」楊青田一骨碌爬起了身。

秀玲開始咬牙切齒，說：「你就是根木頭，擀麵杖，一點氣兒不通。不知道啥叫敏感時期……你咋就不知道啥叫敏感時期呢？」楊青田眨巴眨巴眼，說：「秀玲妳比我還懂敏感時期？我用心做事、本分做人就夠了。」秀玲喝了一聲「夠什麼夠」，拉開抽屜，抓出一把人民幣甩在了床上。楊青田問她想幹什麼。秀玲說，送禮，給主管副縣長和縣長各送一份。「我看妳是瘋了。」楊青田說，「我又沒做錯事，憑什麼給他們送禮？」秀玲說：「你不能去醫院，你得留在原來的崗位上。」楊青田說：「誰說我離開原來的崗位了？我不過是臨時離開一下。」話沒說完，楊青田吞咽了一口空氣，心裡一陣悸動。作為排名最後的一名副主任，楊青田十分清楚，覬覦他位置的也大有人在。秀玲恨恨地說：「你都多大歲數了，不進反退，天生的爛泥扶不上牆。你知道等待你的是什麼？」「愛是什麼是什麼。」楊青田站起身，往外面走。秀玲說：「你送不送？」楊青田說：「不送。」秀玲說：「你不送我送。」楊青田說：「妳去送吧，他們敢收才怪。」

從家門口走出去，楊青田想到附近公園轉轉。可走到馬路上，楊青田改變了主意。正好有一輛出租車停下了，他拉開車門坐了上去。

「去醫院。」他說。

※　※　※

天氣眨眼就涼了。秋風越過山脊來到了埧城，在街巷上無孔不入，許多花草都有了老舊的顏色。楊青田穿一件薄毛衫來到了病房，病房裡一股熱氣，馮暖輝穿一身條格的病號服，像兒童一樣推著學步車走路。醫生說，馮暖輝如果在戰爭年代，也是個堅強的共產黨人。手術再痛，她一聲不吭。術後不久就下地了，那些骨頭只是被固定住了，還沒完全長好。她開始住在八樓，經常有人跑過來探望。有員警在外面把守，進出的人都要登記。後來被轉到十五樓，這裡的大部分房間還沒啟用，除了護士，很難看到人影。時間一長，人們又被別的事情吸引了，整天沒人來訪，員警也撤了。關於馮暖輝跳樓的原因，政府給的解釋是失足。宣傳部擬了通稿，常委會逐字逐句把關，堵塞了所有潛在的漏洞，覺得萬無一失，才發往多家媒體。楊青田每天上班來，下班走，讓馮暖輝很不安。她意識到自己也許連累了楊青田，不止一次，馮暖輝給楊青田甩臉子，轟他走。她說自己不要緊，楊青田的前程才是大事。「你不年輕了，留給你的機會已經不多了。」

楊青田心裡說，我哪兒還有機會？

楊青田堅持每天給賈主任打個電話，匯報馮暖輝的情況。賈主任越來越不耐煩了，有時不等楊青田說話，就說：「我這裡有事，你那邊的事回頭再說吧。」楊青田再撥，鈴音突兀一響，就斷掉了，像是被誰掐住了脖子，楊青田半天也沒動一動。手機裡傳出一種嘶啦嘶啦的回流聲，像藏著一窩耗子。楊青田頹然靠在牆上，蹭了一後背白粉。他拿著手機看，朝高空拋了下，到底沒捨得讓它掉在地上，身子朝前一拱，手機落在了懷裡。自從馮暖輝住院，縣裡的領導再沒人光顧。有關東山印的種種，可真像一個夢。楊青田經常夢見自己去爬東山，走到東山印下，那座建築突然倒塌了，把他埋在了石頭垛裡，肉身不見天日，靈魂卻在飛升。靈魂就像個小蝌蚪，身子是圓的，長著逗號似的尾巴，浮在空中就像蝌蚪游在水裡。他從夢中驚醒，身上大汗淋漓，把秀玲的手拿過來放在自己的額頭上，秀玲一刻也不願意停留，倏地抽走了。

夜的溼腥氣像雨後的松林生出的瘴氣，嫋嫋盤旋，聞上去能讓人眩暈。

6

輸液瓶撤掉以後，醫生和護士就像從人間蒸發了，連個影子都不見。去食堂打飯，飯菜越來越差，掌勺師傅的態度越來越惡劣。他們去的是小食堂，只有醫院的領導班子在這裡就餐。當初院長大包大攬，說這裡的飯菜營養搭配均衡，隨便吃，到時找財政申請資金就是了。可領導班子成員很少在這裡吃飯。哪天偶爾有人過來，飯菜會顯得格外鮮亮。

沒人理他們。四面大白牆成了樊籠，撞得眼睛都是痛的。楊青田試探地動員馮暖輝出院，馮暖輝乾脆地說：「我不出。」楊青田問她為什麼不想出院，馮暖輝說：「是他們送我進來的，我現在私自出院算怎麼回事？」這裡有個結，楊青田知道自己不能解，馮暖輝需要下臺階。他想跟賈主任溝通一下，可賈主任讓他直接找縣長，說這是領導們之間的事，他不好插手。這怎麼可能。想起常縣長，楊青田心就要抖。常縣長是那樣一種人，黑上誰，能黑到五臟六腑，這輩子都休想翻身。「馮縣長這裡不需要人手了，我能回去上班了。」楊青田話說得假裝歡欣，說完屏住呼吸，心撲通撲通直跳。可賈主任說：「你的任務就是代表政府陪護，她一天不出院，你就一天不用上班。」事情就這樣僵住了。楊青田偷偷回去了一次，人家各忙各的，眼神都躲著他，只有他像個外人，手腳都無處放。他在辦公室坐了不到五分鐘，就倉皇出來了。上午，馮暖輝做康復訓練。從楊青田亦步亦趨攙扶到自己能行走，用了兩個月的時間。如今，又兩個月過去了，馮暖輝恢復得比沒跳樓之前都好 —— 她自己是這樣說的。肩周炎、骨質增生、靜脈曲張，都像遇見了老虎，讓老虎吃了。下午的時間大部分是在看書。馮暖輝斜倚在床上，楊青田坐在靠背椅上，他們不交談，各看各的。整天面對面，早沒了可說的。那些雜誌都是楊青田從外面的報刊亭買來的，他幾乎把所有的雜誌統統買了一遍，有的甚至是兒童的卡通讀物。馮暖輝看得仔細，楊青田看得很潦草。他經常不停地翻，眼睛卻落不到實處，那些硬的紙面嘩啦嘩啦，能刮出風來。「你的心亂了。」馮暖輝托起花鏡看他一眼，眼神像老媽一樣慈祥。自從那一摔，她的脾氣也變了，好像是成熟的一枚果子，落到地上才有了依附。楊青田哼了聲，把頭埋得更深了。他心底是怨她的。怎麼可能不怨？原本，他工作和生活都按部就班，雖說不多如意，可沒有波瀾。她這一跳，不單讓他受了許多委屈，還把他的生活和工作的節奏都打亂了。當然，她不是為了打亂他的節奏才跳樓的，這一點，他能體會。可能體會又能怎樣，那座東山印真是莫名其妙……她說得不錯，他豈止是心亂，他很長時間魂不守舍，在洗手間裡用指骨節捶牆，把骨頭都要敲斷了……就像被掛在半空的垂體，眩暈，眩暈得厲害。他已經失眠很久了，眼圈是黑的，膚色卻愈來愈蒼白。這些馮暖輝看不到，很多時候，她是個粗枝大葉的人。沒得到回應，馮暖輝把目光收回來了。轟他回機關的話，她再也不提了。很顯然，她這裡需要人。沒有比楊青田更合適的了。她勸他別著急。他們不能把她扔到醫院裡就沒事了。沒有說法之前，她不能私自出院。「我私自出院算怎麼回事？倒好像我是主動進來的。」她說這時明顯沒底氣，讓楊青田不忍說什麼。不出院她就需要旁邊有個人，否則這個空蕩蕩的十五樓，她一天也待不下去。

不約而同的，他們誰也不提東山印。她不提，他也不提。事已至此，再提也不合時宜。倒好像，東山印是個可有可無的物件，他們住在這裡，與它毫無瓜葛。

從後窗可以看到樓下的公園，柳樹就像個小矮子，仰著大臉努力朝天空望。枝條鵝黃了、嫩綠了，樹葉成型了，有柳絮飄飄搖搖地在天上飛。湛藍的天空底下，都是它們婀娜恣意的身影，可再婀娜恣意也招人煩。很多女人裹著頭巾，戴著口罩，不時偏一下頭，免得柳絮撞著她們。楊青田設想過無數個結局，結束眼前的局面，但都沒有預料到眼下的這般光景。他們就像水裡的魚，被擱淺了。人家把水撤走了，餘下的事，魚自己看著辦。過去，楊青田的電話總是響個不停，如今一整天都悄無聲息。馮暖輝顯然也意識到了這一點，他擺弄電話的時候，她經常表現得很緊張，眼神尤其懇切，那意思彷彿是在說，快看看，裡面有人說話嗎？有一天，他翻弄手機的時候無意中碰了一個鍵，把電話撥了出去，居然通了。賈主任語氣很重地說：「交給你的事你弄清楚了嗎？」楊青田嚇了一跳，趕忙站起身，問是什麼事。賈主任怒氣沖沖說：「讓政府出爾反爾，這樣的事只有她做得出！」楊青田下意識地朝馮暖輝看了一眼，馮暖輝正從老花鏡的上面望向他。楊青田無力地把手臂垂了下去，電話卻並未掛斷。裡面賈主任的聲音傳了出來：「她為什麼反對拆除東山印，不會像她說的那樣簡單吧？政府不是三歲的孩子，不會相信她唱的高調。」電話自行斷了。楊青田那個樣子無奈地看著馮暖輝，心裡特別不是滋味。他無法阻止她聽到這些，可他又是多麼不情願！這其實也是他心裡的疑問，可馮暖輝不主動說，他永遠不會問。為保護一座東山印跳樓，這說出來就像把戲。若發生在別人身上，楊青田不信。可發生在馮暖輝身上，他沒法不信。

即便作為一項政治任務，他也下決心尊重馮暖輝。她選擇的是自殘，又沒傷害別人，她不該被這樣對待。

馮暖輝小心地看著楊青田，膽怯得像個犯了錯誤的孩子。過去她是一個多麼凌厲的人，豈容別人這樣對她。她會搶過手機回罵過去。她的嘴，那可是出了名的不吃虧！而今天她懦弱的樣子，讓楊青田心裡很不是滋味。她的眼神分明在說，我連累了你。我不是故意的。我連累了你，對不起。

楊青田鼻子一酸，走出了病房。

他們被這十五樓囚禁了，楊青田望著眼前白花花的一片空茫地想。她不提出走，除了她嘴裡說出的那些理由，也許因為她回家也是一個人，這裡有吃有喝，她大概住習慣了。楊青田也不再想走，是因為他覺得自己無處可去了。那個政府大院他待了二十年，如今一想到踏步去那裡，就覺得心率過速。能拖一日是一日，眼下如他這般處境，還能如何。

國泰一走就沒有消息。有一段，楊青田瘋了似的想聯繫他，每天不停地撥打手機，那手機永遠是一片忙音。楊青田恍然，國泰在國外也許用了別的電話號碼。有一天，馮暖輝嘆息著說：「要兒子有啥用。青田，你不要孩子是對的。」

楊青田一下落了淚。他的兒子五歲時得了骨癌，那種痛要伴隨一輩子。

※　　　　　　※　　　　　　※

「他們不就是想知道我為什麼反對拆除東山印嗎？」馮暖輝紮好安全帶，把靠背調舒服，問楊青田想不想知道。

楊青田心裡忽然被蜇了一下，怒氣沖沖地說：「再反對也不應該跑去跳樓，都多大年紀了，您以為跳樓那麼好玩嗎？」

「不好玩。」

「萬一摔殘摔死了怎麼辦？」

「我就是想摔死的，我欠他一條命，我該還的。」

楊青田一下愣住了。他小心地看了馮暖輝一眼，揣度這背後會有怎樣的故事。馮暖輝的側面有種剛毅和果決的神色，這是楊青田熟悉的，本質上，她是一個烈性女人，從來不服輸。她朝他擺了下手，說：「你先好好開車，天亮我再告訴你。」

「為什麼要等天亮？」

「天亮好說人話。」

楊青田心裡一陣悸動，暗暗抽了一口氣。

「你沒忘吧？這是當年東印書記掛在嘴邊的一句話。埧城官場說謊成風，東印書記在領導幹部會議上說，你可以說鬼話，但天亮請你說人話。」

為了不碰見任何人，楊青田早晨四點從馮暖輝家的車庫裡開出了那輛兩廂豐田。這也是馮暖輝授意的，他們那片鄰舍過去都是同朝為官的人，眼下都沒用了，越沒用的人起得越早，遇見了會問個底兒掉。馮暖輝不願意別人知道她的行蹤。楊青田告訴秀玲要出趟門，秀玲沒問他去哪兒。他們冷戰已經很久了，秀玲一直沒有妥協和回頭。她堅信楊青田就是受了馮暖輝的蠱惑，在犯「二」，過去他經常有犯「二」的時候，但都不是原則問題。這回犯得有些出格，秀玲以一個小學教師的智商判斷楊青田這是在自絕組織。政府部門坑少蘿蔔多，你主動把自個兒拔出來，不定有多少蘿蔔在笑你傻。秀玲掰開了揉碎了也說不轉楊青田。楊青田打死都不會告訴她，他不是不想回去，是回不去。這正好驗證了秀玲當初的預判。這回秀玲料想他去帶馮暖輝去市裡複查，有關馮暖輝的事，秀玲什麼都不想問。秀玲除了恨楊青田，也恨她。秀玲只跟她見過一次面，是在晚上遛彎兒的時候。她的做派和說話的聲音秀玲都不喜歡。楊青田說：「她若是還當著縣長，妳就喜歡了。」秀玲啐了他一口，說：「這樣一個老妖婆，當了市長我也不會喜歡。」楊青田心說，她當縣長的時候妳可不是這樣說的，經常追著看新聞，每天馮暖輝的行蹤、服飾、講了什麼話、做了哪些事都是話題。秀玲的變化楊青田都看在眼裡，可他從不說破。孩子沒了以後，兩人就成了並行的鐵軌，想交叉都難。賣早點的剛出攤，鐵架子撐開支住四角，一男一女兩個人抬一口大油鍋放在灶上，男人順手打著了火。火苗騰躍，映紅了男人肚子上的白圍裙。楊青田瞥了一眼，又瞥了一眼，想這樣的夫妻，才會是風雨同舟的吧。他和秀玲的關係是一點兒一點兒惡化的。起初是因為孩子，秀玲以怕懷孕為由，拒絕跟他過性生活。秀玲信誓旦旦地說，他們不能再要孩子，再要孩子仍然會得骨癌。一句話把楊青田打入了十八層地獄，兩人就此分居，形同路人。可什麼時候說起楊青田，秀玲仍是滿口驕傲。在政府上班，官至副處，每天跟縣長打交道，是小學校的同事中家屬混得最好的。所以有時候，秀玲比楊青田更看重那個蘿蔔那個坑。

街上行人寥寥。楊青田開足了馬力直奔塤城人民醫院，馮暖輝已經站在馬路邊上等候了。

是馮暖輝提出來出去走走，悄悄地去，悄悄地回。他們實在是被四面大白牆給憋壞了。他們沒有對行程多做考慮，隨便出去走走，也沒有什麼值得考慮的。上了環城路，車子就飛了起來。楊青田徐徐吐出了一口氣，心中暢快得像是打開了一扇門，就像肋下生出了翅膀，他終於能夠海闊天空了。車子要拐上省道了，馮暖輝突然說：「先等等。我們繞回去從東山走，看看東山現在是什麼樣了。」

遲疑了一下，楊青田什麼也沒說。他小心地踩煞車降下了車速，在岔路口掉頭，又拐上了外環。遠遠的，就能看到東山的輪廓。有印在，那東山就雄壯、沉實，像一頭睡獅。東方已經有了魚肚白，那抹亮光就在東山印的頂端，像一幅寫意畫，把周圍的天空襯托得愈發清湛。也許是因為早，也許是因為過了關注期，東山腳下很安靜，並無一人一車。楊青田問要不要停下，馮暖輝說不必了。東山印還矗立在那裡，馮暖輝滿意地擺了下手，說我們走吧。

7

車子一直朝前走，在第一個路口上了高速。馮暖輝提起想外出，楊青田以最快的速度設計了三條出行路線，都被馮暖輝否決了。馮暖輝原來早有想法，她說：「青田，陪我到草原轉轉吧，我這輩子，怕再沒有別的機會了。」

馮暖輝示弱的樣子讓楊青田不忍拒絕。她是個驕傲的人，她求助的樣子像個可憐巴巴的小姑娘。

楊青田說：「時令還有些早，草原上的草都剛出地皮吧。」馮暖輝說：「這樣子正好，免得到處是人。」

楊青田重新規劃了路線，看著手機上的地圖說：「我們第一站先到赤峰，從赤峰走圍場，然後去烏蘭巴托。」馮暖輝搖了搖頭。

楊青田有些起急，說：「您總不會讓我開車到呼倫貝爾吧？」

馮暖輝趕忙擺手，說：「我們不走那麼遠，我們先到張北，我想去張北。」

「您跟東印書記一起到過張北。」想起國泰手裡的照片，楊青田突然冒出來這樣一句。那張照片後面的標誌牌有野狐嶺三個字，楊青田掃一眼就記住了。他也到過那裡，和大學的幾個同學，共租了一輛昌河牌麵包車。當然，同學中有影像模糊的女友，只是回去以後就分手了。面前是「丫」字形道，關於是走白樺嶺還是走野狐嶺，他們曾在路邊猜拳，結果野狐嶺一方取勝。那時的天路草原還沒有六十六號公路之類的雅稱，就是在口口相傳後多年，才成了旅行者嘴裡的流行詞彙。有兩個青春的身影坐在草地上的標誌牌前，那個木牌是白色的。他們與當時的楊青田該是相仿的年紀，只是楊青田並不知道，他晚到了十幾年。

馮暖輝卻不驚訝，她已然是一副見慣不驚的神情。她側過臉來，脖頸上的皮膚有了折疊。蒼老是從這些細節中顯露出來的，讓楊青田有些悲涼。她是一個美麗的女人，年輕時的影像一直定格在楊青田的記憶裡。

她說：「你都知道了。你知道了我就不多費唇舌了。」

楊青田懊喪極了，為冒出的那句不合時宜的話追悔。他應該等著馮暖輝自己說出來，然後再做出一副驚訝的樣子：這樣啊，您和李東印書記原來早就認識！

他兩隻手握緊方向盤，抿緊嘴唇。馮暖輝自然讀得懂，問他都想知道什麼。楊青田賭氣似的說了：「您都有什麼？」

馮暖輝慈愛地連拍三下他的後腦勺，輕輕的，就像在安撫一個小孩子。楊青田本能地閃了下，但到底空間有限。馮暖輝坐端正了自己，目視前方。

「我知道你對我的行為很好奇，其實我一直都想告訴你，卻不知道怎麼才能說得清楚。我出來就想跟你說說話，我也不想把有些事帶進棺材。」

「我哥哥當年騎車到過張北。」楊青田趕緊岔開了話題。感傷的話題他也有點兒經不起。當然，他還有些難堪。領導面前你就是聾子的耳朵啞巴的嘴，都是擺設。這還是當年剛入職時被反覆提醒的，何況這還是領導那麼久遠之前的私事，尤其無須逞口舌之快。馮暖輝不問，他也不好說信息來源。國泰也是在馮暖輝的電腦上偷拍的，他不認識年輕時的李東印，楊青田卻一眼就認得出。

「他來張北買小豬。騎一輛鐵驢車子，一邊馱一個大筐。」楊青田硬著頭皮往下說，他是在自己找臺階。

「生產隊的年月？」馮暖輝果然被拉了回來。

「是改革開放初期。一九八二年左右吧，村裡人說張北的小豬便宜得邪乎，他就跟人來了，我哥那年才十九歲。」

「我見過那種大筐，載滿了一邊就有幾百斤，怎麼馱得動？」

「您以為筐裡要把小豬裝滿？那樣下邊的小豬就被壓死了。」楊青田有些懊惱自己的口氣，怎麼總有些像挑釁。

「為什麼馱兩隻筐？那樣遠的路，馱一隻就夠費勁了。」

楊青田嘆了口氣，說：「馱兩隻筐是為了車子平衡，平衡了才好騎行。您沒幹過苦力活，這種事情您不知道。」

沉默了一下，馮暖輝說：「那時東印經常說我缺乏常識。」

楊青田體恤說：「您沒在鄉村待過，所以有些事情您不知道。」

馮暖輝說：「這不是理由，本質上我是個笨人。」

楊青田看了她一眼。她低調起來就像換了個人。楊青田說：「若是別人說您笨，塤城人民都不答應。」

馮暖輝嘩地放出一陣笑。這樣敞亮的笑，她在任上的時候才有過。

車子上了京張高速，天空陡然大亮，太陽真是好東西，讓整個天地煥然一新。兩人情不自禁地調整了一下坐姿，馮暖輝說：「你好好開車，我告訴你一些事情。」

放鬆了心情，楊青田突然覺得自己不是外人。

「我先猜。」

「猜什麼？」

「您和李東印書記是大學同學。」

「還有？」

「是戀人。」

「好吧。算你猜對了。」

「東印書記是為了您才到塤城來的？」

「你還知道什麼？」

「其實我什麼也不知道。」楊青田訕笑了下，拍了一下方向盤，「我就是隨口那麼一說。」

「他怎麼可能是為我來的！你以為一個人想去哪裡做官就能去哪裡做官？官場哪有這種規則！」

「他做過省長祕書。」

「好吧，我不跟你抬槓。最起碼，他沒有承認過這一點。你還想知道什麼？」

「我其實一點兒也不了解您。」

話說得有點兒灰心，卻含了一些幽怨似的，不清不楚。這只皮球踢回來，楊青田徹底心安了。他心安理得地開車，腳下一用勁，車子像箭一樣往前飛。馮暖輝為啥要為東山印捨下性命，應該是明白些了，雖然不是很明白。這些話，在塤城的任何場合都不可能談起，走在通天路上，心上全無罣礙，人也顯得輕盈澄明。

「你們是因為什麼分手的？」楊青田對這個特別感興趣。

馮暖輝直視著前方，臉上的神情慢慢變得凝冷。

「事情過去了那麼多年，我也不怕丟人了……我們是在大二那年慢慢熟悉起來的。他是團支部書記，第一批黨員積極分子，有很強的組織能力。同學們都看好我倆，覺得我們郎才女貌。那年的暑假我們幾個要好的同學騎車去了張北，那時路還不好走，我們找附近有樹林的地方野營野炊。那時我們都沒去過草原，有關草原的印象就是歌裡唱的那樣。那年乾旱，草長得並不好，我們甚至給希拉穆仁草原起名稀拉沒人草原……可年輕的人，火熱的心，何況兩兩成對。我和女同學們在草地上跳舞，他和男同學跑到很遠的蒙古包裡去找水……當然，後來那對同學也沒有成，畢業分配是根無情棍，很多情侶一拍兩散。李東印就是在那片草原上跟我求婚的，說不論天涯海角，我去哪裡，他跟到哪裡。也是因為好奇，那年的寒假我跟他去了老家，那是貴州的一個深山區。結果，我讓他家的貧窮嚇著了。因為我的到來殺了一口年豬，整個村莊都在他家吃豬肉燉豆腐，他家卻沒有那麼多的碗。一個人端著碗吃，後邊十幾個人在排隊。那碗根本就不洗，從一個人的手裡直接傳到另一個人的手裡……我給嚇跑了，你知道嗎，我給嚇跑了……我知道他家在山裡，可沒想到山裡的人是那樣生活……關鍵是，這一切他從沒跟我提起過，提起家鄉他總是避重就輕。舅舅住在鎮上，他是靠舅舅的資助完成學業的，給我的感覺，他應該是舅舅的兒子。在小鎮上開一家中醫診所，屋裡彌漫著麝香味。他從小就上山採藥，被蛇咬過，跌下過山崖。採到過碗口大的靈芝，見識了許多奇花異草……他巧妙地在跟我的交往中遮蔽了什麼，所以我對他家鄉的印象就是那座小鎮，木頭房子，屋角掛著蘑菇和臘肉。屋前屋後都是淙淙溪流。他原本不想讓我跟他回老家，說那種苦生活我會受不了。我想，還能怎麼苦，無非就是吃野菜，喝山泉水。我不嬌貴，我有心理準備……可我還是給嚇著了，給嚇跑了……我很羞愧，整個半年我都沒有回學校，後來託了關係辦了畢業證……再見面已經是十幾年後了，那年我剛當上副縣長，為了一個項目我去跑市扶貧辦，知道他們新來的主任是從省裡下來的。大家還說奇怪，省上下來的幹部怎麼會在這個崗位上，尤其是，當過省長祕書的人，看來我們市窮也是在全省掛上號的。可也有人說，這個崗位是他主動選擇的，他是個務實的人，想幹點實實在在的脫貧的事。他說服了省長，下到基層。只是我沒想到是他，真的是這個李東印。我羞得恨不得找個地縫鑽進去……那天他對我說，妳在埧城，既是庫區又是老區，包袱重，全市經濟總量倒數第一。埧城有資源，應該想法子開發利用。我說，我們就是來爭取項目的。他說項目不靠爭取，靠因地制宜。扶貧資金可以大把地給，可以後呢？我們很多地方都是越扶越貧。分別十幾年，我感覺跟他的思想有了不小的差距。兩年以後他空降來到埧城，自己說就是來做扶貧辦主任的。我聽了，心裡很不是滋味。當年被他家鄉的貧窮嚇跑，始終是我的一個心結。我知道他畢業以後直接進了省政府，在主要領導身邊，官運亨通……我很久沒跟他打照面，幾次常委會我都請了假，我甚至在醞釀調出埧城。有天他單獨宴請我，說他不是為了我才來埧城的，讓我不要有什麼想法。我說，埧城沒有茅台，你何苦來這裡。他說沒關係，他家鄉有。我說好好的，你為啥不當省長的祕書了。他好半天才說，他就是想當扶貧辦主任……」

馮暖輝的敘述就像她的文筆一樣乾巴巴的，毫無動人之處。楊青田聽得心猿意馬。這些於他沒有吸引，他在想那座東山印，到底象徵著什麼。

馮暖輝說，當初建那座東山印她是有看法的，她的看法就是塤城人的看法，被李東印命名為塤城思維。山頂上做建築，投資巨大，勞民傷財。可李東印最終說服了她。李東印說，東山就是座柴山、土山，遍山灌木，連棵像樣的樹也沒有。打造博物館不是目的，甚至打造東山也不是目的。打造東山印才是目的。塤城一直在喊旅遊，打造中等旅遊城市。可從西往東橫跨城區不足五百步，城內的寶貝是一座遼代寺廟，比居家四合院稍大，走一個周圓也就十幾分鐘。這樣的規模這樣的體量都受局限。所以在山頂上建博物館，是留住遊客的第一步。塤城地處京津唐三角地帶，有潛力吸引大城市的注目。完全可以在吃住行、遊購娛方面上檔升級，來吸引旅遊消費，那些沉睡在倉庫裡的寶貝都是籌碼，讓它們見了天日，是利民利縣的好事呀。

「我被說服了，但我被說服了不意味著我會支持他。塤城官場環境的險惡不是他一個外來人在短時期內能夠洞察的。還別說他當過省長祕書，當過國家主席的祕書也不行。我太了解塤城人了！我說他的步子太快，意識太超前，塤城人的思維跟不上。你猜他咋說，發展的機遇都是轉瞬即逝，你不發展別人發展，不進則退。為官一任，如果光想四平八穩，還當什麼官，乾脆進廟去當和尚！」

「我就意識到我什麼都不用說了。我們的思維不在一條線上。你一定記得那個認捐會，每名領導幹部面前都擺著筆和紙。之前我很急，我知道謝大寬想當眾發難，他在政府常務會上公開說，跟他走還是跟我走，你們都想清楚。他不是對修建東山印有看法，種種反對的理由都是藉口。一座山和它頭上有什麼樣的建築會有人在意嗎？不會有人在意。老百姓可能在意，但當官的不會。他們的心思不在這上面。他們只是反對，讓他知難而退，把他擠走。或者，不樂意見他想幹的事情能夠幹成，不希望他幹出成績。就是這麼簡單……他們想些什麼我很清楚。李東印當然也清楚，只是他不相信一件好事會得不到大多數人的支持。塤城的官場難道都是傻子嗎？有人說，那次會議他是為了治騎牆的幹部。不是的，他沒有那樣狹隘。他只是想知道，在不動用塤城財政一分錢的情況下，能有多少幹部憑著良心支持他……你看到了，當時我只好第二個站出來。我運了半天氣，無數次地千迴百轉，還是站了出來，把一千九百九十九幾個數字寫到最大，把馮暖輝的名字簽到最大。因為很顯然，塤城必須有一個人站出來支持他。我不站出來，就不會有第二個。我站出來了，副書記就坐不住了，組織部長就坐不住了……」

「可如果那次會議我不站出來，那座東山印的項目肯定就胎死腹中了。」

「青田，你聽懂我的意思了嗎？」

※　　　※　　　※

一股悲愴湧上心頭，楊青田抹去了淌下的淚水。他不敢看馮暖輝，此刻，她一定像那座硬邦邦的石頭雕塑，端莊而冰冷地矗立。他在想那座縣長樓，雖然是二樓，可那一跳仍讓人銷魂蝕骨。下面的草地像厚實的絨毯。炸藥已經上山，一切都箭在弦上。只有馮暖輝這一跳能阻止這一切。就像當年她在主席臺的後排站起，嫋嫋婷婷地走到認捐箱旁……圍繞這座東山印，每一次重大轉變都與她有關。這不是一方印臺，它還是一座可能意義上的歷史博物館。她這一跳應該寫進塤城的歷史，假如塤城需要書寫歷史的話。

他當年亦步亦趨地跟著她，卻對她一無所知。

車到野狐嶺，馮暖輝下了車。她搖搖晃晃的樣子有些重心不穩，楊青田推開車門追了上去。張北的草原不開闊，但有著迷人的弧度和曲線。標誌牌已經變成了天藍色，有齊胸高。還隔兩步遠，馮暖輝突然撲了上去，痛哭失聲。楊青田一下愣住了，停下了腳步。空曠的四野迴盪著馮暖輝的嘶號，讓雲朵和草木都情不自禁地發抖。她的肩膀瑟縮著，花白的頭髮在風中狂舞。楊青田早已淚流滿面，他像遠途跋涉一樣朝她走去，馮暖輝卻在瞬間回過頭來，一下抱住了他。

「青田，東印他……死得……不明不白啊！」

8

我們這座叫塤的縣城，是個乏善可陳的地方，一點點小事，就能被津津樂道很久。何況這不是小事，兩個大活人不知什麼時候失蹤了。秀玲到縣政府門前上訪，賈主任接待了她。賈主任知道怎麼對付秀玲這樣的女人，他說：「楊青田離家出走，責任在妳，妳為啥不攔住他？」

秀玲說：「他是在執行公務的時候失蹤的，政府丟了幹部，政府卻不知道？」

賈主任說：「丟了丈夫，妳做妻子的怎麼也不知道？」

賈主任湊近了秀玲，詭祕地說：「妳跟副校長是高中同學，同事之間一直有風言風語，這件事，楊青田是不是知道了些？」

秀玲落荒而逃了。楊青田三天五天不回，她恨得咬牙切齒。仨月五月不回，她真慌了，到處尋訪未果，她才當了上訪戶。政府起初沒把這個事情當個事，後來秀玲鬧得實在不像話，他們才領教了一個小學教師的厲害。她的辦法和招數實在是太多了，截領導的車，發小廣告，甚至闖常委會議室，就像一個演說家，走到哪裡，身邊都會聚集很多人。圍觀的人越多，她發揮得越好。一個人只要撕破臉，就沒有什麼事情做不出來。政府常務會專門研究楊青田的失蹤問題，賈主任牽頭成立了事故處理小組，從醫院的十五樓開始查起，決心查個水落石出。因為時間久遠，監控錄像都沒保存，但他們找到了一個目擊證人，是醫院的一個護士。那天家裡的孩子發燒，她想偷偷溜回去看看情況。出了醫院大門，正好看見馮暖輝上了一輛豐田車。之所以記得清楚，是因為那輛車跟自己家的車一模一樣。

「開車的人就是那個楊主任。」護士肯定地說，「他在醫院陪護了那麼長時間，我們很多人都認得他。」

線索就查到這裡。賈主任對秀玲說：「依妳看後面會發生什麼呢？這輛車是馮暖輝的私家車，可以肯定的是，他們不是去大醫院複查了，去醫院複查，公家不單會派車，還會讓醫院聯繫專家會診。楊青田不會那麼蠢，自己拉著患者上門。那麼就是他們私自出院了，跟誰都沒打招呼。問題還在於，即使是私自出院，有必要起那麼早嗎？既然起那麼早，就是不想讓別人看見。秀玲老師，要是他們不想讓別人看見，妳覺得會是一種什麼情況？」

那段時間，流言比雨後的蚱蜢還多。一個石破天驚的說法是，楊青田跟一個大他十九歲的老太太私奔了。楊青田的心理和身世一下成了破解這件事的兩把鑰匙。逢遇到相熟的朋友，總有人死纏爛打地問我：「聽說楊青田也是罕村人，妳是不是了解些情況呢？」

楊青田家裡兄弟四個，他是唯一自己考學考出來的。大哥娶媳婦，二哥娶媳婦，小弟蓋房子，楊青田都是那個鼎力相幫的人。他們的父母沒得早，兄弟之間卻並不團結。有一回，楊青田帶著秀玲回家過年，卻不知因何跟大哥吵起來了。從此再沒回家。

有一次，他大哥跟我說，姪子畢業安排工作的事，楊青田一點兒都不肯幫忙，他只管岳家的人。當時我們是在河堤上碰到的，大哥拿著釣竿想去河裡釣魚。我跟楊青田雖然同在塤城，交往並不多。但是有一樣我明白，安排工作這樣的大事，不是他小小的政府辦副主任能夠勝任的。所以我跟大哥實話實說了。大哥氣得哼了一聲，一尥蹶子下了河堤。

我知道的，就是這些。

※　※　※

一覺醒來，我和伊伊到了錫林郭勒。伊伊有些鬧肚子，此刻從洗手間鑽了出來，佝僂著腰爬上床，一下出溜到了被子裡。她昨晚吃肉串喝啤酒，估計是撐著了。伊伊剛從國外留學回來，原本定的是一家三口出行，她說她還沒去過草原呢。可她爹臨時有事脫不開身，關鍵是，這樣的臨時脫不開已經有過兩次了，讓人非常惱火。時令已到八月分，再不出行估計連草都看不到了。於是一咬牙一跺腳……我也是老司機啊，駕齡八年，第四年的時候已經敢上高速了，能跑一百邁。我問伊伊敢不敢長途坐我的車，伊伊說，有啥不敢。於是午後收拾兩個袋子扔車上，打開手機導航就出來了。第一天住赤峰，第二天住多倫，淡季的好處就是，一眼望不到邊的天路上經常只有我們一輛車。來到錫林郭勒，我們已經顯得從容了。住進提前預訂的酒店，在路邊的燒烤店裡坐到很晚。美麗的夜色清風拂面，讓人不捨得入睡，一邊規劃明天的行程，一邊打聽附近都有什麼好吃的好玩的。服務員用生硬的普通話說：「妳們明早去吃包子吧，老馮包子在這一帶很有名。」

一路緊張得沒來得及談心，回到酒店我們又聊了許多話題。伊伊說：「有個事情朋友讓保密。」我說：「既然朋友有要求，就一定要做到。」伊伊說：「可我守不住祕密啊。」我嚴厲地批評了她，怪她不嚴格要求自己：

「不能守住祕密的朋友，算什麼朋友！」伊伊問我：「妳守得住祕密嗎？」我說：「我當然守得住。」伊伊說：「守得住的祕密就不是祕密，它非常可能沒有傳播的價值。」我佯裝生氣，說：「妳留學兩年，都學了些什麼啊。」

※　　　※　　　※

「起來起來，我們去吃包子了。老馮家的包子據說是天底下第一美味。」

「好吃妳就捎倆來。」

「剛出鍋的才好吃，涼了膻死人。大草原的羊也不例外。」

「沒事，我用酒精爐烤。」

「吃完我們正好趕路，今天爭取能到克什克騰。」

「昨晚一夜都沒睡好，遲一天走就不行嗎？」

伊伊一發飆，我就沒話講。拿了幾個零錢晃出酒店，陽光明亮，小城真是地廣人稀。跟人打聽老馮包子鋪，原來走過去也就幾十米。可出來得太晚，幾張餐桌一片狼藉，店員小姑娘已經在收拾了。

「還有包子嗎？」我問。

「一個也沒有了。」小姑娘邊擦桌子邊充滿歉意地看我。

「一個也沒有了？」有一個讓我嘗嘗也好啊。我很失望。

小姑娘喊：「老闆兒，老闆兒，你那幾個包子吃了沒？這位顧客想吃一個！」

拉開玻璃門，楊青田端著幾個包子出來了，手裡還提拎著醋瓶子。我們都愣了好幾秒，我搶著說：「這麼巧，你也在這裡吃包子？」

小姑娘說：「他不是吃包子的，他是老闆兒。」

我抬頭看了眼「老馮包子」的牌匾，楊青田不好意思地說：「馮縣長去買肉了。」我驚得說不出話來。

楊青田說：「她每天的任務就是採買，她喜歡幹這個，說自己有眼光。」

「真有你的。」我好半天才長出一口氣。

「嚇著妳了？」

「倒不至於。可你們怎麼會在這裡賣包子？」

「賣包子挺好的。雲丫，我讓人給妳新蒸幾個嘗嘗。」

於是我吃了頓用心用力做的包子。不得不說，確實是這一路來的美味。臨走的時候，楊青田對我說：「雲丫，遇到我的事，妳能不告訴任何人嗎？也別告訴妳們家老嚴。我既然出來了，就不想再回去了。」

楊青田的面孔平平展展，有一種風浪過後深沉的平靜。想了想，我說：「你放心吧。」

我和楊青田說話的時候，一輛柿紅色的兩廂豐田停在了左邊的空地上。因為太過專注，我甚至沒聽見發動機的聲音。或是聽到了，我沒有回頭。他們原本是想兜幾天風就回去的。可越走越遠，越走越不想回家，就這麼來到了錫林郭勒，轉眼已經出來三年了。「是兩年零九個月。」我說。楊青田奇怪我把數字記得如此準確，我告訴他，最近新來的縣委書記要重新打造東山印，我們準備了關於東山歷史的、現實的種種資料。有人還能偶爾提及楊青田，說若不是當年有人想拆除東山印，馮縣長就不會跳樓，楊青田就不會被停職陪護，也就不會出現兩個大活人失蹤的事了。事實證明，不拆除是正確的。這些信息我傳導給楊青田，是想給他些許安慰，或者，由此改變他一些什麼也未可知。那些話卻像風一樣沒有驚動他，我甚至不能確定他有沒有聽入耳。我每天早晨都去東山登山，那裡成了一個越來越熱的景點，縣委縣政府決定斥巨資重點打造，東山印不做博物館使用，而是還原成一座廟，供奉山神，取名東山廟。

「文聯的同志來了嗎？編個有關東山廟的故事吧，就叫埧城故事。」

林林總總，楊青田談了過去的許多事，語氣祥和，語音平靜。我看那輛車的時候，他也回頭看了一眼，卻沒多做解釋。我認識馮暖輝縣長，但她不認識我。當年她是我們這座城市的風向標，剪個短髮都能引領時尚。很顯然，我現在也不適合認識她。我又看了眼「老馮包子」的牌匾，是隸書，下角有印章，不是隨便什麼人隨便寫就的。

我迫不及待地把此行的奇遇告訴了伊伊。說完才叮囑她，千萬別告訴任何人，包括妳爸。伊伊邊往臉上塗護膚品邊說：「妳說的這些我不感興趣。我的包子呢？」

我說：「明早妳自己親自去吃吧。」

「只是，」我自言自語了句，「那座東山廟，不知又要改變誰。」

灰鴿子

1

「好吧，我是老趙，大家都這麼叫我。」

「大家都叫你趙書記，別以為我不知道。我不這麼叫，你是人民的公僕，我就是人民。」

「妳是哪號人民？」

「我是女人民！」

三瘋子翻了下眼皮，說得煞有介事。三角頭巾蒙在腦頂上，後面像母雞尾巴一樣翹了起來。她的顴骨有兩塊駝紅，像夏天坐碾盤上的猴屁股，爛眼邊上套著紅圈，真夠十五個人看半個月的。

「你是她老伴兒？」趙寶成故意這樣問。其實他哪裡不認識蘇小抱，就衝揣襖袖的那個姿勢，猜也猜得出來。蘇小抱有個特點，長了兩條小胳膊，就是短。揣襖袖的時候勉強搭上邊界，一隻手拽另一隻手的長指甲。趙寶成沒來之前就聽說過這對活寶，只是沒想到這麼快就被他們找上門。眼下蘇小抱一直躲在三瘋子身後，讓三瘋子的小棉花桃腦袋遮住半張臉，偶爾晃出來，撞趙寶成的眼睛。趙寶成看他的時候，他看三瘋子的後背，不看他了，他像偷雞的黃鼠狼一樣往外探頭探腦。

趙寶成氣得笑。這世界可真能配，怎麼把他們湊成了一家子。

趙寶成說：「蘇小抱你是不是老爺們兒？是爺們兒就站出來大大方方說話。」

蘇小抱這才橫著跨出一步，勇敢地邁出了三瘋子的陰影。他的兩隻手在襖袖裡轉圈，像藏著兩只摩天輪，轉得趙寶成眼都是花的。蘇小抱扯起脖子說：「這日子沒法過了，你得給我們做主。」

「因為啥事兒？」趙寶成舞動著改錐給一盆富貴竹鬆土，一下一下剜得特別用力。

「他們總欺負我。」

「欺負你啥了？」

三瘋子扯了蘇小抱一下，那意思是讓她說。三瘋子扭動著身體說：「就吃他們家幾個雞蛋就說我饞，還說要把嘴給我縫上。我就問問你這當書記的，打人不犯法嗎？」

「雞蛋是人家母雞下的？」

「我經常餵牠們糧食。」

「妳自己怎麼不養？」

「我聞不得雞屎味。」

「人家聞雞屎味妳吃雞蛋，妳覺得這世上還有王法嗎？」

「反正他不能打人，打人他就犯法。」

「那要看打誰。打妳我覺得不犯法。」

「不犯法？」

「不犯法。」

就聽嗝嘍一聲，三瘋子一下躺在了地上，手腳抽搐，嘴裡大團大團地吐白沫，好像肚子裡正在緊急生產肥皂一樣。眼白一翻一翻，黑眼球吊了上去，模樣甚是嚇人。蘇小抱急得拍巴掌，說：「出人命啦，出人命啦！」

趙寶成站起身喝了聲：「你別嚷，我就會治瘋病。」改錐抽打著另一隻手掌走了過去，踢了三瘋子一腳，說：「妳起來。」三瘋子像魚一樣翻擺，白沫已經淌到了地上，像肺管子裡吐出來的一堆雪。趙寶成說：「我要下手了，蘇小抱，你把她給我摁住，摁結實，千萬別讓她動，她動我扎不準。」蘇小抱狐疑地問：「你要幹啥？」趙寶成說：「我治病。」搖晃著改錐說：「我就會治瘋病。」蘇小抱說：「你往哪兒扎？」趙寶成說：「我用改錐先扎手指甲再扎腳趾甲，給她放放血，她的瘋病自然就好了。」趙寶成蹲下身去，右手握緊了改錐柄，左手拽過三瘋子的右手，那手像雞爪子一樣瘦弱且骯髒。照準了往下一扎……瓷磚地噹的一聲脆響，三瘋子突然捲起身子坐了起來，用左手握住了右手，像緊急救助一樣。看那手完好，她端起兩隻袖子抹嘴上的白沫，說：「趙寶成，你不得好死！」

趙寶成呵呵地笑，說：「我沒扎，妳就好了？」

三瘋子站了起來，踢了一腳桌子，啐了口唾沫，扭著腰身往外面走。蘇小抱趕緊把門拉開了，搶先跳了出去。趙寶成卻把三瘋子拽住了，抽出張面巾紙，讓她擦地上的痰漬。三瘋子不想擦，趙寶成像鉗子一樣捏緊了她，她像是給焊住了，動彈不得。無奈，三瘋子賭氣樣地把紙攥成團，撅起屁股擦地，大概眼神不大好，雞刨樣地擦兩下，也沒擦準地方。掙脫了趙寶成，三瘋子撒腿就往外跑，兩人走過房山，就落到了趙寶成的眼裡。趙寶成站在敞開的後窗下，探頭朝外看。就聽三瘋子說：「這個不人揍的，還嚇唬不了他。」蘇小抱說：「哼，走著瞧！」

三瘋子罵人愛罵「不人揍」的，意思就是「你不是人，你爹也不是人」。這話分析起來險惡，話風卻顯得輕賤和揶揄，在鄉間是許多人的口頭禪。

趙寶成把改錐在空中耍了一下，笑得特別得意。

※　　※　　※

罕村淨出邪性人。趙寶成沒來之前就聽說過。他是從大鎮上堯調過來的，算是組織照顧。上堯那個地方，在縣境邊上，毗鄰河北。他在那裡待了八年，遠只是一個方面。眼見得年齡奔六，華髮鬢生，他自己找到組織部長，說：「該給我換換地方了。」部長是個年輕人，新從上級機關調來的，對每一個如他這樣的老幹部都客客氣氣。部長問他為啥想離開上堯，聽說那是個富裕鄉鎮啊。他沒敢實話實說，富裕只是表象。因為地處三不管地界，黑惡勢力橫行。各種礦藏也被挖掘得差不多了，該富的富了，該窮的窮了。整體環境卻是一天比一天惡化，有次山體滑坡，埋了十幾個人。多虧滑坡是在鄰縣的那一面，趙寶成和一班幹部站在這邊看得心都是寒的。如果滑坡的地方挪過來幾十米，正對著一所小學校，那一切就都完了。這樣的老鄉鎮，全縣有十幾二十幾個，實在照顧不過來。於是年終調整，把他調到饅頭鎮。這裡離埧城近，算上地。開車半個小時到埧城。若是在上堯，要一個多小時。所以趙寶成自嘲，雖說沒進城，總算進到了一小時經濟圈。其實心裡的想法是，饅頭鎮是農業大鎮，雖說經濟總量小，但面對的困難和責任也小。不像在上堯，就像頭上頂著炸藥包。

罕村離鎮政府三里地，這說的是走大路。如果抄小路，只有一里多一點兒。所以罕村人有傳統，就是愛告狀。飯碗往桌上一擱，跑到政府說冤情，回來灶膛裡的灰還冒火星。辦公室的工作人員把那些人的名單匯總了，放到了趙寶成的辦公桌上。

「三瘋子……她沒名兒？」

工作人員說：「也許有名，可這些年也沒人叫，都忘了她姓啥叫啥。」

「蘇小抱……這個是男的吧？」

一條紅線把兩人連在了一起。工作人員用筆劃拉著說：「這是兩口子。秤桿不離秤砣，老頭不離老婆。別看三瘋子模樣不咋地，蘇小抱卻看她像朵花。他們告狀的理由五花八門，隔三差五就來。」

趙寶成說：「我讓他來一次就不敢來第二次，你們等著瞧吧。」

大家都說：「趙書記在上堯那麼險惡的地方都能保一方平安，這回調到饅頭鎮，我們也該風調雨順了。」

趙寶成擺了擺手，他不願意聽恭維。上堯那麼多開礦老闆，巧舌如簧的多了。若聽他們的，母雞不下蛋，公雞不打鳴。

「明天到罕村轉轉，別提前下通知，我要微服私訪。」趙寶成對祕書說。

2

秦連義在大喇叭裡喊了三次，說：「那條老街道，還有個別人家的門口不乾淨。美麗鄉村建設是中央提出來的，你不美麗不行，不乾淨也不行。就算我依了你，鎮上、縣裡、國家也不依你。」秦連義苦口婆心地在那裡說，角落裡就有人在罵。柴火垛、廁所、煤堆、木頭垛，把街道擠成了雞腸子，前後清理了三次了，但還是沒徹底。這次主要是家門口的一些木墩或石塊，有些是坐下歇腳的。以後再想出來坐，您得搬板凳或馬扎，因為這些地方開春要栽花種草，也在清理之列。

秦連義點了幾戶人家的名字，老街這邊主要是蘇小抱家，門口的石頭垛一直沒動地方。這些石頭早年想砌院牆，著一輛四輪車拉了來，蘇小抱兩口子卻沒了心勁兒。那時他們還年輕，兒子國東還活著，在鎮裡讀初一，有天回來把百草枯當可樂喝了。他們一直以為，國東就是把百草枯當了汽水。那是個大熱天，從天上下火，人站到太陽底下，頭髮能有種焦糊味。但鄰里都不這樣認為，他們說，國東是個聰明孩子，從來不像他媽一樣貪嘴，咋會把農藥當汽水，一喝就是一瓶？如今很多年過去了，也沒人願意再掰扯往事。國東如果活著，孩子都會打醬油了。門口那堆石頭，整齊的、見稜見角的都被人明裡暗裡搬走了，開始說借，後來連話也不願意搭。因為很顯然，蘇小抱不準備再砌院牆。剩下的石頭沒裡沒面，像蒺藜狗子一樣，遺棄在籬笆牆根底下。蘇小抱如果要，就得搬到院子裡；如果不要，村裡就來車拉走，充公。

「我們自己家的石頭，都是從北山拉來的，他秦連義說充公就充公？」三瘋子站在門口，像母雞打鳴一樣嘯叫，沒人理會。

她怏怏地往西走了幾步，探頭朝長袖家的院子裡望。長袖家的院子是一條胡同，兩邊都是雞舍。雞舍是二層樓，下面用鐵絲結成一慢坡，雞生了蛋會自動滾下來。兩條壟溝裡，經常白花花的。這樣的雞蛋三四塊錢一斤，三瘋子不饞。她饞到處刨食的那幾隻小母雞，跟狗逗著玩，讓貓攆得亂竄，有的甚至飛到樹上，跳進三瘋子家的院子裡。這些雞，罕村人稱為柴雞，外面也有人叫溜達雞、走地雞。蛋生得小，蛋清黏稠，蛋黃又大又紅，要賣十五塊錢一斤。家裡有些糧食長蟲了，三瘋子就餵了那些母雞，所以三瘋子說吃幾個雞蛋不冤枉。她瞅沒人就去院子裡撿，讓長袖看見頂多挨幾句奚落。那天長袖也真是氣急了，一隻母雞總在外面丟蛋，按照土辦法，長袖在窩裡多放了幾枚蛋，意思是告訴那隻小母雞，別的雞也在這裡生蛋，妳也應該認清形勢才對。母雞嘎嗒嘎嗒從窩裡跳出來，長袖趕緊跑出來查看，卻掃著了三瘋子的影兒，窩著身子，兜著衣襟，慌裡慌張朝外走。長袖跑到雞窩一看，不單新生的蛋沒有了，原來放的幾枚也沒了。可窩是熱的，雞身上掉下來一片羽毛，彷彿在告訴長袖，剛才生個蛋費老勁了。長袖氣得站在門口罵，說人家的雞蛋就那麼好吃，饞就把自己的嘴縫上！長袖罵的時候，孟先章正好回來，他開著電動三輪車去加工廠兌雞飼料，一看這陣勢，就明白了八九分。他跳下車，像轟雞一樣把長袖往院裡轟，說：「妳丟不丟人，咋跟他們一般見識。」

長袖敞開嗓子嚷：「她不嫌丟人我嫌丟人？呸……」

三瘋子剛一探頭，就讓長袖呸了回來。三瘋子哭著喊：「蘇小抱，蘇小抱……你就挺屍吧！」

※　　　　　　　　※　　　　　　　　※

長袖在玻璃窗裡看見了三瘋子，急忙穿鞋下炕。三瘋子其實不拿別的東西，窩裡的蛋剛撿回來，長袖完全是下意識地從屋裡往外躥。對這個芳鄰，她時刻拉著警惕這根弦。

「妳又來踅摸啥？」長袖站在前門檻子裡，嘲諷地問。

三瘋子有些不好意思，指著院牆外面說：「那些個石頭，秦連義說要充公了，妳家要嗎？」

長袖本能地想說不要，腦子轉了轉，沒有說出口。這大窪裡石頭是好東西，即便眼下用不著，將來也不一定用不著，還想在後院蓋豬圈呢。長袖臉上堆起笑，擺著手說：「那些石頭沒有一塊好的，妳給我也沒用……要不，先搬進妳家院子裡，反正妳家有的是地方。」

長袖來到窗根底下，踩著凳子朝三瘋子家看。見三瘋子揪著耳朵把蘇小抱扯了出來，說：「你的耳朵塞麵團了，沒聽秦連義喊充公嗎？」蘇小抱揉著眼睛說：「充公就充公，反正咱家也不想再砌牆。」三瘋子說：「那也不能白給他，我還留著解外人緣呢。」蘇小抱問她解誰的外人緣，三瘋子朝左鄰指了指，說：「長袖家，她家想蓋豬圈呢，街坊住著，咱得給她留著。」長袖撲哧一笑，馬上矮下了身子，謹防他們看見。

大大小小的石頭還有幾十塊，都是一水的大青石，死沉死沉的。他們先從小的開始往裡搬，大一點兒的兩人抬，幹著幹著就把什麼忘了。他們都是少了一根筋的人，兩人加在一起，也難湊上正常人的智商，但有些事情除外。蘇小抱說：「老婆子，累了吧？累了妳就歇著。」三瘋子說：「老頭子，我不累，我多幹點兒你就少幹點兒。」倆人說話就像說相聲，有捧有逗，讓正餵雞的長袖捂著腮幫子喊牙倒了。倆人抬一塊大青石，蘇小抱幾乎把石頭摟在了懷裡，這樣可以讓三瘋子省些力氣。三瘋子看出了蘇小抱的企圖，拼力往自己的懷裡搶，一個沒兜住，三瘋子和石頭一起摔倒了。

石頭捎帶著砸在腳趾頭上。三瘋子嘴裡吸著氣，扯下鞋子和襪子。大腳趾頭被砸扁了，趾甲蓋翻了起來，那肉皮子原本是黑的，慢慢變得青紫，有血緩緩地從趾甲的四周溢了出來。三瘋子說：「蘇小抱，快給我拿點灶灰來。」蘇小抱趕忙往堂屋跑，像鳥兒在練大劈叉，恨不得一步邁到盡頭。他蹲在灶門前，手臂努力往裡抓，抓了一把灶灰跑回來，摁在了傷口上。蘇小抱臉上都是汗，連聲問：「妳疼不疼？」三瘋子先嘬了一下牙花子，然後才撲哧一笑，說：「不疼。」蘇小抱說：「妳趕緊上屋歇著，剩下的我來幹。」三瘋子說：「你一個人幹不動。」蘇小抱說：「我有辦法，我哪裡像妳想的那麼廢物。」

三瘋子齜出黃板牙，說：「蘇小抱，你都多久沒抱我了。」

蘇小抱用手一抄，三瘋子就摟住了他的脖子。三瘋子咯咯地笑，她渾身都是癢癢筋。蘇小抱因為搬石頭多費了力氣，此刻手有些抖，腿也有些顫。走到門口時，他讓三瘋子的後背抵在門板上略做休息，弓起膝蓋掂了掂，才把她搬到炕頭上。從窗框裡就看見院裡來人了。三瘋子說：「這不秦連義嗎？那個人是誰，咋看著這面熟？」蘇小抱也從窗玻璃往外看，說：「那個人是趙寶成，鄉書記。他來幹啥？」三瘋子撇著嘴說：「夜貓子進宅，無事不來。」蘇小抱說：「妳別動，我出去看看。」蘇小抱走到門口，趙寶成已經站在院子中間，秦連義在後面跟著。他們從打門口過，秦連義不主張進來，這幢破宅院，屋脊坍塌了，委身在長袖家的大房子底下，是罕村的創面。可聽說是三瘋子家，趙寶成不由分說就往裡走，他想看看這倆人活成什麼樣。石頭在院子裡嘰哩咕嚕，讓人心亂如麻。秦連義在後面解釋說：「這家是孤寡，都是殘疾人……」趙寶成在院子裡打了個旋風腳，用手指點著說：「咋這麼髒這麼亂……這是人住的地方嗎？」「哦，是蘇小抱。你家屬呢？瘋病好點了嗎？」他往堂屋裡走，蘇小抱起初不想放他進去，門神一樣擋在門口。秦連義跑過來拉蘇小抱，他才不情願地把身子閃開了。房裡黑洞洞的，沒後門，後窗被紙箱板擋著，釘著木條。一張圓桌擺在屋子中央，上面擺滿了髒盆子髒碗。這屋裡也沒啥家具，到處都是破爛，一股嗆鼻子霉味。三瘋子躺在破爛堆裡，人也像破爛的一部分。只是那眼珠分外地亮，像夜空中的螢火蟲，不停地從這邊轉到那邊。趙寶成抖了下肩上披著的大衣，打了個驚天動地的噴嚏。趙寶成指點著說：「你們可以窮，但不能這麼髒，這麼懶，把這屋歸置歸置、拾掇拾掇……這都幾點了，還躺炕上不起來，妳以為妳是富婆啊？」秦連義說：「這是咱鄉裡的趙書記……你們聽見了嗎？回頭把家打掃打掃，要講究衛生。」蘇小抱蹭到炕沿邊，說：「她把腳砸了，趾甲都砸掉了。」三瘋子抬起腳來往這邊伸，得意地晃了晃。那腳被灶灰塗抹得黑裡帶灰，像烤熟了的一塊白薯。趙寶成情不自禁地把頭擰到了一邊，用手搧著風，說：「骨頭砸碎了也不至於活成這樣，你們這是給罕村丟人。」三瘋子突然嚷：「我給你丟人了？你算老幾！」秦連義說：「你們咋能這樣跟書記說話……趙書記，我們走，這屋裡啥味……」秦連義拽著趙寶成走到門口，一隻硬邦邦的厚襪子飛起來，準確地落到了趙寶成的肩上。

趙寶成嫌惡地回頭說了句：「活著幹啥？」

3

「趙書記嗎？我是信訪局的小程。這裡有兩個上訪人員，你們馬上把人接回去！」

「哪村的？」

「罕村的。男的叫蘇小抱，女的叫朱桂鳳。」

「女的叫三瘋子，一言不合就躺地下抽風吐白沫是吧？他們咋去的，你讓他們咋回來，我沒空接。」

「不用您親自接，派個人過來就行。」

「大家都忙，哪有人可派？你們如果有空送回來也行。」

放下電話，趙寶成對祕書李亮說：「大眼賊打噴嚏，慣得沒樣兒。他倆逛縣城讓我去接？又不是我兒子。」

李亮順著趙寶成的意思說：「信訪局想起一齣是一齣，你今天去接，他明天還去。明天接不接？」

兩個小時以後，一輛豐田商務車停在了饅頭鎮門口，把人卸下來，那車掉頭就走。趙寶成的手機又響了，還是那個有點兒黏糊的小程。「趙書記，我們把人送到鎮政府了，領導希望你們做好安撫工作，有問題在基層解決，不要讓他們越級上訪。」

趙寶成說：「他們願意到埧城去，你以為是我派他們去的？」

「領導說，跟老百姓打交道要有耐性，別動不動就使用暴力……」

「我使用暴力了？」趙寶成怔了一下，嚴厲地問，「哪個領導說的？」

小程馬上不吭聲了。這些鄉鎮幹部都是馬王爺，個個惹不起。小程嘟囔的聲音漸行漸遠，像被大風吹走了，趙寶成懷疑他是否在那輛麵包車上。他讓李亮過去看看情況，把蘇小抱和三瘋子叫過來，盤問一下。祕書回來說：「蘇小抱和三瘋子比兔子溜得還快，早沒影兒了。」

※　　　※　　　※

兩人坐在門口，太陽還疲乏地在西邊的天空上掛著。太陽也像他倆一樣，掛這一天都累壞了。三瘋子坐的那塊石頭，是砸腳的那一塊，正對著門口，因為有一個小的平面，剛好能放個瘦弱的屁股。他們從鄉政府抄小路跋涉回來，身上都像散了架。三瘋子的興奮溢於言表，她說填城馬路寬，燈籠多，小汽車一個挨著一個。滿街的食物香噴噴，那個驢肉火燒好吃得不得了，煮玉米居然黏牙，白薯是紫的，這在村裡都沒見過！中巴車原本要去車站，聽說他們是進城告狀，司機特意多捎了他們一截，讓他們在南環路上下車。「穿過那條步行街就是縣委，你們要想告狀就得找最大的官。」司機像隻好心腸的母雞，循循善誘加諄諄告誡。

原本，他們沒想進城去告狀，可三瘋子半夜做了個夢，夢見跟蘇小抱進城了。進城幹什麼呢？三瘋子在夢裡著急。像他們這樣的人，進城是需要有理由的，沒有理由幹啥進城呢？是蘇小抱急中生智，想起了告狀這個理由，他覺得，要告首先就要告大官，他們認識的最大的官就是趙寶成。

「他平白無故進別人的家，讓人沒有尊嚴。」

「他還說我們活著幹啥。這不是不讓人活嗎？」

「他不讓我們活。」

「他有啥權利這樣說話？」

「他沒權利。」

縣委門口有人站崗，但站崗的人對他們很客氣。問他們來幹啥，他們說告狀。告誰？告趙寶成。為啥告他？他不讓我們活。他咋不讓你們活了？你們不是活得好好的嗎？那人臉上逐漸有了嘲諷。蘇小抱有點兒起急，直著嗓子嚷：「他說我們活著幹啥，這不是不叫我們活？」那人上下打量了他們一下，斷定他們是無理取鬧，轉身不理了。關鍵時刻三瘋子有了主張，她一屁股坐在地上，把鞋子拉下來，露出了皴黑的一隻腳，大腳趾腫成了胡蘿蔔，把趾甲蓋都頂一邊去了，往外淌著有膿水。三瘋子把腳高高地揚了起來，給聚攏過來的人看。那人吃驚地說:「妳這是怎麼弄的？」三瘋子說:「是趙寶成用改錐剜的。不信你問他。」蘇小抱從人群裡鑽了進來，拍著胸脯說:「我可以作證，這個確實是趙寶成用改錐剜的。」那人問他倆是啥關係，蘇小抱說:「我是她老頭，她是我老婆。」周圍的人都笑。那人咂了咂嘴，說她這個樣子容易感染，趕緊去醫院處理下。三瘋子得意地說:「我這是證據，得給趙寶成不人揍的留著。」

告狀的有好幾撥，最大的一撥有二十幾口人，穿統一的黃馬甲。他們是企業工人，來要保險的。有一撥是幾個老頭，手裡打著橫幅，來告某某某，說昧了他們的血汗錢。還有一個女的，手裡拿一塊白布，上面寫一個大大的冤字。她一直坐在一棵柏樹底下，脖子上紮條黃圍巾，一張臉綠瑩瑩的。起初沒人注意蘇小抱和三瘋子，他倆站在人圈外，更像來看熱鬧的。後來那些企業工人說要堵大門，院子裡每有汽車開出來，他倆就直接往上衝，比別人都勇敢。中午，有人來送驢肉火燒和煮玉米、紫薯給那些企業工人，蘇小抱和三瘋子也分著了一份。那人對他倆說，你們不能白吃，關鍵時刻還得往前衝。兩人邊吃邊點頭。那幾個老頭兒就沒分著，站在柿子樹下偷偷看他們，他們相視一笑，特別得意。黃圍巾也沒分著，背靠一棵樹吃自己帶來的麵餅，榨菜在她嘴裡咯吱咯吱響。三瘋子吃得很香甜，油流到手背上，伸出舌頭舔了舔。有個越野車要開出來，蘇小抱下意識地朝前躥去，兩條小胳膊一伸，站在了電動門中間。越野車一邊鳴笛一邊一點兒一點兒往前拱，那意思是想嚇唬蘇小抱，關鍵時刻三瘋子衝了過去，順勢倒在了車軲轆底下。這輛車，是真正大官的車，不久，便來了一隊員警，把他們分割包圍了。有個員警拽著一條腿把三瘋子從車軲轆底下拉了出來，扔到了一輛麵包車上。三瘋子不想上去，死死地扳住車門不放，被兩個員警撅起屁股向前一推，便像球一樣滾了進去。蘇小抱也趕緊往車裡鑽，嘴裡說：「我們是一家的，我們是一家的。」

接待室是一個長條形的屋子，牆上寫著「立黨為公，執政為民」。人大常委會副主任葛軍坐在了蘇小抱和三瘋子的對面，今天是他的信訪接待日。幾撥上訪者，都是燙手的山芋。企業職工是鍛造廠的，廠子倒閉很多年了，那片土地最近被開發商接盤，他們聽見了消息，來要紅利。來的是幾十人，身後還有幾百人。這樣的問題，神仙也解決不了。那幾個老頭兒是參與地下錢莊被騙的，老闆跑路了，他們怪政府監管不力。黃圍巾的那塊白布和白布上的「冤」字在縣委門口擺了快一年了，她不說話，誰也不知道她因為什麼冤。被公安清理收容了幾次，隔三差五又來了。相比之下，蘇小抱和三瘋子的訴求更容易直觀面對，所以葛軍決定接待他們。椅子面是皮的，很軟。三瘋子坐在上面就給蘇小抱又動屁股又使眼色，那意思是，給他們泡的茶很香，隨便喝。葛軍看著他倆，和顏悅色地問：「為啥到縣委門前鬧事？」蘇小抱搶先說：「我們要見最大的官，我們要告饅頭鎮的書記趙寶成。」葛軍笑了下，說：「我就是最大的官，你們跟我說吧。」三瘋子適時地把腳舉到了桌子上，灰土星星點點往桌子上落，那根大腳趾腫得像根胡蘿蔔，把另幾個腳趾頭都擠歪了。三瘋子說：「看到沒有，趙寶成把我的趾甲蓋剜掉了，我要不是躲得快，這隻腳脖子就斷了。」葛軍趕緊擺手，讓她把腳放到桌子下頭，問：「你們說的是不是真的，趙寶成為什麼要剜妳的趾甲蓋？」三瘋子說：「他看我們不順眼，他殺人都不會有理由。」

葛軍嘿嘿樂了一下，覺得面前這個人看起來雖然不正常，但說起話來怪有趣。小程就坐在對面管記錄，此刻抬起頭來說：「趙寶成新到饅頭鎮不久，他跟你們有啥冤仇？」

蘇小抱說：「他對人民沒感情。」

葛軍這回笑得捂住了嘴，他沒想到蘇小抱會說這麼文氣的話。葛軍說：「你仔細說說，他咋對人民沒感情？」

蘇小抱撇著嘴說：「他很殘忍。」

三瘋子搖晃著腦袋說：「他不是一般的殘忍。」

葛軍問：「他怎麼殘忍了？你們得說具體。」

三瘋子往後撤椅子，又想把腳舉起來，葛軍趕緊擺手說：「算了算了，我知道了。這麼著，你們先回去好不好？回去先治腳傷，把腳治好了才能參加生產勞動，才能過上幸福生活。以後你們就不要到縣裡來了，罕村離塡城那麼遠，來一回也不少車費呢。」

三瘋子說：「聽說我們來告狀，司機沒跟我們要錢，還把我們送到城邊子上。」

蘇小抱說：「還有人給我們吃驢肉火燒和黏玉米。」

葛軍說：「開春了，也該拾掇地了。家裡幾畝地？都想種些啥？」

蘇小抱說：「地都包出去了，我們啥也不用種。」

三瘋子得意地說：「我們乾得糧。」

葛軍的臉上稍稍帶了些嘲諷，說：「不幹活還有糧吃，你們是神仙過的日子啊。」

4

春風說來就來了，天氣說暖就暖了。三瘋子的腳傷總是流膿打水，趾甲原本連著一些皮肉，有一天早晨徹底脫落了。三瘋子一早起來就開始罵趙寶成，說這個不人揍的，真下得去手。那把改錐就在她的記憶裡，噹地往下一戳，正好扎到她的趾甲上，她的趾甲就像水面的船一樣翻了。她每天強化的就是這種意識，她的記憶就在這些動作上閃回，每閃一下，她就堅信幾分，就罵幾句趙寶成。

石頭都搬進了院子裡，三瘋子覺得有必要去長袖家串個門子，知會一聲。她倒背著手，大模大樣地走進了鄰家的院子，兩邊雞棚裡的母雞咕咕咕，咯咯咯，都叫得特別賣力，像是在夾道歡迎。長袖正在梢間拌雞飼料，瞥見了個人影去了正屋，趕緊放下手裡的活計追了過去。長袖問：「有事嗎？」三瘋子晃著腦袋說：「沒事就不許串個門兒？」長袖年齡小，但輩分高，所以她不怵三瘋子。「還沒到母雞下蛋的時候呢，妳來早了。走地雞生幾個蛋是給城裡的小外孫攢的，以後妳想吃提前說話。」高門大嗓，話裡都是夾槍帶棒。

走地雞是在外邊吃野食的，統共養了三隻，所以攢上十個八個不容易。長袖的閨女在城裡當中學老師，說餵出來的雞生的蛋不好吃。其實，哪會呢。有一次，長袖各煮了一只蛋讓閨女分辨，哪個是走地雞生的，哪個是籠裡雞生的。剝了皮其實一點兒分不出，可閨女說走地雞生的蛋有營養，閨女的話就是聖旨。長袖背後說，城裡人都活得矯情。

長袖提起城裡的外孫，三瘋子覺得特別不好意思。那是個洋娃娃似的小小子，專門拿著小篩網追鳥。喜鵲、斑鳩、灰雀子，都愛到雞食槽子裡覓食，牠們呼朋喚友來的時候，擠得在槽邊打趔趄，一個站不穩，就撲稜稜掉到地上。快速啄食的場面，像影視劇裡的快進鏡頭，不一會兒的工夫，那些嗉子就像吞了鐵球一樣圓鼓鼓的，再也吃不下了。牠們飛得東倒西歪，柵欄上停一下，牆頭停一下，樹枝上停一下。小外孫拿著篩網追，有的就飛到了三瘋子家的院子裡。三瘋子家的院子就像操場一樣平展展，很適合小外孫追鳥。那些鳥也有趣，像是在逗小孩玩，在院子裡蹦蹦跳跳。三瘋子隔著玻璃窗看著孩子像風車一樣飛，把那些鳥嚇得叫起來時都走了音。

「那些個石頭都給妳碼得了，妳啥時用就去院子裡搬。」三瘋子說這些時扭動著身子，臉上的表情特別豐富，像是在邀功請賞。「別看吃妳幾個雞蛋，沒白吃，我對得起妳。」

這回該長袖不好意思了，她沒想到人家是來通報消息的。那些石頭不單是好東西，搬進院，碼起來，都好費力氣。她轉身拿了個蘋果給三瘋子，一低頭，看見三瘋子穿了雙男人的大皮鞋，一看就是撿來的。三瘋子體型嬌小，愈發顯得那鞋像船一樣大，腳背雖然皴黑，但腫得像膨脹的麵包，皮膚都要被撐裂了。「妳的腳咋了？」長袖很吃驚。

三瘋子想說石頭砸的，話到嘴邊，又咽了下去。她有時候腦子出奇地好使，覺得那樣說就像跟長袖表功似的，朱桂鳳可不是那種人。「趙寶成那不人揍的用改錐剜的。」三瘋子順著自己的思路，說得咬牙切齒。她的意識中，那柄改錐就是凶器，怎麼形容都不過分。長袖大叫起來，說：「剜成這樣，他還叫人嗎……趙寶成是幹啥的？」三瘋子說：「鄉裡新來的書記，一看就是個土匪。」長袖痛心疾首地說：「又去告狀了？幹點啥不好，非要告狀……這回吃虧了吧？」三瘋子得意地說：「我們又去縣上了，吃火燒夾肉、黏玉米、紫白薯，回來還坐小汽車，還受領導接見……」長袖嘖嘖說：「就妳那個樣，還受領導接見，還不把領導熏一溜跟頭？」

長袖摸出手機開始摁鍵，一串號碼像小蝌蚪一樣飛了出去。「孟先章，你到哪兒了？該回來不？隔壁三……姪媳婦腳腫得像蘿蔔，你快回來給她上點藥。」話音未落，一輛農用車突突突地開進了院子，孟先章回來了。

他伸著脖子往裡看，先去西屋拿百寶箱。他過去當過幾年鄉醫，一應器械都有。只不過過去是對人，現在大多的時候對雞。比如給雞打防疫針，他就從不用別人。三瘋子早早地把腳晾了出來，功臣樣的搖擺。長袖還是氣憤難平的樣子，說：「現在當官的，咋能這樣對人。她去告狀是不對，你把人轟出來就得了，哪能把人扎成這樣。」孟先章也不說話，朝傷腳看了一眼，讓三瘋子坐到了沙發上，他蹲到了三瘋子面前端詳。孟先章問：「疼嗎？」長袖搶著說：「你忘了，她沒有痛神經，不知道疼。」三瘋子說：「砸的時候知道，都走不了道兒。」長袖說：「拉倒，我還不知道妳，就是想讓蘇小抱抱。」被點出了心事，三瘋子咯咯咯地笑彎了腰。孟先章說：「長袖，妳最大的本事就是同著瘸子說短話。」長袖說：「本來嘛。」又模仿三瘋子的語調說：「蘇小抱，你都多久沒抱我了。」三瘋子有點難為情，揮手打了長袖一下。隔得遠，她雞爪子樣的手虛張聲勢了一下。她胳膊肘支在沙發扶手上，手掌端起下巴，朝天翻白眼。這是高掛免戰牌了。

孟先章讓長袖端盆熱水讓三瘋子洗腳，然後又用酒精棉球給傷口消毒。這樣的小手術好處理，用針戳破膿水，擠乾淨，塗抹消炎藥，等著它自己消腫。用紗布把腳包起來，刻意多包了幾層，在腳脖子上打了個十字花，繫到了腕子後面。

孟先章叮囑說：「這段時間多休息，少走路，提防感染。家裡的活兒多讓小抱幹。」

三瘋子說：「我們家也沒活兒。」

孟先章說：「沒活兒好啊。」收拾一應器械，站了起來，又弓腰端起了那盆髒水。

三瘋子文明地說了聲「謝謝」，走了。那只蘋果還在手裡拿著，下到臺階就是吭哧一口。

長袖找了塊破抹布擦地，膿血濺到了地板上，邊擦邊點著名兒罵鄉書記趙寶成：「手狠的人必定心毒。」長袖罵完了，一回頭，才發現孟先章提著空盆子站在身後。

孟先章說：「三瘋子的話妳也信？她是個病人，妳又不是不知道，經常滿嘴跑火車。就她那隻腳，能有二兩皴，書記倒有興趣扎她。」

長袖呆了片刻，問：「你說她咋弄的？」

孟先章說：「誰知道。」

※　※　※

離上次來填城也就十多天吧，路邊的柳樹都冒芽了，楊樹都長吊吊兒了。廣場上都是花枝招展的人群，放風箏，踢毽子，跳舞，像唱一臺大戲一樣。三瘋子走到這裡就不願意走了。這城市可真好，就像生活在畫裡一樣。起初，她在噴泉邊上坐著，看兩個上了年紀的女人跳舞，三瘋子尋思，這人大概跟自己的年紀差不多。放音樂的匣子就在不遠處，那音樂有很強的節奏感，讓三瘋子情不自禁地扭動身體。她年輕的時候也是文藝愛好者，至今細胞裡還有活躍分子。所以舞曲一催，三瘋子情不自禁地手舞足蹈。因為恣意和放鬆，三瘋子的舞姿反而很惹眼。漸漸有人聚了過來，兩個女人還以為是自己有了觀眾，一回頭，發現三瘋子舞得正酣。三瘋子舞得激情四溢、旁若無人，雞窩頭被風吹了起來，糊到了臉上，手腳有韻律和章法地動，像幅圖騰。

咠嗟一聲，音樂沒了。女人提著唱匣子走了。城裡女人的促狹勁兒一上來，恨不得連廣場一起搬走。天地是一種大安靜，三瘋子像機器人突然沒了電，一瞬間，眼前一片茫然，手腳都沒處放。圍觀的人也散去了，三瘋子訕訕的，衝女人的背影狠狠吐了口唾沫。蘇小抱一直就在人群裡，手裡拿著幾張花花綠綠的小報，他識幾個字，是個愛看小報的人。此刻他走過來對三瘋子說：「妳比城裡的女人跳得好。」「那還用說？都讓我氣走了。」三瘋子朝女人的背影指點，嘴角出現一抹得意。她問蘇小抱剛才去哪兒了。蘇小抱說，到商場門口踅摸一圈，這不，撿到了好幾張新報紙。他架了一副黑框眼鏡，只有一個鏡片，在太陽底下爍爍放光。三瘋子看了一眼，忍不住笑了，說：「你戴上眼鏡就像個教書的先生。」蘇小抱得意地說：「那報紙上的字太小，戴上這個看，清楚多了。不花錢，還能解決大事兒。」說完，把眼鏡推到了腦門兒上。

兩人往大街的方向走，他們沒有目的地，潛意識裡，又有大致方向。縣委門口有人曾給驢肉燒餅，那股香味他們記憶猶新。街上人多車也多，路邊一輛自行車的後座上有兒童座椅，上面放了個飲料瓶。蘇小抱看看左右沒人，迅疾拿過來夾到了腋下。穿過大街，蘇小抱回望了一眼，擰開蓋子先給三瘋子：「妳嘗嘗，好喝不？」三瘋子先嘗了下，是甜的，咕咚就是一大口。然後又把瓶子放到蘇小抱的嘴邊，讓他喝。蘇小抱沒捨得喝，擰緊蓋子又夾到了腋下。

「這城市真是好東西，哪裡都好看，哪裡都讓人看不夠。」三瘋子說這話時滿臉都是陶醉。「看那個燈籠，都上天了！」穿過鼓樓，有人在放熱氣球，大紅的標語像飄帶一樣在風中舞動，又催生了三瘋子的藝術細胞。她站在街心，張開手臂，情不自禁地舞動起來。一輛綠條紋的三菱車緊貼著三瘋子吱嘎一聲停住了，差一點兒軋著三瘋子的腳。後邊的車窗搖了下來，是一張戴墨鏡的臉。

「又告狀來了？」趙寶成把墨鏡摘了下來，輕佻地說。他把頭整個探到車窗外，突然正色道：「蘇小抱，回你的罕村去！少到塤城來丟人現眼！」

蘇小抱臉漲得通紅，這裡不是鄉政府，蘇小抱膽子變大了。他嚷道：「你也少到塤城來丟人現眼！」

趙寶成一推車門下來了，圍著蘇小抱轉了一圈，說：「你再把剛才的話說一遍。」蘇小抱立刻不言聲了。趙寶成站到了蘇小抱的面前，歪著脖子，點著蘇小抱數落，說：「我不跟你的女人一般見識，因為她是三瘋子。你也是一把年紀的人了，別好歹不知。我再說一句，你現在就回罕村，趕快，馬上。別讓我在塤城看見你！聽到沒有？」話沒說完，人已經上了車，砰地關上了車門。

三瘋子踹了兩下車軲轆，突然躥到了吉普車前邊，趴到了車蓋子上。趙寶成命令司機開車，司機小心地看了他一眼，下車把三瘋子拉開了。司機回到車上，剛一轟油門，三瘋子又撲了上來。司機往右急打方向盤，三瘋子落了空。趙寶成嘲諷地說：「得虧我這車結實，要不還得讓她撞一窟窿。」

司機從後視鏡裡朝遠處看，蘇小抱正在把三瘋子往馬路邊上拖。

這裡其實離縣委很近，下班的很多人都看見了馬路邊上躺著的三瘋子。她的唇邊淌著許多白沫，她生氣的時候，就像怕熱的螃蟹一樣，嘴裡自動生產白色泡沫。額頭磕破了，丟了一隻鞋，那隻傷腳原本有些消腫了，癒合的傷口又重新滲出血來。蘇小抱坐在旁邊抹眼淚，嘴裡叨叨說：「大路朝天，各走一邊，我們沒礙著你，你幹啥跟我們過不去？」人來人往，車來車往，沒人停下腳步。兩個中學生走到這裡，停下了。女生蹲下身子問：「你們怎麼了？」蘇小抱嗚嗚地哭出了聲。男生拉了女生一把，示意她別管閒事。女生甩了一下袖子，跑到了馬路對面。那裡是個賣蔥油餅的店，女生躲閃著車輛，跑過來說：「她是不是餓暈了？這家的蔥油餅好吃，你們快嘗嘗。」蔥油餅的香味有一種神奇的作用，三瘋子突然坐了起來，先罵了一句趙寶成，然後接過了蔥油餅，狠狠地咬了一口。女生滿足地笑了，拉了男生一把，說：「我們走吧。」

5

電話嘟嘟響，祕書李亮說：「又是那個小程，接不接？」趙寶成說：「不接。」這是在開會前。饅頭鎮坐落在大窪的邊緣上，經濟基礎薄弱，如何向大窪要效益，是會議的重點議題。主席臺下原本是張老闆椅，八項規定出臺，老闆椅備起來了，換了張方椅子，可還是比普通椅子大一號，坐墊是軟的。電話又響的時候，李亮把電話拿過去給趙寶成看，趙寶成煩道：「讓你別接你就別接，磨嘰啥？有本事讓他們使去。」他與其說生蘇小抱和三瘋子的氣，還不如說生信訪局的氣。他覺得，信訪局整天閒著沒事幹，拿蘇小抱和三瘋子兩人窮逗悶子。

關於養殖和種植，趙寶成有許多想法。他是個有想法的人，上堯的許多礦坑，都是他指揮挖出來的。大窪的土地是鹼性，可以栽種藍莓。藍莓這種果實產量高，效益好，既可生食，又可做醬釀酒，不失為發家致富的好門路。趙寶成講得興致勃勃，李亮又把電話拿了過來，趙寶成一擺手，李亮卻沒有退回去，小聲說：「我聽不出是誰，好像是位大領導。」趙寶成嘴有點敞，隨口說：「能大哪兒去？比我還大？」大領導不會把電話打到祕書的手機上。他想，肯定是那個叫葛軍的人大常委會副主任，是從政策研究室提起來的，一輩子務虛，現在仍然務虛。他們這些在基層打拚的，頂瞧不起這些虛頭巴腦的人。關鍵是，年齡到坎兒了，職級到頂了，沒啥額外的想頭，也不怕得罪人了。何況面對著手下那麼多的兵，他也想拿出一股氣勢來。

「我說葛主任，我們忙得腳丫子朝天，您老行行好，讓我們踏踏實實幹點事，行不？」會議室裡迴盪著趙寶成中氣十足的聲音，大家都豎起了耳朵。電話裡面說：「寶成，我是老廖。」趙寶成的腦子轉得比陀螺還快，眼神往下一撂，急忙起身走出了會議室。「哎呀，是廖書記……您怎麼不打我手機？」廖書記說：「今天是我的信訪接待日，我的手機臨時出了點故障。小程的電話你們怎麼不接？」趙寶成說：「我們正在開機關全體會議，研究落實中央一號文件。」廖書記說：「開會重要，處理好信訪問題也很重要。要做好他們的安撫工作，不要讓矛盾激化，造成越級訪。如果他們跑到省城去，我們就被動了。」趙寶成飛起一腳，把一塊小石頭踢飛了。他咧著嘴問：「您指的是誰？」廖書記說：「罕村有叫蘇小抱的吧？」趙寶成哈哈一聲，說：「書記您就放心吧，他們連省城的門朝哪邊開都不知道。」廖書記凜然說：「我不放心！他們腿下有腳，想去哪裡豈是你能預測的？必須防患於未然！你知道進省城接一次訪要浪費多少人力物力嗎？」一句緊逼一句，句句都有分量。趙寶成憋了一口氣，腦門子開始冒汗。他努力調和著語調說：「他們沒啥冤情，可能就是去趕大集了，不一定是上訪。」廖書記提高聲音說：「你的意思是，我接的是假訪？我問你，朱桂鳳腳上的傷是怎麼回事？」趙寶成說：「我不認識朱桂鳳。」廖書記說：「就算你不認識朱桂鳳，那麼我現在告訴你，她是罕村人，腳上有傷，傷口化膿，有感染的跡象。眼下正是春播春種的關鍵時候，人誤地一時，地誤人一年。作為父母官，你看著辦吧！」

啪的一聲，電話掛了。

為官這麼多年，趙寶成還沒受過這個。他梗著脖子，喘了半天粗氣，暗自思忖自己比書記年齡大，讓他這樣當孫子訓，還不都是因為那個蘇小抱和三瘋子。他發了狠，調專門人看著，就不信看不住他們。活動半徑控制在村南的一線穿以內，只要越過那條馬路，就算違規。兩人一組剛值了一個夜班，轉天跟趙寶成匯報，夜裡天涼，車子轟著馬達取暖。可一隻狗叫，全村的狗都跟著叫，左右鄰村都不安寧。後來想了個轍，晚上撤回來，一早再去蹲守，在門拉吊上別根稻草或麻繩做記號。早起一旦發現有異，就證明他們又去信訪了。然後趕緊派人派車去塤城把人追回來，不給他們喘息的機會。折騰一陣子，人就疲乏了。蘇小抱和三瘋子活動也沒個規律，讓人防不勝防。趙寶成也泄了氣，說：「愛訪啥訪啥，聽天由命吧。」

蔥油餅店跟縣委只隔一座鐘鼓樓，是明代的建築物。過去車馬行人都從鼓樓下面走，年深日久，青石板被車轍碾出了凹槽。後來規劃出了左右兩條路，城門附近就成了一塊公共綠地，栽了些花草樹木，鼓樓被當作文物保護起來了。三瘋子躺在蔥油餅店對面，說走不動路了。其實蘇小抱知道，她是在等那兩個中學生，他也願意等。蔥油餅的香氣就在對面發散著，只是他們沒有錢。那香氣像長著彎鉤一樣勾他們的胃，讓舌苔底下生出了很多唾沫。放學的時間到了，藍白格的校服流水一樣過去一大批，沒見著那倆學生的影兒，或者，他們看見了，可能也不認識。那些學生娃的容貌和體態都差不多。他們眼巴巴地看了半天，也沒等來誰過問一句話。他們很灰心，只得轉移到了縣委門前。電動門閉合得嚴嚴實實，就像從沒開啟過一樣。有時候，這裡很熱鬧，男女老少各色人都有，嘰嘰喳喳說些什麼，誰也聽不清。有時候，這裡很冷清，只有一個保安像根柱子站在一塊墊腳石上。那保安的臉像變色龍一樣來回變，一會兒孤傲，一會兒謙卑。蘇小抱和三瘋子坐在馬路牙子上，讓太陽晒得有些發蔫。他們不喜歡冷清，左顧右盼地希望能見到那些個討要工資的企業工人，吃他們分的驢肉火燒。可那些人似乎是地遁了，一個也不來。

每天都到這裡打一晃，其實他們越來越不明白來幹什麼。告狀的事，在他們的思維裡盤桓了一些日子，然後就忘了。但塡城不一樣。高樓、寬闊的馬路、馬路兩旁掛的紅燈籠，都讓灰塵染舊了，但在他們眼裡，依然嶄新、漂亮、魅力無窮。罕村和這裡沒法兒比。這兒人們的衣著鮮亮，女人抹著紅嘴唇，穿著高跟鞋。三瘋子特別喜歡看那些化了濃妝的女人，覺得她們妖冶得就像戲裡的人物。他們越來越喜歡到塡城來，兩人躺在被子裡，回憶有關塡城的點點滴滴。驢肉火燒、黏玉米、紫白薯、蔥油餅，他們貧乏的想像力總是在這些香氣四溢的食物上打轉。還有那一條街的海棠花，三瘋子的鼻子聞見花香就刺癢，噴嚏打得驚天動地。一條街的月季花，還有一條街的白玉簪，都長在柿子樹下，葉子湛清碧綠。這是城市嗎，這是花園啊。三瘋子從打年輕的時候就喜歡花，那時大家都叫她朱桂鳳，她繡的鞋墊上開滿了並蒂蓮。有個影子樣的人在張家口當兵，她每年要繡很多鞋墊寄到部隊上。後來人家提幹了，後來那人就真成了影子，把她繡的鞋墊都退了回來，那樣一大包，沒有一雙鞋墊是新的。

有一天早晨，有人見她掛在了榆樹上，腳下踢翻了一個水桶缸。人們慌忙把人放下來，都以為她不行了。後來緩了上來，卻不靈醒。不認識人，管媽叫表妹，管爸叫表兄，看見穿軍裝的就往人家身上撲。後來好歹出嫁了。蘇小抱比她強，但也是個豬油蒙了心的，念到小學三年級，還不會寫自己的名字。老師問他為啥不會寫，他說自己胳膊短，搆不到上邊的筆畫。

他們的兒子是個機靈的孩子，村裡人都說，這一對二貨終於有靠了。誰知又出了百草枯的事。在這之前，孩子從沒喝過飲料。有一次，長袖家的外窗臺上放了一隻罐頭瓶，裡面是黑乎乎的湯水。三瘋子以為是可樂，順手牽羊拿回來給兒子喝。兒子嗆得差點沒背過氣去，原來那是淹糖蒜用的老醋，又酸又辣。孟先章用溫和的蘇打水給孩子沖洗腸胃，這樣可以減少對胃黏膜的傷害。

三瘋子幾乎一天都不想待在罕村了，她從沒覺得這個家那麼讓人膩歪。屋子低矮皴黑，到處都是破爛，蜘蛛網掛滿了屋頂，外面一颳風，就往下落灰吊子。院子裡飄滿了雞屎味，尤其是夏天，蒼蠅各個膘肥體壯，稍不留意就在醬碗裡、鹹菜缸裡生許多孩子。那些孩子可不像長袖的外孫，一點兒都不受歡迎。有一天她問長袖：「妳為啥要養臭烘烘的雞，妳就不能養花種草嗎？埧城到處都是花，香得不得了！」長袖沒好氣地說：「我就是受累的命，哪有妳的命好，整天去看花。」三瘋子抿著嘴咯咯地笑，得意得不行。長袖更生氣了，說：「妳吃雞蛋的時候就沒吃出雞屎味？」三瘋子落荒而逃了。她越來越聽不得「雞蛋」兩個字，那兩個字讓她覺得羞慚。過去，長袖指著鼻子罵她的時候她都沒有害羞過，城市的花香，讓她有了開蒙的感覺。

蘇小抱也喜歡去埧城。因為埧城有人發報紙，商場門口、醫院門口，總有各種各樣的套紅小報讓蘇小抱著迷。關鍵是，人家還不收錢。城市居然有這麼好的事，白送東西！有些報紙是光面，有些報紙是麻面，都是白紙黑字，但字與字不一樣，白與白也不一樣。那些光面的報紙，他不戴眼鏡也能看得見，而那些麻面的報紙，他戴上眼鏡仍然看不清楚。但這都不影響他重複拿，反覆領，多多益善。每次回家，他腋下都夾著厚厚一摞，那上面寫滿了傳奇的故事、包治百病的神丹妙藥、像唱歌一樣的格言警句，都讓他著迷。報紙在炕腳碼放得整整齊齊，是整個房間最亮眼的風景。埧城多讓他們喜歡啊，那裡就像人間天堂啊！只是很多時候，埧城不歡迎他們。那麼多的飯館、餐飲店、賣小吃的攤位，都熱氣騰騰、香氣撲鼻，他們走過去，被人當雞一樣地轟，當狗一樣地往遠處攆，還要遭很多白眼。那個賣餛飩的攤位，老闆從滾鍋舀了一勺湯，直奔三瘋子潑來，多虧三瘋子跑得快，否則肯定會燙壞……可這有什麼要緊呢，他們總有辦法填飽肚子。有一次，蘇小抱在垃圾桶旁撿到了幾個包子，盛在一只塑料袋裡。女孩丟它的時候說，都是肥肉，膩死！還有一次，三瘋子站在了一個買菜餅子的女孩身後，女孩一回頭，順手就把菜餅子給了她。那菜餅子是玉米麵，兩面炸得金黃，燙得在手裡倒來倒去，那野菜的香味，三瘋子從來沒吃過。

他們越來越知道該去哪兒了。看夠了花，跳夠了舞，在街上餵飽了肚子，就到縣委門前的馬路牙子上面來休息。這裡很寬敞，他們發現，這裡不單人少，車也少。寬寬的路面，有時候就他們倆。三瘋子撿到了一個包，裡面塞了幾件舊衣服，可以當枕頭。蘇小抱撿到了一個呢子大氅，正經的海軍藍，只是後背燒了一個大窟窿。鋪在地上，既隔潮氣，又不硌得慌。天氣暖了，他們甚至在埧城過了一個夜！夜半他們睡不著，手拉著手從城市的主街道上漫步走。從東到西，從南到北。人都睡了，但路燈沒睡，噴泉沒睡，星星沒睡，月亮沒睡！城市的夜裡只有他們兩個人，空曠、岑寂、怡然、愉悅。這滿街的各色鮮花，在明亮的路燈底下靜靜地開放。這清冽空氣中的混合香氣，不屬於那些沉入夢鄉的人，而只屬於他們，屬於他們倆！三瘋子情不自禁地手舞足蹈，手臂大張開，天地都跟著她旋轉。蘇小抱給她打著節拍，大幅度地，響亮地擊掌。他們都像喝醉了酒，臉上盛滿了笑意。他們就是在這微醺裡，感覺街道、天空、城市，連同天上飛著的蝙蝠都是他們的，他們像上帝一樣，是這一切的主宰。

一覺天就亮了，連夢都來不及做。小汽車一輛接一輛地開進了大門口，那個電動門不停地開開合合。他們把東西捲了起來，塞進袋子裡，離開了。這一宿覺睡得辛苦，身上皺巴巴的，骨頭被硌得生疼。說句良心話，沒有在炕上睡覺舒服。可他們都不貪戀那舒服，那舒服在他們的意識裡一點兒地位也沒有！肚子裡早就咕咕叫了。一條街從這頭走到那頭，東方亮出了銀灰色，城市大睜了兩隻眼。出沒的汽車像兒童玩具一樣在地面滑行，它們也似沒睡好，在曙色中神情倦怠。賣大餅油條的、賣小籠包的、賣朝鮮麵的、賣煎餅果子的，每個攤位他們都多看一眼，預測著種種可能。後來，三瘋子看出了門道，油條攤上總有別人吃剩下的，三瘋子總是以迅雷不及掩耳之勢搶到手，回身送給蘇小抱。蘇小抱躲在廊柱後面吃了一根，三瘋子又送來一根。有位女士受不得三瘋子眼巴巴的目光，把幾根油條一起推給了她。

太陽升高了，空氣慢慢就有了溫度。肚子裡有了儲備，腳步就顯得輕鬆而愉快。兩人由西往東走，一輛麵包車停下了。小程從車上下來，說：「你們還認識我嗎？」三瘋子搖頭說不認識。蘇小抱眨巴一下眼，說：「你是那個『立黨為公』？」小程怔了一下，想起了牆上貼著的標語，後面還有四個字「執政為民」。小程趕忙說：「是我，你記性真好。我特意來找你們，先上車吧。」

三瘋子興高采烈地上去了，坐在坐墊上，顛了兩下屁股，那彈簧非常有彈性。三瘋子說：「這輛車我們過去坐過。」

小程坐在了副駕駛，回頭說：「妳說得對，我送你們回去過。」

蘇小抱有點惶恐，他管小程叫同志，說：「這是要帶我們去哪兒？」

三瘋子振振有詞：「接見領導！」

※　　　　　※　　　　　※

廖書記的信訪接待日，不是普通的日子。每個縣領導都有信訪接待日，有點兒像輪流值班。廖書記很久才輪到一回，是有人自動替他補位。他工作忙，難以有時間上的保證。這天早晨坐到辦公桌前，廖書記一翻日曆，對辦公室主任說：「今天該我接信訪，我這大半年都沒有接信訪了吧？」辦公室主任說：「這大半年除了開會就是安排人民群眾的生產生活，您哪有時間！」廖書記說：「再沒有時間也要安排一次，否則上半年就過去了。」

消息傳出，車動鈴鐺響。信訪局發了愁。他們緊急問縣委辦公室：「最近門口有信訪嗎？」辦公室問保安，保安說沒有。那一對瘋子夜裡睡在了大門外，天一亮就走了，不知去了哪裡。信訪局的人很著急。書記接信訪，沒有信訪不行，有太大的信訪不好解決也不行。這裡仍然有個分寸需要拿捏和把握。比如，如果葛軍葛主任接信訪，他們情願沒事兒幹，跟葛主任喝茶聊大天兒，天上地下無所不談。葛主任是研究理論出身，對方針和政策總有自己的說道。在臺上講是一回事，在私底下談又是一回事。但書記來就不能這樣了，必須全員緊張起來，應對可能出現的任何狀況。通過緊急磋商，信訪局還是決定找到那對瘋子，他們總在縣委門前晃悠有礙觀瞻，相比較而言，他們的訴求比別人容易解決。

信訪局的領導跟廖書記進行了匯報：「今天的上訪者，是一對老夫妻，總賴在縣委門口不走，似是有隱情。上次葛主任接待了一次，卻沒能解決根本問題。」

為了了解情況，廖書記跟葛軍通了一個電話，那個電話足足談了半個小時，葛軍主任把許多細枝末節都講得恰到好處。很難說，葛軍對趙寶成有什麼看法，他們沒在一起共過事。味道都是擦肩而過時聞出來的，就像兩匹動物，氣息能不能相容，在幾十米開外就有所察覺。所謂相看兩不厭是一回事，彼此看不慣又是一回事，有時候就是一個眼神，或一句言不由衷的玩笑，就能引發心中打無數個結，隨手能提拎出來一串。

眼下就是這樣。

葛軍介紹蘇小抱和朱桂鳳的情況，用輕鬆的語調說：「事兒不大，很容易解決。」事隔很多天，葛軍仍能準確地叫出他們的名字。他說：「那是兩個可憐人，不是想鬧事兒。如果我們的工作和態度稍微柔和一些，他們也許就不會到縣裡來。」然後又是一個關鍵字：改錐。葛軍說：「您能想到改錐派上用場嗎？」葛軍幾乎是用開玩笑的口吻介紹：「這個趙寶成，居然用改錐剜人家的趾甲蓋，我還以為是小孩子過家家。」廖書記難以置信，說：「用改錐剜趾甲蓋？你聽誰說的？」不可能吧？葛軍佯裝不在乎，說：「我也不相信，他肯定是想嚇唬一下當事人。趙寶成在上堯待八年，那裡的形勢錯綜複雜，不用特殊手段根本幹不成事。前一個書記，哦，那時您還沒來，上任不到三個月就說啥也不幹了，寧可當老百姓，也不當上堯的書記。趙寶成不單能待住，還能待得好。您沒有去過他在上堯的辦公室，桌子都比您用的桌子氣派，據說是黃花梨的。」葛軍這一席話，可以說有心，也可以說無意，該點的都點到了，句句都能正話反聽。廖書記半晌沒言語。葛軍有些不自在，說：「您沒別的事，我先掛了。」

見到了三瘋子，廖書記先查看她的腳，吃驚地發現，那腳窩在一隻船樣的大鞋裡，散發著一股難聞的氣味。肉開始糜爛，趾甲掉的地方露出了骨頭，白森森的，都被鞋殼染上了顏色。整條小腿像棒槌似的又紅又腫，皮膚薄得吹彈可破，看上去比另一條腿年輕了不少，另一條腿簡直就是根乾柴棒子。廖書記半天回不過神來，隨之怒不可遏，說：「你們應該馬上去醫院，這腳……是用改錐剜的？他真的敢用改錐剜人？」蘇小抱有些不忍心，搶著說：「她不疼。」信訪局的人也說：「朱桂鳳沒有痛神經，她是一個特殊材料製成的人，就是把她的腿整個鋸掉，都不用打麻藥。」這些都是第一次見到三瘋子時聽蘇小抱說的，眼下他們當笑話講了出來。廖書記眼裡卻含了淚，他指著周圍的人說：「她不疼，你們也不……疼？她是……病人啊！」

場面一下安靜了，大家面面相覷，都不知道該怎樣接書記的話。

「趙寶成幹的好事！」廖書記啪地一拍桌子，站了起來。

小程躲出去給李亮打電話，本意上他想通個消息，書記發飆是大事。他覺得，因為接訪的事，他把饅頭鎮的領導得罪了，現在正好藉機彌補一下。如果電話打通了，他想請李亮代為轉告，廖書記正在氣頭上，讓趙寶成有個心理準備。可電話一直沒打通。他去了趟洗手間，回來繼續打電話。來到辦公室門前，正好聽見有人說：「趙寶成的電話打不通，誰有他祕書的電話？」

小程手裡的電話剛好通了。那邊李亮「喂」了聲，小程本能地跨進門去，把手機給了廖書記。

6

孟先章每天都回來得晚。罕村南面是條通天路，連接沿線的十幾個村莊，所以那條路又叫一線穿，從東一直穿到西。孟先章是個活絡的人，總是最大限度地發揮農用車的作用。有一天，他去加工雞飼料的路上撿了對母女，剛下長途汽車。天快黑了，女人對孟先章說：「我們要去葵莊，大哥捎我們一截吧。」孟先章說：「我回罕村，不去葵莊。」女人說：「葵莊跟罕村隔不了三里地，要不是孩子小，我就走過去了。大哥就當做生意，出租車收多少我給大哥多少。」孟先章心裡一動，讓母女坐到了飼料口袋上。孟先章想收十塊，人家給了二十。

這二十塊錢要賣五斤雞蛋才能得。這件事孟先章很受啟發。從此孟先章就存了這個心，沒事兒就到路邊逛，等著撿人。

有一天，他的農用車跑三十里地去送人，回家天都大黑了。手機沒帶在身上，讓長袖罵了個狗血噴頭。

長袖說：「還以為你被拍花的拍走了，讓打劫槓子的給劫了，讓國民黨給抓壯丁了，讓閻王爺把魂勾走了！」

罵夠了，長袖突然不說話了，怕冷一樣地抱住了肩膀，身上忍不住要打擺子。孟先章奇怪地看了她一眼，說：「妳的牙這樣敲，難道要吃人？」

長袖哆嗦著說：「嚇死我了，今天真是要嚇死了。」

孟先章困惑地看著長袖，心想，長袖不是撞見了鬼，長袖不怕鬼。她肯定是以為自己在外面出事了，沒往好處琢磨。孟先章把口袋裡的錢全掏了出來，說：「今天掙了兩百多，妳數數，能買五天的雞飼料。妳不用擔心，我走夜路加著小心呢。」

長袖卻動也沒動，她看著孟先章說：「我沒擔心你，三瘋子被大變活人了。是她把我嚇著了。」長袖突然用雙手捂住了臉。

※　※　※

傍晚，長袖賣了一車雞糞。現在的一車雞糞比化肥值錢。所以，四輪車開走以後，長袖把顛撒下來的雞糞掃成了一堆，一直掃到了三瘋子家門口。長袖刻意往臺階上用力掃了兩下，心想，知道的我是在掃雞糞，不知道的還以為我給三瘋子家掃門口呢。三瘋子可恨的時候可恨，不可恨的時候也可愛。想起院子裡的石頭，長袖心裡便覺得有些慌愧。因為幾個雞蛋罵那樣難聽的話，長袖覺得很不應該。她趴門縫往裡看了看。兩扇木門鎖了不知多久了，長袖又看那鎖，鎖頭斜掛著，分明還是昨天、前天的樣子。長袖覺得有些奇怪。過去他們也愛出去閒逛，但像現在這樣一出去就是好多天，還沒有過。因為他們基本沒有親友可投靠。隔著門縫能看見堂屋的兩扇門，一扇關著，一扇敞著。長袖突發奇想，他們會不會就在裡面，外面的門是被別人鎖上的？這樣的感覺有些不祥，長袖自己直起冷痱子。她喊了兩聲蘇小抱，一隻黑貓突然從屋門裡跑了出來，躥到了兩家的牆頭上。長袖不知道怎麼稱呼三瘋子，按鄉俗，長袖應該叫她姪媳婦，可這樣正規的稱呼長袖喊不出口。於是喊了兩聲朱桂鳳。長袖自己叨咕，這名字喊起來咋這彆扭，根本不像三瘋子本人。

身後停下了一輛出租車，蘇小抱從車裡下來了。然後是三瘋子蒼白的一張臉，毫無血色。頭髮短得只有寸把長，根根朝天。比臉更白的是那條右腿，白花花的，繃帶一直綁到了膝蓋上。長袖的一聲驚叫憋在了胸腔裡，她發現，三瘋子那條小腿齊牙牙斷掉了，她成了一個金雞獨立的人。

長袖捂著嘴半天回不過神兒來。她幫著蘇小抱把人背進了屋裡，三瘋子往炕上一骨碌，便躺得四仰八叉。長袖趕緊跑了出來。她一刻也不敢留在那個屋裡。那屋裡白花花的，斷掉的那根腿在空中飛。長袖覺得，空氣裡到處都是血腥氣。

「真的沒了一條腿？妳確定沒看錯？」孟先章問。

長袖的眼淚一下湧了出來，說：「我眼睛又沒毛病，這樣大的事怎麼會看錯。」

「她沒說是怎麼斷掉的？」孟先章也很驚奇。

長袖仍是心有餘悸的樣子，「我沒問，沒敢問。」

「難道她遭遇了黑社會？黑社會要她的小腿有什麼用？」孟先章皺著眉頭納悶。

「她一定是招惹禍端了。誰讓她沒事兒老往外跑。」

孟先章扒了兩口飯，就把筷子放下了。「不行，我過去看看。」

沒容長袖阻攔，孟先章已經闖進了黑夜裡。被驚擾的母雞咕咕地叫，屋簷下的幾隻蝙蝠撲啦啦飛了起來。

沒過一刻鐘，孟先章又回來了。飯碗已經涼了，他順手提起暖瓶，在碗裡兌了白開水，他的手有些抖，水灑落在桌子上，又滴落到衣襟上。不等長袖問，孟先章不耐煩地說：「他們也不知道是咋回事。」頓了頓，孟先章生氣似的說：「腿好像沒長在他們自己身上。」

7

廖書記的辦公室是東數第二個門。廖書記之前，是蘇書記。蘇書記在任時，趙寶成是這裡的常客。趙寶成去上堯就是蘇書記親自送過去的，蘇書記說：「寶成，好好幹，給其他鄉鎮當個標竿。」

標竿的其中一個標誌就是產值要過億。事實是，趙寶成上任三年，產值就過了十個億。附近的礦山發現了稀有金屬，各路人馬比著賽地往這裡扔錢。趙寶成常說，在上堯，錢就不是錢，就是一團紙。如果能當菸紙，那些老闆恨不得用錢捲菸。到處都是熱錢，經常有人拉開皮包，那裡面都是一遝子一遝子的人民幣。他們管一萬兩萬人民幣叫一個兩個，這樣的稱呼，也只有在上堯才有。偏遠的鄉鎮能給縣級財政貢獻大宗稅收，這在當時是了不起的事。

不能說是上堯成就了趙寶成，因為在趙寶成上任之前，這裡窮得叮噹響，經常三五個月發不出工資。如果蘇書記不出意外，趙寶成鐵定能進縣委班子。只是世事無常，蘇書記在一次醉酒後沒醒過來，於是許多人的人生軌跡要重新規劃，趙寶成不得不在幹滿兩屆後退而求其次，來到了饅頭鎮。

他眼裡都是沙子，只是沒有哪粒沙子能硌他的眼。站在饅頭鎮的院子裡，格局顯得小，天空顯得矮，屋舍顯得破舊，人顯得沒有分量。總之，一切都不在他眼裡。

何況蘇小抱和三瘋子。

所以當有人告訴他，他的問題緣起蘇小抱和三瘋子時，他沒當回事。那人問：「你當真把上訪人的趾甲蓋用改錐剜去了？」他仍沒當回事，反問：「咋了？」那人說：「你咋能幹這事兒，幹這事兒犯法你不知道？你以為法律是兒戲啊！」他覺得人家是在跟他開玩笑，沒有人開得了他的玩笑，只有他開別人玩笑的份兒！趙寶成理直氣壯地說：「我就犯了，咋著？」那人氣得聲音都變了，說：「你還這麼牛皮哄哄，真是不知死的鬼。那個瘋婆子神經末梢的骨頭壞死，險些要了一條命。我咋著不了你，你就等著組織找吧。」他這才有些慌，說：「你等等，我只是用改錐嚇唬她，我沒真動手。」那人冷笑了一聲：「這些跟我說有什麼用，你還是去跟有用的人說去吧。」

※　　　　※　　　　※

公務員是一張標誌性的笑臉，說：「廖書記正在會客，您有沒有打電話預約？」趙寶成說：「我等會兒。」趙寶成不回答有沒有預約而是說我等會兒，這裡有氣度，是他說話的風格。這種氣度和風格伶俐如公務員者如何會看不出來。公務員什麼也沒說，轉身走了。趙寶成進縣委機關，神態和步子與其他人不一樣，他想一樣也不能，是這些年的日月疊出了他的分量。這些分量，其實不止一個人看在眼裡。他腳步重，出氣粗，骨子裡總有一種不肯屈就的東西，就像在說「你奈我何」，彷彿什麼都不在話下。這院子裡的樹、車、平房、樓房，都像冷兵器，發散著一股威權和霸氣。當然，這只是趙寶成個人的感覺，就是因為有這樣一種感覺，他才會有一種挑戰的心態：你奈我何。全縣的稅收上堯曾占四分之一，也就是說，四分之一的公職人員需要上堯供養，趙寶成居功至偉。蘇書記在任的時候，無論個人還是集體，大小榮譽趙寶成從沒遺漏過。他去人民大會堂領獎，受黨和國家領導人的接見。縣裡開會時，他的位置總是離主要領導最近。廣播喇叭裡經常出現他的名字，就像風雲人物一樣，他任何一個動向都能構成新聞。後來風向突然就變了，如果蘇書記不出意外，他不可能去饅頭鎮工作，也就不可能遇見蘇小抱和三瘋子。

休息室裡等候的幾個人一個一個被召見了，有的時間很長，有的時間很短。公務員是個小女生，走路像小貓一樣輕手輕腳，聲音似吞在喉嚨裡，像熱天中暑的蚊子。趙寶成倚著窗站著，抽菸，眼瞇了起來。窗戶開了一條縫，能看到遠處的群山和山巔上的轉播塔，塔身透明，像一顆藍色的玻璃珠子。屋裡突然安靜了，只剩下了趙寶成一個人。樓道裡又響起了腳步聲，趙寶成趕緊把菸蒂從窗縫扔了出去，他覺得，書記總該召見他了。

「不好意思，趙書記。」小女生只在門口現出半個身子，語氣匆忙地說，「廖書記有接待，已經去賓館了。」趙寶成追問啥時走的，小女生說剛下樓。趙寶成提起自己的文件包就往樓下趕，廖書記正要上車。他在樓梯門口喊了聲「廖書記」，廖書記停頓一下，卻沒有回頭。

趙寶成僵在那裡，一瞬間通體冰涼。他沒怎麼跟新書記打過交道，自認為廖書記不該對自己有成見。可此時他體會到的是冰冷和拒絕，縣委書記拒他於十幾米之外，很明顯的不屑一顧。

他的不安就是從這個時候開始的。過去的林林總總，電影一樣在腦海裡重播。他知道他風光的日子裡得罪了不少人，也知道自己過去的所作所為並非無懈可擊。所以，有些事情，他必須要跟書記講清楚。

不斷有人從他的身邊經過，上樓或下樓。有人看他一眼，點下頭。有人則佯裝看不見，故意朝遠處多走幾步路，繞過他。過去不是這樣的，認識的不認識的，熟悉的不熟悉的，都願意往他身邊湊，讓支菸，給張笑臉，說幾句恭維的話。或者問，蘇書記有空嗎？還會有人請他一起去書記辦公室。蘇書記不是一個好說話的人，有他在，談話的氛圍總是愉悅輕鬆，蘇書記凡事喜歡聽他的意見。「寶成你說呢？」這是蘇書記的口頭禪，眼睛熱切地看著他，就像他是一奶同胞。甚至幹部調整這樣的大事，蘇書記也經常聽他的意見。所以在埧城的官場，說趙寶成一人之下萬人之上一點兒也不為過。眼下，有一種寒透了的涼意像蛇一樣從小腹直衝腦頂，甚至從兩隻瞳孔往外冒，他突然發現，眼花得厲害，天地都在旋轉。沒有空隙，空隙的地方都是水的波紋，在眼前劇烈地抖。炎涼可能就因為他去了饅頭鎮。他情願相信這是因為自己離開了上堯的緣故，饅頭鎮是農業大鎮，經濟基礎薄弱，與上堯比簡直是天壤之別……否則，哪會有其他理由。

還是那句話，你奈我何！

奧迪絕塵而去。趙寶成狠狠碾碎了半支燃著的菸，一縷微弱的菸火明滅了兩下，被他的大腳幾乎踩進了磚縫裡。他大步走出了院子，上了車就開始撥電話。趙寶成大聲說：「如果我想去你的公司，現在還晚不晚？」

這是鄰縣的一家規模很大的私企，經營礦物儲備。老闆跟他莫逆之交，他在上堯的時候隔三差五就得見個面，屬於「一日不見，如隔三秋」

型。趙寶成這個時候撥電話，確實有一走了之的想法。所謂「此處不留爺，自有留爺處。處處不留爺，爺才當幹部」。

對方說：「歡迎歡迎，熱烈歡迎。下週跟我去德國訂貨，就缺你這隻三隻眼。」

趙寶成的心裡一下就敞亮了。他發狠地說：「我沒跟你說笑話，我要扒了這身官皮，不再受這鳥氣！」

手機裡一下沒了聲音。沉默了片刻，對方說：「趙書記，您在饅頭鎮不是挺好嗎？現在公司形勢也不好……不比您在上堯的時候了，企業難做呀……您肯屈駕到我這兒來，我當然求之不得，可是……」

趙寶成沒等他「可是」後面的話說出來，就把電話掛了。

※　※　※

天氣已經熱了，雞窩裡濃烈的氣味發散出來，這一條街都是腥臭腥臭的。所以雞糞是上等的肥料，比羊糞或牛糞有養分。若是發酵不好，能把秧苗燒死。雞糞為什麼有養分呢？因為雞飼料裡都是糧食、豆餅、麥麩、魚骨粉，與食草動物的糞便不在一個系列。長袖在院牆外挖了一個坑，自己做雞糞的發酵工作，用做種菜時的底肥。自家院子裡沒地方，她跟蘇小抱商量，把種子撒在他家院子裡，啥都不用他管，到時等著吃菜就行。蘇小抱求之不得，他做不好這類精巧的活計，院子裡除了長草，啥也不長。他還戴著那個一隻鏡片的小眼鏡，出來進去拿張報紙，若是外人看，會以為他是文化人。其實報紙上的很多字他都不認得，但他願意看，也願意讀給三瘋子聽，囫圇吞棗。若天氣晴好，蘇小抱會扶著三瘋子出來晒太陽。三瘋子拄著一支拐，她嫌拄兩支拐寒磣。即便不出自家院子，三瘋子也有一種扭捏的心態和萌動的意識，就像青春期的小姑娘一樣。蘇小抱的肩頭就是拐杖，搭著三瘋子的一隻手臂，他們從低矮陳舊的堂屋裡走出來，就像一幅美好的畫面，足夠清新也足有韻味。蘇小抱提前搬了把椅子放在院中心，側過身來想扶三瘋子坐到椅子上。可三瘋子摟著蘇小抱的脖子不放。她這可是故意的，就像魚兒離不開水，瓜兒離不開秧。蘇小抱只得自己坐到椅子上，把三瘋子摟在懷裡。三瘋子嬌小的身子像隻貓一樣團縮，腦頂蹭著蘇小抱的下巴，半邊臉貼著他的胸口，情狀就像個吃奶的嬰兒。這一切，長袖是站在椅子上偶然看到的。她的心裡湧起溫情，可也酸酸的，像吃了粒還沒成熟的葡萄。長袖手裡拿著長竹竿，在雞棚頂上挑一塊塑料布。一陣風刮來，塑料布飛到了三瘋子家的院子裡。長袖試探地敲門進去，連蘇小抱坐的那把椅子都不見了。

這院子悄無聲息，像從沒住過人一樣。

很多天，孟先章沒跟長袖談三瘋子的事。長袖也不問。他們之間似乎有默契，一張口，那塊瘡疤就被揭了蓋子。而那個蓋子底下的內容，他們都不想面對。再說，有什麼好說的呢，事情就是這樣，明擺著的。雖然不清楚明擺著的事情是什麼，可那根不知去向的小腿，總之是不知去向了，那可是天大的祕密啊。外面其實有傳言，說三瘋子自打被鋸了腿就再不去信訪了。還有人說他們得了多少錢，每天都在炕上數鈔票。也有人來問長袖，說你們住得近，總知道些什麼情況吧。長袖搖頭，從不介入此類話題。有一天，一輛黑色的汽車停在了長袖家門口，長袖放下手裡笤帚偏著頭往駕駛室的方向看，閨女的車是銀白色，可有時候她也開著別人的車回家來。除了閨女、姑爺，再沒有親戚開車來家裡。長袖正狐疑，三個車門一起推開了，下來兩男一女三個人。長袖連忙迎了出去。年長的男人問：「孟先章是住這裡吧？」長袖問：「你們是誰，找他幹什麼？」女的說：「我們是縣裡的，來找他了解些事情。」長袖本能地有種敵意，說：「我們啥也不了解。」年長的男人笑著說：「我們還沒說了解啥事呢……」長袖固執地說:「我們啥都不了解。」女的像是沒聽見長袖的話，閃著身子往東邊看，說:「這街坊的籬笆牆可是夠破的，這是朱桂鳳家吧？」長袖心裡一動，似乎明白了他們的來意，可嘴裡說:「她的事我們更不知道。」女人長了一雙大眼睛，忽閃忽閃地說:「不知道的就別說，知道的再說——能不能請我們去屋裡坐會兒？」

長袖這才發現，自己無力抵擋這三個人。他們似乎帶著一股無形的力量，自己的抵擋比陳年的廢紙還要薄脆。給他們沏了茶，一瞬間就決定了該說什麼不該說什麼。她想，蘇小抱和三瘋子都不是正常人，原本就缺少生產和生活能力，如今成了殘疾，日子就更難過了。如果這些人是公家人，何不趁機反映一下情況。要是能幫一下那兩口子，也不枉街坊一場。可客人並不急著問情況，他們環顧這屋子，誇長袖勤快，櫃子一星塵土也沒有，屋頂一絲蛛網也沒有，地面比臉蛋都乾淨。「院子裡還養了那麼多雞，有幾百隻吧？」長袖說:「有兩千隻，這棚兩面是窗，裡面的空間很大，不像看起來那麼狹窄。」女人誇張地張大了嘴巴，說:「大姐妳真能幹。」長袖不滿地看了她一眼，說:「我閨女都比妳大，外孫都四歲了。」

年長者問孟先章去了哪裡，能不能請他回來。另一個年輕的男人拿出了手機，說:「您把電話號碼給我，我打給他。」長袖不情願地瞥了他一眼，自己撥了下電話。孟先章第一時間就接了，他說就在不遠處，有十分鐘就可以到家了。

孟先章比長袖對人客氣，進屋先掏菸，問他們是哪裡的。他們仍說縣裡的，卻不具體說哪個部門。縣裡就代表公家，孟先章讓長袖準備午飯，說家裡有走地雞生的蛋，燉隻小母雞，什麼都現成。人家說不用，還有別的工作要做。長袖藉機去了堂屋裡，沒走遠。搬了個板凳貼著牆身坐著，擇韭菜。年長者說:「我們這次來就想調查一下朱桂鳳的事，希望你們把知道的情況說一說。」孟先章問：「她的腿是怎麼割掉的？」年長者說：「那些事不歸我們管，我們只想了解朱桂鳳的腳傷是怎麼引起的——聽說你給她換過藥？」

孟先章的眉眼一下立了起來，說：「我就給她的傷口消毒消炎了，用的都是國家正規的藥品，不包好，但也絕對不會有壞處。」

長袖猛地挑起了門簾子，說：「她丟腿跟我們沒關係。」

年長者趕緊解釋，說：「我們只是了解情況，沒說你們在這個事件中有什麼責任。」

長袖說：「賴我們也賴不上，三瘋子知道好歹。」

年輕的男人說：「我們只是想問問她腳傷的最初情形，你們知道什麼就說什麼。」

長袖放下了門簾子，嘴裡嘟囔說：「腿都沒了，還問腳傷有啥用。」

可她嘟囔的聲音，足以讓屋裡人聽到。

大眼睛女人看出了門道，把簾子打了起來，這讓長袖完全暴露在屋裡人的目光底下。他們之間沒了屏障，長袖特別不適應，她欠起屁股，把板凳往旁邊挪了挪，側了身子朝向外。這樣，屋裡人就只能看到她的小半邊側臉。大眼睛女人耐著性子說：「剛才我們領導說過了，她的腿不歸我們管，我們來了解之前的事，她的腳傷到底是怎麼弄的？」

長袖沒好氣地說：「你們應該找他們去了解。」

年長者說：「你們是鄰居，聽說關係還不錯，肯定比我們知道的情況多些。那一對夫妻說話經常前後矛盾。你們是離他們最近的人，她又來換過藥，應該知道些內情。所以請你們談一談第一時間了解的情況，也許對她的將來會有幫助。」

孟先章朝長袖擺了擺手，說：「領導話都到這份兒上了，妳就別說用不著的了。」

孟先章把那天換藥的情況說了一遍。因為不是新傷，傷口已經感染得厲害，有膿血，像爛柿子一樣，一挑撲哧一下，都濺到地板上。用的消毒酒精是正規廠家出的，雲南白藥是從城裡的正規藥店買的，技術上更沒問題，因為他當過很多年的赤腳醫生，處理這樣的小手術，是小菜一碟。女的插話說：「當時朱桂鳳的傷口什麼樣？」三個人都殷殷看著孟先章，年長者甚至鼓勵地衝他點點頭，說：「你別有顧慮。」孟先章反而有顧慮了，因為這三個城裡人對他都太有所期待，他不知道他們的問話有什麼用意。他當然記得三瘋子是怎麼說的，可他不太認可三瘋子的回答，因為很明顯，傷口的表面平整，不太像用利器剜的。

可時過境遷，孟先章也有些拿不準，所以他不方便說出自己的想法。

「她的那隻腳，傷口是什麼形狀？」年長者啟發似的問。

孟先章愣了一下，反覆想，說：「那隻腳，只是化膿和感染。她坐在沙發上，應該是右腳。」孟先章自己復原當時的情景。又問長袖：「妳記得吧？就是化膿和感染。」

長袖沒好氣地說：「我不記得。」長袖的意思是，我沒必要記得。

大眼睛女人問：「她為什麼會有傷口？」

年長者問：「她有沒有提到過改錐？」

長袖忽然變得氣鼓鼓的，說：「她當然提到過。沒有改錐她就不會受傷，有權有勢的人好了不起，他們不拿別人當人。」

孟先章趕忙說：「也不能完全聽她的，她有時候說話就像個三歲孩子。」

長袖說：「三歲的孩子更不會說假話！」

年輕人說：「就因為她不是正常人，說話往往才可信。比如，傷口感染得那麼嚴重，還到壝城去唱歌跳舞。」

大眼睛女人說：「她如果不去唱歌跳舞，那腿說不定就不會丟了。」

年長者說：「是啊，一個不幸的人。」他站起來和孟先章握手，說：「今天的事謝謝你們。」三個人一起往外走，長袖提起板凳給他們讓路，她的韭菜還沒擇完。一方面，她擇得有點兒仔細。另一方面，他們真的沒坐太久。長袖仰臉說：「你們也不給她送些錢？」都裝聽不見。他們下了臺階，長袖翻了個白眼。孟先章跟在後面送，他還是覺得這事情有點兒搭不上茬兒，可又搞不清哪裡有茬口兒。站到那堆雞糞旁，他們遲遲沒有上車，隔著矮牆頭朝隔壁院子張望。他們知道這是三瘋子的家。長袖開的幾個菜畦綠油油的，菠菜都有一拃高了。年長者說：「他們挺會種菜的。」孟先章說菜是自己家種的，但他們可以隨便吃。年長者問：「朱桂鳳沒有痛神經的事，你們是什麼時候知道的？」孟先章說：「她嫁過來的時候，大家就知道她是個不怕疼的人，還有人給了她十塊錢，讓她用石頭砸手指，結果手指砸扁了，她眉頭也沒皺一下。」年長者嘆了一口氣，這口氣嘆出來，彷彿叫朱桂鳳的女人就更不幸了。

8

孟先章走進堂屋，秦連義一家正在吃晚飯。他去葵莊送人，走半道上，他讓那人下來了。「就這幾步路，你走回去算了，我也不要錢了。」

孟先章把秦連義拽到外面的香椿樹下，問：「縣裡人來村裡的事，你知不知道？」秦連義有點兒不相信，說：「縣裡來人找你了？咋沒通過我？」孟先章說：「我也不知道。」秦連義說：「要說三瘋子告狀，最早還是與你家有關，吃了你家幾個雞蛋，長袖罵她幹啥？」孟先章有些不好意思，道：「要說不當罵，鄰居住著。」秦連義說：「這一罵，把她罵到鎮裡去了，趙書記新來，不知道他們是啥情況。」孟先章問：「你也相信趙書記用改錐剜她？」秦連義說：「扯。趙書記能碰她？她得是仙女才行。」孟先章說：「縣裡人好像啥都知道。」秦連義說：「聽上去有點兒複雜。剜趾甲與斷腿有啥關係？」孟先章說：「不知道呢……肯定是，因為剜趾甲感染唄……關鍵是，他們自己也不知道腿是咋沒的。蘇小抱說，鋸了條腿，醫院一分錢也沒收。聽上去像是撿了大便宜。關鍵是……誰成心鋸她腿……又不讓他們花一分錢，關鍵是……這對誰有好處？」秦連義說：「你的『關鍵是』可真多。」倆人借著一個火點著了菸，秦連義又說：「這下省得到處告狀了。」孟先章意外地看了他一眼。秦連義趕緊說：「我就這麼隨口一說……也真是，誰要瘋子的那條腿有啥用？」

孟先章悶頭抽菸，他有些心煩意亂。這事情似乎沒他們的事，可往深處想，又似乎處處與他們有關聯。

「你都不知道他們是幹什麼的，沒問清楚，你幹啥讓他們進家門。他們有證件嗎？」秦連義有事後諸葛亮的精明和洞察。

「公家人嘛……我回來的時候他們已經在家裡了，往外轟也不合適。」孟先章使勁吐出一口菸，似乎是想連心底的鬱悶一起吐掉。

「是為三瘋子來的，這個總沒錯。」秦連義說，「不是有人成心鋸她的腿就好。」

「有人調查就好，說不定會給他們個說法。」孟先章其實是在駁斥秦連義的說法，「你說，會不會是醫療事故？那樣得賠不少錢吧？」

丟了菸頭，秦連義隨手撅了根樹枝剔牙，他覺得，他跟孟先章已經無法再交談下去了。他們根本就沒在一條道上說話，況且，這種事他不宜隨便表態，他畢竟是村裡的當家人。

秦連義說:「誰知道是咋回事,也許她讓車撞了。」

孟先章趕緊說:「她沒出車禍。縣裡人說,她不丟腿就得丟性命。」

秦連義說:「關鍵是,那是縣裡的什麼人。」

孟先章說:「我記住了他們的車牌號。」

「有卵用。」秦連義說。

※　　※　　※

趙寶成出事的事,也傳到了罕村。離得近,鎮裡放個屁,罕村都能聽到響動。據說,趙寶成正在睡午覺,門被人敲開了。那些人進屋就翻抽屜,床鋪底下,犄角旮旯,連耗子窩都沒放過。據說也沒翻出什麼,除了幾條菸、幾瓶酒。那菸和酒經常擺在會議室的桌子上和公共餐桌上。他有啥好東西都讓大家分享,所以,趙寶成是有名的仗義。

可也有人說,他在上堯的時候不去翻,才來饅頭鎮不久,哪能翻出多少東西?黃花梨的辦公桌他沒帶過來,誰送的,他又讓誰拉走了。他是朝裡有人,給他傳遞消息。也有人說他不是一般的狡猾,再好的獵手也鬥不過有準備的狐狸。

饅頭鎮的八百畝藍莓啟動儀式後的第三天,趙寶成被免職。之前組織部門挨個找人談話,焦點還是那把改錐,從趙寶成的花盆被取走,據說是去做 DNA。私下裡,大家覺得是個笑話,趙書記剜一隻腳的趾甲蓋,那人難道是死的?在全員大會上,李亮公開說:「朱桂鳳的腳傷,他沒有看見是怎麼弄的,所以他不敢斷定是否與趙書記有關。但可以確定的是,那天他們確實曾經來鎮裡上訪,趙書記的花盆裡確實有個改錐。」趙書記曾經找過他,讓他證明自己沒有對朱桂鳳動手,李亮拒絕了。因為他沒看見他趙書記動手,也沒看見趙書記不動手,他不在現場。所以他不能出具任何證明,只能相信組織的調查結果。結論出來之前,不信謠,不妄議。這沒什麼可說的。李亮升任鎮長，算破格。他諄諄告誡大夥兒，要善待人民群眾，水能載舟，亦能覆舟，前車之鑑，血的教訓，誰不吸取誰就是傻子。

新書記到位，藍莓工程擱淺了。上任的第一天，就留一個上訪的人吃飯。那是葵莊的一個傻子，被嫂子打了。新書記就坐在傻子的對面吃，一點兒也不嫌棄他。飯後，著人喊來了傻子的哥，教訓了一頓。機關整頓作風，人人寫感想，談體會，每人三千字，在會上交流。認識不深刻的，重寫。一個普通的上訪事件，稍微耐點心，就能夠圓滿解決。可趙寶成採取了極端行為，導致受害人嚴重肢殘，自己也付出了昂貴的代價，還給工作和事業造成了難以估量的損失。他的目的是讓人怕。他在上堯也是這樣，曾把一個上訪戶的小媳婦在樹上綁了一天一宿，夏天夜裡餵蚊子。裙子都讓蚊子叮出洞來了。這個人就是土匪作風，幹出什麼事來都不稀奇。

這些信息都能在通報裡窺見一鱗半爪。除了致人殘疾的事，還有抽高檔菸、用黃花梨辦公桌、小圈子裡拉幫結派等等腐化問題。他與許多開礦老闆不清不楚，互相稱兄道弟。晚上嘴饞了，幾輛大奔呼嘯著去北京的王府飯店，甚至用警車開道。大家都猜測處理結果，沒想到組織上寬大為懷，撤職而沒查辦。

電視裡公開報導了好幾天，強調幹群的魚水關係。電視裡有三瘋子的鏡頭，飛機頭剪成了寸把長，穿藍條格的病號服坐在床上，臉上洋溢著喜悅。她拍著自己的那條斷腿不停地說著什麼，唾沫飛揚。

饅頭鎮新來的書記堅決不用趙寶成的辦公室，他說那個趾甲蓋一直沒找到，也許還在屋子的哪個角落裡隱匿。李亮粉刷了一下，自己用了。搬進來那天，李亮對自己說：「我才不相信那個趾甲蓋呢。就那隻臭腳，誰敢上手摸？」

※ ※ ※

該做飯了，長袖就去東院薅兩根蔥，掐一把菜。屋子裡總是靜悄悄的，一點兒響動也沒有。蘇小抱就像做賊一樣，看見長袖進院，緊著往屋裡跑。三瘋子過去是一個多奔放的人哪，長袖經常聽見她的鬧騰，唱，跳，被長袖說是鬼哭狼嚎。可現在一安靜，長袖又覺得不好受。那天她拿了六個雞蛋想送進屋，沒想到蘇小抱死活不開門。長袖喊了一陣朱桂鳳，說：「我給妳拿的走地雞生的蛋。」三瘋子在裡邊說：「妳就放外窗臺上吧，我沒臉見人了。」

長袖跟孟先章說：「這三瘋子莫非不瘋了？過去她從來也不知道啥叫沒臉見人。」孟先章說：「她的瘋病還是有限度，妳瞧她跟蘇小抱多恩愛。」長袖說：「也不知他們倆吃啥喝啥，難道有黃鼠狼專門給送油鹽？」鄉間是有這樣的傳說，得了道行的黃鼠狼不吃雞，專門救助窮人。過去罕村有一戶孤寡信佛，黃鼠狼就從別人家裡搬運東西，供養他們。一輩一輩的人都信這個傳說。「從誰家搬的，都搬了什麼？」長袖問。好歹也是初中畢業，不好糊弄。孟先章拍了長袖一掌，說：「現在哪裡還有黃鼠狼，養了這些年的雞，一次都沒被黃鼠狼咬過。」

長袖忽然從被子裡坐了起來，說：「有個事我一直忘了告訴你。」

「啥事？」

「三瘋子的腳其實是石頭砸的。」

孟先章也霍地坐起身，說：「這話可不敢亂說。」

長袖說：「不亂說，我親眼看見了。」

長袖把那天蘇小抱和三瘋子如何搬石頭的事描述了一遍。她看見了三瘋子砸腳，還看見了蘇小抱抱三瘋子進屋，三瘋子說「你都多久沒抱我了」。

「哎呀呀，我嫌牙磣。」長袖吐了口唾沫。

孟先章呆住了，說：「妳為啥不早說，為啥不跟縣裡的人說？」

長袖說：「三瘋子搬石頭是為了咱們家，她過來問我要不要那些石頭，我想將來壘豬圈也許用得著。這些如果讓別人知道了，我們還要不要活？」

「可那也不能讓別人背黑鍋啊！」

長袖又躺進了被子裡，閉著眼睛說：「當官的背一下就背一下，沒有這個鍋還有那個鍋，只要有人讓他背，他準能背得上。」

孟先章說：「妳這話說得倒像個幹部。」

長袖翻了下身，側臥朝外。長袖說：「我哪有那個命。」

※　　　※　　　※

孟先章想了兩天，也沒想出所以然。他被這件事情絆住了。「三瘋子的趾甲既然是石頭砸的，就應該報告鎮裡。」孟先章摸了支菸點上，他覺得，隱瞞這件事有失厚道。可長袖說，三瘋子去饅頭鎮告狀也與自家有關。這還真是一個抖落不清的麻煩。他嘆了口氣，說：「她偷幾個雞蛋妳何苦罵她，妳不罵她，她就不會去告狀。」

「誰知道她會丟條腿。」長袖嘟囔，「這可怨不得我們。」

9

起初，趙寶成給自己化了個妝。他買了個假頭套，下巴上黏了部大鬍子，就像馬克思一樣。衣服也撿了別人的舊衣服，與自己的風格一點兒不搭調。一雙老頭樂布鞋，讓大腳趾頂出了窟窿，腳面上髒兮兮的，都是汙漬。他用炭筆自己在白布上寫了個冤。他不說話，就坐在門口的松樹底下。長帽檐把臉遮出了陰影，上下班的人一個一個從這裡過，沒人看他一眼。

他這樣做純屬心血來潮。被撤了職的幹部有點兒像無業遊民，沒人說沒人管，過去手機總叫個不停，現在一天也難以有響動。過去那麼多酒肉朋友，一個一個都地遁了。他裝作誤撥電話的樣子撥出了一個號碼，然後緊急掐斷，感覺中那人應該回撥過來，因為兩人曾有著不淺的交情。等了又等，終是無望。

辭職的事他想過，那天從縣委出來，真恨不得此刻就摘掉那頂烏紗帽，再不受誰的鳥氣。想是這樣想，真被人摘了烏紗才知道，自己終是不甘心。趙寶成二十三歲做鄉鎮副職，是全縣最年輕的後備幹部。從二十幾歲備到三十幾歲，書記縣長換了一茬又一茬，用流行的話說，把人都備成「幹兒」了。說新人不理舊帳，更有新人不理舊人。所謂一朝天子一朝臣，古往今來莫不如是。他在深山區工作了七年，幹得有聲有色，雹災讓果樹受了傷害。為了統計數據準確，他把全鄉所有的山地都走遍了，用尺子量雹子砸的坑，南山與北山不同，東山與西山不同，山前與山後不同，大樹與小樹不同。數字報到了縣政府，縣長批了一句話：這樣的幹部，可用。

他三十八歲提正職，調到了庫區。那年發大水，他組織轉移兩萬多老百姓，幾千頭大小牲畜。副縣長來檢查情況，他把縣長領到了山巔上。從山上朝下看，山坳裡騾馬成群、豬羊遍地，就像個大養殖場。各山頭都有人把守，以鼓號為令。他對縣長說，這裡都是食草動物，提前幾天就都轟了來。山裡有的是草，牠們都餓不死。沒有這些牽絆，老百姓轉移就不會拖泥帶水。

這位副縣長，後來當上了縣委書記。上堯鎮因為毗鄰河北省，民風強悍，尤其善與官鬥，有恃無恐。所以上任書記只待了三個月，就撂挑子了。關鍵時刻蘇書記想起了當年庫區移民的事，他在常委會上說，如果沒人可派，就把趙寶成派去試試，他點子多。

「寶成，好好幹，給其他鄉鎮當個標竿。」縣委書記破例為他設了頓壯行酒。

趙寶成沒有辜負厚望，把上堯建成了明星鄉鎮，會議室裡掛滿了從國家到省市領導來視察的大照片。領導是走馬燈，每幅照片裡都有他燦爛的笑容。

處分決定一下來，趙寶成就知道自己是被黑了。宣布決定的人是組織部的一位周副部長，過去一起搭過班子，例行完公事，別人都走出了會議室，周部長退後一步，用無奈的口吻悄聲說：「三哥，知足吧。你以為還是過去哪！」話沒落聲，轉身即走，頭都沒回。一聲「三哥」，一聲「知足」，一個轉身，讓他陡然明白了很多事，自己風光的年月不定傷了多少人，落井下石者也許能排支縱隊。所謂三哥，並非他行三，而是從座山雕那兒來的。上堯一座山叫虎山，他初來到這裡，便說自己是明知山有虎偏向虎山行。於是有人喊出三爺，他給改成三哥。他說上堯更像聚義廳，聚來八方好漢。多好的飯食他都吃過，龍蝦一尺長，王八臉盆大，光用裙邊做羹。食堂外表不起眼，掌勺的師傅都是從五星級酒店請來的。但他不收錢，明裡暗裡都不收。有人說他清廉，卻不知這是他跟蘇書記有約。上堯發展出了規模，蘇書記對他說：「若想要前途，就別貪財。否則，別怪我不救你。其餘的事我兜著。」

這等於是張免死牌。也只有到今天才知道，聽了蘇書記的話有多慶幸。否則，哪裡是免職這麼簡單。

只是，許諾成了泡影，蘇書記自己先有了意外，他死於心肌梗死。前後大約只有十幾分鐘，根本不容任何辦法施救。趙寶成從上堯調到饅頭鎮多少人為他想不通，覺得他是從金窩挪到了草窩。但趙寶成的想法很明確，既然大勢已去，就該規避風險。

沒想到風險還是來了。

他一直在想那一天，自己除了氣盛些，別的無可指摘。難道嚇唬嚇唬就不行嗎？她還嚇唬我呢，學螃蟹，躺地上吐白沫，若不是提前知些情，真就讓她唬著了。可是誰暗裡用了這張牌，而且用得恰到好處？他想不通。

世界上的冤情肯定很多，但都不會像他趙寶成冤得這樣莫名其妙。聽說三瘋子丟了腿，他簡直大駭！他馬上想到了三瘋子的腳是證據，有人為了構陷他在推波助瀾！

可惜，他到哪裡都打聽不出一個字。過去他跟醫院院長是好哥們兒，現在電話根本就打不通，他被整個世界遮罩了。所以他心思一動，來到了縣委門口。他成了一個上訪者。這身分讓他覺得可笑，可眼下，這是他唯一能做的事。他不能耗在家裡，那樣會把人憋瘋。縣委門口經常有很多人，有別人上訪他就躲，門口沒人了他再來。他不想跟其他上訪者混為一談。沒人主動與他搭訕，他幻想著被收容，被接待，能有人聽他陳述冤情，重啟調查。連三瘋子都有人理，他不相信自己沒人理。有兩次，他看見了廖書記從大門口進出，公務員提著包在後面跟著，腳步匆匆。他知道，這是去對面的禮堂開會。按時節算，他甚至能推算出是經濟工作會議還是農業工作會議。如果不被免職，他也是與會者之一。他心裡有想法，把書記攔住，問書記什麼時候有空，約定一下時間。想是這樣想，終是沒有膽量。散會回來，各位領導一窩蜂，他趕緊躲到了松樹後。用面具遮住臉，他才有勇氣到這裡來，可有了面具，他的冤情又無從談起。他陷入了自己的邏輯怪圈。這時才發現，自己原來是一個膽怯的人，從某種程度而言，甚至不如三瘋子。

「我是女人民！」第一次見面時，三瘋子說得煞有介事。

有一天，他在大門口看見了葛軍，莫名地他對葛軍懷著一些敵意。現在，他對整個世界都懷有敵意，他故意擋住了葛軍一下。葛軍閃了身子，問：「你想幹什麼？」他衝口說：「打了一輩子雁，讓雁欿了眼！」四目相對，就像鐵碰到了鐵，鋼碰到了鋼。但只是一瞬，葛軍的一個輕蔑眼神先淬了他的火，他忽然變得惶恐而又不安。他閃開身子，葛軍走進了大門。

電動門恰到好處地在他跟前閉合了。他朝裡看，葛軍頭也沒回。他手腳冰涼，心臟突突突亂跳。一會兒慶幸葛軍沒認出他，一會兒覺得葛軍已經認出了他。

他不知道，第三十九次常委會正要召開，研究全縣的信訪穩定。又有幾個去了省城，擾亂了全縣一盤棋。第三十八次常委會研究他的處分決定，也是在這間會議室。這是辦公樓的四樓，臨街。遠眺可以看見一湖碧水。廖書記說自己為一個上訪者流淚，還是第一次。那是一個無行為能力的人，甚至連話都說不清楚。對那隻帶膿血的腳的描述，廖書記用了詩的語言。廖書記是個詩人，有悲天憫人的情懷。廖書記的眼淚像電流一樣會傳導，很久以後還能生出電光石火。於是那天的會變成了控訴會，大家群情激憤，歷數了趙寶成的種種劣跡。如何騙取貸款，如何欺上瞞下，如何為虎作倀，如何虛報業績。會議從沒開得那麼敞亮過，眾口一詞，眾聲一音，眾抒一見。真可謂心往一處想，勁兒往一處使。人人都在急於表白，劃清界線。會議結束時，有人因激動手腳發麻，搓了半天也站不起身。

這樣的能量發散開，趙寶成還能是什麼。

廖書記還沒來，大家都湊到了玻璃窗前，看著電動門外的他。他是車軸漢子，只比電動門高二十公分左右，他手臂匍匐在電動門上，適度仰著臉，半陰半陽的面孔從帽檐下面顯露出來，與樓上的人形成了對峙。有人問葛軍：「剛才他跟你說什麼了？」葛軍說：「他以為我認不出他，還是那麼張狂。」

「聰明過頭了。」說話的是紀委書記。

「當時如果不讓他去饅頭鎮就好了。」宣傳部長是女的，話說得有些悲憫，「他就不會傷害那個瘋子了。」

「不傷害這個也會傷害那個。」政法委書記有些憤憤。

廖書記匆匆走了進來，大家不等招呼，紛紛回到了座位上。廖書記說：「同志們，我們開會了。」

※　　　　※　　　　※

他的情緒忽起忽落，眼前到處都是鐵幕，哪裡都撕不開一道縫。他想了很多法子，比如寫材料，比如打匿名電話，再比如也去省城信訪，把全縣折騰個天翻地覆。沒有哪個能付諸實施。官場待了這些年，他太知道那些法則了。別人可以，他不可以。沒人理他，還是沒人理他。他自己仰望著天空納悶，怎麼連員警都不理他呢？有一天，突然起了暴雨，大雨似打翻了江河，傾盆而下，保安都縮屋裡不出來。他的心情變得無比惡劣，天空忽然炸了一個雷，就在他的頭頂上。藍色的閃電像游龍一樣在空中遊走。暴雨沖刷到臉上，他一把把鬍子扯掉了。他仰天嘯叫了幾聲。雨水落到嘴裡，腥的、鹹的、澀的。他沒有吞咽，而是把口腔變成了一個器皿，器皿裝滿了，像洩洪一樣往外流淌。

電動門正好有一道縫，他一縮肚子，擠了進去。他想，這樣的天氣縣委書記不忙，正好是個天賜良機。橫豎都要見個面，除了書記，沒人能管他的事。

剛走進去幾步，後面炸雷似的喊：「趙寶成，你要幹什麼！」

他陡然停下腳步，大個子保安猛熊一樣撲了過來，他頓感靈魂出竅。原來保安知道他是誰，原來人家平時假裝不知道！他悲愴地站在那兒，覺得整個世界都傾覆了。面前只有那個保安，通天扯地。說時遲那時快，又一個小個子保安也冒雨衝了上來，上前一躥，就把他摟住了。兩人一個扳脖子一個摟腰，他拉開架勢才沒被摔倒。若論力氣，他單人徒手也不會占下風，可是他沒動。他被兩個人裹挾著推到了門外，一個踉蹌摔倒了。

他狠狠地罵了一句：「看門狗！」

大個子說：「看門狗也比你強，呸！」

世界驟然安靜了，只有暴雨沖刷的聲音。他躺在馬路牙子下，肋骨有些疼。帽子不知落到了哪裡，他伸手抓下了頭套，那些頭髮像披毛僧一樣遮住了肩胛，此刻溼冷地握到手裡，沉甸甸的，像一匹死了的動物。他許久沒再動一動，他問自己是誰，你難道就是個笑話？

10

孟先章溼淋淋地站在李亮面前。大雨猝不及防，打溼了一車雞飼料。橫穿馬路時他遇到了險兒，農用車險些讓大貨車帶飛了。他扎到了馬路下面，被慣性甩了出去，哆哆嗦嗦爬上來，大貨車早走遠了。農用車和雞飼料在大雨的沖刷中動彈不得，他放棄了解救它們的願望。他順著一條路照直了走，走了好遠才發現，他把罕村的路口錯過了，饅頭鎮政府的門口就在前面。

白底黑字的大木牌從上到下淌著水，雨水在木牌底部匯集了一下，把土地沖出了一溜溝。撿來的這條命瞬間有了想法，他覺得，這是命運在給他顏色看，他應該把事情跟公家說清楚。

他不認識趙寶成，他覺得趙寶成是冤枉的。

他找到了鎮長辦公室，李亮一個人在下象棋。他下棋不是消遣，是為了琢磨棋局。孟先章推開門，風雨跟他一起闖了進來。李亮抬頭說：「你有什麼事？」

孟先章說：「朱桂鳳的趾甲不是趙寶成剜的。」

「你剜的？」李亮挑起眼皮盯了孟先章一眼，又撂下了。

※　※　※

世界上是有他們這種夫妻的。三瘋子無論幹什麼，蘇小抱都會用欣賞的目光看她，從打年輕的時候就這樣。第一次見面，蘇小抱就覺得三瘋子是個美人。「人家若沒有毛病，會嫁給我？」這是蘇小抱的口頭禪，他經常滿足地這樣說。他慶幸她有毛病，自己才能占得便宜。所謂毛病，就是三瘋子的瘋病，時好時壞。她不舒心了，不愉快了，就發一回瘋。鄉間管她這種情況也叫氣迷心，瘋起來就渾身抽搐，口吐白沫。起初，蘇小抱很害怕，他怕她會因此死掉。他娶個女人不容易，即便是個瘋子，他也視若珍寶。可三瘋子瘋勁過後沒事兒人一樣，蘇小抱就放心了。跟長袖打架也犯過瘋，卻沒能嚇著長袖。長袖年輕的時候當過鐵姑娘隊長，是個見過大陣仗的人。瘋過那一次，三瘋子就不再瘋了。很難說她是裝的，潛意識裡，什麼時候瘋什麼時候不瘋似乎可以掌控。三瘋子從來不對蘇小抱瘋，她就喜歡讓蘇小抱抱在懷裡。「你胳膊短，抱著我費勁吧？」好在三瘋子從來不長肉，總是瘦丁丁的小巧模樣，蘇小抱勉強能抱動她。「要是背著，我就能走好遠。」蘇小抱說。

沒腿的那天夜裡，三瘋子甚至很得意。她說：「你以後要見天背著我。」蘇小抱說：「我以後見天背著妳。」蘇小抱在醫院的走廊裡撿了個髮夾，給三瘋子別到了頭上，醫生護士誰都誇她好看。「妳年輕的時候一定是美人兒，是不是？」護士把點滴給她扎到靜脈裡，逗她。

也有人問三瘋子是誰，醫生護士為啥對她這樣好。三瘋子得意地說：「我是縣委廖書記送來的病人。」

因為是廖書記送來的病人，三瘋子不單受了優待，還免除了費用。更重要的，三瘋子的骨壞死病在往上轉移，如果不及時動手術進行截肢，她的生命就危險了。

※　※　※

一晃就是很多日子過去了。春天塤城開了許多花，開花的日子三瘋子還能跳舞。三瘋子原本不想出院，她喜歡醫院那個地方。白的牆壁、白的床和鋪蓋散發著消毒水的氣味，白的醫生和護士都很溫和。飯菜很香，每天都能吃到魚和雞腿，這可比驢肉火燒和黏玉米好吃。醫院的一切都讓她喜歡。外面的花園開著大簇的白玉簪，蘇小抱每天都採來一大把，分別插在輸液瓶子裡。他採的花也是白色的，散發著一股迷人的香氣。那些花別人採不得，要遭醫生和護士訓斥。也有人不服氣，為什麼那個小胳膊就可以採？那個小胳膊是個特殊的人，他在醫院可以為所欲為。「我們做手術都不用花錢，你行嗎？」三瘋子很得意。

也有人問三瘋子趾甲是被誰剜去的。時過境遷，三瘋子已經淡忘了往事，她這樣回答：誰知道哪個不人揍的（剜的）。

她就愛罵這句話。

病房住了六個人，其實誰都知道三瘋子是怎麼回事。她腳爛了不知道疼，小腿的骨頭壞死了。像她這樣的人原本來不起醫院，只能在家等死，可她遇見了貴人，縣委廖書記在關鍵時刻幫了她。廖書記指示：要不惜一切代價搶救！書記為啥要幫她？因為她的腳傷是用改錐剜去趾甲造成的，這個比鬼子還狠毒的人叫趙寶成，是個大貪官。

也就是說，三瘋子的腳傷幫助了反腐，她是有功之臣。外面的傳言基本就是這樣一條邏輯鏈。

當然這只是其中的一個版本。這一個版本也不甚完善，邏輯上存在漏洞。可所有的消息離真相都有距離，人們習慣了一鱗半爪，只有這樣，事情才有可能在想像中豐富和發展，才可能走向曲折和詭異。有人神祕地問蘇小抱：「你老婆的腿，是不是給人做假肢去了？」

蘇小抱搖頭說：「不可能。」那條鋸下的腿，他看見了。真的不像從人身上鋸下來的，其中一根骨頭都發黑了。醫生問他是要腿還是要命，「那還用說？要命。醫生，不用給她打麻藥，她不知道疼。」蘇小抱說得很慷慨，彷彿醫生要鋸的是根冬瓜。

像有些人一樣，蘇小抱也認為腿可以移植，將來三瘋子還可以再裝一條真腿，當然，那條真腿是別人的。當然這得醫學進一步之後。「以後裝腿還來找你。」醫生客氣地說。

即使百般不願意，出院的日子還是來了。護士提前把屬於三瘋子的物品準備好，為他們叫了一輛出租車，相關醫生和護士送他們到電梯口。蘇小抱衝著醫務人員鞠了一躬，三瘋子坐在輪椅裡，招手說：「謝謝你們，你們辛苦了。」像來視察的領導一樣。

※　※　※

一覺醒來，三瘋子就說要去墳城。「我憋得慌。」三瘋子給自己找理由，「我都多久沒去墳城了。」蘇小抱故意說：「妳連街上都不去，連長袖都不見，去墳城幹啥？」「我散散心，我的心都憋倭瓜大了。」三瘋子用半截梳子給自己梳頭。她的頭髮白燦燦的，披到肩上來了。三瘋子虛浮的臉有些蒼白，太久不見日光，蘇小抱懷疑她得了自閉症。「自閉症就是不願意見人。」蘇小抱戴著一隻鏡片的小眼鏡，揚著手裡的小報說。蘇小抱很高興她想去墳城，她總不見人，這樣不好。長袖包了一回韭菜餃子，烙了一回蔥花餡餅，給他們端了來，三瘋子都讓人家放外面。「我沒臉見人了。」三瘋子拍著自己的腿說，「我沒以前好看了。」

為了不遇見人，他們起了個大早，抄小路上河堤。三瘋子起初吊在蘇小抱的胸前，後來爬到了他的背上。那隻褲管紮緊了，他們緊貼著的樣子，像土裡鑽出來的人參果。蘇小抱歇一歇，重新把她背到背上。三瘋子說：「我願意讓你永遠背著我。」蘇小抱說：「背著走得遠。」

跑墳城的客車司機都認識他們了。他們尤其看著三瘋子金雞獨立的樣子稀奇。

「還去告狀？」

「還去告狀。」

三瘋子朝蘇小抱擠擠眼，神情裡都是鬼魅。

「國家給了你們多少錢？」有好事者問。

蘇小抱含糊地說：「我們咋能要國家的錢呢？」

「國家鋸了你們的腿啊！」

「是我們自己願意鋸的。」蘇小抱說。

「趾甲呢？也是你們願意剜的？」

他們都不接話茬，這話茬彷彿跟他們無關。

蘇小抱背著三瘋子來到了廣場，廣場都是晨練的人。唱歌跳舞踢毽子打太極，三瘋子看見這種場面就興奮。噴泉附近有幾個大理石的臺階，蘇小抱小心地把三瘋子放下來，兩人坐了上去。蘇小抱的兩隻手都勒出了凹痕，他交換著使勁搓。太陽升起來了，廣場瞬間明亮了很多。因為不能融入，三瘋子很快就寡淡了。「我餓了。」她有些扭捏地說。左面是加州牛肉麵館，陸續有人進出。三瘋子一直在朝那裡看。出來的人都面色紅潤，用紙巾擦嘴，吐痰，打嗝，對三瘋子都是吸引。三瘋子說：「我們去那邊。」蘇小抱把三瘋子放到麵館外面的臺階上，跑進去好幾次，也沒能撿來一碗麵。三瘋子把那條殘腿平放著，下面像紮口袋一樣打了個死結。旁邊的廊柱是大紅的，有一隻鴿子在柱子後面咕咕地叫，三瘋子挪了下身子，一把抄了過來，是隻灰鴿子，明顯受了傷，翅膀根處有血跡，身上溼漉漉的。鴿子渾身發抖，三瘋子也跟著抖。她哆嗦著把鴿子抱在懷裡，對蘇小抱說：「家裡還有治傷口的藥，我們趕緊回家。」

蘇小抱應了一聲，人就蹲了下去，把人和鴿子一起背在了背上。

※　　※　　※

遠處有人在往這邊跑。是饅頭鎮的人來找他們，以為他們又來上訪了。

四月狼義

1

小葵的兒子結婚，讓我去當證婚人。這樣的角色我平生還是第一次，所以很當一回事。著正裝，穿高跟鞋，翻出了許久不用的口紅，早早去了婚禮現場，是想幫小葵一些忙。可沒想到，我在簽到的地方看到了一個熟悉的身影。她也在交分子錢，有些結巴地說了句：「五……五百。」一件格子罩衫裹著瘦弱的肩，短髮紮到了脖領裡，側起的面頰像刀刃似的有鋒芒。我拍了她一下，她一回身，驚訝地摟著我說：「雲丫，我還能見到妳啊！」算起來，打從她結婚我們就再沒見過面，屈指一數，也有二十五年。我拉著她找僻靜的桌子說話，那話題真是無窮無盡。俊以與小葵是堂姐妹，跟我則是從小學到高中的同學。我跟小葵是玩伴，俊以長我們三歲，童年的許多回憶中，沒有俊以的影子。從名字也可以看出，俊以是與我們不一樣的人。她的爸爸在國務院做事，是電工。但也能跟國家的領導人打上交道，因為領導人的家裡也要安燈泡。她家的許多照片都是天安門的背景，那時候不像現在，我們眼中的天安門，就像在天上一樣。

婚禮結束以後，我邀請俊以到家裡坐，並允諾開車送她回家。俊以跟我那個不捨，眼神黏稠得像初戀情人。但她老公在那邊一皺眉，俊以馬上就改了主意。我與俊以互留了電話號碼。一兩年的時間，其實我們誰也沒有使用過。那天我回罕村，正好碰見了小葵也回娘家。我問這段有沒有見到俊以。小葵說：「她哪有空，假都請不下來。」我問她在幹什麼。小葵說：「啥也沒幹，就是她老公不批假，她就回不了娘家。」我罵了句「他奶奶的」，說：「這年頭還有這麼受氣的媳婦？」小葵說：「她回娘家也不得菸兒抽，嫂子們不給好臉色。」

我還要問下去，小葵趕緊說，妳知道四虎奶奶摔了跟頭嗎，她這次如果能熬過去，就能活成百歲老人了。

這話轉移了我的注意力，我們又說了幾句閒話，分手了。

四虎奶奶家離我家不遠，下了坡，拐個彎兒就到。我趿拉著拖鞋過去看了看，四虎奶奶在炕上躺著，嘴咧著吸氣。老而彌堅的幾粒牙齒隔三差五，卻能支撐起上下嘴唇不癟咕。這讓她躺在那裡，一點兒也不像活了九十九年的人。我問四虎奶奶哪裡疼，她說尾巴骨疼。我建議到醫院去拍個片子，四虎奶奶用手蓋著額頭，不屑地說：「我這一輩子沒吃過藥片，更別說登醫院的門了。」

外面有人囔聲囔氣地說：「那麼多鈣片都讓誰吃了？」

四虎奶奶高聲說：「鈣片跟藥片是一回事嗎？你讓雲丫說說，是一回事嗎？」

隨後就是水桶放到缸沿上的聲音，倒進缸裡的嘩啦聲，咚的一聲，空水桶又落在了地上。我先朝四虎奶奶挑了下大拇指，然後再挑開門簾朝外看，見鄰居張德培正用扁擔勾空的水桶，放到了肩上。我看了眼水缸，搭訕說：「這一缸水，得吃好幾天吧？」張德培明顯帶著情緒，說：「好幾天？頂多三天。」他跟我努了一下嘴，小聲說：「別看歲數大，費水著呢。」我點頭，知道四虎奶奶是個特別愛乾淨的人，抿頭髮從不用洗臉的水，一塊手絹要洗五六回。我表示心領神會，大聲說：「張帥啥時回家？」張德培挑著水桶往外走，說：「該送鈣片了就回家。」我笑著說：「張帥可真孝順。」張德培又回頭努了一下嘴，說：「攤上了這樣的，不孝順有啥法兒！」

我笑意盈盈地回了屋裡，四虎奶奶像是成精了，她側過身子朝我看，說：「張德培給妳使眼神兒了吧？」

我遮掩說：「他給我使啥眼神。」

四虎奶奶哏著勁說:「他一準兒跟妳使眼神了，說我歲數大了，還費水！」

我說:「他家壓水井裡有的是水，還在乎您這一缸？」

四虎奶奶說:「他挑夠了。二十年前我就知道他挑夠了。可這怨不得我，閻王爺不收我，妳讓我有啥轍？他總不能挖坑兒埋了我吧！」

我大笑，問:「他挑多少年了？」

四虎奶奶說:「到今年四月二十八號，整挑二十九年了。」我說:「哈，真的啊，都快三十年了！」

四虎奶奶得意地說:「寫字據那年，張帥讀初中，現在張帥的兒子都上學了，可不都二十九年了。張德培時運不濟，也賴他爹名字起得孬。德賠德賠，不好好過日子，得意著賠唄。不是我做長輩的嘴損，他這一輩子就是幹賠一柱的命。」

我說:「人家是培養的培，不是賠本的賠。您別把兩個字弄混了。那兩個字不一樣。」

四虎奶奶說:「有啥不一樣？在他身上就都一樣！不管哪個賠，反正他這輩子遇到我，就是賠定了！」

我哈哈大笑，說:「四虎奶奶，您這是成仙了啊！」

2

四虎奶奶的丈夫，我們自然叫四虎爺爺。只是去世得早，在四虎奶奶七十歲那年，一個跟頭摔死了。其實四虎爺爺也是高壽的人，他比四虎奶奶大十六歲，用現在的話說，四虎奶奶算是大叔控。我們小的時候，經常聽大人講笑話。四虎奶奶十歲過門兒，二十六的四虎爺爺待她，就像老貓戲弄小耗子，等她長大，把四虎爺爺急得用頭撞牆。他們一輩子沒有兒女，便有人猜男的女的都沒病，就是茶壺茶碗不配套。四虎奶奶大概是小時候「麹」住了，不往高長，也不往寬長，來時啥樣長大了還啥樣。小四方腦門，上面一格一格長抬頭紋。髮髻像用筆畫的，汪一層油。她差不多是全村最矮小的人，人送外號「小人果」。生產隊的年月，能幹的婦女掙八分，她永遠掙五分，走路跟不上趟，飯不如鳥吃得多。可四虎爺爺對她好，有刻薄的人說，四虎爺爺這輩子是缺媳婦缺的。

一所宅院幾十丈長，院子裡都是香椿樹。這是四虎爺爺的祖宅。當年他們一門四兄弟，死了兩個，逃了一個，偌大的宅院就歸屬了他們。香椿是一種會長腿的物種，你只要栽一棵，來年就能生一串。四虎爺爺活著的時候，每到春天都會用斧子間伐，後來年齡大了，砍不動了。多少年下來，院子簡直成了原始森林。那些椿樹長得快，高的高來矮的矮，密實得連腳都放不進去。春天，整個一條街的人家都到這裡來採香椿芽。那時我還待字閨中，我媽經常喊，雲丫，去四虎奶奶家！我就知道該去幹啥。竹竿上面帶一彎鉤，我扛在肩上去搆香椿芽。嫩的葉子炒著吃，做餡。稍微老些的葉子醃鹹菜，飯桌上從春到夏都是香噴噴的味道。

後來這種局面結束了。四虎爺爺在世的時候，知道自己要走到四虎奶奶的前頭，曾對四虎奶奶的未來日子做過謀劃。他家跟張德培家宅院一樣寬窄長短，張德培先提出，他負責給二老養老送終，然後兩家的宅院併成一家，翻修房屋，留著給張帥娶媳婦。這樣的願望，估計張德培已經盤算了很多年，只是等到四虎爺爺老了才說出口。張德培說了不止一次，四虎爺爺都沒接話茬。罕村人都知道張德培是個特別能算計的人，他的算計朝裡不朝外，蝨子都能炸出二兩油。兩家雖是緊鄰，但交情並不深厚，四虎爺爺信不過他。四虎爺爺中意小葵的哥哥滿多，那時滿多還沒結婚，家裡弟兄多，沒房娶媳婦。四虎爺爺找滿多商量，說：「你養我們一老，家產全歸你。」滿多一聽就炸了，說：「我沒房去跟螞蚱做伴，也不能認你們做爹媽，差輩分啊！」

這其中有誤會，滿多理解歪了四虎爺爺的意思，他以為四虎爺爺想過繼他。但這個誤會傷了四虎爺爺的心，從那以後，再不提這個話茬。四虎爺爺去世得倉促，臨走一句話也沒來得及交待。去世一個月，張德培又來找四虎奶奶說贍養的事，四虎奶奶一口答應了。四虎奶奶比四虎爺爺好商量，找村長寫了字據，四虎奶奶一個大字不識，她聽村長給她唸：如果能生活自理，四虎奶奶自己洗衣做飯。如果不能自理，張德培包管一切，包括醫藥費、生活費諸如此類。白紙黑字，永不反悔。

簽下字據，張德培做的第一件事，就是把大大小小香椿都砍倒了，只留下一株，移到了自己家的院子裡。張德培的這個舉動，遭了一條街的人罵，但他不在乎。他說四虎奶奶的宅院屬於他了，他沒有義務供大家吃香椿。

那年張德培三十幾歲，他有兩個兒子。大兒子張帥十三歲，小兒子張新五歲。張德培經常指著西邊的宅院對張帥說：「看見沒，將來就在那裡給你娶媳婦。」張帥是一個乖孩子，爹說什麼他聽什麼。沒事的時候，他也隔著院牆朝這邊張望，潛意識裡，他已經把這邊當成家了，他的新娘就在小格子窗的裡面，紅蓋頭下，有一張朦朧的臉。張德培是這樣算計的，四虎奶奶再活幾年，張帥也到了娶媳婦的年齡。存些錢把房子翻修一下，把兩家的隔斷牆拆除，是方方正正的一個大院子。兩個兒子兩所宅院，傍著一條通天路，占盡了罕村的風水。張德培的這個算計，可謂是一本萬利。村裡人都說，他占了大便宜。誰不知道四虎奶奶又節儉又不貪嘴，還不像別的老人那樣難伺候。只要有一口吃喝填肚子，就是快快樂樂的一個人。

當然，村裡人也說張德培欠厚道。張帥一天一天長大，四虎奶奶一天一天變老。他恐怕總嫌四虎奶奶老得不夠快。瞧他端著飯碗蹲在四虎奶奶家門口的樣子，臉像灶膛一樣黑，腦筋轉著九曲十八彎，肚腸裡不定翻騰著啥算計。

事實證明，人算不如天算。罕村人徹底領略了老天對一個愛算計人的懲罰。所有的算計都不在張德培的掌控之內。四虎奶奶越活越精神，從八十奔九十，眼下這都快滿一百了，還伶牙俐齒。罕村人不明白，她年輕的時候可是廢物人，吃跟不上趟，幹跟不上趟，話板兒也不行，有口舌之爭總受人欺負，老了反而精氣了，難道真有返老還童這回事？張帥上學時成績一直不好，勉強考上了普通高中，高三的時候家裡就預備給他說媳婦了，可張帥看著四虎奶奶一點兒也沒有要老的樣子，知道住她的房子無望，一咬牙開始五加二、白加黑，發誓離這房子遠點。這年高考，他居然上了一本線，畢業以後，直接留省城當了公務員。

嘖嘖。村裡人說，四虎奶奶給張德培家帶來了福氣。大兒子當了公務員，小兒子上了軍校，瞧他挑水還垮著個臉，一點兒也不知道謝謝四虎奶奶！

張德培真是百口莫辯。一副水桶他從三十幾歲挑到現在，自己都有孫子了，還得給一個外姓人當孫子使，這上哪兒說理去？

得！

※　※　※

四月的罕村是一個大花園。養花種樹是最近幾年的事，你種他也種，你養他也養。你養白的我養粉的他養大紅的，比賽上了！過去村裡都是楊樹柳樹柴榆樹，偶有一兩棵杏樹，開伶仃花，結小酸杏，沒人拿它當回事。現在爭奇鬥豔了，也捨得給樹上農家肥了。尤其村西新修了一條路，通往村南的省道，相當於村裡的外環，只是沒有彎兒。百十米的路段，兩邊栽了碧桃、百日紅、丁香、龍爪槐，要紅有紅要綠有綠。人一老還不只升了輩分，還有地位和尊嚴。三嬸子，二大娘，一個七十幾，一個八十出頭，都彎腰駝背，腳步不穩了。再看四虎奶奶，年輕時啥樣，老了還啥樣。一身碎花衣褲，自己去大集挑來的。頭髮白裡透黑，後面的簪圈子是假的，就像年輕人的辮花一樣。眼有點兒花，耳朵稍微有點兒聾，但腳下的步子很有章法，甚至稱得上身輕如燕。往年都是她招呼，說咱去逛街景了！於是後面跟著好幾個老太太，拿著板凳或坐墊，還有老爺子訕訕地在後跟著。村西有點遠，四虎奶奶不招呼，他們誰也不好意思往那裡走。人老成一把骨頭，就剩吃閒飯晒牆根兒了，哪好意思再往花跟前湊，讓兒女看見了，要遭呵斥；讓外人家看見了，要笑掉牙。但四虎奶奶沒有這樣的想法。笑話我？我還不定要笑話誰呢！花開了她去看花，柳綠了她去看柳。她一招呼，一條街的老人都蠢蠢欲動。說是老人，八十的有，七十的有，六十的也有。真的真來假的假。於是村西的那支隊伍蔚為壯觀，羞羞答答，扭扭捏捏，奇奇怪怪。遇有人丟來不解的眼神，神態自若的大概只有四虎奶奶一個。「我九十九了，我怕啥？變成蜜蜂我能採蜜，變成蝴蝶我能唱歌。我笑話別人那年，你爺才剛生出來。」

嘁！這個四虎奶奶！

3

母親從外回來，臉上掛著不自在。她從園子裡拔了一把小蔥，我想擇，被她擋了。母親說：「妳少去四虎奶奶那裡，張家人對妳有意見。」我問：「咋了？」母親說：「妳一定跟四虎奶奶說了不該說的話。剛才張德培點我了，說妳家二姑娘真閒，沒事兒就別去挑唆四虎奶奶了。」我開始倒帶子：「跟四虎奶奶說啥了？沒說不該說的啊。」母親說：「妳說村西的花都開了，柳都綠了，讓四虎奶奶心眼兒活動了。」我說：「四虎奶奶問起村西的花啊柳啊，我昨天從那裡過，都看見了，就是實話實說。怎麼，這就叫挑唆了？」母親說：「反正妳給德培叔找麻煩了。四虎奶奶今天早起就鬧著要去看花，還說四月很美，她要去享受春天。」我哈哈笑了一通，說：「四虎奶奶啥時變成詩人了。」母親說：「妳還笑，德培叔差一點兒氣死，早上他跟我說話直噴吐沫星子，說四虎奶奶跟他吵了一早晨。」我問：「就為看花？」母親說：「還能為啥。妳不知道四虎奶奶是多好美的人？」我哪裡不知道，頭髮不梳光了不出來見人。有一次，她的簒圈子丟了，頭髮蓬了起來，她央人去大集上買，買不來硬是不出屋。我知道德培叔是一個嘴不好的人，但心眼兒不壞。心眼壞的人哪能挑二十九年水，不定想啥歪道道了。我說：「這麼點事也不值得吵，我開車拉著四虎奶奶溜達一圈。」母親摔打了一下小蔥，說：「妳就別添亂了。妳德培叔那麼要臉面，會讓妳開車拉著？」我說：「這有啥？」母親說：「啥都有！」我還是擇了一棵蔥，搞不懂這個「啥都有」裡都有啥。我有點兒鬱悶。我問母親咋辦。母親說：「這不關妳的事，妳悶著。四虎奶奶若真是想看花，一準兒是妳德培叔用車推著，走大道。四虎奶奶坐妳的車去村西，是打他的臉！」

話說得我都有點兒蒙：「德培叔真會這樣想？」

母親說：「要是說錯了，我這一把年紀就白活了。」

太陽就像攀高枝的小媳婦，不到九點，就上樹梢了。春天的太陽通透澄明，天地萬物都似新的。母親的小蔥擇得沒完沒了，她坐在門側，路過的人看不到她，但她能看到外面。有些小蔥細得簡直就像頭髮絲，我可沒有耐性擇，回屋去滑拉手機。時辰不大，母親噓著聲音喊我：「雲丫，雲丫。」我趕忙跑了出來。母親暗示我去看外面，我只看到了一個推車人的背影，敦實的身材，兩隻外八字腳，茅草似的一腦袋亂頭髮。就聽德培嬸子跟人打招呼：「老太太好心情，要去看花！園子裡的菜該澆了，張帥的爸沒有閒工夫……我不閒，可看花打緊。誰讓老太太好福氣，遇到我這樣好說話的人……」

段玉春身子一扭，拐彎了。我對母親說：「到底還是四虎奶奶占了上風，她遂了心願。」

母親撇了下嘴，說：「妳知道什麼，段玉春從不登四虎奶奶的門，張德培這是讓她向村裡人顯擺孝心呢。其實誰不知道她，四虎奶奶分了幾粒鈣片給別人，她隔著牆頭罵，說鈣片是我兒子買的，妳倒會解外人緣，難怪生了絕戶心！」

我說：「有意思。四虎奶奶為啥要把鈣片分給別人？」

母親說：「張帥對她好，一買鈣片買好幾瓶，她把鈣片當糖吃。她身子骨好，大家就說她是吃省城的鈣片吃的。」

哈，這一家人真夠複雜。

母親起身用笤帚掃蔥毛子，外面倏忽一閃，張德培騎車過去了。母親追到門外看了一眼，說：「這一家人，一早上不太平。」

我說：「德培叔也去看花了？」

母親說：「看花要是能看出錢來，他去。看不出錢來，搭一眼的工夫，他也捨不得。」

我說：「他的兒子都出息，德培叔不該再這樣算計。」

母親說：「他是算計慣了，哪天不算計，他會覺得天上的星星都沒出齊。」

※　　　　※　　　　※

架子車還是過去那個年代的產物，獨輪，上面臥著鐵皮斗。也就是張德培這樣精細的人，能把這樣的老物件保存這麼多年。也就是四虎奶奶這樣瘦小的人，能囫圇個兒地坐在車廂裡。車架子年年上油漆，車輪年年上油，鐵圈用砂紙打磨出光亮，車還似新的。鐵皮斗裡鋪上墊子，靠背墊兩個枕頭，張德培對媳婦段玉春說：「妳推四虎奶奶去看花。」段玉春說：「我不去。我連我媽都沒推過。」張德培眼一瞪，說：「妳媽才活六十歲，能跟一百歲的人比嗎？」

段玉春不言語了，她說不過張德培。

張德培開始給段玉春上課，從戰略高度到現實意義，從識大體、顧大局的角度，從省城一直說到罕村，總算把段玉春說活泛了。段玉春親自登門對四虎奶奶說：「我推著您去看花，這回您稱願了吧！」四虎奶奶喜不自禁，指揮段玉春翻出壓箱底的衣服穿在身上。段玉春說：「又不是上花轎，穿那麼新幹啥？」四虎奶奶說：「我這是給妳長臉呢。」段玉春說：「可別，我的臉面不值錢，您不用給我長。」

按照張德培的設想，村中心的這條街，會有許多人。誰看見段玉春推車都會問，這是幹啥去？推著四虎奶奶去看花，這是大新聞，傳出去，說不定能夠上廣播，登報紙。現在又有微博又有微信，若是能傳到省城和部隊，多給兒子長臉啊！張德培一再囑咐段玉春，見人別垂喪臉，要滿面春風，要讓別人看出妳推著四虎奶奶去看花很情願，而不是不情願。囑咐得再好，段玉春心裡還是有疙瘩，她就是覺得四虎奶奶一直在占張家的便宜。她一直都鬧不明白，四虎奶奶何以能活那麼久，這不就是存心跟自己家過不去嗎？還就是老天有眼，讓張帥考上了大學，如果在村裡娶妻生子，就得跟四虎奶奶住在一個屋簷下，張帥也叫她奶奶，但到底不是親奶奶，張帥不彆扭，段玉春彆扭！

段玉春心裡的疙瘩，一直在解，但一直解不開。張德培說她沒文化，屬於擀麵杖吹火 —— 不通氣兒。他說：「四虎奶奶也不是自己想活那麼久，閻王爺不收她，妳讓她有啥法兒？」

段玉春說：「河裡沒蓋井裡也沒蓋，她咋就沒辦法？」

張德培聽出了她話裡的險惡，痛斥她說：「放屁！放屁都不臭！」

※　※　※

張德培出了家門往西拐，有一個上坡。他下了車，推著車子往坡上走。有人跟他打招呼：「德培叔幹啥去？」張德培說：「妳嬸子推著四虎奶奶去看花了，她們走的大道。我不放心，從這邊迎迎她們。」「看花？看啥花？」張德培不厭其煩從四虎奶奶栽跟頭說起：「那天去大堤，往下走時出溜了一下，摔了個屁股蹲兒。這幾天就總鬧尾巴骨疼，走不了路。可聽說村西的花開了，眼睛饞，非要去看看。這不，妳嬸子用車推著她，老娘兒倆去看花了。」張德培走了一路解釋了一路，也有人出言不恭：「七老八十的人了，看啥花。」張德培挑著高音「嗯」了一聲，表示不贊同：「愛美之心人人都有，四虎奶奶活了百歲，更是美不夠！」

遠遠就看見花開得熱鬧，白的像雪，紅的像霞，粉的像胭脂。空氣香得讓鼻子刺癢，忍不住打了一串噴嚏。這一條路靜悄悄的，一個人也沒有。張德培出來得晚，路上又最大限度地耽擱了時間，按照他的算計，這個時候段玉春正好出現在路那頭才對。她推著車，緩緩地走，四隻眼睛左看右看，指指點點，身後跟著一大群村裡人。大家七嘴八舌說：「四虎奶奶當年多虧簽了協議，晚年才這麼幸福。讓人推著看花，就是親娘老子，你幹嗎？還就是人家張德培，還就是人家段玉春！人家自己優秀，培養的兒子也優秀。他們是罕村的楷模！」

張德培陶醉在自己的想像裡，把自行車停放在路邊，叉著腿站在路中央，從兜裡拿出了手機。手機是兒子用剩下的，大屏，還是九成新，能錄像，能照相。張德培早就搞清楚了功能，他曾經把菜園裡的蔬菜拍成照片發給兒子，張帥鼓勵他說：「真好。同事們都羨慕我有這樣的老爸，老爸經營這樣的菜園，有個成語叫饞涎欲滴啊！」張帥真的把同事帶回來過，男男女女一車人。他們把蔥葉揪下來直接填進嘴裡，把萵苣菜劈下來直接填進嘴裡，連韭菜都有人往嘴裡填，嚼得牙齒都是綠的。他們給蔬菜這麼那麼照相，還有人發到了網站上，讓更多的人流口水。張德培都看得懂流口水的那個小腦袋瓜，小圓臉，兩隻小眼睛，嘴邊吐一堆泡沫沫，這就是饞嘴啊！眼下張德培不饞，他給大街照了相，又給海棠和丁香照了幾張。粗糙的大手總也戳不準那個按鈕，照片滑拉出來，紅的綠的，也都有模有樣。他不時往路的盡頭瞅，段玉春還沒出現。難道是大街上人多，她跟人家扯上閒篇兒了？這個老婆子是有這個毛病，分不出事情的輕重緩急，妳扯閒篇可以，別今天扯啊！今天的主要任務是看花啊！張德培還等著給她們照相錄像呢！今天爭取能傳到兒子手機裡。當然，張德培沒告訴段玉春自己今天攝影師的身分，他擔心段玉春心裡有防備，有了防備，她這一路都笑得不自然。路上還是沒有人影，張德培把手機揣進了兜，騎上車往前走，路走到頭了，段玉春仍沒出現。拐上一個彎，這裡能看見村頭，村頭有座石橋，橋邊晃著許多腦袋瓜，下棋的、打牌的，閒人都在那裡匯聚。還是沒有段玉春的身影。今天也是神了，前後左右都沒個貓影狗影，這人都去哪兒了？都像土地爺一樣隱遁了？

好不容易看見了滿多從村裡出來了，他騎著車，車上載著噴霧器。張德培趕緊把神情上的緊張放下了，裝成悠閒自在的樣子。他招呼滿多說：「這麼早就給果樹打藥了？」滿多回身看見是張德培，趕緊從車上跳了下來。滿多說：「德培叔你還在這兒看閒景呢，我嬸子推車把四虎奶奶栽了，她正在大街上哭呢！」

張德培慌忙騎上車，回身問：「四虎奶奶摔得重不重？」

滿多說：「讓四虎奶奶坐獨輪車，虧你們想得出來！」

4

罕村的這條主街就是通天道，南北貫穿。這條街的繁忙應該顯而易見。今天真是奇了怪了，街上一個人也沒有，大小孩伢都看不見。這讓張德培的囑託顯得多餘。他告訴段玉春，遇見村裡主事的人要放下車說話。段玉春問誰是主事的。張德培說：「村長、書記、婦女主任、電工。」段玉春說：「電工不算主事的。」張德培說：「妳幹別的不行，抬槓倒行。電工走東家串西家，他不主事妳主事？」按照張德培的設想，這一路應該遇到很多人，很多人都會問相同的問題，推著四虎奶奶幹啥去？摔跟頭和看花，一定要重點說出來，否則中心思想不突出。

沒想到一個人也碰不見，讓段玉春越走越生氣。她叨咕說：「天天妳算星星算月亮，就沒算出我今天倒血楣。」四虎奶奶知道她心不順，搭話說：「這一路讓妳受累了。」段玉春說：「誰讓我命不好。」四虎奶奶說：「要我說，妳命好著呢。」段玉春說：「命好我坐車，哪像這樣費心巴力推著人家走！」四虎奶奶說：「妳這話說得沒自在，誰好好的願意坐車？」

段玉春把這話聽進去了。可不是，站著的別羨慕坐著的，坐著的沒眼羨躺著的，有人躺下就永遠起不來了！想是這樣想，段玉春嘴巴到底不饒人，扯著聲音說：「別站著說話不腰疼，我都多少年沒摸車把了！」

四虎奶奶咯咯地笑，說：「我知道妳委屈。可我還活幾天，說不定這是最後一次看花了。」段玉春說：「這句話您年年說，年年說！可您年年看花，年年看花！」四虎奶奶說：「年年能看花，這也是我修來的福分。」段玉春覺得手有些磨得慌，突然把車把放下了。四虎奶奶沒提防，身子朝後仰了一下，差點兒閃出車廂。段玉春沒好氣地說：「啥是妳修來的？不是我好心把妳推出來，妳看啥？連花的影子都看不著！」四虎奶奶也生了氣，大好的情致段玉春不知道珍惜。四虎奶奶說：「我這一輩子，沒做過一件虧心事，沒說過一句虧心話。能活九十九，不是修來的是啥？」段玉春想了想，一件陳年舊事突然冒了出來，說：「您把自己說的都是溜光面，當年偷人家的衣服被嘎拉村的人扣起來，是誰把妳贖回來的？這樣的事都忘光了？」

就像晴天突然響了個霹雷，四虎奶奶一下子就給震蒙了。溫暖的天空下，四虎奶奶打了個寒噤。她扭過身子想說點什麼，車子突然失去了平衡，朝一側歪去。段玉春哎喲哎喲地急忙去掌把，還是晚了十分之一秒。車子一下倒在地上，把四虎奶奶摔出去一個骨碌滾兒。一瞬間，那些土行孫不知都從哪裡都冒了出來，圍過來許多人。滿多也正好從這裡過，掏出手機要打一二〇，說送四虎奶奶去醫院。四虎奶奶吸著氣說：「滿多，我不去醫院。我都土埋脖頸子了，還給醫院送啥錢？」滿多說：「您就知道給德培嬸子省錢，省錢她也不說妳好！」

段玉春揮手打了滿多一耳光。滿多立起眼睛一齜牙，沒敢還手。段玉春看著自己的巴掌不知如何收場。她把一早上張德培囑咐的話都忘光了。

沒人問起她們幹啥去，大家反而關心四虎奶奶偷衣服的事：「這是啥時候的事，我們怎麼沒聽說過？」

段玉春不耐煩地說：「雲丫的爸知道，你們去問他。」

有人說她：「廢話，雲丫的爸死了十年了，怎麼問？」

旁邊正好有個小超市，大家七手八腳地把四虎奶奶抬到了臺階上，四虎奶奶的額頭創破了皮，半邊臉上都是土。有人給她活動胳膊腿，骨頭沒礙事。

段玉春趕緊說：「骨頭沒礙事就是沒事兒！」

滿多不滿地說：「尾巴骨不是已經摔壞了嗎，這一摔難道又給摔好了？」

段玉春坐在地上嚎啕大哭，她說滿多和四虎奶奶合起夥兒來欺負她，她今天沒活路了。

※　※　※

在夢裡，小葵似乎喊了我一聲：王雲丫，妳該寫寫我啦！

哈，我鬱悶半天了。也不知道四虎奶奶摔成啥樣了，用肉眼瞅不出來啊！可四虎奶奶不說去醫院，別人都順水推舟。小葵妳說這事可咋弄，愁死人了！

小葵說，妳還是繼續寫小說吧！

對。一想到要寫我們的小時候，心裡的鬱悶立刻化開了。可是小葵，下面的故事裡，妳不是主角啊！

※　※　※

終於該講講我和小葵的故事了，我都看到她著急了。她是急脾氣，這一點跟俊以一點兒也不像。前面我說過，俊以比我們大三歲，她是蹲班生，跟我從小學到高中都是同學。小葵跟我一樣大，可她整整比我晚了三個年級。她太貪玩，家裡也不催她去學校，她十歲才上一年級。那時我都能看書看報了。

我和小葵的童年跟四虎奶奶密切相關。只要放了學、放了假，母親就把我往外推，去，看看四虎奶奶該拾什麼了！那時一年三季閒不住，我們跟在四虎奶奶的屁股後頭，拾白薯，拾芝麻，拾黃豆，拾黑豆，拾棉花，拾花生，拾玉米，拾高粱，拾穀穗，拾甜瓜，就更別提拾柴挑菜了。母親願意我們跟著四虎奶奶，是因為跟著她確實能拾來東西。若是小葵我們兩個出去，不定躲在哪裡吃甜棒，或者到河裡去洗澡，能把拾東西的事忘到爪哇島。不得不回家了，才發現筐裡是空的，好歹採把草，剜些菜，偷偷放到羊圈裡了事。母親如果追問，就說草都讓羊吃了。

因為撒謊的事，我和小葵都沒少挨巴掌。可挨過了就忘了，下一回還是去河裡洗澡或去田裡吃甜棒。事實證明，這樣的事更吸引我們，我們為啥不能順著自己的心意呢！

但跟四虎奶奶出去就不一樣了。她會給我們講古記，走一路講一路。狐狸精、白面鬼、黃鼠狼裝小孩哭、聚寶盆、老大傻老二奸、肉餃子素餃子……故事真是無窮無盡。跟四虎奶奶去拾白薯，是童年深刻的記憶。白薯死沉，拾的時候歡欣鼓舞，唯恐籠筐不滿；往家裡走時垂頭喪氣，我們麻秸稈樣的胳膊，根本挎不動。四虎奶奶發明了好辦法，她用長柄三齒當扁擔，把我和小葵的籠筐挑起來，前面是小葵的，後面是我的。小葵還小性兒，若是她的籠筐放身後，她就不放心，怕大塊白薯丟了。四虎奶奶用的是左肩膀，右胳膊挎著自己的筐，就這樣還給我們講古記呢。路上有外村人問這倆孩子跟四虎奶奶啥關係，四虎奶奶敞亮地說：「我孫女！」

我和小葵甩著手臂在旁邊走，走得心安理得。其實我們的身量跟四虎奶奶差不多高，尤其是小葵，甚至稱得上人高馬大。我們討論過這個問題，得出的結論是，四虎奶奶雖然個子小，可她是大人。大人就應該關心小孩，否則，她為啥叫大人呢！

那個時候，我家窮，小葵家更窮。我們拾來任何東西都會受兩個媽媽歡迎。但俊以不一樣，她家放空湯都炸油鍋，香味能飄出三里地。俊以的衣褲總是穿得整整齊齊，腳上是新鞋，走路鳥悄鳥悄，唯恐踩著狗屎。這樣的俊以卻不受尊敬，小葵從來不喊她姐，總是直呼其名。她家住在胡同裡，我們拾東西回來，總見她站在胡同口，眼饞地問：「又……又拾啥了？」必須說明，她不是對我們拾來的東西眼饞，她是眼饞拾東西這種行為，能走很遠的路，能見很多的人，能看很美的風景。運氣好還能搭馬車，拾的東西能放到驢背上，讓驢馱著走。我和小葵每每回來都走得器宇軒昂，像是打了勝仗的女將軍一樣。

俊以不止一次地表示：「我……我跟妳們一起去拾吧。」我和小葵學她說話：「往……往後再說吧。」

但小葵招呼我，我招呼小葵，我們從來不招呼俊以。俊以知道我們什麼時候回來，但從來不知道我們什麼時候走，盯梢也不行。

有一年夏天，小葵拉痢疾，臉眼瞅著小了一圈，走路打晃，說話有氣無力。四虎奶奶問我去不去大窪拾麥子，我說去。咋能不去呢！大窪有傳說中的石頭王八，有穿鎧甲騎白龍馬的小李廣將軍，還有劉伯溫在大窪深處挖地的傳說。我對後一個故事感興趣，據說劉伯溫曾經想把北京城建在這裡，挖一鍬土蓋進坑裡，土高出地面很多。說明這裡的土肥，土肥人就懶，定都會亡國。他繼續往北走，走到了北京的地界，挖一鍬土蓋進坑裡，坑裡只有半下。劉伯溫很滿意，回去告訴了朱元璋，說這個地方地貧人聽話，適合定都，於是建立了北京城。這個故事我還是聽四虎爺爺說的，據說大窪的邊角四至，跟北京城一模一樣。四虎爺爺是故事簍子，然後又傳給了四虎奶奶。傳說中的大窪我還沒去過，如今要親眼見識，我哪能放過機會呢。我去找小葵，把大窪說成了一朵花，也沒能讓小葵動心。小葵捂著肚子哼哼說：「妳瞧我這樣，走得了那麼遠的路嗎？」可我不能一個人跟四虎奶奶走，我習慣了身邊有個伴兒。沒奈何，我去找了俊以，俊以一聽就很興奮，告訴她媽她要去大窪拾麥子。她媽卻不放行，說我們家不缺那把麥子。俊以靠著牆根兒裝哭，總算讓她媽動了心。她媽領著俊以找到了四虎奶奶，說：「我把孩子交給您了，您可別讓她累著，也別把她弄丟了。」

四虎奶奶認真地說：「要是真遇見拍花的呢？」

傳說中的拍花人，模樣就是普通人，可他只要跟你一搭訕，你就自覺自願跟他走，誰也攔不住。總有左右鄰村的孩子被拍花人拍走的傳言，但罕村一個也沒有。

俊以媽說：「真……真遇見拍花的，不……不是還有他們家雲丫嗎？」

把我媽氣壞了。我媽找上門去跟俊以媽理論，說：「拍花的就拍我們雲丫，就不興拍妳們家俊以？」

俊以媽跟俊以一樣，越著急越說不出話。她說：「我……我……我不是那個意思，我……我……我的意思是……」

我媽說：「妳……妳……妳就別說妳的意思了，告訴妳，拍花的專門拍小孩，拍走了剜心挖眼……人家可不管是叫俊以還是叫雲丫。」

5

大人們爭吵，我們老少三人上了路。俊以穿得多，沒走出多遠就開始脫衣服。她脫一件讓四虎奶奶抱一件，又脫一件，四虎奶奶又抱一件。我一路走得心不在焉，跟俊以搭伴多少有些不習慣。四虎奶奶又在講狐狸精，說一家只有姐妹倆，狐狸精一進門就吸鼻子，說生人味生人味。原來這家門後藏了一個男人。狐狸精這是要吃人了。狐狸精管吃人不叫吃人，叫吃飯，牠說我的飯就在門後藏著呢。這故事讓我的耳朵起繭子了，但俊以聽得津津有味，她蹭著四虎奶奶走，臉側向她，像個傻瓜一樣。

這天奇熱，太陽簡直要燙死人。我們好不容易來到了大窪的邊沿，讓太陽一晒，劉伯溫、小李廣、石頭王八，啥都想不起來了。那大窪就像聚火盆一樣，讓人睜不開眼，騰騰地從地下往天上躥火苗。遠處有人在鋤地，衣服都在腦袋上頂著，更像在刨地。鋤頭舉得高，落到地上咚咚響，像是擂鼓一樣。大窪是黏性土，雨天拔不出腳，響晴的天氣地一乾就透，橫七豎八裂口子。大窪有三宗寶，臭魚爛蝦泥黏腳。到處都是水塘，水塘裡都有活物。但這年似乎是少有的乾旱年景，水塘裡沒有水，白花花的魚躺了一地，都晒成乾了。俊以哪裡受過這個罪，她是特殊體質，不出汗。臉上的汗出不來，皮肉憋得就像煮熟了一樣。還沒開始撿麥子，她就嚷渴。她嚷渴的時候也結巴，渴渴渴渴出來一串，讓你覺得下一分鐘不喝水就渴死了。四虎奶奶撿了兩只杏核，用手摩挲乾淨了讓我們含嘴裡，說這樣可以生津。俊以嫌髒，不肯含。她也不肯撿麥子，奔著一棵樹去找陰涼。這裡曾經是一眼望不到邊的麥田，眼下麥子收割了，麥田玉米剛拱出地皮。若不是那股青草味太難聞，都恨不得把玉米秧揉到嘴裡嚼咕。這個時候我特別想變成一隻羊，因為嘴唇乾得像是在磨沙子，四虎奶奶肯定也很渴，杏核在她嘴裡骨碌骨碌地轉，能聽到牙齒與杏核的摩擦聲。她讓我在她的左側撿麥子，有一點兒偏西風，這樣就能順風聽她講古記，也能走在她的陰影裡。現在想一想，四虎奶奶的用心多周全啊！可當時想不到，就覺得理所當然。四虎奶奶朝那棵樹看了一眼，那真是大窪裡唯一的一棵柴榆樹，歪脖。樹下坐著好命的俊以。俊以的旁邊有一堆水紅，像一朵花一樣。那花似乎是專門為俊以開的。我催四虎奶奶快講，再不講我都要渴死了。四虎奶奶把嘴裡的杏核用舌頭頂到了一邊，說這個古記過去從來沒講過，妳聽完了肯定不渴了。過去有一個小仙人，跟後媽過日子。有一天，小仙人去井裡打水，一下落進井裡了。井裡又溼又冷，小仙人凍得直哆嗦。他大聲喊救命，可誰也聽不到。過路的一個老神仙聽到了，去喊小仙人的後媽。後媽過來看了看，說井太深了，救不了小仙人。說完，就一個人回去了。老神仙非常生氣，他讓小仙人生出了翅膀，變成鴿子飛走了。

小仙人不是小神仙，是白天樂，就是眉毛、頭髮、皮膚都是白白的那種人，據說是一種血液病，罕村就有一個，而且也是跟後媽過日子。後媽對他不好，有一次，他也曾經掉進了井裡，坐著籮筐被人抻了上來。我還是渴，我不冷也不哆嗦。這樣的古記根本吸引不了我，我清楚這是四虎奶奶臨時編出來的。編出來的古記不圓滿，一點兒都不像狐狸精的故事能打動人。若是往天我跟小葵在一塊，她忍我就能忍。我忍她也忍。飢餓、口渴、勞累，我們什麼都能忍。可現在不一樣，俊以坐在涼陰裡，還用手當扇子，呆呆地朝我這裡看，讓我覺得非常不公平。雖然我已經撿了三把麥子了，麥芒金黃金黃，像待發的羽箭一樣。秸稈又乾又脆，稍微一碰麥穗頭就掉。為了防止掉頭，我總是讓四虎奶奶捆成把兒，為了能把秸稈洇溼當繩子用，四虎奶奶要在嘴裡抿很長時間。

……俊以能在樹蔭下乘涼，為什麼我就不能呢？

那些鋤地的人往我們這邊走來，他們問我們是哪個村的，我搶著回答，罕村的。我多少有些炫耀，因為罕村離這裡十幾里，他們一定會很驚訝，進而會表揚我。瞧人家的孩子，這麼小，多能吃苦！可他們只是嘲笑了我們，說：「這地方被人撿了不知多少遍了，哪還有多少麥子啊！這麼熱的天跑這麼遠來撿麥子，哪裡值得。」他們說說笑笑地走遠了，一個大姑娘垂著兩隻大辮子，很好看。別人頭上都頂著一件衣服，她卻穿一件有肩襻的小背心，胸脯和肩膀都白花花的。她用鋤桿頂住了下巴，問我幾歲了，我說十一了。她說那一個呢？我朝她的手指的方向看，俊以轉到樹後去了，但能看到她的半邊身子。我說，俊以十四了。大姑娘說，十四的還不如十一的懂事，一看那就是個秧子貨。

表揚我了！我用胳膊抹了一下臉上的汗水，討好地看著大姑娘。她如果再表揚我兩句，我就把鬥志鼓滿了。可惜她去追趕隊伍了，能看出她把地耪得潦草，鋤頭拉得很長，只把一層浮土遮蓋了地表。我一下泄了氣，覺得頭昏眼花。我沒跟四虎奶奶打招呼，就朝那棵歪脖樹走去。我渴望在那棵樹的涼陰裡坐一會兒，用手當扇子搧風。我有些奇怪，那朵紅花不見了。俊以蹲在很遠的地裡像是在解手。我仔細看了下，卻沒看到她的白屁股。我朝俊以走了過去，俊以有些驚慌地站起身，抿了雙腿，明顯有遮擋的意味。我朝她的腳下看，發現那地裡是揉搓過了的新土，新土上開了一朵小紅花。

我指著那朵小紅花說：「那是啥？」

俊以用腳碾了一下，說：「不……不……不知道。」

四虎奶奶在涼陰下朝我們喊：「喂，妳們倆！我們歇著啦！」

我和俊以先後回來了。我還回頭看了一眼，奇怪那朵小紅花一點兒也不是花的樣子。

我說：「四虎奶奶讓歇著了，妳甭歇，妳都歇半天了。」

俊以說：「歇……歇半天我也累著呢。早……早知道這麼累，我……我就不出來了。」

四虎奶奶跟我商量，鑑於俊以沒有撿多少麥子，我們分給她一些，好讓她回去不挨罵。「俊以怎麼會挨罵呢，」我說，「她空手回去也不會挨罵！」四虎奶奶訕訕地說：「空手回去總歸不好看，跟我們一起出來的，怎麼能讓她空手回去呢？還是分一些給她吧。」我答應了，我撿的麥子有十幾把，因為支稜著，看上去好大一堆。我揀小的癟的麥子給了俊以三把。四虎奶奶挑大的給了她四把，我們用繩子打成捆，把麥子夾在腋下，回家了。

走出大窪，就是石頭王八落腳的地方，那裡還有砸碎了的漢白玉石頭。四虎奶奶說，馬車走到這裡，若是不給石頭王八嘴裡抹些油，三匹馬拉一輛大車也走不動。後來小李廣將軍氣不過，用鐵錘把石頭王八砸碎了。我建議在這裡歇一歇，好好看看石頭王八待過的地方。麥捆剛放到地上，一群人提著鋤頭呼哧呼哧跑了過來，把我們包圍了。跑在前頭的是大辮子姑娘，她尖聲喊老太太，說：「妳別跑，妳不能偷我的衣服！」

二十幾個人把我們圍到人圈裡，我們三個人自動背靠背，誰也看不到誰的臉。四虎奶奶張惶地說：「我沒看見你們的衣服啊。妳們倆有誰看見嗎？」

我說沒看見，俊以也說沒看見。大姑娘一下就哭了，說那是婆家給的彩禮，的確良啊！

一個年齡大的老頭兒從人圈裡走出來，徐徐善誘說：「老太太，看著妳是個面善的人，把東西還給人家吧。那件水紅衣服就在歪脖樹下，大窪裡沒有旁人，妳們一直在那裡拾麥子，不是妳們拿的是誰拿的？」

我突兀地喊了一聲：「不是我們拿的！」

這個時候的我有點兒逞英豪，我想我們不虧心，完全不用怕他們人多勢眾。只要不遇見拍花的，我誰也不怕。

老頭兒一下沉了臉，說：「別敬酒不吃吃罰酒，罕村離這裡十幾里，不交出衣服，妳們休想離開這裡半步！」

6

小葵的家在村南，她哥滿多跟村裡要了宅基地，把老宅子跟俊以的哥哥俊卿置換了。俊卿不孝順，他老娘經常蹲在牆角哭，磕磕巴巴喊俊以爸的名字：「徐……徐成剛，你個該死的。你……你走帶上我啊！」徐成剛已經走了很多年了。那時他還沒退休，休假回家從大集買了隻野兔。他剝兔子時蹲得腿麻，想站起身，卻一下子摔倒了。

俊以媽經常哭這樣一句話：「我……我就是屬兔子的，你……你這是剝我的皮啊！」

每逢俊以媽哭，俊卿的媳婦四翠就撇嘴。她鄙夷地說：「妳都哭多少年了，要是真想讓死人帶走，早走了。」

聽說我回了家，小葵從村南來我家住了一晚。我們睡在一張床上，聊四虎奶奶。那個跟頭栽得神奇，四虎奶奶一個骨碌滾兒，居然真是沒大礙，只是沒能去看花，讓張德培用獨輪車又推了回來。難道那些鈣片真很神奇，讓四虎奶奶從此變成了鋼筋鐵骨？要知道，老年人的骨頭比麻花都脆，稍微碰一下就能骨折。可四虎奶奶回家卻做病了，她不吃不喝，神情恍惚，嘴裡喊王大山的名字。王大山是我的父親，已經去世十幾年了。張德培說，四虎奶奶得了撞客，得猜。他故意把鏡子端到大街上，手裡握著一枚雞蛋往鏡子上戳，嘴裡唸唸有詞：「王大山你站住。王大山你站住。你在那邊需要啥，跟我說，我燒給你，你可別迷四虎孀子，她身子骨弱，經不得！」

我父親活著的時候，跟張德培就不是一路人，他們倆是正副隊長，沒少爭爭吵吵，他多少有點怕我父親，因為父親是個炮筒子脾氣，得理不饒人。張德培猜撞客，有夾帶私貨之嫌，這一點，我看得真真的。而且又是在大街上秀，更是醉翁之意不在酒。我很憤怒，說他若真有孝心，就應該把四虎奶奶送醫院去，做全面檢查。拿個臭雞蛋瞎搗鼓什麼！母親對此無動於衷，她遠遠看著張德培唸唸有詞，說他愛咋折騰咋折騰，管他幹啥。母親平和的一句話，滅了我心中的火。想起張德培的百般算計，我也懶得跟他再說什麼。

上一次見面，我跟小葵說了我要寫四虎奶奶的故事。小葵有點興奮，說：「能捎帶上我不？」我說：「如果捎帶上妳，我就用小葵這個名字，我懶得給主人公起名，麻煩。」小葵說：「沒問題，只要不用大名就行。」

小葵問我小說寫到哪兒了，我說：「寫到跟著四虎奶奶拾白薯、拾芝麻、拾棉花了……」小葵說：「拾黑豆、拾黃豆、拾花生……妳給我唸唸，我看寫得像不像。」我起身拿了筆記型電腦放到床上，用手膜開機，把那一大段文字唸給她聽。小葵失望地說：「妳沒寫全啊。有一次我們過河，四虎奶奶的小腳不敢蹚水，是我把她背過去的……還有一次，也是我背過去的……這些妳咋都沒寫上？」我說：「我寫的不是表揚稿，妳做的那些好事我用不上。」小葵說：「可妳寫了張帥買鈣片！」我說：「張帥是買了鈣片啊。他們這一家，我就覺得張帥是在憑心做事，他對四虎奶奶有感情。」小葵說：「張帥買鈣片不定是因為啥呢。」我說：「因為啥？」小葵說：「不管因為啥，他也不會啥都不因為，他是張德培的兒子，做事沒有目的，妳信？」我笑了，說：「這種陰謀論妳從哪學來的？」小葵也有點兒不好意思，掀開被子放了個屁。好響啊，像放了個小炸彈一樣。小葵鬼魅地說：「是好人妳也得把他往壞了寫，這樣妳不就報仇了？」我說：「我跟他沒仇沒恨。」小葵說：「張德培說妳挑唆四虎奶奶，這不是仇恨是啥？」

哈。要笑死我了。

小葵不滿地說：「妳吃笑藥了。」

我跟小葵交代這個小說的背景。那年大旱，窪裡沒水，水塘裡的魚都晒成了乾兒。如果窪裡有水，是會寫到涉水的故事的。我記得很清楚，四虎奶奶第一次蹚水，腳小站不住，水流一動人就倒，褲子都打溼了。後來再遇到水都是小葵背，我背不動。所以小葵有理由對我不滿意。小葵說：「我看出來了，妳也願意寫俊以。那時俊以漂亮。」我說：「我願意了嗎？」小葵說：「裡面都是俊以的事情啊。」我想了想，告訴她，我寫俊以是因為小葵那天拉痢疾，沒有跟我們去大窪。否則，這個小說裡連俊以的名字也許都不會出現。因為，故事也許會走向反面。小葵不會去歪脖樹下乘涼，也不會有關於水紅褂子的故事。

當然，如果當年把俊以換成小葵，那次大窪撿麥子的經歷也許根本就無從寫起。

小葵說：「段玉春說四虎奶奶年輕的時候偷衣服，她偷了誰的衣服？」

我說：「當年的事妳不記得了？」

小葵說：「當年的什麼事？」

我說：「四虎奶奶偷了誰的衣服不重要，重要的是她偷沒偷。」

小葵說：「她到底偷沒偷？」

我說：「妳說呢？」

小葵說：「說別人偷有可能，說四虎奶奶偷，我不信。」

我說：「我也不信。難怪這件事現在還能戳痛四虎奶奶。段玉春也是好記性，她拿這件事攻擊四虎奶奶，意欲何為？」

小葵說：「妳這樣說話，我有些聽不懂。」

我說：「段玉春不說，連我都把那個地方忘了。」

小葵說：「哪個地方？」

我說：「妳不知道，嘎拉村。」

※　※　※

嘎拉村就在大窪的邊沿上，是一個柴火垛模樣的小村莊。罕村有八個生產隊，嘎拉村卻只有兩個，我們一個生產隊有三百二十三口人，他們一個生產隊，只有五六十口人。這些是我後來聽說的。我們老少三人被嘎拉村的二十幾個勞動力圍在石頭王八待的地方，開始是好言好語，讓我們交代把衣服藏在哪裡。後來變成了惡語相向。我們的身上，包括褲腿深處都被人摸遍了，一把一把的麥子破散開，查看裡面有沒有藏衣服。開始我們誰也沒有懼怕，可時間一長，天要黑了，蚊子下來了。俊以首先哭了，她喊媽呀媽呀，快來救我啊。彷彿她媽是天兵天將一樣。她哭我也哭，我一邊哭一邊偷眼看周圍。四虎奶奶也哭了，嚶嚶的像蚊子在叫。我們開始是站著哭，後來是坐著哭。可我們的哭聲並沒有換來那些人的憐憫，他們要回家了，卻不放我們走。四虎奶奶一聲接一聲地乞求，說自己沒有兒女，要那鮮紅的衣服沒有用，帶著兩個孩子出來，家裡的大人不知道多惦記。四虎奶奶說什麼那些人都不信，大辮子姑娘說：「衣服沒藏在妳們身上，一定是被藏在地裡了。妳們明天後天再來撿麥子，順便就可以把衣服取走。」她一把薅住了四虎奶奶的頭髮，往下一摁，四虎奶奶的整張臉就朝天了。大姑娘惡狠狠地說：「妳說，是不是這樣？」大姑娘長了一個蒜頭鼻子，在地裡的時候，我覺得她很好看。這個時候，我覺得她就像吃人的狐狸精，專門欺負生人。可大姑娘的話，像一陣風在我腦子裡掠了一下。她說把衣服藏在地裡，藏在地裡，就得挖坑，就得掩埋，否則水紅的衣服在長著小玉米苗的地裡很打眼。如果掩埋得不徹底，會不會在地面開一朵花？這讓我想起俊以的驚慌，以及地上開的那朵小紅花。我剛要仔細看，俊以把那朵花碾在了腳底下。這些畫面一閃而過，並沒有在我的腦子裡做哪怕片刻的停留。我那時確實還沒有開竅，沒有能力把這些事情串起來統一思考。要過三四年以後，我才對這件事有了新的認識。我們就像戰敗的俘虜，抱著破散的麥子捆，被人簇擁著來到了嘎拉村。嘎拉村到處都是柴火垛，晚飯幾乎家家都是烙大餅的香味。我們被帶到了生產隊的場院裡，引起了更多人的圍觀。那些人說，衣服一定是中間那個老太太偷的。右邊那個有點小，一看就是個二貨。左邊那個一看就是富裕人家孩子，穿得那麼整齊，不會偷別人的衣服。俊以的罩衣是豆綠色，領子是圓的，帶一圈荷葉邊。總有人圍著她觀瞧，就像觀看一隻猴子。四虎奶奶的頭髮披散開了，她沒了眼淚，臉上都是羞赧和憔悴。俊以總是抽抽搭搭地哭，一刻也沒有停止過。我早不哭了，四處打量這個陌生的村莊以及這些陌生的人，她們叫我二貨，我知道這是罵人的話，我很委屈。那些人輪流回家去吃烙大餅，沒有人請我們吃一口飯，喝一口水。我對那個嘎拉村的人痛恨死了。晚上九十點鐘，父親和張德培以及另幾個社員來了，原來嘎拉村的人輾轉去報了信兒。父親他們費了許多唇舌，嘎拉村的人只肯放我和俊以走。他們堅定地說：「只要不找到那件水紅衣服，就堅決不放四虎奶奶回家。」我坐在父親的後車座上，俊以坐在張德培的後車座上，我們迅速離開了嘎拉村。父親路上問我有沒有拿人家的衣服，我堅定地說沒有。父親問我有沒有看見那件水紅的衣服。我的腦子裡又掠過了歪脖樹下的那朵水紅，但我堅定說沒看見衣服。

我沒有把那堆水紅和那件衣服連繫起來，即使大姑娘明確說了衣服就放在了歪脖樹下。我仍然沒能把它們連繫在一起。嘎拉村的人說得對，我那時確實是個二貨。

千辛萬苦回到了罕村，餓了一天，我覺得連屁股都給餓瘦了，讓後車座的邊稜硌到了骨頭。村頭有個人影在走溜溜，即使天黑得伸手不見五指，我還是肯定地提醒父親，這是四虎爺爺。幾個人都沒帶來四虎奶奶，四虎爺爺很氣憤，他覺得父親他們不盡心，只顧及自己的孩子。父親的火爆脾氣受不得委屈，在那裡跟四虎爺爺掰扯。父親心裡也有氣，孩子畢竟是跟四虎奶奶出去的，丟這樣大的人，很難說四虎奶奶沒有責任。他們吵他們的，我和俊以溜下了車，用最快的速度跑回了家。下一分鐘不吃飯，就有餓死的危險。這一刻，我們都把四虎奶奶忘了。

四虎奶奶是轉天被四虎爺爺趕著隊裡的馬車接來的。嘎拉村的人當然不放人，四虎爺爺把火柴點燃了，揚言要燒掉嘎拉村。

許多年以後，嘎拉村有個姑娘嫁到了罕村做媳婦，提起當年的那一幕，新媳婦還心有餘悸。她說四虎爺爺把嘎拉村的人嚇壞了。嘎拉村的人莊小人窩囊，沒見過大陣仗，從沒見過像四虎爺爺這麼難搽的人。哈，四虎爺爺在罕村，可是有名的老好人！

7

那堆水紅是水蘿蔔皮的顏色，在很多年前是四虎奶奶的噩夢，只要見到那個顏色，四虎奶奶就會打冷戰。我記得很清楚，有一次，姐姐新穿了的確良襯衣，四處去顯擺。去四虎奶奶家時，被四虎奶奶轟了出來。四虎奶奶說：「妳快走，妳快走。妳待在這裡我亂心。」姐姐不樂意地回家來抱怨，我聽見了，如同沒聽見。時過境遷以後，大窪灰濛濛的如同一片影子，沒有在我們的記憶裡留下什麼。但四虎奶奶不一樣，那一夜的難堪，浸淫了她很多年。兩個孩子都走了，場院裡只剩下了四虎奶奶一個人。他們把她用草繩綁了，扔到了麥秸垛裡，回家吃飯了。夜裡天突然有些涼了，四虎奶奶窩著身子倚緊麥秸，那麥秸被碌碡軋扁了，也是一種光滑地涼。天地萬物都靜，那些她講過的鬼怪妖魔一齊朝她擠眼。四虎奶奶不是膽小的人，那一夜卻把膽子嚇破了。她把頭使勁往麥秸深處扎，那種好聞的甜香氣息一點兒都不能挽救她。夜色越來越濃，四虎奶奶也越來越絕望。她屏住一口氣，想一下死了算了。可那口氣不由自主，自己把嘴角撐破冒了出來。嚓嚓嚓地傳來了腳步聲，四虎奶奶不敢抬頭，她怕來個紅毛綠鬼。那人說，妳還在這兒吧？四虎奶奶聽見是人聲，趕緊答應了。借著星光，看清了是一個年齡相仿的女人，摸索著給她解開了草繩。女人說：「這大窪裡有狐狸，夜裡不安生。妳去我家睡一晚吧，明天一早再到這裡來，我把妳綁了，妳同意嗎？」四虎奶奶趕緊說：「同意。」女人說：「家裡還有粥，還有烙餅，妳好歹吃一口，這一天怕是餓壞了。」四虎奶奶跟著女人深一腳淺一腳地往家裡走。女人一直也沒有問她有沒有偷衣服，彷彿四虎奶奶跟那件事一點兒不相關。

轉天天還沒亮，四虎奶奶先醒了。她摸索著出了門，找到了那片場院，把草繩披掛在身上，又扎進了麥秸垛裡。四虎奶奶想，女人是好心，咱不能連累了人家。

大辮子姑娘先來到了場院，她問四虎奶奶為啥沒逃走。四虎奶奶不像昨晚那麼可憐了，她硬氣地說：「我不是賊，我不逃走。」大辮子姑娘說：「妳不是賊是啥？那件水紅衣服到底在哪兒？我明明疊好了放在歪脖樹下，只有妳和兩個丫頭在那兒撿麥子，妳說，不是妳偷的還會是誰偷的？」四虎奶奶眼睛轉了轉，她想說也許是狐狸把衣服叼走了，狐狸可耐色呢！可歪脖樹下那一攤紅突然晃了她一下，那紅彷彿會流動，一下就把她的記憶填滿了。當時俊以在那裡乘涼，俊以在那裡乘涼！四虎奶奶一下弱了音，她仰頭看著大辮子姑娘，結巴說：「妳……妳在周圍找找，是不是有人埋起來了？」大辮子姑娘忽然尖叫著衝撞過來，撕扯著四虎奶奶說：「賊，妳個死賊！我的的確良，埋起來衣服就糟蹋了！死人才把衣服埋起來，天啊，妳這是在咒我啊！」

※　　※　　※

我去單位上了幾天班，再回來，村裡好像有點兒不一樣了。母親神祕地告訴我，俊以媽的腦子像是出問題了。她在沒人的地方撿地上的菜葉吃，還一個人唱小曲。我問唱的啥。母親說唱的《秦香蓮》。還有身段，帶比劃，差點沒把媳婦四翠氣死。我說氣死算了。母親說妳這是啥話。我問四虎奶奶咋樣。我上班的時候沒有哪天不惦記。母親說：「四虎奶奶被張德培推回來時還好好的，到家就不行了，一陣明白一陣糊塗，前幾天喊妳爸的名字，這兩天喊俊以，她都多少年沒看見俊以了，喊俊以幹啥？」

我心裡一動。段玉春挑起了她的心病，說她年輕的時候偷衣服，那件事與俊以有關。

母親說：「妳可別多事。她都那麼老了，也該糊塗了。」

我說：「她不糊塗，當年的事還在她心裡窩著，留著引信。段玉春一點著，大概就爆炸了。爆炸的結果是，她把自己炸糊塗了。」

我問母親：「當年她被嘎拉村扣下的事您還記得嗎？」

母親說：「咋不記得。她被妳四虎爺爺接回來，頭上扣著大草帽，一整天不出屋。轉天晚飯以後來咱家，就靠門框站著，讓她坐也不坐。咱家人正在炕上吃飯，她對妳爸說，隊長，那件衣服不是我偷的。妳爸不以為然，說我原本也不相信妳會偷衣服。那個嘎拉村指甲蓋大，他們的東西值得咱偷？偷那是高抬他們！她臉上落了淚，扭身就走了。」

我說：「我咋不知道這一幕。」

母親說：「妳是睡著了還是找小葵玩去了，我忘了……對了，她還帶來了五個粽子，妳記得吃粽子的事嗎？」

當然記得！我立刻興奮了，那是我第一次吃粽子啊！真沒想到世界上還有那麼好吃的食物，黏黏的，糯糯的，又香又甜。棗子沒有核，我第一次知道，這個世界上，還有不長核的棗！葦葉煮熟的味道非常好聞，那簡直是天底下最好吃的美味！

我吃了粽子就去找四虎奶奶，問這樣好吃的東西是怎麼來的。潛意識裡，我其實沒吃夠，還想看看四虎奶奶那裡有沒有。四虎奶奶說，粽子是四虎爺爺撿的。就是從嘎拉村接四虎奶奶回來的路上，駕轅的馬不走了，低下頭，撕扯一個布兜。四虎爺爺從車轅上跳下來，才發現布兜裡有六個粽子。他拿起來給四虎奶奶看，說咱撿著？四虎奶奶說，就怕是美帝從飛機上扔下的，裡面有毒藥。四虎爺爺說，也是。這麼金貴的東西也有人丟，分明是故意的。四虎爺爺站在那兒，抱著鞭子低頭瞅粽子，躊躇了好一會兒，到底沒捨得丟下，他馬馬虎虎地把布兜扔進了車廂裡，就在四虎奶奶的腳邊。到了晚上，四虎爺爺又想起粽子的事，回隊裡取來了布兜。他們小心地剝開了一個粽子，先聞味，再用舌尖嘗，再用涼水沖洗，沒發現異常，滿屋子都是粽子的香味，四虎奶奶咽了口唾沫。四虎爺爺說：「咋辦呢？是妳嘗還是我嘗？」四虎奶奶說：「你工分掙得多，還是我嘗吧。」四虎爺爺說：「也好，但別現在嘗，咱說會兒話。」他們倆從八點說到十點，感覺沒說夠，又說到十一點。四虎奶奶的眼睛打軋板兒了。四虎奶奶說：「我嘗了啊！」四虎爺爺說：「再等等，我想想還有沒有別的話。」沒想出來，四虎奶奶把一個粽子已經吃完了，和衣而臥。這一夜，四虎爺爺根本沒睡覺，他就在旁邊瞅著四虎奶奶，手邊預備了舊棉絮，防止四虎奶奶七竅流血。隔一會兒就趴在四虎奶奶的鼻尖上，看她有沒有呼吸。四虎奶奶這一夜睡得很沉，早上一睜眼，見四虎爺爺大蝦一樣垂著腿在炕沿上坐著。四虎奶奶一骨碌爬了起來，說：「粽子沒毒！」

四虎奶奶讓四虎爺爺也吃一個。四虎爺爺看了看，沒捨得。他說他不喜歡吃黏米，黏牙，還是留著她慢慢吃吧。晚上四虎奶奶就把粽子拿到了我們家，我們家正好五口人。

往事像珠鏈串成了串，越來越清晰。我給小葵打電話，我說：「妳來罕村吧。」

小葵問我有啥事，我說妳來了我再告訴妳。小葵問：「妳小說寫到哪兒了？」我說：「四虎奶奶糊塗了。」小葵說：「她到底年紀大了，不經折騰了。」我說：「我想去找俊以，妳跟我一起去吧。」

小葵答應了。小葵說：「我不見俊以也很多年了，當年人家的命多好啊！」

※　　※　　※

俊以結婚的時候，我買了條大床單當賀禮，花了二十三塊錢。我結婚的時候，曾寄希望於俊以回個禮，但我的希望落了空。那時我們都剛高中畢業，高考沒上線，俊以因為大了三歲，每天都出去相親。那時剛推行土地承包，把俊以嚇壞了。她幹不了莊稼活兒，不止一次被莊稼活兒嚇哭。所以她嫁人的條件是，弟兄一個（怕受妯娌欺凌），公婆身體好（能給她下地幹活），丈夫會手藝（能掙錢）。她幹啥呢？生孩子。俊以急匆匆地結了婚，一連生了六個女孩，送給人家三個，想要的兒子一直沒有蹤影。俊以因為這個也自卑，在家裡也沒地位，彷彿生不出兒子都是她的罪過。

小葵告訴我，俊以從打結婚也沒順當過。結婚第一年，公爹死了。第二年，婆婆死了。男人雖然會木工手藝，可手藝人很快就不吃香了。男人在外幹啥啥不行，但就是能把俊以管得死死的。俊以年輕的時候回一次娘家哭一場，那時她爸還活著，無奈地看著俊以和母親抱頭痛哭。這個國務院的電工，能跟天安門合影，卻幫不了自己的女兒。後來俊以就很久不住娘家了，嬸子想她，就走十幾里路去看她。她騎車把老娘送到村頭，連家門都不進。

我說：「她這是幹什麼。」

小葵說：「日子不如人，她大概也自卑。」

我嘆了一口氣，當年心高氣傲的俊以啊！

8

那個村莊名叫馬家港，離罕村有十五里。俊以結婚的時候小葵曾來過一次，多少有些印象。屋前有座坑塘，院門朝西開。我們把車停在坑塘邊，沿著一條小路走了過去。小葵對那座房子還有印象，是新蓋的，沒留後窗。當時就奇怪，農村的房子，哪有不留後窗的人家啊！我問有啥講究，小葵說礙著風水。我說：「我怎麼沒聽說過？」小葵說：「俊以多半輩子都不順，能說與這個無關？」我嘆息了一聲，說：「這誰知道。若是有後窗就有風水，那就多留幾個，讓風水大風一樣朝裡灌。」小葵說：「多留一個都是錯，妳還多留幾個？」

還是那座老房子，屋脊都有些凹陷了。小葵對我說：「這就是沒有兒子，若是有兒子，屋子早翻修了。」按說我也應該叫俊以姐，因為打小就沒叫過，所以叫不出來。但管她丈夫叫姐夫，必須的。小葵先叫，我後叫。姐夫看上去是個老實人，個子不高，有些謝頂。顴骨有兩塊赤紅，一直發散到了眼角。他有些不知所措，想去倒水，卻把茶杯碰翻了。俊以看到我們有些激動，她面容不顯老，眉眼還是那麼俊俏，頭髮還很濃密，但花白了。她眼神撲閃，問我們怎麼想起來她家。按事先商量好的，我說出來逛風景，逛著逛著就走到這莊上來了。房間裡的陳設很簡單，一個大衣櫃，一個高低櫃，上面放一臺老式的電視機，帶旋轉按鈕。衣櫃橘色的油漆都脫色了，大概還是結婚時哪位木匠師傅打的。見我盯著那些物件看，俊以努力板著語氣說：「家裡窮，讓妳笑話了。」

「妳說哪兒去了。」我笑了一下。

俊以說：「妳和小葵都是有手藝的人。妳會寫小說，小葵會做帳，就我是廢物點心一個，幾十年過成現在這個樣子。」

俊以慢聲細語說話，聽不出結巴了。

小葵響聲說：「這個樣子有啥不好？我們在城裡也累著呢！現在大家都往鄉下跑，鄉下又吃香了。」

姐夫坐在屋角，有些局促地說：「要我說城裡沒有鄉下好。買一把蔥要錢，買幾頭蒜要錢，吃水花錢，上廁所要錢，掙得少根本生活不好。城裡的空氣還不行，霧霾比鄉下嚴重，得癌的機會就多。」

「對。」我表示贊同。

俊以說：「妳，妳們，掙得還多呢！」

姐夫不滿地白了她一眼，俊以立時閉上了嘴巴。

小葵伸著脖子看窗外，問姐夫園子裡都種了啥。不等姐夫回答，她招了下手，姐夫跟她出去了。我一下鬆弛了，說：「俊以，妳這個村子好難找啊！」

俊以說：「村子不傍著柏油路，所以出行也困難。」我說：「這個村好小，跟嘎拉村差不多大。」俊以問：「哪個嘎拉村？」我湊近了俊以坐，握住了她的手，她的手很糙，握在手裡像一柄小木銼，但難掩當年十指尖尖的俊俏，每一枚指甲都是朵指甲，不像小葵，兩手王八蓋。當年俊以一雙好看的手，曾經讓我們多麼自卑啊！時不我待，我趕緊說：「俊以，妳還記得當年嗎？我們跟四虎奶奶去大窪拾麥子，被嘎拉村的人扣下了。」俊以怔了一下，抽出了手，理了理頭髮，說：「那麼遠的事，誰還記得。」我說：「我也忘了，可段玉春說四虎奶奶偷衣服，把四虎奶奶氣糊塗了。」我觀察著俊以，俊以果然有點兒不自在。她起身給我添了水，說：「在家裡吃飯吧。」

我說：「俊以，跟我回趟罕村吧。」

俊以警覺起來：「我……我回罕村幹啥？」

我說：「當年妳在歪脖樹下乘涼，那件水紅的衣服是不是跟妳在一起？」

俊以無辜地看著我：「說什麼水紅衣服？」

我說：「後來妳離開了歪脖樹，我以為妳去解手了……我走過去時，旁邊剛好有一朵小紅花，被妳踩在腳底下。」

俊以說：「什麼小紅花？」

我說：「妳好好想想。」

俊以說：「我想不起來。」

我說：「那朵小紅花是水紅衣服的衣角。」

俊以直視著我，有些氣惱地說：「妳……妳說這些是什麼意思！」

我說：「衣服是妳埋起來的吧？」

俊以的臉漲紅了說：「妳……妳以為是我偷了衣服？」

我說：「妳把衣服埋起來肯定是因為好玩，臨走卻忘了把衣服扒出來放回原處，才讓那些人拎著鋤頭追我們，然後，把四虎奶奶扣在那個嘎拉村一宿。」

俊以看似輕描淡寫地說：「有這樣的事？我忘了。」

我說：「小時候的事都是鬧著玩，咱去四虎奶奶跟前說一聲吧。她一百歲了，還有人說她偷衣服，她承受不起了！」

俊以說：「這……這跟我有啥關係。」

我說：「俊以，俊以。」

俊以說：「妳甭喊我。」

我說：「四虎奶奶總喊妳的名字。」

俊以嘴皮子忽然變得流利，她提高聲音說：「她不會喊我。我都多少年沒見她了，她早把我忘了！我跟她不親不近，她喊我幹啥！」

我說：「俊以，我沒騙妳。」

俊以說：「妳說的話我不懂，誰懂妳跟誰去說！妳們都是掙工資的人，我跟妳們耗不起。我地裡還有活，妳們要不在家裡吃飯，我就不留妳們了。」說完，扭身去了另一間屋子。

※　　　　※　　　　※

我和小葵一路都沒有說話。這個結局有點兒出乎我們的意料。原本，我們想把俊以拉回來，然後還可以跟她一起去看嬸子。讓俊以認一個小時候的錯，有這麼困難嗎？事實是，有。我從屋裡出來，小葵正在跟姐夫吵嘴。小葵想給俊以請假，帶她回家，說嬸子有點兒不好。姐夫硬邦邦地一句話：「家裡離不開人。」小葵環視著院子說：「啥離不開俊以？」姐夫說：「家離不開她。」小葵說：「有啥離不開的，家裡又沒有吃奶的孩子。」姐夫高聲說：「我就離不開她，妳這是轉著彎兒罵我吧！」

小葵狠狠說了句：「有病！」

我拉著小葵走出了院子，姐夫冷眼看著我們，站在那裡沒動。

上了鄉村公路，路上很安靜，路兩邊長著整齊的毛白楊，呼呼地從我們的車窗前掠過。不說話，但腦子一刻也沒清閒，我就是有點兒不甘心。指望不上俊以，那就不指望。寫小說的人，腦子裡多的是戲劇元素。這條路走不通，那就換一條路走，活人哪能讓尿憋死！

來到罕村橋頭，我一腳踩了煞車，我問小葵：「想當主角不？」小葵興奮地說：「想！」

我詳細說了打算。因為住得遠，四虎奶奶已經很多年沒有見到小葵了。我讓小葵使勁想，最後一次見到四虎奶奶是啥時候。小葵歪著腦袋琢磨半天，說：「怎麼也有五六七八……年了。」我說：「到底是當會計的，滿嘴都是數目字。」小葵得意地笑，說有一次來看嬸子，四虎奶奶跟一群老人靠牆根兒坐著，她從那裡過，只是隨口打了個招呼。我說：「小葵，眼下四虎奶奶一會兒清楚一會兒糊塗。」小葵說：「是清楚好還是糊塗好？」我說：「有時候清楚好，有時候糊塗好！」

我把車停在家門口，跟小葵走進了四虎奶奶家的院子。大院子有些蕭條和荒涼，一些生氣似乎都被四虎奶奶帶走了。二娘和三嬸子正好從堂屋出來，我問：「四虎奶奶怎麼樣？」二娘說：「半天沒睜眉眼，怕是熬不過去了。」三嬸子有些激憤，壓低聲音說：「多硬朗的一個人，被那個女人打敗了！四虎奶奶就是想看花，她是生著法兒地不讓看成，她就是沒好心！」三嬸子指點著張德培家的院子，一副咬牙切齒的模樣。高高的院牆是紅磚壘砌的，把這邊隔開了一個世界。要說紅磚沒有正反面，可在我眼裡，它們統統都排著隊朝向張家，一副嫌貧愛富的嘴臉，看著特別堵心。二娘說：「妳們快去看看吧，好好開導開導她，她也許聽妳們的。」

我和小葵匆匆跑進了屋去，見四虎奶奶頭朝裡側臥，枕了一只老虎枕頭，蓋著一條花線毯，身量小得就像個嬰兒，眉頭緊皺著，皮膚乾澀得似乎失了所有的水分。

那個愛美的四虎奶奶，在風中凌亂。

我和小葵對了一下眼神，一人站在一邊，靠在了炕沿上。四虎奶奶被段玉春打敗了，打敗她的其實是那段歷史。沒人在乎那段往事，是四虎奶奶自己糾結了，否則她不會喊我父親和俊以的名字。我是這樣想的。歲月似乎成了一眼井，走得越遠，陷得越深。她看得淡眼前所有的事，可卻無法看淡過去，即使已經風燭殘年，那事關榮譽的一幕仍讓她無法釋懷。

她閉著眼睛就把世界關在了窗外，她陷在了混沌裡。應該有人給她安一扇窗，讓她的心房透亮。

我是這樣想的。

我請小葵跟我演個對手戲。小葵問我：「這樣能行嗎？觀眾只有四虎奶奶一個人？」

我也拿不準，可眼下又有什麼辦法呢？

我喊了聲四虎奶奶，她扯起眉毛動了動，但沒有睜開眼睛。也許是因為眼皮太沉，也許只是為了回應我的呼喚。她似乎使了很大的勁，也沒能把眼睛扒開一條縫。我快速說:「我是雲丫。您知道誰來看您了嗎?俊以來了。」四虎奶奶突然轉了一下頭,似乎想看清楚俊以在哪裡。小葵趕忙說:「四虎奶奶,我來向您道歉了。」我說:「妳道啥歉?」小葵說:「當年跟您和雲丫去大窪裡撿麥子,我在歪脖樹下乘涼,看見一件水紅衣服疊得整整齊齊放在那兒,我淘氣,挖個坑把它埋了。我原本想臨走的時候給它扒出來,再放回去,可卻忘了。後來被人拎著鋤頭追趕,我害怕,沒敢說出來。後來她們把您扣在嘎拉村,說您偷了衣服。我知道衣服不是您偷的,可我覺得您是大人,有事情就應該替我們扛著。這件事我後悔了一陣子,後來就忘了。我那時不敢承認這件事,是因為膽子小,怕挨打。我第一次跟您出去拾麥子就出了這種事,說出來我怕丟人。」

小葵背書一樣把所有的話都說了出來,然後撐住炕沿看四虎奶奶的反應。

我說:「俊以,我看見妳埋衣服了,但當時沒意識到,還以為妳蹲著拉屎呢。」

小葵說:「我當時還真想在上面拉泡屎。那件紅衣服太搶眼,我太喜歡了。」

我說:「妳沒想偷回家來自己穿?」

小葵說:「咋沒想,可顏色那樣鮮亮,沒處藏啊!」

四虎奶奶突然長長地抽噎了一下,眼角滾出了淚。我用手指抹了去,對小葵說:「俊以別說了,四虎奶奶都知道。回頭我們去找段玉春,看她以後再胡唚。」

四虎奶奶伸手抓住了我的衣角。

9

你不知道百歲老人的內心是怎樣的一種曲折。我知道，我和小葵都知道。就像穿越了長長的黑暗，四虎奶奶終於把眼睛睜開了，丟掉的魂魄慢慢聚攏了。彷彿那些魂魄就發散在空中，主人一召喚，就搧動著翅膀回來了。我想把她扶起來，四虎奶奶卻翻身自己下了炕。她彷彿才看見我們，問：「妳們啥時來的？」輪到我和小葵錯愕了。我們幾乎一起說：「才來。」四虎奶奶自己去了趟茅房，茅房在前院，是黃泥築成的，我和小葵等在外面，都有些不知道說什麼。四虎奶奶行動自如，走起路來一點兒障礙也沒有。茅房的形狀就像一個「6」字，四虎奶奶剛拐進彎，小葵就迫不及待地想說什麼，我噓了一聲。

那顆小小的頭顱相跟著蹲下身去，我和小葵把腦袋湊到了一起。我們都無法掩飾臉上的笑意，就像撞破了一個巨大的隱祕，那個得意和開心啊！小葵小聲說：「難道是裝的？」我知道小葵是指四虎奶奶栽的那兩個跟頭。如果第二次從車上栽下來沒大礙，那第一個屁股墩難道也沒栽壞尾巴骨？那她坐車去看花又是怎麼回事？來不及分析，四虎奶奶從茅房裡出來了。她邊走邊四下裡查看，說：「曲麻菜出來了，這裡那裡都是。我記得雲丫小時候愛吃，採一些拿到城裡吧。」我說：「我下次來再採，等它長大一些。」小葵說：「四虎奶奶就惦記雲丫不惦記我。」四虎奶奶看了她一眼，說：「小葵打小就不喜歡吃，妳以為我忘了？」說得我心裡一緊。我預備她下一句問俊以哪兒去了，可她沒問。小葵說：「現在城裡人都喜歡吃曲麻菜，四虎奶奶，我也是城裡人呢！」

四虎奶奶說：「妳沒雲丫有出息。人家是自己進的城，妳是姑爺帶進去的。」

我們爆笑。可不是，小葵嫁了個軍人，隨軍改變了農民身分。

四虎奶奶用手胡嚕一下頭髮，又聞了聞手，說：「幾天沒洗澡，身上有味了。熏著妳們了吧？」

我留意了一下大缸，那裡的水還滿滿的。

我問四虎奶奶咋洗澡，又沒有太陽能。四虎奶奶指了指屋簷下的各種塑料盆，大的小的，紅的綠的，一共五個。我說我們幫您洗澡，四虎奶奶急忙擺手說：「不行不行。我能洗，我總是一個人洗。」

我們悄悄退出了那所宅院。走到街上，兩個人就笑瘋了。

※　　※　　※

也許是因為春天是個好季節，就像四虎奶奶說的，四月很美；也許因為生命力太頑強；也許我和小葵的雙簧起了某些作用，四虎奶奶穿戴乾淨，收拾俐落出門了。她走出來那天，就像電影明星一樣，整條街的人都朝她聚攏。她仰著小小的頭顱，瞇起眼睛看了這個看那個，眼前似乎都是陌生人。她甚至問滿多「你是誰」，讓滿多很傷心。大家歡欣鼓舞，只有張德培家大門緊閉。段玉春說：「他們全家都讓四虎奶奶騙了，她從前是裝的，現在還是裝的。裝著摔壞了尾巴骨，讓她推著車去看花。裝著不認識人，其實心裡明鏡兒似的。」段玉春的話，讓大家更歡樂了。他們都能讓四虎奶奶騙，沒有比這更開心的了。小葵打電話當作新聞告訴我，她又回罕村了。原來嬸子去世了。四翠一整天沒見到婆婆，四下裡去尋找，在大堤下的一個柴火垛裡找到了。也有人說，嬸子從昨晚就睡在那裡，只是四翠一家都沒有發現。我問：「俊以有沒有回去？」小葵說：「俊以回去磕了個頭，沒等出殯就回家了。」我問：「為啥走得那樣急？」小葵說：「那天正是穀雨，俊以要在穀雨種葵花。據說那天種的葵花高產。」我說：「可惡，俊以啥時變得這麼冷血了。」小葵說：「她啥時血熱過？」

小葵告訴我，有一次，小葵用自行車馱著她去鎮上玩，俊以把腳塞進了車軲轆，腳後跟碾壞了一層皮。俊以抱著腳坐在大街上哭，說我的鞋啊！我寧願把腳碾壞了也不願意把鞋碾壞了。腳碾壞了可以長，鞋碾壞了長不上啊！

小葵學得惟妙惟肖，她說俊以哭的時候一點兒不結巴。

說起四虎奶奶，我們又是哈哈一通笑。小葵說：「我難得同意段玉春，但這回真要同意她了。四虎奶奶是裝的。只是為什麼要裝，讓人想不明白。」

我想了想，說：「能不能這樣理解，她年齡最大，是村裡的老人領袖。這樣地位的人必須人格完美，容不得自己有瑕疵，哪怕這種完美是塑造出來的。」

我又說：「哪怕自己以為在別人眼裡有瑕疵，也會覺得沒臉見人。」

小葵說：「虛榮心。」

我說：「好像還不準確。」

小葵說：「要我說，她就是想拾掇人，然後一步一步給自己找臺階下。我冒充俊以是個臺階，她假裝認不出滿多，還是在找臺階。段玉春說得對，她就是一直在裝。」

我說：「她那麼想看花，會在這個季節裝摔傷？」

小葵說：「這個季節才對啊！她想用這件事綁架張德培夫婦，證明自己重要，或者，告訴大家她當初沒有選錯人……總而言之，那顆跳了一百年的老心臟，誰能猜得透呢！」

小葵沒有自圓其說。我說：「她那個小小的腦袋瓜，即便是年輕的時候，也不會有這樣多的智慧。」

小葵說：「狐狸老了都成精，妳以為人不會？」

我認同。是啊，她又知道那麼多民間傳說，她非常有可能從中吸取營養。

小葵說：「再告訴妳一件事妳可寫進小說裡。」

「妳說。」

「四虎奶奶又去看花了。」

「還有花？」

「我哥哥果園裡的梨樹開花了，二娘和三嬸找到我哥，說讓四虎奶奶來看花。我哥找了個雙輪車，把四虎奶奶推了出來。」

「哦！」

「四虎奶奶身後跟著很多人。這一條街的男女老少來了不老少。」

「哦！」

「四虎奶奶很高興，她在樹林裡看花的樣子就像個小姑娘。」

「滿多真是好樣的！」

「還有一件大事呢。」

「快說。」

「張帥要在四月末給四虎奶奶做百年大壽。四虎奶奶從沒過過生日，今年卻要過百年大壽。妳吃驚吧？」

「明年才是百年啊！」

「張帥說，就今年過，而且，就在四月過。」

「四虎奶奶是六月生日。」

「就在四月過！他們已經開始著手準備了，廚師都請好了！」

「還要請廚師？真是太意外了！」我開玩笑說，「沒想到張帥人品這樣好，這回妳該不反對我把他寫成好人了吧？」

10

我和小葵從來沒有這麼緊密聯繫過，幾乎每天晚上都通個電話，把自己知道的消息告訴對方。張德培夫婦利用一天的時間把四虎奶奶的院子打掃得乾乾淨淨，禮儀公司甚至紮起了大氣球。大紅燈籠掛在了門口，上寫「百歲老人，生日快樂」。我們猜測張德培夫婦這次巨大的轉變，肯定是源於兒子。張帥在省城的大機關當副處長，他說什麼，他們聽。

無論怎樣說，給四虎奶奶慶生，是全罕村的大事，值得所有人關注。

廚師率領班子進場地了。砌高灶，搭平臺。在紅磚牆上鑽個洞，從張德培的院子裡接通了自來水管，盤碗桌椅各就各位。小葵一驚一乍地說：「妳知道他們準備了多少席面嗎？五桌啊五桌！」小葵掰著指頭從東往西數，小月家、二昆家、有福家、匯文家、長樂家，都有幾口人。五張桌子，即便每桌坐八人，也能坐四十人。小葵有些不好意思地說：「雲丫，妳說張家會請我們嗎？萬一請了可咋辦，萬一不請可咋辦？我都要愁死了。」

我說：「妳有空回去？」

小葵說：「妳沒空？」

我說：「德培叔不歡迎我。」

小葵說：「管他！四虎奶奶歡迎就成。」

我還是有些猶豫。在這方面，我沒小葵放得開。面子就是自己的臉，長成啥樣其實礙不著別人，可就是自己在乎。打心眼裡說，我不願意見張德培這個人。

不管三七二十一，小葵提前住到娘家去了。她晚上給我打電話，說：「妳麻煩真多，不參加四虎奶奶的壽誕，除非妳小說不寫這一折。反正妳別指望我告訴妳，這回打死我也不說。」

※　　※　　※

我其實每晚都給母親打電話，德培叔請您了嗎？母親說，還沒。後來說，沒有啊。再後來，說鄰居住著還等人家請？到時自己過去就是了。

正日子到了，我一早就把電話打了回去，聽得出，家裡嘈雜，不只母親一個人。我說，這回德培叔總該請了吧？母親爽利地說，不請也去。嬸子大娘都是看著張帥長大的，吃他一頓也應該。

我問家裡還有誰。母親說：「二娘、三嬸，都在這裡候著呢。」我笑著說：「可真夠早的，妳們是不是開會了，在會上達成了共識？」

母親說：「還真是這樣。一個人去，肯定不好意思。大家一起去，就是給張德培長臉了。預備了那麼多桌沒人去吃，妳德培叔會難堪。」

放下電話，我卻覺出了蹊蹺。德培叔是一個特別會辦事的人，而且能把好事辦得圓滿超值。給四虎奶奶祝壽，他應該提前很多天下通知，路上碰見不算，要敲這一條街人家的門，鄭重其事地請，連小孩子都不放過。這才像張德培的為人。

難道他真的在等大家不請自來？他葫蘆裡到底賣的是什麼藥？

不管賣什麼藥，我都有點兒坐不住。就像一個巨大的謎面，裡面的謎底足夠誘人。何況我還想看一眼老壽星，虛一歲也是百歲了。這樣的場景也是經年不遇，罕村兩千多口人，也只有四虎奶奶能活這麼久。

心動不如行動，雜七雜八的東西開始往包裡塞。車上了馬路就開始飛，其實是我的心在飛。路上接到了小葵的電話，小葵說：「嘿嘿，什麼情況妳準猜不到，我就是不告訴妳。」她不告訴我，我也不告訴她。我悄悄地進村，打槍地不要。

街筒子裡都是車。放眼望去，各種閃著金光的車都比我的車高檔，一直堵到我家門前了。我只得把車停在最後，跟前面的那些車組成了一支車隊。我狐疑地往家跟前走，看熱鬧的人很多，居然有員警在維持秩序。再一細觀瞧，還有人扛著攝像機。

鑽來鑽去的都是左鄰右舍的孩子。掃一眼才發現，母親沒有在人群裡，三嬸和二娘也沒在人群裡，只有滿多在邊角處站著，倚著牆，伸著脖子在看。四虎奶奶家的院子裡熱氣蒸騰，往來穿梭的都是生面孔，他們穿著洋氣、舉止優雅，在這片土地上行走，就像羊群裡的駱駝一樣。沒有看見四虎奶奶，我索然無味，先回了家。母親又在擇小蔥。她說：「小葵剛走，妳就來了。妳幹啥不跟她約好一起來？」

我笑了笑，找個板凳坐下，跟她一起擇蔥。外面有音樂的聲音傳了過來，母親說了句：「吵死了。」

我認真地掐去了黃色的蔥葉和根鬚，小心地看了母親一眼，說：「張家原本就沒打罕村人的牌，是我們自作多情了。」

母親說：「誰想到他們會來這一齣，讓不親不近的外人來做生日，他們圖什麼？」

我說：「張帥也許有他的想法。」

母親說：「對，張帥是來拍電影的，有人扛著機器麼。這回四虎奶奶要上電視了。」

我不想談這個。張帥不是在拍電影，四虎奶奶也未必能上電視。這些我懶得說，我把擇好的小蔥戳齊，說：「我們吃蔥花餅？」

母親說：「吃蔥花餅。」

我給小葵打電話，邀請她過來一起吃。母親做的蔥花餅是一絕，外焦裡嫩，香飄一條街。小葵抱怨我電話打得晚，她已經在回城的路上了。「張家又出么蛾子，這樣的慶生宴請我也不去。妳去嗎？」我沒有回答她，因為張家不會請我。小葵又說：「這對妳寫小說倒是有好處，誰會想到這麼個結局。誰都沒想到。」我心說，這算什麼結局，不過是張帥心血來潮，帶領同事回家踏青，順便給四虎奶奶過生日，頂多顯擺一下自己給百歲老人買鈣片。這都沒什麼。母親做飯，我說出去看看。母親說：「有啥好看的，妳別往跟前湊，大家對張家都憋著火呢。」我說：「也不知四虎奶奶今天高不高興。」母親嘆了一口氣，說：「哪由得了她。」我說：「不知張帥為啥選擇今天祝壽，四虎奶奶的生日還有兩個月呢。」母親說：「還能為啥，四虎奶奶鬧了兩次懸兒，他們害怕了。」我心裡咯噔了一下，是誰等不及了？

張德培從自家院子裡挑著水桶出來了，滿滿的兩桶水，悠悠地晃進了四虎奶奶家。攝像機在身後一路尾隨，鏡頭忽高忽低。有人攙扶著四虎奶奶從堂屋走了出來，就像演戲一樣，四虎奶奶穿了件大紅的唐裝，頭上戴頂紅帽子，臉也映得紅彤彤。她讓過張德培，坐在了氣球下擺著的一張椅子上。張帥抱著一束花，拿著一個紙盒子匆匆走了過來，像剛剛見面一樣，響亮地說：「奶奶生日快樂。我又給您買鈣片了！」

周圍的人熱烈鼓掌，四虎奶奶卻像個不諳世事的孩子，東瞅西望。

女主持手拿話筒走了過去，躬著腰背在四虎奶奶的面前。「奶奶，今天您的孫子給妳做百年大壽，您高興嗎？」

四虎奶奶茫然地點頭，說：「高興。」

又問：「這些鈣片好吃嗎？」

四虎奶奶點頭說：「好吃。」

又問：「孫子買鈣片有多少年了？」

四虎奶奶眼神望著別處，似乎在看什麼，又似乎沒有什麼能夠入眼。她的額頭在冒涼氣，與焦躁的空氣形成了對峙，彼此都不妥協。女主持又重複地問了一遍，四虎奶奶突然從椅子上站起身，推掉鮮花和紙盒，不耐煩地說：「妳是誰？你們來幹啥？」

女主持有些無奈，說：「我們來給您祝壽。」

張帥趕緊把四虎奶奶又摁進了椅子，說：「您再坐一會兒，一會兒就完了。」張帥的深色西服口袋插一朵紅花，他彎腰的時候，紅花掉了下來，被旁邊的一位女士撿起來，又插了進去。

張帥說：「謝謝處長。」

處長是一個端莊得有些過分的人，一直拔著身板，在人群中顯得與眾不同。攝影師在身後，此刻她彎腰對四虎奶奶說：「老太太，我們這麼老遠來給妳過生日，妳高興才對。張帥一家跟妳非親非故，卻義務照顧妳二十九年，自己的兒女都未必做得到。妳的身體為啥這麼好，吃掉的鈣片得有一籮筐了吧？那都是張帥用工資買的。妳就耐些性子再配合一下，回頭張帥還給妳買鈣片，否則就不買了！」

四虎奶奶忽然尖聲說：「我要上茅房！」

11

實在不忍心這樣寫，但事情就是這樣。小葵的哥哥滿多是個有心人，吃完晚飯以後，他轉到北街來了。白天祝壽的一幕，在他眼裡就是鬧劇，雖然來的都是體面人，可他們在省城體面，滿多不尿他們。滿多是十畝果園的園主，家裡有一輛大客車跑長途，還有一輛小汽車和一臺拖拉機，拉貨物帶旋地，條件一點兒都不比這些城裡人差。那些人的驕矜、虛飾和誇張都在滿多的眼睛裡，滿多一直倚著牆頭站在邊角處，眼睛比攝像機還好使。張帥曾經拉他入席，使出了吃奶的勁兒，滿多紋絲不動。他在這個角度，看不到四虎奶奶的臉，但能看到她的半個肩膀，大紅的稠面衣服，反著太陽的光。有那麼一瞬間，滿多看到了四虎爺爺，裹著寬襠棉褲從堂屋走了出來，嘴裡噙著長桿菸袋。滿多喜歡跟四虎爺爺聊天，幾乎每個晚上都來串門。四虎爺爺在炭火盆烤黃豆和豌豆，砰地爆一下，砰地又爆一下，滿多吃得嘴頭都是黑的。他從沒想到過四虎爺爺想讓他養老送終，因為窮，因為家裡房少兄弟多，他果斷回絕。這裡面有多少羞恥心多少自尊多少後悔，許多年後他仍在咀嚼。他在四虎奶奶的門前站了片刻，輕輕推開，院子裡被暮色籠罩了，但那片狼藉依然刺眼。

四虎奶奶還在院子裡的一把椅子上坐著，垂著頭，佝僂著身子，帽子落在了臉上，像是睡著了。滿多喊了兩聲，四虎奶奶沒動靜。他掀開帽子，見四虎奶奶雙目緊閉。用手去摸額頭，人像冰一樣冷。這一驚非同小可，他身上所有的汗毛都直豎起來。但他沒言聲，把院門按原樣帶好，匆忙離去。

百歲老人的死不比尋常，村裡成立了治喪委員會，書記趙海青是主任，他還有另一個身分，是滿多的連襟。扯白布，買紙錢，打幡抱罐，都是滿多一人承擔。其餘的零碎活，則由小組成員分擔。滿多戴著高高的孝帽裡出外進，淚水幾乎把鼻子沖掉了。罕村人從不知道滿多還是一個那麼愛流淚的人，他在自己的果園造了一方墓穴，把四虎奶奶囫圇個地埋掉了。

這一點，誰都辦不到。國家提倡火葬，不火葬就裝棺入殮不允許。村裡人說，滿多辦了件大好事。

滿多對眾人說，四虎奶奶愛看花，這樣到了來年四月，就不用再求人了。他的果樹園子有梨花、蘋果花、山楂花，一茬接一茬，讓四虎奶奶看個夠。大家都知道他是在影射段玉春，四虎奶奶摔的那一跤，表面無大礙，可有沒有腦震盪，有沒有傷著五臟六腑？誰知道呢！

滿多忙碌的時候，張德培和段玉春成了局外人，羞愧和悔恨幾乎要了他們的命。那樣多的活計，他們哪樣也插不上手，所有人都對他們板著面孔，彷彿是他們謀害了四虎奶奶一樣。他們暗暗抱怨兒子張帥，非要搞這樣一個祝壽活動。張帥跟著同事回了省城，任務完成得很圓滿，張帥很高興。時下公款吃飯卡得緊，他們變通了一下，從省城買了半成品，到鄉下來加工，既讓大家飽了口福，又成功地舉辦了一次傳統教育活動。這些內容，要燒錄光碟成為學習資料。張帥的命運，是喜劇的命運。當年他曾經非常想住四虎奶奶的房，因為那才是屬於他的家。但四虎奶奶一天健在，這房就不屬於他。眼看「屬於」無望，他才發憤讀書。他買來鈣片放到辦公桌上，卻有意忽略了房子這個道具。他只說鄰家的孤寡老人，愛吃他買的鈣片，自己吃，還偷偷送給村裡別的老人。而自己的父親，已經給這位芳齡挑了二十九年水。這樣一個故事，變成了單純的助人為樂，很能打動人。

張德培和段玉春累成了兩攤泥，客人走了，他們開始呼呼大睡。等他們知道消息，四虎奶奶收拾停當，已經躺在門板上了。紙錢滿天飛，有關他們的評議也像紙錢一樣飛舞。雕花的棺木被放進了棺罩，被拖拉機突突拉進了墓地。街上一下就空了，像亙古的蠻荒一樣，整個世界上都荒無人煙了。張德培戰戰兢兢地在街上走了一個來回，太陽很大，他卻冷汗淋漓。他非常想哭一場。這場葬禮原本他應該是主角。就像一個很孬的接力手，接力棒傳錯了方向，把到手的勝利果實拱手送人。走到四虎奶奶的門前，他吃驚地發現，那兩扇木門上落了好大一把銅鎖，他進不去了。

頭天祝壽轉天喪葬，很多人都不願意接受這個現實。四虎奶奶到底是怎麼死的，成了人們最大的猜想。滿多無疑最有發言權。他說四虎奶奶是氣死的。有什麼根據呢，因為四虎奶奶的嘴角有一抹血跡，那血甚至噴到了帽子上！滿多沒有讓那頂帽子陪伴四虎奶奶，他作為證據藏了起來。滿多對村裡人說，四虎奶奶雖然是老壽星，但她一直坐在角落裡，甚至沒吃一口飯。午後，慶生的隊伍撤了，廚師們也回家了，院子裡一片狼藉，到處都是油膩。四虎奶奶是一個多愛整齊乾淨的人啊，看著這一院子的垃圾，不由氣火攻心。然後，滿多又小聲對人說，生日哪能提前過，這不是咒人死嗎！

※　　※　　※

張德培夫婦縮在家裡很多天不敢出門，確實有公安來過了，詢問百歲老人死亡之前的情況。他們哪裡知道呢。院子裡五桌席面一起開，吵嚷聲、碰杯聲直飄到漫天雲裡。酒過三巡，便有人唱歌，功放機開到最大，震得樹上的榆錢彼此碰撞。他們和四虎奶奶坐在一桌，卻一直身形朝外，歡樂的場面足足地吸引著他們，他們片刻也不曾把目光放到四虎奶奶頭上。他們一直在看兒子，張帥敬別人酒，別人敬張帥酒，他們眼裡的兒子成熟穩重而又受人尊敬。後來酒席到了尾聲，大家東倒西歪告別，那位女處長甚至跟段玉春擁抱。這一天真是幸福，比過去所有的日子加在一起都幸福。可幸福真就那麼容易破碎，送走客人他們直接回了自己的家，想轉天再來打掃戰場。

誰知一覺醒來竟是天翻地覆。

12

罕村聲勢浩大的簽名活動是誰發起的？小葵說：「反正不是我哥。」我說：「怎麼就不能是滿多呢？」小葵說：「北街只有妳家沒簽名，妳勸勸大娘。」我沒勸，我勸也不管用。簽名的目的是剝奪張德培對四虎奶奶宅院的繼承權。理由是，他除了挑幾擔水並沒有做更多的事。相反，有許多例子說明，張家並沒有善待四虎奶奶。

母親對張德培素無好感，這回卻旗幟鮮明地支持張家，讓二娘和三嬸都非常有意見。母親說：「張德培手裡有字據，那上面有四虎奶奶的手指印。」三嬸說：「那又怎樣？當初是老書記從中撮合，可老書記已經死了。」二娘說：「如果四虎爺爺在世，不會答應張德培的要求，他對張德培不放心。說來講去，還是張德培把四虎奶奶騙了。四虎爺爺去世一個月他就把協議簽了，四虎奶奶是一個好糊弄的人。」

這件事的最終結果出來了，由公家出面對張德培宣布了處理決定。

決定裡說，不追究他的刑事責任，但對四虎奶奶的宅院不享有繼承權。張德培當即面如死灰，一頭撞死的心都有。母親憂心忡忡說，張帥在城裡當處長也不管用，強龍難壓地頭蛇。張德培一輩子算計別人，這口氣他怎麼咽得下去。

母親越來越料事如神。一年以後，張德培查出了肝癌晚期。又過了一年，滿多用鐵絲網把院牆封了起來，養了足有上百隻狗。從此，整個一條北街都彌漫在狗吠中。那種淒切慘烈的程度不亞於屠宰場，那些狗實在是太喜歡撕咬了，今年四月花又開了，大家都在唸叨四虎奶奶。

補血草

1

請好了假，屯屯回家換了套新衣服，打車去了城北的儲蓄銀行，在三樓辦公室見到了桂行長。桂行長打發掉了所有的人才姍姍走過來，這期間已經過去了一個多小時。屯屯一直不安地看著他處理公務，臉上滿是打攪了人的歉意。桂行長卻始終沒有看她。坐到了屯屯的對面，桂行長撕開小包裝袋封口，小心地把茶葉倒進紫砂壺裡。屯屯注意看著桂行長的手，潔淨，修長，像個繪畫或彈琴人的手。他的手比他的臉年輕很多，當然，他的臉也不老，只是不如他的手年輕。

屯屯在喉嚨裡喊了聲哥哥，嘆氣樣的，吹動了空氣中浮塵。

「哦？」似有感應，桂行長抬了一下頭，鏡片後的眼睛在她臉上停了大約零點零二秒。

「今天怎麼有空過來？」桂行長說得心不在焉。他端過來一盅茶，說這個是頂級金駿眉，朋友剛從福建捎來的。「妳嘗嘗，喝得慣嗎？」

「好喝好喝。」屯屯蚊子樣地應道。嘴唇遇到了燙茶，都還沒怎麼喝到嘴裡。香氣氤氳得鼻孔直癢，她忍住了一聲噴嚏。

「妳別緊張。」桂行長說，「妳緊張的樣子就像個小姑娘。」

「我是老姑娘了。」屯屯笑了下，白牙齒一晃，又不見了。說好的不緊張，其實還是緊張。屯屯抖了下肩膀，緊張似乎是浮塵，能夠輕易抖落掉。「我請好假了。」屯屯說，「我要回北疆。」

桂行長意外地看了她一眼，問：「什麼時候走？」屯屯說：「馬上。夜裡八點多的火車。」桂行長看了一下錶，說：「怎麼不坐飛機？從北京飛烏魯木齊只要四個小時。」屯屯說：「我習慣坐火車。」桂行長說：「不是高鐵？」屯屯說：「坐高鐵要到蘭州倒車，麻煩。」桂行長說：「塤城到北京火車站還要一個多小時 —— 我找人送妳。」屯屯說：「不用。我回家收拾一下東西，然後就去長途車站，到北京還好早呢，來得及。」桂行長自己喝了口茶，似乎再無話可說。視線落在了茶盞裡，洇了會兒，桂行長抬起頭來說：「家裡有什麼事吧？」

屯屯呼出一口長氣，望向窗外。一大片白雲在天空中急急行走，像鵝群一樣。其中一隻「鵝」明顯脫離了隊伍，在旁邊浮游。屯屯說：「我爸想我了，他最近身體可能不大好，一直喊我回去。」屯屯小心地瞥了一眼桂行長，上次見他的時候是年節後，屯屯來送北疆的土特產 —— 薰衣草精油、馬腸、烤雞蛋、葡萄乾、胡楊林裡長的蘑菇，幾乎都是吃的。精油是女人用的，屯屯不說，桂行長自是明白。他說：「這麼沉，妳把北疆背來了？」

就是那次，屯屯告訴他，父親得了直腸 CA。發現的時候是在秋天，父親說啥也不願意做手術。後來是趁他昏迷的時候把手術做了，他便血便得已經不行了。想來桂行長是知道的，他沒有問 CA 是什麼。能當行長的人，天下的事沒有什麼不知道的。在屯屯眼裡，他就是個天神一樣的人物，無所不能。她看他的目光都是景仰。他當時這樣問了句：「精神……好嗎？」省略了主語，他只關心精神。這讓屯屯不以為意。

屯屯笑著說：「他想吃補血草，說我採的才管用。我知道他就是想哄我回去，想吃補血草，誰採還不一樣呢！」

「補血草是什麼？」桂行長開始變得專注。

桂行長去過新疆不止一次，南疆北疆都走過。他喜歡新疆的石頭，和田玉、哈密玉、蛇紋玉、瑪納斯碧玉……那些堅硬的溫潤的生命和光澤，能讓一顆心盈滿水分……可他沒聽說過補血草，從沒有人告訴他。

屯屯說：「補血草是一味中藥，又叫黃花磯松和金匙葉草，有止痛、消炎、補血的功效。自從做了那次大手術，他總發脾氣，說手術把他做壞了，說自己缺血。他捏著手腕說，因為沒有血，血管像奎屯的河床一樣，都癟了。」

這些是媽媽在電話裡反覆告訴她的。但屯屯留了個心眼，省略了「媽媽」兩個字。

「其實他就是瘦的。」屯屯皺了一下鼻翼，那裡堆起了細碎的皺紋，把幾粒細小的雀斑埋葬了。屯屯是一個玲瓏細瘦的女人，小小的個子，典型的瓜子臉。談起父親，她的緊張消弭了，就像說一個淘氣的孩子。「我今天從這裡路過，順便上來問問你，可有什麼要捎的，或者，給小北帶點什麼？」

小北是桂行長的兒子，明年就要高考了。

屯屯的兩隻眼睛一眨不眨地看著桂行長，心裡卻在想這是個倒楣催的理由。想問這句話，電話裡就能問，何苦大熱的天跑上樓來。

「沒有。」桂行長果斷搖頭，「他什麼也不缺。妳路上注意安全，到烏市告訴我一聲，到奎屯再告訴我一聲。」

屯屯心裡一陣涼一陣熱，雞啄米似的不知點了多少下頭。她把包襻兒放到肩上，站起了身。「那我先走了。」屯屯說，「哥放心吧。」

衝口而出，兩人似乎都有些不自在。過去屯屯叫他桂主任，後來叫他桂行長。幾年前的晚上，遇見他們一家三口在一起散步。桂行長對兒子小北說，叫姑姑。妻子立馬說，叫阿姨。屯屯僵住了，只是笑了笑。錯過身去幾步遠，就聽桂行長的妻子說：「阿姨是官稱……你怎麼隨便跟人套近乎。」屯屯在路邊的燈影下尾隨他們走了幾十米，桂行長說：「她是下屬。」妻子說：「下屬就更應該有分寸。」桂行長低垂著頭，一副莫可奈何樣。她完全可以不遇見他們，是她想遇見。她想近距離地看看小北長什麼樣。事實是，當時小北站在樹影裡，她沒看清。桂行長的妻子走路呈外八字，屯屯從小就知道，這樣的走法是吃官飯的命，她是保險公司的副總，她的父親曾經是塤城炙手可熱的人物。桂二奎之所以能當行長，據說與其岳父也有關係。這些屯屯都是聽同事說的，屯屯在郵政部門上班，管分揀包裹。那裡女人成堆。女人成堆的地方八卦就多，沒有什麼祕密能瞞人。當然，屯屯的祕密除外。

桂行長走到辦公桌前，拉開抽屜，拿出一個信封，立起來貼放在一個紙袋的內壁。

正好祕書敲了下門，推開了一道縫。「桂行長，人都到齊了。」

桂行長說：「讓大家再等幾分鐘。」

祕書應了一聲，小心地關上了房門。桂行長把紙袋遞給屯屯，說：「茶葉妳留下。」屯屯希冀地看著他，等他說下句話。他的話卻說完了。屯屯的臉像小姑娘一樣漲得通紅，她覺得今天的自己很可疑，倒好像是專門為信封來的，那個信封很鼓。屯屯抱著紙袋往外走，羞愧得走路都要跌跟頭。

她沒有回頭。感覺中，他在門口看自己，然後，急急地推開了對面會議室的門。

2

屯屯的新衣服，其實就是一件雪紡連衣裙，上面開紫色的花，有點像補血草。在網上看見這件衣服時，屯屯心裡一動，一刻都沒遲疑，第一時間放進了購物車裡。這大半年，屯屯的耳朵簡直被磨出了繭子，媽媽總在說補血草，因為爸爸總懷疑自己的血管空了。「妳出去看看，補血草出芽了嗎？長骨朵了嗎？開花了嗎？」用補血草的花沏水，喝下去能直接流到血管裡，變成O型血。這是爸爸做夢時，一位長著白鬍子的長者告訴他的。從此，他就一心一意等。媽媽每次說起這些，屯屯都要抹一回眼淚。媽媽是河東獅吼脾氣，發起來地動山搖。不知什麼時候改了性情，一句話來回說，一回比一回示弱。眼下是七月，北疆奎屯的七月，該是補血草在北坡上大面積開花的日子，爸爸卻說媽媽採來的補血草不管用，「妳讓小美來，她採來的才管用。」

「大姐二姐呢？」

「妳就回來一趟吧！妳爸說了，別人誰採也不管用！」

「我爸怎麼樣了？」

「他最近一直在醫院裡，幾天不想吃喝，老說小美該回來了！」

「妳把電話給我爸。」屯屯對著手機說，「爸你要好好吃飯，聽我媽的話，聽大夫的話。我明天就去請假，爭取能早一點兒趕回去，給你採補血草。」

聽筒裡卻沒有父親的聲音。屯屯又喊了兩聲：「爸，爸！」

媽媽說：「妳聽不見他說話，他聲音小得像蚊子。」

「妳讓他吃飯呀！」屯屯著急。

媽媽說：「妳還不知道妳爸的脾氣？犟驢，妳就隨了他！」

屯屯喉頭一哽，把電話掛了。

眼下屯屯倚在靠窗的位置上，感受著列車的風馳電掣。從北京到烏魯木齊，屯屯懷疑她幾十年坐的是同一輛車。林木，燈火，黑黝黝的曠野成了一條線，在屯屯的眼前惶急地閃過。對面臥鋪的女人一直在打電話，哇啦哇啦說著家長里短。坐下，站起；站起，又坐下。收了線，她開始自言自語。被單舊，毯子薄，枕頭一股汗油味。說一句，看屯屯一眼，她是想跟屯屯結成同盟。這是個耐不住寂寞的女人，有些肥胖，卻長著削薄的嘴唇。頭上是稀疏的髮捲，泛著晦暗的光。屯屯不想接她的話，是因為屯屯需要安靜地回味一些東西。從塤城到北京一路奔忙，途中大巴出了點意外，剮蹭了一輛小車的屁股。緊趕慢趕上了火車，似乎還沒站穩，列車就嗚的一聲開始鳴笛。

一顆心終於安穩，屯屯把行李安頓好，脫了鞋子，把腳收到鋪位上，整個身體呈「之」字形。兩隻胳膊趴在小方桌上，專心致志地看窗外。

「天黑了。」女人的搭訕是在表示不滿。那意思是，漆黑摸瞎的，能看見個啥？

屯屯充滿歉意地回頭笑了下，又恢復了拒絕交談的姿勢。

※　　※　　※

「茶葉妳留下。」她心裡依然叫他桂行長，這是一個鄭重的稱呼。

那，信封給誰？這話他沒有交代。如果也給屯屯，他沒必要說「茶葉妳留下」。

是有話外之音的。

那信封裡，不多不少是一萬塊錢。從櫃上新取的，緊實實地攔著封腰。屯屯掀起來看了看，都是連號的。

屯屯假裝從那裡過，卻在樓下打了電話。接著，又去了趟洗手間。擺弄一下頭髮，擦掉額上的汗水，又撲了些粉。她不想那麼潦草地面對他。

對了，之前她還特意穿了條新裙子，雖然他既沒注意屯屯的穿著也沒注意她的臉。

屯屯磨蹭的這一段時間，他卻有了精心準備。是精心，屯屯很篤定。準備了，卻沒有多說話。他知道屯屯的爸爸得了直腸癌。這麼多年，屯屯從不輕易找他。這次登門，他想屯屯應該有要緊的事，而不是像她說的，只是從這裡路過，問給小北捎點啥。

「到烏市告訴我一聲，到奎屯再告訴我一聲。」他這樣說，不是出於關心，而是因為歉然。屯屯的緊張讓他不忍。她緊張，他也不舒服。

這句話，卻像架飛機在屯屯的腦子裡轟鳴，似乎還應該有弦外之音。是不是……到醫院再告訴他一聲？

這讓屯屯振奮。她的胳膊肘支在蹺起的二郎腿上，兩隻拳頭頂著下巴，在隆隆的火車聲中對自己說：「這一趟，去得值。」在這之前，屯屯為去不去見桂行長簡直傷透了腦筋。其實，每次去見桂行長都會傷透腦筋，包括給他送北疆的土特產。屯屯會想，他需要嗎？他回家怎麼解釋？他會輕視這些東西嗎？這些土特產，都是屯屯花大價錢買的，因為都是市面上最好的，色澤、大小，每一朵蘑菇屯屯都會反覆比較和挑選，一點兒霉斑都不許有。人家不讓選，屯屯就往上加錢，直加到人無話可說。這事在屯屯心裡有點神聖，不容許有絲毫瑕疵。然後便是千里迢迢背了來，像背著一個巨大的情感包裹。每次從新疆回來，她都要帶這帶那，乾果、水果，甚至密封的牛羊肉。有一次，她帶來了足有三十斤煙燻的小羊排，給他放到辦公室就走了。屯屯剛到樓下，他的電話就追了來，粗暴地說：「妳幹啥帶這種東西？塤城也能吃到新疆的牛羊肉……妳費那瞎勁幹什麼！」屯屯想說話，卻沒提防抽了一下鼻子。三十斤，放到瘦小的屯屯身上，光是上車、下車、上樓……他知道自己的話重了，嘆了一口氣，讓屯屯別走，晚上一起吃個飯。屯屯貼著牆根走，膽小得像隻偷油的耗子。

後來，屯屯的婚姻解體了。離了婚的屯屯有幾年沒有回新疆，也就有幾年沒有見桂行長。雖然同在一個郵政系統，卻彷彿彼此毫無牽連。儲蓄銀行有了自己的辦公樓，就像跟郵政分家了一樣。屯屯租住在城北的建設公寓裡，與華府社區隔了一條小馬路。屯屯經常到華府社區裡散步，那裡花草繁茂，還有健身器材。每次從七號樓前經過，都要往上看一眼。七號樓是單獨的一棟別墅，寬大的玻璃窗上倒貼著鮮紅的「福」字。陽臺上晾晒著衣物。朦朧的燈光裡，映襯著一副暖洋洋的生活圖景。屯屯經常舉著頭一望就是半天。她不走，月亮也不走。她形單影隻地站在那兒，就像別有企圖。

她見桂行長需要理由，從北疆回來，就是最好的理由。

那是他第一次請屯屯吃飯。在塤城最高的一家旋轉餐廳。坐到上面，能環視城市周圍的夜景。還有人說，這裡能看到首都天安門。他點了最貴的一隻龍蝦，剝出的肉全部放到了屯屯的盤子裡。他給屯屯道歉，說不是不喜歡她的東西，相反，他很喜歡，只是不想屯屯那麼辛苦。交通這麼便利，新疆有的東西，塤城也有。幾千里的路程，受那個累不划算。

「我又不是走了來的，哪裡就累死了。」屯屯有些負氣，情不自禁地用手背去抹眼睛。他稍一示弱，屯屯的情緒就有些鼓脹。「當年我走了來也沒有覺得多辛苦，一切都是我心甘情願的！」

「妳從新疆走了來？」他有些難以置信。他把紙巾疊得方方正正讓她擦鼻涕眼淚，驚愕地聽她講出了第一次出疆的經歷。

這些經歷，屯屯從沒對任何人說起過。她決意要出疆，誓死不回頭，都是十八歲那年的事。一九八八年的夏天，高中畢業的陶小美從奎屯出發，來到了烏市。離開奎屯是她小時候的信念，走著離開也是信念之一。這都是她計劃好的一部分。在烏市的電業局給黃板打了個電話。黃板是塤城人，在烏市附近的駐軍當兵。這一年他復員了。屯屯就是接到了他復員的消息，才義無反顧地要來塤城。他們是筆友，開始交往的時候，屯屯就知道了他的家在遙遠的地方，那裡或多或少與自己有些關係。就因為知道他是墳城人，屯屯才肯與他交往。

電話裡，黃板卻說不認識她。

陶小美說：「我是新疆奎屯的，奎屯，你當真不記得奎屯了？」話沒說完，就嗚嗚地哭了。

黃板趕緊說：「奎……屯屯，屯屯我想起來了。屯屯妳想來就來玩幾天吧！」

陶小美當即決定做個新人，給自己改名叫屯屯。

後來她才知道，黃板在部隊餵豬，閒來沒事就找青年雜誌的徵友啟事，像她這樣的筆友，黃板有五個。難怪黃板每次寫信要用複寫紙，連稱呼都不換，抬頭稱：我的。落款稱：妳的。既親密又曖昧，能把人撩撥得心神搖盪。

那些信，屯屯外出割草都要帶在身上。戈壁灘空曠遼闊，落日又大又圓。在夕陽底下看那些信，美麗的句子像補血草的花朵一樣芬芳迷人。

屯屯從烏市走到北京用了四十三天。她扒過煤車，坐過郵車。其實，她有錢買車票，可她越來越享受這個狀態。長到十八歲，這是第一次走這樣長而有意義的路。這樣的長途奔襲，不是為了自己，而是為了心中一種神聖的隱祕。這樣一條路，一直在她的夢裡。從腳腫到磨就了一副鐵腳板，有時兩三天都吃不上一頓熱乎飯。她在北京甚至沒工夫停留。京東的一個地方叫墳城，她打小就知道這樣一個地方。離墳城三十里，有個村莊叫罕村，是他們的祖籍地，上學填表要填的地方。爸爸就在那裡長大，一九五六年支邊，他跟新婚三天的妻子來到了北疆。那個新婚三天的妻子，卻不是屯屯的母親。

就因為那個人不是屯屯的母親，爸爸自打從罕村出來就再沒回去過。有一次他去北京出差，拐到了墳城，卻沒有回罕村。

他從不提有關罕村的任何事。他的故事極其神祕。

從陶小美記事起，父母之間的戰爭就永無休止。媽媽嘶吼著讓爸爸滾，滾回墳城，滾回罕村。這兩個地名，就像長了翅膀在屋子裡亂飛亂撞。兩個姐姐把頭藏到被子裡，屁股可笑地撅到了外邊，像兩只圓溜溜的西瓜。媽媽熟練地一把扯下她們的褲子，巴掌就像拍在生瓜蛋子上，能把兩瓣屁股拍腫。陶小美只有五歲多一點兒，不怕死樣地雙手背後貼在門板上，兩隻大眼睛烏溜溜地看媽媽。「將來長大了，我一定要滾回墳城，滾回罕村。你們等著瞧吧！」

草房的屋簷下墜著一尺長的冰凌，爸爸蹲在墨黑的屋簷底下抽菸，頭上懸著一排冰錐做的利器。屯屯真怕那些利器落下來，戳破爸爸的腦袋。

那天她夢見爸爸死了。從夢中哭醒，她從媽媽的被窩裡爬進了爸爸的被窩。爸爸把她抱在懷裡，嘆息似的說：「我不會死。我死了，誰給我打幡呢。」

再長大一點兒，她才知道這話有多重。

打幡的人應該是長子。再退一步，應該是兒子。從內地來新疆謀生的夫妻占大多數，他們的第一件事，就是要造一個兒子出來。這是信念。在西部舉目無親，一定要造一個兒子出來給自己打幡。否則，死都闔不上眼。

新疆離內地千里迢迢，來的時候下了火車坐汽車，下了汽車坐牛車，搖搖晃晃在戈壁灘上走了七晝夜。他們很多人出來就沒想再回去。

她和黃板同居了。黃板的父母死活不同意這門婚事。屯屯初次上門時，就像個要飯花子。鞋子開裂了，頭髮長短不齊。上衣甚至扣錯了鈕扣，溼答答地貼在後背上。黃板也用排斥的眼光看她，等她從洗澡屋裡出來，換上乾淨衣服，黃板的眼睛就直了，說：「妳是新疆的古蘭丹姆嗎？」

「戈壁灘上的一股清泉，冰山上的一朵雪蓮……」黃板走到哪兒唱到哪兒，中魔了一樣。

等於來個不要錢的媳婦。黃板的父母終於想通了，「媳婦家裡遠，就不能有事沒事回娘家，能省很多麻煩和錢物。」屯屯的婆婆帳算得很仔細。

這場婚姻維繫了七年，以黃板的出軌而告終。

黃板經常問：「妳跟我過日子總是心不在焉，妳到底有啥心事？」

或者，黃板這樣說：「妳到底因為什麼從新疆走到塤城，我沒有那樣大的魅力吧？」還有：「妳為啥總不懷孕？」

黃板的話風越來越飄，眼神越來越輕佻，屯屯就知道他們該結束了。她不能等著人家往外轟，屯屯自己離開了。

屯屯從來也不敢告訴黃板，她不想生小孩。小孩不在她的人生規畫中，她從小就沒規劃過要做母親。她對母親這樣的角色很排斥。十九歲那年她懷了一次孕，自己去外縣偷偷流掉了。躺在骯髒的小旅館裡，蘋果綠的窗簾晒成了白菜幫子色，上面畫滿了地圖。她一個人悄悄地流眼淚，是因為委屈和孤獨。這種委屈和孤獨卻沒有人可以傾訴。哭夠了，去洗手間換衛生紙，她凝視了很久那些暗紅的血塊，然後果決地沖掉了，對著鏡子梳好頭髮，扶著樓梯下樓。那時她剛應聘到郵政局當投遞員，每天騎一輛「二八」式男款自行車，跳上跳下時就像在演雜耍。她負責城區西部的報刊投遞，曾經把來自臺灣的一封「死信」投活了，那一家人繡了錦旗送到了郵政局。

到年底，她被評了先進，轉了正。

3

一幢水泥鑄的大筒子房，投遞組在東頭，分揀組在西頭。她有時閒著沒事會去分揀組轉悠，拿張報紙一邊走一邊假裝閱讀。有一回踢到一只郵袋上，栽了個大跟頭。一直沒看到桂二奎的身影。一打聽才知道，他當了主任，去樓上辦公了。

桂二奎皺起眉心看屯屯，他一直覺得屯屯不靠譜。她在他面前總緊張，心裡有鬼的人才會那樣。屯屯身材嬌小，模樣可人，一副永遠長不大的樣子，既像無腦，又像無心。年輕的時候，整個一副不良少女的模樣。夏天穿極短的短褲，指甲塗寶石藍，從不穿襪子。第一次見屯屯那年，他也在郵政分揀包裹。搬動一個大郵袋放到手推車上，一抬頭，梳著荷葉頭的小姑娘站在他面前，說：「你跟我爸長得一模一樣。」

他從沒見過她。捲曲的黃褐色頭髮，根根帶著彎鉤。鼻頭和眼神都是尖的，有一種熱切的東西在神情裡，那麼想和你貼近或吸附。他警惕地問：「妳是誰？」她說她是罕村的，可口音明明是外鄉人，習慣說一口兒化音。「我都不用問，一眼就看出你是桂二奎兒。」她那時跟他說話一點兒都不緊張，一派天真爛漫。

院子裡還有其他人在幹活。桂二奎警惕地四下看了眼，把她領到了大門外。

「妳爸是誰？」

「和你通信的人，他叫陶子晟。」

桂二奎一聽就明白了。

三年前，有個人來寄包裹。剛一進郵政局，工作人員就把嘴巴張大了。「桂二奎，你來辦理業務。」有人故意把他叫到了前臺。包裹是寄往新疆的，單子上寫的是衣物。那人有些饒舌，主動說他有三個女兒，她們全部喜歡內地的服裝，為滿足三個女兒的願望，他跑遍了整個塤城。桂二奎客氣地接待了這個不尋常的顧客，不時地看一眼他的臉。自己戴眼鏡，他也戴眼鏡。他們都有些夾鼻，口是方的，有厚嘟嘟的嘴唇。髮際線都有些高，亮出圓鼓鼓的額頭。他們的身材居然也一致，都像螞蚱一樣有兩條又瘦又細的長腿。他們看著對方，就像看著一面能推進或退回歲月的鏡子，那裡是多少年前或多少年後的自己。桂二奎莫名有些激動，手情不自禁地抖。為了掩飾，他把兩隻手插到綠色制服的方兜口袋裡，使勁抓住了裡子。他們身邊逐漸有人圍攏過來，顧客把他拉到了外面，在外窗臺上用一條捲菸紙寫下了自己的通信地址。又撕下了一條捲菸紙，把二奎的地址寫下了，裝進了自己的衣兜裡。然後開始了小心翼翼的通信。他們的通信沒有違禁內容，談的都是學習和工作，但都寫得很長，他們有話說。有一回互寄照片，正好被媽媽發現了。

「天殺的啊，陶子晟，我讓你欺負了一輩子！啊！啊！我不活了！」媽媽的叫聲比刀子還要尖銳，在家屬院的上空響徹。跟爸爸結婚時她是初婚，是響應支邊號召來建設邊疆的。同鄉給她介紹陶子晟這個人，除了大幾歲，有文化，脾氣好，還多才多藝。都是來援疆的，還挑什麼呢。後來她才知道，他不單結過婚，還有不止一個兒子。他不告訴她，除了想隱瞞，還因為這傷口太深太痛，他不想回首。可這算什麼理由。許多年，她都認為是爸爸欺騙了她，罵他陶騙子。再加上總也生不出兒子，她對待自己，甚至有些苛刻。有一回，她發癔症，一剪刀就把陶小美的頭髮剪掉了。因為太擦近頭皮，剪刀尖甚至戳破了耳輪。鮮血倏地順頸項流了下來，陶小美一抹，胳膊都是紅的。陶小美嚇傻了，她以為自己的耳朵被剪掉了。「妳咋就不是個帶把兒的！」媽媽氣恨恨地罵，「妳不知道他想兒子想瘋了？」其實她自己也想兒子，她死了也要人打幡。大美和二美都描述過，媽媽懷上小三時，整天橫草不拿、豎草不捏，油瓶倒了都不扶。她篤定這回是個兒子，邁門檻想好了才邁左腳。喝醋，一點兒辣味也不吃。肚子稍大一點兒，她就說兒子在她的肚子裡練武功。生產的時候她說啥也不進產房，說怕。醫生護士都以為她怕疼，說妳都生兩胎了，再生頂多像母雞下個蛋。可只有家裡人知道，她是怕再生個丫頭。

媽媽把照片摔在炕上，問三個女兒認不認識這是誰。三個丫頭都驚呼：「太帥了，這是爸爸年輕的時候！」媽媽恨恨地說：「這不是妳爸，這是妳爸的私生子，他們居然偷偷來往！可憐我這麼多年一直蒙在鼓裡，我恨不得殺了他！」

「我有哥哥？真的喔！」陶小美不識時務，激動得眼冒賊光，嘴巴一張，流出了一泡口水。

媽媽見不得她這樣，狠狠地搧了她一巴掌。一顆齲齒像珠子一樣從嘴裡躥了出來，帶著黑尾巴。

糧食局大院住了五六十口人，有維吾爾族、回族、哈薩克族、蒙古族。有個人總像影子一樣在院子裡飄，戴一頂白線帽。她在外邊的屠宰場工作，有一回拿回來六個小羊拐骨，對陶小美說，妳要嗎？那羊拐骨不單洗淨了，刷白了，甚至被包了蠟衣，晶瑩剔透。哪個小姑娘能拒絕這個誘惑啊。陶小美把羊拐骨拿回家，把媽媽氣瘋了。她逼著陶小美把羊拐骨還回去，說不還回去就永不許她吃飯！陶小美抽抽搭搭地往院子的東南角走，雪落得沒了腳脖子，鞋窩裡是透骨的涼。她的眼淚沒等淌下來就變成了冰豆子，自己都感覺像受難的女兒國公主。大寶和二寶正在堆雪人，他們一個比陶小美大，一個比陶小美小，可他們都是男孩子。雪人戴了一頂氈帽頭，鼻子上頂了一塊西瓜皮，但分明是笑著的。西瓜一準是夏天吃剩下的，滾落到床底下，冬天掃除時被發現了，但它們依然不壞。陶小美家裡也發現了一只大肚子西瓜，滾得像煤球一樣黑，但切開一看，瓤是紅的，甘甜。

陶小美把六隻羊拐骨出其不意地丟到雪人懷裡，撒腿就往回跑。

大寶二寶都是小白帽的兒子。陶小美從小就知道關於他們的隱祕，他們都是小白帽抱養的孩子。要再過幾年，陶小美才從大美的嘴裡知道了「爸爸有兩個媳婦」，第一個媳婦就是小白帽。他們一塊從內地來新疆，因為不生育，爸爸把她休了。她常年偏頭痛，便用兔毛毛線織了頂小白帽，一年四季戴在頭上。

桂二奎一直努力避免見到屯屯。他當主任以後的第一件事，就是把屯屯調到了下面的一個郵政所。他不願意探究有關屯屯的一切，看上去，她坦率得毫無心機。桂二奎有些怕與她打交道，那女孩就像一個巨大的漩渦，稍有不慎會讓自己人仰馬翻。他跟陶子晟一直在通信，你來我往，不親密，可也不疏遠。他們就像一對普通的老少朋友。從不談屯屯這個人、罕村，以及與家族和自身相關的種種，他們只談工作、學習、風物。比如，傻石林、奎屯河大峽谷、百葡莊園、巴音溝烏拉斯草原。他甚至早早買了相機學攝影，把那些風景照成黑白相片，雖然模糊一片，但他會注上長長的文字說明。

在陶子晟的心目中，家鄉的所有指向就是桂二奎這個人。桂二奎代表天、地、村莊以及萬事萬物。而遙遠的北疆，是桂二奎心中若有若無的惦記，時間長了會想寫一封信，訴說工作中的種種事情。但也只是想寫一封信而已。

一點點紅酒，屯屯的臉就暈上來顏色。有酒蓋臉，她忽然很放肆。她說:「你為什麼叫二奎，不是因為有大奎你才叫二奎，是因為你也出生在新疆的奎屯。奎屯，你當真一點兒都不知道嗎？」她沒想到這個話題會讓桂二奎難堪。他的臉瞬間變成了紫豬肝。他的家庭很詭異，母親像個菩薩整日禮佛，父親則像個僕人整天侍弄莊稼。父親看母親的眼神總是怯怯的，像個犯了錯的孩子。家裡有一塊舊羊毛氈毯，母親當蒲團用。上面是繁複鮮豔的各色圖案，一看就是西域背景。有一次，父親在屋簷下想用柴刀砍羊毛氈，刀舉了起來，母親在門口出現了。母親清冷的眼神只一瞥，父親馬上現出一臉訕笑，拿到河裡洗了。他十幾歲的時候才偶然知道自己出生在新疆，滿月就從新疆回來了。大奎長他三歲，對新疆毫無印象。村裡當年有許多人去新疆謀生，他的父母也去了，但耐不得那裡的乾燥和寒冷，又回來了。

這些，他都是聽村裡人說的。他甚至暗暗慶幸父母當初的選擇，假如父母不回來，就不會有他現在的生活。

直到那次父親生病。他記得很清楚，他三十五歲那年，是一九九七年。國家有大事，他家也有大事發生了。父親因為陰囊腫物住院，他的高中同學在這裡當醫生。手術完了，同學拉他到僻靜的地方告訴他:「你父親先天陰莖畸形，不會有性生活，更不會生育。」

他至今都記得同學憐憫的眼神，看著他像看稀有動物。

他悄悄給自己驗了血，血型告訴了他所有的祕密。他這才知道，他與新疆的關係複雜了。

※　　※　　※

他居高臨下地看著屯屯，一點一點收起了對她的憐惜。桂二奎說：「難怪妳總也長不大，妳太任性了。人生就是過日子，妳從新疆走到塤城，仍然沒長一顆過日子的心。」

屯屯僵住了。

桂行長嘲諷說：「妳不生一個自己的孩子，將來靠誰？」

「反正不會靠你！」屯屯突然爆發了，雙手捂住臉，哭著跑走了。

4

牽起嘴角，屯屯輕輕扯出一個笑，隨之眼淚就落了下來。這眼淚有寬慰，更多的是委屈。這些年的委屈如果打進包裹，能從內地一直鋪排到新疆。信封就放在隨身攜帶的布包裡，用手一摸，就能摸到那塊硬朗，像小塊磚頭一樣。她拿出了手機，想給姐姐們發個微信，都想好了說什麼，「我叫他哥了。」這是第一句。「哥給爸捎錢了。」這是第二句。腦裡翻湧了半天，到底沒有發出去。家裡人知道她回來，但她沒有說自己的具體行程。媽媽人老了，卻越來越耐不住性子，她怕媽媽把姐姐打發到烏市來接她。或者知道她下午到奎屯，她連中午飯都不讓大家吃，「一定要等小美回來一起吃！」媽媽對她越來越好了。

「妳和桂二奎是怎麼回事？」黃板知道她從新疆回來給他帶東西，黃板以為她是給領導送禮，這可以理解。後來又覺得不像。黃板的眼神有了越來越深的懷疑。有一次，他在屯屯的本子裡發現了桂二奎的一張正裝照片，藍西服，紫條格的領帶，背景是紅的。是從宣傳櫥窗裡揭下來的。那次黃板打了她。黃板喝了酒，下手非常狠。他抓住屯屯的頭髮往牆上撞，讓她交代與桂二奎的關係。他甚至懷疑屯屯與桂二奎有私生子，因為她那麼熱忱地給人家孩子送吃的。屯屯就像個女英雄，一聲不吭。打死都不吭。

她想，祕密是我的，絕不告訴任何人。黃板也不行。我是為了桂二奎才來塤城的。桂二奎沒答應我之前，我什麼都不能說。永遠都不會說。否則傳個滿城風雨，桂二奎沒法做人，事情就更沒有指望。況且即便說出來，也只能落個笑柄。我被嘲笑沒什麼，絕不能讓人嘲笑桂二奎。他是做行長的人，以後還要做更大的官，他要臉面。

「妳為啥改名叫屯屯？」黃板在一家公司做裝卸工，身上的一點兒文氣早沒了。他在部隊的時候愛看書愛寫信，警句格言抄了一本子，專門寫信時引用。後來，就光想喝酒了。

「妳原來叫什麼美來著？」

屯屯仰面看著屋頂，一把頭髮還在黃板的手裡攥著。頭皮跳了起來，眼前金星亂冒。她從來也沒恨過黃板，沒有黃板，她就不能在塤城落腳。黃板幫助她實現了最初的願望。黃板鬆了手歪在了床上，她趕緊去給他端洗腳水。泡腳可以醒酒。他的腳臭得嚇人。

「妳就是不待見我，連名字都不稀罕給我起。姐姐漂亮是大美，二姐差一些是二美。為啥要叫我小美，我有那樣差嗎？」

屯屯離開新疆時跟媽媽有一頓惡吵，她從小就對陶小美的名字深惡痛絕，因為同學們總藉此嘲笑她，管她叫「臭小美」、「小臭美」、「美小臭」。連老師都惡意喊錯她。那是她第一次撒潑，也是最後一次。誰也想不到，這個溫順乖巧的三小妹吵過這一次真就不辭而別。三個月以後才寫信來，說她來了塤城，卻不肯寫詳細地址。接到信以後，爸爸曾到塤城找她，卻沒有找到。爸爸給罕村打了個電話，叔叔不在家，是嬸子跑到大隊部去接的。證實這孩子確實到過罕村，只是不叫小美，叫屯屯。屯屯在嬸子家的炕沿上坐了坐，就走了。嬸子抱怨大伯哥當年休的妻是村裡的大戶，現在仍有半個村莊的敵人，他們一家子的日子都不好過。「你把人家帶到那麼遠的地方又甩掉，換作是我的女兒我也不依。」

屯屯去了桂長河家，帶了兩包點心。

桂長河就是桂二奎的父親。

※　　　※　　　※

「奎屯最早的名字叫哈拉蘇，」司機有些賣弄，他把屯屯看成了外地的觀光客，「妳知道哈拉蘇是什麼意思嗎？翻譯過來就是黑色的泉水。奎屯有肥沃的黑土地，有數不清的黑泉水。」

「我想採補血草。師傅，你知道北坡還有補血草嗎？」

司機一下閉上了嘴。

下午六點的陽光還很明亮，北疆的闊大似乎要讓人眥裂眼角，天地無垠。乾燥的感覺從到達烏市就有了，嘴唇是皺的，眼瞼是皺的。拇指肚像小鋼銼一樣，立起來一層毛刺。師傅卻說他不知道什麼叫補血草，北坡現在是一片工業園區，專門織一種羊毛毯，出口東南亞。據說泰國大皇宮裡的地毯就是出自奎屯人之手。屯屯描繪了半天，師傅總算明白了，說就是那個紫花棵子，路邊到處都有。

果然在樹叢下看見了一片紫色，像雲霞一樣迷人。司機點著了一支菸，看著屯屯像支箭一樣射過去，撲下身子採草。屯屯先是弓著腰背，後來又蹲下身去，人變成了花叢的一部分。她小心地採那種盛開了的植物。讀高中時，採補血草曾經是勤工儉學的一個項目，大家要背著筐拿著鐮到遙遠的野外去找，一天才能割一筐。這些補血草晾乾以後搭乘火車去內地，她們認真猜測過服用這種藥物的人都是誰，會不會有國家領導人。除了能補血，它還能消炎，用於神經痛、月經量少、耳鳴、乳汁不足、感冒，外用治牙痛及瘡癤癰腫。那天，她背著筐去找同學，同學的父親認真地打量著她，說：「妳是陶子晟的女兒？」看屯屯點頭，同學的父親遲疑說：「妳爸爸其實是個好人，就是太可惜了……」

爸爸當然是好人，什麼叫太可惜了？他會畫畫，會拉手風琴，都是來新疆以後自學的。他還會打珠算，在糧食局做了很多年會計，一星兒差池都沒有。母親無論如何打罵，他從不還手還口。可為什麼要被強調「其實是個好人」呢？屯屯那個時候無論如何也想不明白。

採補血草的速度降了下來，目光也越來越挑剔，屯屯專門揀那些長得高的、模樣漂亮的採。司機摁響了喇叭，屯屯才發現自己遠離了國道足有五十米。因為視角廣闊，五十米就像被疊加了，讓眼睛覺得不夠用。

那輛現代出租車像個玩具一樣在地上匍匐。屯屯抱著一抱花朵回來了，臉上都染了花粉的顏色。司機問這回去哪兒，屯屯答，沙灣街二百九十四號。

「奎屯有十八家醫院，妳這是要去人民醫院。送花的人不少，給病人送野花的還真少見。」司機看了一眼倒車鏡，有些饒舌。

※　　※　　※

「爸爸在幾樓？」

「死丫頭，妳是不是已經到醫院了……四樓靠拐角的那個屋子，我們包了一間病房。」

樓道裡很安靜，消毒水的氣味在空氣中彌散。一扇房門打開了，大美和二美剛要往外衝，屯屯已經站到了門前。媽媽在窗前坐著，爸爸在床上躺著，吊瓶裡的液體還有一瓶底，輸液管垂下來，連著爸爸的左胳膊。聽見動靜，爸爸把頭歪了下，卻沒有睜開眼。

「妳是一個人回來的？」媽媽問。

「他沒和妳一起來？」大美問。

「妳還真給爸採補血草了，爸喝不動的。」二美說。

「爸爸怎麼這樣了？」什麼也顧不得，屯屯把補血草塞給二美，奔到了爸爸的床前。爸爸骨瘦如柴，兩頰塌陷成了坑。曾經好看的手瘦脫了形，小臂連著手背，就是被一層皮包裹。如果裝些肉，就變成了另外一個人的手，是桂二奎的。腦子裡電光忽地一閃，身上起了雞皮疙瘩。屯屯小時候就喜歡被那手握著，柔軟、細膩，天生就不喜歡幹農活。就是因為不喜歡幹農活，國家號召支邊，說到那裡就可以有正經工作，爸爸才帶著新婚的妻子義無反顧地來了。屯屯急忙翻包，拿出了那個信封，鼓鼓的一個信封放到了爸爸的手心裡，又把他的手指扣在上面。屯屯附在爸爸的耳邊說：「這是哥哥給你的。整整一萬塊，都是連著號的。哥哥的意思是說……」

爸爸的眼球骨碌一下，突然睜開了。緊跟著，有兩滴混濁的淚淌了下來，在乾燥的皮膚上蟲兒一樣爬行，又倏忽不知去向。爸爸的眼神在聚焦，像是從深遠的洞穴裡射過來，終於照見了屯屯。屯屯忍著悲痛又說：「哥哥讓我告訴你，他雖然不在你身邊，卻像這錢一樣，跟你連著血脈……」

爸爸張著嘴喘氣，圖釘一樣盯牢了她，眼神裡卻別有深意。失望，失望，還是失望。只是說不出，或者，不想說。

屯屯腦子裡轟地響了一下。她明白了爸爸的意思。他是想哥哥能來，給他打幡。這是他一輩子的願望。他們都以為屯屯這次能把人帶來。他們生活在同一座城市，在一個系統工作，有著比別人更近便的關係和聯繫，他怎麼可能不來呢！哪怕作為一種心照不宣的關係來送亡人一程，也是個安慰。這樣的想法誰心裡都有，但誰也不說。屯屯一直覺得還有時間，爸爸只想喝她採的補血草，爸爸是在撒嬌。她一點兒也沒想到事情已經迫在眉睫。屯屯跪下了身子，額頭抵在了那捆錢上，五內俱焚。真的是五內俱焚。她想，她其實沒有能力帶回這個哥哥，可她一直不說，不肯說。全家人都誤會了，都誤會了！這有多害人！屯屯羞臊得恨不得找個地縫鑽進去。當年她千里迢迢去塤城，原本所有的努力都為了這一刻。這一刻她想像過千百次，可沒有一次是今天這樣的！這一刻提前到來了，她卻沒有防備！可如果不提前到來，還會有機會嗎？他只肯出一萬塊錢！一萬塊錢！想起在他辦公室的一幕幕，他們彼此之間客套、迂迴、隔膜，屯屯哪裡還有指望！屯屯連哭聲都沒有，她覺得，她不配！爸爸吧唧一下，嘴張開了，卻沒有合上。他扭過臉去，把手抽了抽，沒抽動，但屯屯感覺到了。這一萬塊錢安慰不了他。倒退些時光也許能安慰，現在卻不行。他的眼裡都是空茫。窗外鋪天蓋地飛舞著黑色的蝴蝶，急不可耐地往窗上撞。如果破窗而入，他的世界就黑了。而眼下，他甚至希望黑暗早些到來，他再也經不起波折了。

屯屯衝出了病房。她設想過爸爸憔悴瘦弱成這樣那樣，卻沒想到他已然彌留，生命隨時可能終止。所謂的用她採的補血草補血，不過是媽媽的一個謊言。他們內心的願望鬼都知道，可誰都不說。他們就那樣遙遙地注視著她，希冀堆得像天山一樣高。

那樣高的天山足以把她壓垮。

屯屯在樓道的盡頭失聲痛哭。大美追了過來，搖她的肩膀，逮著間隙說：「妳給他打個電話吧！」

屯屯拚命搖頭。這樣的事情當面都不好講，電話裡又怎麼講清楚。

大美失望地說：「爸爸得了癌，妳也不告訴他？妳怎麼這麼廢物啊！爸爸一直不閉眼，不是在等妳，是在等他兒子……我們都以為你們已經相認了，媽媽甚至說，這次只要妳回來，就一定能把他帶回來。那時爸爸還能說話，問帶得回來嗎？媽媽說，帶得回來，一定帶得回來！」

只有家裡的男丁才能打幡。許多年前父親就說過，如果在家鄉，還有遠門近枝可以倚靠，在這偏遠的北疆不行，沒有兒子打幡，做鬼都不安生。

屯屯哭得撕心裂肺。她恨自己遲鈍，也恨自己缺少勇氣。她在桂二奎面前越來越缺少勇氣，似乎她的勇氣在十八歲的時候都用盡了。她越來越覺得莫可奈何，她走不近他。即使把整個北疆背給他，她仍然走不近他。這次給的一萬塊錢，讓她高興了一路。揣度桂二奎的心理以及種種可能，都是屯屯高興的理由。現在看，卻是封堵了她的嘴。也許還有另一層意思是了斷 —— 就這樣吧，妳以後不要再來找我了，我已經忍無可忍。當年她興沖沖地跑到了那座叫塤的城市，是想一頭扎進去，最終把這個哥哥認下。然後，有朝一日榮耀地帶回北疆。她能為家裡做的就是這個，她為這個目標一直在努力，她也一直這樣暗示家裡人。沒想到，幾十年過去了，她仍是孤零零的一個人，歲月什麼也沒有為她留下。

5

還沒進村，天已經黑了。內地與新疆有兩個小時的時差。桂二奎隔著時空盯著那輛行進的列車。他判斷得不差。屯屯在烏市給他發來了短信，上寫：哥，我到烏市了。

查奎屯與烏市銜接的那列火車，按時間推算已經進站了，卻一直也沒等來屯屯的回覆。他坐立不安。心想，屯屯是忘了還是手機丟了？會不會她下車了卻把手機掉在了車上？或者，她要見到家人才向他報平安？對了，她還要去採補血草。她肯定先去採補血草了。手機擺在桌子上，不時跳動幾下。一看不是屯屯，電話他通通不接。他心中鬱悶，浮躁難挨。還有半個小時才到下班時間，他從內部的小電梯下樓，從車庫裡開出自己的那輛吉普車，直奔外環。

「大哥，我今天下鄉了，一會兒從家門前過，你讓嫂子給我熬一碗粥。」

大奎在電話裡慌忙地應，問他還想不想吃別的，他說不想。

屯屯不會有事。他坐立不安，表面是因為牽掛屯屯，其實還有更複雜的原因。他心跳得很不規則，新疆那個叫陶子晟的人，眼下生死攸關。肯定是生死攸關，否則不會幾千里地讓屯屯回去採補血草。補血草當然救不了命，這很明白。就像……自己與北疆毫無瓜葛卻同樣心神不寧一樣。只是，真的毫無瓜葛嗎？

自從意識到陶子晟可能跟自己有淵源，通信就戛然而止。這種感覺很奇怪。過去的意識是朦朧的、不確定的。可以出於好奇或新鮮，一封信從郵筒裡發出，輾轉來到陌生的地方被閱讀，像回覆一樣讓人期待。

來信帶著北疆瓜果成熟的香味，或冰天雪地的寒冷。這次吃了麅子肉，下一次，半扇豬肉不知被什麼野物瓜分了。他們從內地帶去了養豬的習慣，挖好大一個坑，長和寬各有三四米，一人高，豬無論怎樣躥跳也出不來。下面放一個食槽，承接剩飯剩菜。家屬院外有林業部門的苗圃，裡面長很多野草，誰隨便扯上幾把，就夠了豬一天的伙食。有時大家都扯，豬會用野草鋪個炕，那可是個聰明的小眼動物，一槓一槓的抬頭紋裡都是智慧。牠衝人哼哼的時候，會發出類似少年兒童的腔調。年豬殺掉，一部分用伊犁鹽醃製，大部分則埋在雪堆裡，那可是個天然的大冰箱，整個冬天都不會化。只是某一天夜裡忘了關門，半扇豬肉全不見了。碎屑逶迤很遠，雜亂的腳印戳在深雪裡，令你分不出是豹子還是熊。

他的信，永遠只是一頁。只一頁就夠了。朦朧的不確定的感覺就應該這樣被對待。後來情形變了，桂長河因為陰囊腫物進行了手術，這個從沒讓他感覺親近的人，從那天宣布不是他的父親。他徹底蒙了，天塌了一般。關鍵是，這種感覺無人可說、無處可訴。公園有一個石子砌的八卦圖，他就在那上面瘋狂地走，從黑到白，從陽到陰。他緊抿著嘴唇，汗水從嘴角洶湧而過，脖頸變成了溪流。從遠處看，就像一團霧氣，他被自己蒸騰了。他不知道自己是誰，是怎麼回事，從哪裡來，要走向哪裡。這個想法就像個魔，在他的心底匯成了巨大的呼嘯。他還能接到從新疆寄來的信件，他不回。慢慢地，他也不寫了。

這個話題是羞恥，不只涉及生命，還有性。因為醫生同學告訴他，父親那種情況不會有性生活。那麼問題來了，母親在新疆到底發生了什麼，那個人是誰，跟「那個人」到底是怎樣一種關係，怎樣一種關係才是他能接受的。他幾次要問，幾次又都忍下了。有一次，母親數說屋裡臭味的來源，是因為父親總不洗澡。父親的惡習就是常年不洗澡，一輩子不洗澡。他說洗澡會洗丟東西。就像過去有人說照鏡子會丟魂一樣。

有一天他突兀地問母親：「年輕的時候，妳為什麼不同他離婚？」

他不敢看母親。他怕母親想他所想，不好回答。可母親邊納襪底邊說：「我是他家買來的。當初就說好了，我這一輩子，換他家兩斗小米子。家裡後娘養了三個孩子，靠這兩斗小米子度饑荒，才沒餓死。」

襪托是木頭的，裝在襪子裡。大頭朝上立在炕上，母親把襪托摟進懷，就像摟著一個嬰兒。在襪底完整敷幾層舊布，然後密密麻麻穿針走線，等於給襪底護了鎧甲，才經踩磨。小門小戶的日子就像白紙糊窗戶，針鼻大的窟窿就漏斗大的風。

他還能說什麼呢？有時候他甚至想，離婚母親也帶不走他和大奎兩個孩子。帶不走怎麼辦？總要留一個給不是爹的爹。母親不會這麼幹。

母親得了腦血栓，栓了口腔。這就是命運的安排，讓她的舌苔僵硬得像塊木板，只能從喉嚨深處發出嗚嗚聲。命運封存了她所有的祕密，再不給人刺破的機會。最後幾年父親一直在照顧她，給她洗澡、梳頭、換乾淨的衣服，推她到外面晒太陽，把肉和菜切碎了給她熬糊糊，把魚和蝦的肉煮成粥。對她就像對一個嬰兒，居然把她養得白白胖胖。他偶爾回家，母親會比比劃劃表達自己的心滿意足。他心酸地想，也許這就是命。母親多半生的付出就為了這時候得到補償。所謂的圓滿，大概就是指這樣一種殘忍的結局。

他和妻子是大學同學。他運氣好，同學聚會時被人戲稱駙馬。他也一步一步從普通營業員走上了高位。當初妻子家裡不同意這門婚事，甚至鬧到了斷絕關係的地步，是他動用了很多心思贏得了這門婚姻。就是現在，他去岳父家也要進廚房擇菜洗菜。拖把從來不用，要用小毛巾清理每一塊地板。家裡不能有浮塵，否則岳母的氣管受不了。這些他不是非幹不可，而是姿態。位置越高，姿態越低，這是必須的。現在回頭看，所有的付出都是值得的。雖然妻子從不跟他回罕村，可他不在乎。大奎蓋房的時候，所有的費用都是他出，條件是給他留出一間房，候著他告老還鄉。這不過是個藉口，妻子心裡明鏡兒似的，只是不跟他計較。家裡的大事小情通通都是他出錢，大奎出力。妻子從來不管。在他們那種家庭，活出人來不容易。母親三年前往生了。在他的堅持下，拿條毛氈包了母親的骨灰，沒有跟父親埋在一起。父親埋在了村裡的河套地，母親則被他帶到了城裡的墓園。他知道這件事在村裡飽受詬病，甚至讓大奎覺得沒有顏面。他有話語權，可他什麼也不說。他在心底想，桂長河，你不能來世還和母親在一起。這種想法能讓人發瘋。除了娶母親時付出了兩斗小米子，還付出過什麼，他甚至不能給母親一夜歡愛！

母親去世以後，他很少回罕村。他不回來，就像罕村不存在一樣。他情願這個罕村不存在，好讓自己變成孫猴子。他在埧城順風順水，他珍惜在埧城的榮譽、地位、事業、家庭，不希望被外來因素打擾。

可是，有一個屯屯，就隱藏在城市的某個角落，時不時地冒出來，毫無徵兆，把這種平靜打碎。

就如此刻。

※　※　※

「老家有點事，如果晚了我可能就住在鄉下。」他給妻子發了個短信。只要涉及老家，妻子從來什麼也不問。這是種高貴的沉默。父親母親去世，妻子都沒來奔喪。她有合適的理由，比如，已經出差了，或者將要出差了。鄉間煩瑣的喪俗讓妻子望而生畏，比如哭喪、行跪拜之禮，還有宴席上油膩的碗和鄉鄰揮舞的筷子。他當然明白。結婚前，妻子只跟他回過一次罕村，一桌飯菜她不吃，她只吃煮雞蛋，自己剝皮。但妻子給婆婆買貂絨皮衣做補償，彼此給彼此臺階。這些都很重要，可以得過且過或欲蓋彌彰。她心裡只有他這個人，而沒有他身後的背景。彷彿他就是孫猴子，真能從石頭縫裡蹦出來。

關鍵是，她心裡有他，他已經滿足了。他沒有理由多要求她什麼。

薄霧自天外而來，在楊樹的枝頭打著晃。左右兩側的溝渠濃綠成行，在黯淡的天光底下，像水墨畫一樣。黑暗遮掩了樹葉上的浮塵、溝渠裡的垃圾、路上的泥濘以及遠處的一隻狗。狗不時地狂吠，他卻只聞其聲。白天下了些小雨，空氣中有一種被濺起塵埃的土腥氣。他甚至查了遠在西域的那座城市，那裡經常是萬里無雲，日照充足，天藍得要命。年降雨量十六毫米，卻要蒸發三千毫米左右。土地和植物常年處於焦渴狀態。年平均氣溫只有六點五度，奎屯在和碩特蒙古語中有「寒冷」之意，離天山五十公里。一條奎屯河由十八條支流匯合，發源於依連哈比爾尕子山……

還有什麼？

這一切怎麼荒謬得如此熟悉而親近？

他自嘲地笑了下，心頭卻是暖的，似乎有一股活泉在奔湧。他搖了搖頭，給自己點著了一支菸。他平時不吸菸，因為妻子不喜歡，但車上會備一盒，心情煩躁的時候吸一支，會感覺通體舒泰。然後拚命漱口，嚼口香糖，確信一支菸的能量消蹤滅跡，他才會回家。他從不惹妻子生氣，他是模範丈夫。眼下他在罕村粗糙的水泥橋上，推開了車門。一隻腳踏到地上，另一隻腳踩在車框的邊緣，像個出租車司機一樣，弓起腰背，衝著夜色噴雲吐霧。抽了一支，又抽了一支，又抽了一支。他有些醉了，是的，醉菸。頭是痛的，眼前迷濛，有輕微的眩暈感。他從沒連著抽兩支以上，嘬得腮幫子都是痠的。他在想他為什麼要回罕村，見到大奎說些啥。是的，他是有話想說的。是不是要說呢，有沒有說的必要，他其實一直在猶豫。或者，說出來有沒有意義？有的，他對自己說。大奎是長兄，長兄如父，他該知道實情。或者，他應該給個主意，下一步怎麼做，做些什麼。這麼多年，大奎一直不知道他跟北疆有聯繫。最早是通信，後來是吃從北疆帶來的馬腸和蘑菇。他從沒告訴過大奎。他又看手機，屯屯還是沒有消息。屯屯不會再有消息了，他深深地吸了口氣。因為她不知道他其實也惦念。回想過去的幾十年，他一直在怠慢她，有意識的，下意識的。甚至把她分到下面的小營業所，條件簡陋，只有三個營業員。後來那個營業所被取締，屯屯才重新回來。屯屯一直是個普通職員，幹最髒最累的活兒。她第一次帶東西來，戰戰兢兢，甚至不敢接他的眼神，倒好像她是來乞討的。他從沒體恤過她。他不願意見到她，她遇見的從來都是冷臉。他只請她吃過一次飯，在旋轉餐廳十八層，聽她談完經歷，他說她沒長一顆過日子的心。「妳不生一個自己的孩子，將來靠誰？」她捂著臉哭著走了。又一次來，就像不計前嫌一樣。他羞愧地想，這話說得自私而又刻薄，實在不該從自己的嘴裡說出來，倒好像是屯屯想靠他一樣。

如果真……靠他，這有什麼不應該嗎？

村莊在一條河的臂彎裡，三面環水，通往村莊的路上空無一人。小的時候，他每天都在這條通天路上走，割草，拾柴，上學，趕集，看人的白眼，遇到人從不打招呼。便有人說他隨爹，桂長河就從不跟人打招呼。「他就像一條夾著尾巴的狗。」他上小學四年級寫作文時這樣形容桂長河，受到了老師的嚴厲批評。「他即便真是條狗你也不能這樣寫。」老師說完就笑了。老師是女的，笑容就像腐爛的大肉花。「要寫出他的高大和不平凡。」

「他沒有高大和不平凡！」他賭氣地大聲反駁，引來了哄堂大笑。

記憶中，他很少叫那個男人什麼。他看他的眼神總充滿鄙薄，從小到大都如此。他就像個地撥鼠，整天鑽到地裡。天不亮就走，天不黑不回。臉上敷一層黑油泥，嘴唇是紫桑葚的顏色。眼白大眼球小，靈活轉動時更像鼠類。他身材矮小，生了個棗核腦袋，與相貌堂堂的他背道而馳。他曾聽村裡人說閒話，桂長河怎麼生得出桂二奎那樣的娃？羞恥的感覺似乎與生俱來，他不清楚這其中有什麼因果。獨記得小時候的眼神，總仇視地看著他。那時他還在讀初中，有一天，他路過菜園時聽見有人說話。「你吃了嗎？吃的啥？我吃的是螞蟻纏大象，你知道什麼叫螞蟻纏大象嗎？」籬笆牆上爬滿了豆角秧，他好不容易扒開了一道縫，見他正在用一根木棍逗弄水壟溝裡的癩蛤蟆。

「啥叫螞蟻纏大象？」他好奇地問母親，母親也不知道。他便知道他在說瘋話。

有一次，同村有個同學說「你爸爸愛跟蛤蟆說話」，被他痛打了一頓。事後他想，同學如果說「桂長河跟蛤蟆說話就沒事了」，他是聽不得「爸爸」兩個字。「爸爸」不能跟蛤蟆說話，蛤蟆不能跟爸爸平起平坐。

他覺得戳心窩子。

他把手機扔向副駕駛，拿起來又查看了一下，心裡一陣煩亂。這個屯屯，一把年紀了還是個不靠譜。他駕車朝村裡走，電話突兀地響了，他趕忙接聽。是哥哥大奎，問他到哪兒了，說粥早熬熟了。他說，已經到家門前了，開門吧。

6

大奎結婚早，已經是有孫子的人了。大奎在他面前總是不知怎樣表達親近才好，給他拿各種吃的，就像對待個小孩子。大奎愛看書，是鄉村的文化人。一個梢間裡都是他收存的各種圖書和農具，像個農展館，亂糟糟的。幾千冊書隨意堆放著，許多都是課本和各種實用手冊。大奎愛書成痴成迷是出了名的。飯後一家人都在屋裡看電視，大奎隔窗喊：「小點兒聲。別看電視劇，看點兒有知識含量的！」說完看了二奎一眼，這話是說給他聽的。他其實不管他們看什麼。大奎解釋說：「我喜歡看長學問的。昨天看有關新疆的節目，說有一種樹木叫胡楊，三千年不死，死後三千年不倒，倒了三千年不腐。這要是人多好。」他謙遜地看了二奎一眼，補充說：「人生一世，草木一秋。」

二奎心裡咯噔一下，想，這難道是感應？大奎從來就不是個悲觀的人，從沒聽他發過牢騷。他平板、務實、憨直，有一點兒小虛榮。就一點兒，不多。他想起了屯屯帶來的東西，薰衣草精油、馬腸、烤雞蛋、葡萄乾、胡楊林裡長的蘑菇。對，就是那種蘑菇，有股年深日久的草木香，特別對他的胃口。他經常在水裡發幾朵，自己炒一盤。素炒，加一點兒紅辣椒點綴。紅辣椒也是奎屯的，封在一個袋子裡。還是幾年前屯屯拿來的，夏天怕生蟲子，二奎把它放在冰箱一角冷凍。每年秋天，奎屯都是晾晒的紅豔豔辣椒的顏色。他在網上看到過照片，紅辣椒掀起的波浪把人都淹沒了。妻子不知道這些蘑菇和辣椒來自哪裡，他也從不請她品嘗，從不提起屯屯這個人，以及與之相關的事。他知道她不關心。薰衣草精油他送給了女下屬，他不送給妻子，因為他不想撒謊和解釋。他們兄弟偶爾坐在一起，談發家致富，談左鄰右舍，談村裡的人和事，從沒談過新疆以及與新疆有關的風物。因為這不構成一個話題，從沒有因緣談起。

今天是有些特殊了，新疆的胡楊居然做了開場白。

他只喝了一碗粥。那碗粥順著喉管緩慢進入消化食道，似乎隨時都想反流。他們坐在晾臺上，屁股底下每人一把籐椅。籐椅是他屋子的標配，他知道，只有他來才會搬出使用，平時會被大嫂擦拭得乾乾淨淨。藤條編的小圓桌上擺著茶水瓜果，有些瓜果就是園子裡的出產。小黃瓜只有手指頭長，若不是他來，他們不捨得這麼小就摘。他拿起一根黃瓜咬了一口，頓時滿口生香。嫂子從堂屋取來小板凳，剛要坐下，被大奎轟了進去。「妳進屋看電視，我跟二奎說事情。」大奎素來把兄弟看得重，甚至重過老婆孩子。熏蚊子的火繩冒著青煙，黃瓜花、豆角花的香氣在空中彌散。他給二奎的茶盅裡倒了茶，二奎看一眼門框上懸著的電燈，大奎趕緊站起身，把燈拉滅了。二奎打小就不喜歡太亮的燈光，他嫌晃眼睛。他喜歡朦朦朧朧。

二奎抬眼望天，一枚巴掌大的小月亮鑽入了雲層，像多半塊害羞的玉米餅。小的時候經常看著這塊玉米餅出神，舔著上嘴唇想，不知怎樣才能吃到它。幾顆細小的星星明明滅滅，像是還沒考慮好，該不該跳出來值勤。

「你知道你為什麼叫大奎嗎？」二奎覷著眼問，腦子裡卻想起了屯屯說過的話，「你不是因為有大奎才叫二奎。」

「知道，奎屯生的嘛。」大奎回答得簡樸，卻嚇了二奎一跳。「打小連小學老師都說，咱村很多人走新疆，有幾家子到了奎屯。桂大奎、桂二奎都是新疆奎屯的產物。」大奎努力想把話說得幽默。

「你還記得什麼？」心裡卻在想，他為什麼從來都沒跟我說過。

「入學時咱爸想給改名，找後街的老五叔起了桂長金、桂長銀兩個名字。但咱媽不讓，她說我這一輩子啥都聽你的，這件事打死也不能依你！咱爸也是倔人，跟媽這一通吵。你那時小，就會抱著媽的大腿哭。我可是記得真真的，媽正在拉風箱，順手抄起一把菜刀架到脖子上，那刀刃割著了皮膚，血都冒了出來。咱爸嚇壞了，扎到了姑姑家，三天沒敢回來。有時我還會想起，改個名字的事，不知她為啥動那樣大的肝火。桂長金、桂長銀的名字其實也不賴。」

「你沒問過她？」

「沒問。我猜……她可能是為了紀念。」

「紀念……奎屯？」

如果真是為了紀念奎屯，奎屯應該是有值得紀念的人和事。桂二奎嘆了口氣。

他又想抽菸了，摸了摸口袋，菸放車上了。大奎原來比他知道的多，這是個意外。他從來也沒有把自己的名字跟奎屯連繫在一起。雖然屯屯說起過，可那次有酒遮臉，他沒有當真。鄉間叫「奎」的人很多，未必都與什麼有牽連。他想，該談一談陶子晟了。他此次來，就是想談談陶子晟。奎屯的陶子晟，在他心裡隱匿了很多年。那年來到郵局給女兒們寄衣物，卻把大家都驚乍了。他和桂二奎兩個人互為翻版，能一眼讓人看出隱祕。當然，郵局的人不會那樣想，大家都當新聞傳播。現在他躺在病床上，等著女兒給他採補血草，這分明是個幌子。這個叫屯屯的女人，就生活在圊城，像個臥底。當年從新疆奔了來，一臥就是很多年。毫無緣由地帶這帶那，用一句書面語言，就是加強聯繫。不管你願不願意，她就是要加強，其實是強……加，看似柔弱拘謹的她，執拗得有些過分。直到這次，去奎屯之前還專門來辭行。她哪裡是辭行，分明是通稟。我來告訴你情形，一個得了直腸 CA 的人喊我回去。幾千公里之遙，不到關鍵時刻怎麼可能喊她？採補血草只是藉口。就因為猜到了她是來通報消息，桂二奎才準備了一萬塊錢，連號的。這是他特意吩咐的，隱喻若有若無。這些元素裡都是故事，大奎聽得懂嗎？他會不會被嚇著？

「有件事我一直沒有告訴你。」大奎忽然變得詭祕。他往前拉了下椅子，濃重的夜色被他扯開了，臉像浮雕一樣明晰了些許。大奎是一張團圓臉，扁平，有一點兒抹去特徵的混沌，不像二奎稜角分明。桂二奎沒來由地緊張，自己是來訴說祕密的，沒想到大奎也有。

「你知道咱爸咱媽當初為啥去新疆嗎？」

因為窮。所有的人都是因為窮。也有人是因為遠大理想和抱負，想建設邊疆保衛邊疆。但罕村的人不是。吃不飽，弟兄幾個擠在一間屋子，娶了媳婦卻分不了窩，只能在中間拉一塊布簾。新疆天大地大，能施展手腳。還有一份穩定工作，按月拿工資。當年就是這樣宣傳的。

「我告訴你，別人是因為窮，咱爸咱媽不是。後院園子裡埋了幾缸小米子，專門為度荒年用。咱爺爺是個大神，能運籌帷幄，決勝千里。」

這些桂二奎恍惚記得。爺爺在大戶人家當過帳房先生，積攢每一分錢給家裡儲存糧食。那年月小米子是好東西，能讓坐月子的女人奶水充盈。後來那些小米子挖出來，早發霉了，順便做了肥料，那一園子白菜長得肥碩壯觀，爺爺總挑出去偷偷去賣，被聯防的人追得挑著擔子跑。

「你沒覺得，咱倆長得不像？」

二奎大吃一驚。

大奎緩緩說根由。母親去世後，留下一個上鎖的抽匣，大奎打開，都是母親保存的老古董、各種票據、存摺。其中有個存摺是一九五八年存入大鄉信用社，定期三個月，現在已經取不出來了，因為沒有底案。幾樣首飾、工分簿、帳單。還有一張毛頭紙，四方的，寫仿影的那種。展開一看，卻是一紙文書，密密麻麻的滿是毛筆字。「你知道上邊寫的啥？」

二奎惶惑地搖頭，他想到了賣身契。母親就賣了兩斗小米子。

大奎更加詭祕，說是一紙契約。「虧得我平時愛學習，連蒙帶猜讀得懂繁體字，契約好像與咱們的身世有關！」

什麼叫好像！

二奎抖了一下，涼氣一下浸入了身體，像是哪裡接通了一個孔，讓冷氣長驅直入。他握緊了拳頭，禁不住要打擺子。生命難道是被一紙契約規劃好的？

二奎粗暴地打斷了他：「說內容。」

大奎仰臉望天，回憶道：「雙方遵守自願之原則……桂家都許以合法身分。如果生兩個以上……女方不得與男方發生任何勾連……」

「一個就允許？」二奎低吼。他覺得大奎吞了字，這裡面有常識錯誤。「你說詳細點！」

「年深日久，很多地方黏到了一起。字根本看不清楚。」

「契約呢？」

「燒了。那東西丟人，我怕讓晚輩看見。」大奎變得可憐巴巴。

「哎喲！」二奎痛心疾首。他想，母親把契約一直保存著，在早，是自己孩子在桂家合理合法的憑證。後來一直沒銷毀，分明是想留給他們看。母親是個仔細人，不會因為疏忽而忘掉 —— 自己難道跟大奎真的不是一個父親？

「上面到底是怎麼說的？」二奎簡直要給他作揖了。

大奎卻越發說不清，他緊張得直冒汗。

「你那屋子存了那麼多破爛兒，就不能存下與自己相關的？」二奎怒不可遏。

大奎一下紅了臉。那屋舊書和農具是榮耀，讓他在鄉村顯得與眾不同。二奎以前沒表示過不同看法，今天卻叫它們破爛兒！

「下面簽名的都有誰？」二奎陰沉著臉問。

「黃連榮。桂長河。桂田。上面都按著手指印。」大奎說得膽怯，伸出食指朝虛空摁了下。

二奎舒了口氣，莫名地拍了下大腿。黃連榮是母親。桂田是爺爺，在桂二奎八歲那年就死了。他依稀記得爺爺的清臞模樣，鬍子只有稀疏的幾根，是黃的；總是一副陰鷙相，從不在眼睛中間看人。桂二奎覺得他就像奴隸主，一家人都是奴隸。他穿黑大褂，喜歡背著手走路。抽菸時菸袋桿高擎著，下面墜著菸荷包，顯眼地釘著一粒翡翠扣子。頓頓要喝酒，錫酒壺要放在茶缸裡用熱水溫。小碟鹹菜旁有幾粒花生米，用香油、醋醃製過，撲鼻香。

喝過酒，他就往鋪蓋捲上一躺，兩隻膝蓋弓起，一條架到另一條腿上，很響地打鼾。

還記得那是個小的三間瓦房，小格子窗都是四方塊，過年糊上新的毛頭紙，窗子便像安了玻璃一樣亮。其餘時間便是年深日久的顏色。煙道從炕上過，每一個縫隙都冒炕煙，熏得席子和被褥都是黑的。煤油燈也冒黑煙，放在小躺櫃上，能照亮整個太師椅。爺爺蠟黃著臉在那裡坐上一晚，兩隻鼻孔都是黑的，像豬鼻子一樣。

那一晚的情景二奎能夠想像。父親坐在炕沿，母親倚靠在門口的牆上，半個屁股虛坐著。爺爺在太師椅上挺著身子，架起兩條胳膊。旁邊的桌子上放著筆墨紙硯，硯臺的切口上停放著一枝吸滿墨汁的毛筆。帳房出身的爺爺會擺足架子，要不他也是個煞有介事的人。按時間推算，那應該是一九五五年的冬天，剛有支邊的信兒。村裡許多青年躍躍欲試。家家雖分了土地，但那時的年輕人像現在一樣，對遠方有著不切實際的幻想。其實主要還是因為窮，缺吃少穿，十幾口人擠在一棟房子裡。桂家不缺糧食和住處，但桂家的難處說不出口。媳婦八歲用兩斗小米子換了來，十三歲圓房。桂田比誰都清楚他的兒子桂長河生不出一兒半女，要想桂家有後，只得想別的法子。要想不丟人而又少是非，最好到外邊去，越遠越好。

去新疆的想法一定是爺爺桂田的主意。他眼界開闊，大開大合。

母親那年十八歲，已經是個有想法的少婦。這紙契約約束的是雙方，但顯而易見，保存在母親手裡，是個撒手鐧。懷孕生產都是女人的法定義務和權利，但前提是，妳的孩子得有來路，孩子能不能被善待，取決於母親的性行為是否合理。

「你那時為什麼不告訴我？」沉默良久，桂二奎還是發洩了一下。被大奎蒙蔽的感覺很受傷，大奎有事從不瞞他。

大奎忸怩著說：「覺得不是啥好事，告訴你也嫌丟人。何況……」大奎遲疑了。

二奎的腦子動了一下，猜出了他咽下的半句話，無非是因為「兩個人長得不像」，讓他心有罣礙。他們都是從同一個娘的肚子裡爬出來的，至於父親是誰，大奎未免太杞人憂天了。

「今天為啥又說了？」二奎面露嘲諷。

「與胡楊相比，我們都是渺小的人。」大奎坐規正身子，振振有詞。那一刻，大奎簡直像有神仙附體，口氣和表情都帶了居高臨下和悲天憫人。

二奎站起了身，他一刻也不想在這院子停留。大奎的這一面讓他看不入眼。他從很多年前就看不入眼。大奎的嗜書如命、一些小的聰明和計謀、屬於鄉下人的自命不凡，以及隨處表現的虛榮和淺薄，都讓他難以容忍。他真的懷疑，他們的血管裡流的不是相同的血。但大奎說得不錯。與植物相比，人類都很渺小，哪怕是一棵草，還能野火燒不盡。只是，他覺得沒有必要再跟他理論下去。月亮移出了雲層，灑下幾縷清輝。二奎借著月光星光盯看了一眼大奎。他們長得不一樣，脾氣秉性不一樣。小的時候大奎就有些女氣，愛哭鼻子，愛穿有顏色的衣服。也就是說，陶子晟與他沒關係……不知為什麼，他暗鬆了一口氣。想起屯屯說過的補血草，也不知現在採到了沒有。心慌的感覺突如其來，他搖晃了一下，情不自禁地捂住了胸口。

「你怎麼了？是不是不舒服？」大奎關切地探過身來。

二奎沒有接話茬，而是不動聲色地舒緩了自己，他想到了遠在北疆的病人，也許這是心靈感應。

他的心像是被什麼挖了一下。

「這畦番茄長得不錯，是沙瓤嗎？」他往菜畦邊上移動了下腳步，是為抽身在做準備。

面前黑乎乎的，其實啥也看不清楚。

「還不知道呢。」大奎忐忑地接話，「要等紅了才知道。」

「時間不早了，我得回去了。」

大奎趕忙問：「你今天有……事兒吧？」

「沒事兒。」二奎邊說邊利索地往外走，「我就是路過，來看看你和大嫂。」

7

屯屯伸了一個懶腰，奎屯的早晨就醒了。她惺忪好一刻，才想起這是睡在老房子裡。老的土坯房，有一種乾燥和舒爽。指尖碰到手機，心跳了一下，卻沒有動。昨晚媽媽燉了一隻鵝，屯屯吃得有些不知飢飽。筷子不時揮動，除了吃，她不知道該幹什麼。一家人都看著她。大美、二美和兩個姐夫。二美嫁到了克拉瑪依，姐夫是維吾爾族人。大美就住在家屬院旁不遠處的樓房裡，那裡爸媽其實也有房，可他們不去住。老房子有大院落，可以種很多蔬菜。政府一直說拆遷，但一直沒動靜。當年他們從內地帶菜種，一茬一茬培育，種子像人一樣，早把這裡當成家了。

屯屯知道一家人都看著她。

媽媽說：「小美……」

屯屯說：「我改名了，我叫屯屯。」

媽媽陪著笑說：「我總忘。屯屯好聽，小美……」

一家人都覺得，屯屯應該給二奎打個電話，把爸爸的情況說清楚，他實在是堅持不了幾天了。如果二奎能在他活著的時候來看一眼，爸爸就能瞑目了。否則，現在他死都會很勉強，所以橫豎不咽這口氣。屯屯在塤城這些年，多虧二奎照應。否則她人生地不熟，怎麼可能生活得好，還能謀到工作。屯屯是唯一能跟二奎說上話的人，是陶家所有的指望。「妳現在就打，讓我們都聽聽，看看他怎麼說。」大美把屯屯的手機從包裡取了來。屯屯接過，又放進了衣兜裡。「他這兩天忙，過兩天再說吧。」

「爸爸還能活兩天嗎？」二美越來越不滿。她連續值了幾天夜班，心情很煩躁。

大美說：「怎麼活不了……他讓小美捎來那麼多錢。」

大美的意思是，屯屯說的是實話。

媽媽說：「妳哥會來的。我做夢都夢見了。」

頓了頓，屯屯說：「他不會來了，妳們死了這條心吧。」

媽媽突然叫了起來：「妳說什麼？」

屯屯心一橫，說：「桂二奎不會認妳們的，妳們就別做夢了！」媽媽訕笑了一下，她覺得小美是在說笑話。

媽媽早已轉變了對哥哥的態度，包括對爸爸的前妻燈碗。燈碗是小白帽的小名，她的大名誰也記不住。她的偏頭痛好了，但小白帽還戴在頭上。按理應該叫她大寶媽二寶媽，可因為大寶二寶都不是她親生的，大家都願意叫她小白帽。年前爸爸做手術，燈碗去醫院探望了，拿了一盒子糕點。她比爸爸大三歲，但遠比爸爸健康。她立在病房門口，沒有往床前走，只說了一句話：「你好好養著吧。」就回來了。媽媽做什麼好吃的都會給她端一碗，有時自己也咕囔：「妳爸要是當初不跟她離婚，恐怕就不會得這種爛病。」

有一天，慶賀二美生日。屯屯和兩個姐姐喝果子酒，都喝得有些高了，胡亂說：「我們的生命來得多麼不容易啊，這個世界上，差點兒就沒有我們姐妹三個了。」

大美說：「如果爸爸不跟小白帽離婚。」

二美說：「如果媽媽不跟爸爸結婚。」

屯屯說：「如果二奎一家不走，這個家就是一家四口。爸爸、小白帽、大奎二奎兩個哥哥。」

大美問：「如果那樣，二奎還能當行長嗎？」

二美說：「不當行長也能當局長。」

屯屯說：「是雄鷹在哪裡都能高飛。」

姐妹三個聊得高興，喝得也高興，都把自己放倒了。那是爸爸手術後最高興的日子，醫生說，手術很成功，半年以後陶師傅就跟從前一樣了，打球、騎馬、彈琴，樣樣行。爸爸參加了一個俱樂部，經常騎馬到很遠的地方。

沒想到半年以後成了這樣。媽媽說是她的錯，如果不手術，情況也許會更好。大美和二美都說，爸爸心事太重了，活得好好的，總想死後打幡的事，好人也會抑鬱的。

媽媽馬上沉了臉。打幡的事也是她的心病。

屯屯把臉埋進碗裡，她想，都是自己無能，才落得眼下這個局面。自己不去填城，爸爸就不會指望。每次來，爸爸都要偷偷打聽二奎的情況，問二奎對她好不好，有沒有請她吃過飯。屯屯誇張地說，很好啊，經常請我吃飯，每次都去高檔餐廳吃龍蝦。爸爸笑得特別幸福，彷彿為當年的錯誤找回了安慰。十八層旋轉餐廳那頓飯，吃得不愉快，卻被屯屯借用了很多年。屯屯經常對自己說，爸爸的病，妳也有責任，年復一年地讓他空指望，他多受了許多煎熬。喝了一碗肉湯，屯屯放下碗，說：「我去熬補血草。」

都說不用熬，熬了也沒用。屯屯不理。熬出來的補血草裝進罐頭瓶裡，是深紅的顏色，真像血漿一樣。屯屯不顧一家人的勸阻，還是跑到了醫院。她想，我橫豎也得把補血草餵給爸爸喝，不管管用不管用，我都要餵給他，否則不是白回來一趟嘛！大美的女兒佳佳充當臨時陪護，她的男朋友在這裡上班，說好的今天他們值一夜。看見小姨進來，趕忙閃了出去。爸爸的手臂露在外面，冰似的涼，屯屯給他放進被單裡。補血草倒進碗裡一些，屯屯用湯勺舀起，對爸爸說：「你的血管裡沒血了，老神仙說，喝了這些就能把血補回來。來，張嘴。」湯勺湊到爸爸的嘴邊，爸爸嘴唇動了動，但沒有張開。屯屯說：「你喝一點兒，我跟你說哥哥的事。」爸爸嘴唇顫動兩下，真的張開了。屯屯小心地把補血草倒進爸爸的嘴裡，順嘴角流出了些，但非常明顯，爸爸有一些吞咽的動作。屯屯說：「我一會兒就跟他聯繫，讓他過來看你。你高不高興？」爸爸微微點了下頭。屯屯說：「我不知道你病得這樣重，否則我會帶他一起回來。」爸爸扯動眼皮，努力想睜開眼睛。屯屯注視著這一切，那顆心突然堅定了。

屯屯在呼市給桂二奎發了信息，沒得到回應。屯屯想，人家只是客氣一下，並不是真的關心妳。到了奎屯，因為一直想到哪裡去採補血草，就把發信息的事忘了。

「他如果真關心，怎麼就不能主動聯繫我呢？」私心裡，屯屯有得寸進尺的想法。

「他不行了，就剩最後一口氣。可他想見你。你能讓他見你一面嗎？這樣他死也甘心了。」這樣幾句話，修改了好幾遍，該表達的想法和感情，客氣又不失親暱，還得很嚴重，否則，不足以引起重視。屯屯在路燈底下連續敲了很多個流淚的表情，想了想，又點了發送位置，顯出的是奎屯人民醫院。

「我在醫院，人不行了。」屯屯又加了一句。

屯屯仰著臉看天，一顆玻璃球大的星星鑽出來，眨了下眼，又沒了蹤影。屯屯覺得自己就像那顆星星一樣，無所適從。或者，她總是無所適從。不管是在塤城還是在北疆，她都是一個無所適從的人，身邊有親人，卻走不近、靠不上，那真是無可奈何啊！這顆星也許就是爸爸，以這種明滅的方式提醒她。屯屯很焦灼。等了足有十分鐘。這十分鐘真是漫長得讓人無法容忍。沒有消息。還是沒有消息。她一咬牙，把電話撥了出去。「您撥打的電話已關機。」她反覆撥，撥了幾十次都不止，手機鍵都快要被摁掉了。「他這是故意的。」屯屯一邊摁鍵，手一邊哆嗦，「他一定知道我會打電話才關機的。他不想被打擾。」可是，他有理由接受打擾嗎？沒有。沒人告訴他，他是誰，與遠方的陶子晟有什麼關聯。他不知道，或者，他可以假裝不知道。我們誰都沒有勇氣告訴他真相。真相，被厚厚的歷史塵埃湮沒著，有時候，我們甚至懼怕這一點。因為裡面包裹的是不堪、恥辱、醜陋，抑或陰謀、變態、暴虐、瘋狂。再想不起比這更極端的詞了。屯屯就像晚秋灰敗的一棵芨芨草，在清涼的月光下往家裡走，直走得淚流滿面。她覺得，自己犯了戰略性錯誤，她一直膽小、謹慎、虛妄地對待桂二奎，等待他覺悟。自以為是步步為營，其實是給了他逃避或隱遁的理由。所以，他送給她一萬塊錢甚至都不說用項。他分明是不願意介入其中！他用錢畫了一條河，把屯屯以及與屯屯有關的一切隔到了彼岸。沒有比這更陰險的了。試問，以後屯屯還能再去找他嗎？屯屯情不自禁要打擺子，她覺得，自己被耍了，回來時一路的興高采烈是因為自己蠢。她以為，他們之間的關係是澄澈的，是不言自明的，其實哪裡有這麼簡單！想起了自己的這半生，二十年最好的年華都給了守候，今天的局面卻是如此令人不堪，她賭氣地關上了手機，也關上了與他的信息通道。她越來越不敢想明天會怎樣。父親躺在病床上，一家人都眼巴巴地看著她。他們不知道，她在塤城用了二十年仍然無法走近他，跟他說話還要緊張。屯屯覺得自己快要死了，渾身連一絲力氣也沒有。「就讓我死在爸爸前邊吧！」她邊走邊嘟囔。終是不甘心，走到家門口，又打開手機看了一眼，她徹底絕望了。屯屯想，我們不是一個時空的人，我們是過錯而不是錯過，我們之間的距離比新疆到塤城還要遙遠。

血緣也是一條河流。就讓這條河流終止吧！

※　　　　　※　　　　　※

白色的紗繃子罩著餐桌上的盤碗，屯屯揭開看了看，有她愛吃的糕點、綠豆湯和煮雞蛋。屯屯揉了揉肚子，昨晚的鵝肉湯都還在胃裡，她吃得實在是太多了，眼下一點兒胃口也沒有。屯屯重又把紗繃子罩上了。

幾件衣服挑揀了一下，仍是穿了那件長著補血草的連衣裙。這件連衣裙，隱約代表了一種心境和象徵，穿在身上能有些許安慰。奎屯的太陽可真明亮，通透得就像一面鏡子，光芒四射。媽媽和姐姐一早就去醫院了，說好的讓屯屯睡到自然醒。屯屯瞇著眼，在偌大的院子裡走了一圈。這裡一共有十一排房，五十幾戶。現在留下的住戶不到三分之一，都是老弱病殘。許多屋脊都坍塌了，上面長著各種各樣的草。小的時候，屯屯串過二十幾戶人家的門子。從內地來的，她只沒去過小白帽家。媽媽經常說小白帽的是非，讓屯屯對她一點兒好感也沒有。小白帽住在最後一排，離水房很近。她嫁了一個安徽人，那人去登天山時跌斷了腿骨，成了跛腳人。後來他們收養了兩個兒子，大寶十七歲那年用荊條筐去屠宰場背馬肉，回到家來自己煮，吃完通體是黑的。原來馬肉沾了荊條就成了劇毒，老家的人都知道，但大寶不知道。二寶開一輛紅色的出租車，在外面買了房子，很少回老院子來。建家屬院的熱鬧場面，屯屯還記得。家家挖坑土，脫土坯。爸爸赤腳踩泥窩窩，那些泥漿要摻上一定數量的麥草才有筋性。四個框的器物叫坯模子，把那些拌好的泥漿塞進模具裡，用拳頭杵緊實，再把坯模子小心朝上一端，一塊坯就像毛豆腐一樣落在地上。橫幾排豎幾排，亮得像一片水塘。奎屯的太陽很快就把坯的表面晒乾，屯屯放學時，和姐姐們一起把土坯一塊一塊搬起來，搭「人」字形，晒另一面。待完全乾透，就可以造房子了。熱火朝天的場面留在了記憶裡，長長的一條街上只看見幾個寥落的老人。年輕人不喜歡老房子了。他們喜歡帶電梯的洋房，寬大的露臺架在半空，或者移一些土在陽臺上養花種草。從這點來說，內地和邊疆的年輕人都一樣，他們親近土地的方式更像是隔靴搔癢。

可當年這院子裡的味道多迷人啊。維吾爾族人把爐子砌到外面，烤饢，南方人做甜點，北方人做水飯。一對哈薩克族的夫妻經常提來獵物，有一次，他們居然扛來一隻金狐狸，三角臉貼在後背上，就像睡熟了。塤城來的人從家鄉帶來了各種各樣的種子，他們聽說這裡的土地廣博，種子可以隨便丟進地裡。高粱有黏高粱、笨高粱，穀子有大黃米、小黃米，還有各種各樣的蔬菜種子，把園子種得像開博覽會一樣。記憶最深的是冬天的雪，一早醒來，大雪封門。爸爸趕緊搬來木梯，去房上掃雪。大團的雪落下來，在屋簷底下堆得像小山一樣。大美跟媽媽用推車往外拉，二美用木鍬往外推，屯屯則跟著爸爸爬到了房上，她從小就膽子大。結了冰的房草又溼又滑，爸爸還在掃雪，發現屯屯已經像鳥兒一樣飛到了空中，噗地落到了雪堆裡。雪粉噴濺而起，被風旋起幾米高的雪瀑。房上的爸爸嚇壞了，趕緊從木梯上下來，屯屯已經從雪窩子裡爬了出來，連睫毛上都是雪粒子。她蹦跳著說：「太好玩了！太好玩了！」大美、二美也不甘示弱，爭相爬到房頂，姐妹三個就像跳水運動員，依次往下跳，左鄰右舍都跑出來看熱鬧。爸媽哭笑不得。後來，爸爸受這次「跳房子」的啟發，在外面修了塊有落差的滑雪場。

水房還在西北角矗立著，圓溜溜的像個炮樓，上面長了數不清多少種植物，蔥綠的葉子擠擠挨挨，有的像巴掌大，有的像指肚小。一棵柳樹居然長得有小孩胳膊粗，旗桿樣地在上晃。冬天到這裡挑水是個危險活兒，冰凌凍得有一尺厚，經常有人摔得人仰馬翻，把骨頭摔劈摔斷。屯屯帶領學雷鋒小組來做好事，專門扶裝滿水的水桶，防止外溢。結果是，水都灑到了自己的棉鞋上，棉鞋凍成了冰蛋子，回家讓媽媽好一頓罵。

8

「裙子可真是好看呢，這花是補血草吧？」

屯屯扭回頭去看，椿樹底下站著燈碗姨，掐著一把韭菜打量她。因為媽媽的緣故，屯屯小時候幾乎沒跟她說過話，她們背後都叫她小白帽。媽媽經常嘲笑她的矮身量、蒜頭鼻。年紀輕輕就是少白頭，一個髻綰到腦後，用網子罩著，走路一顛一顛，像箍著個小煤球。在媽媽眼裡，她一無是處。屯屯也覺得她一無是處，說話嗓子尖細，像踩了貓尾巴，走路瞅腳尖，跟誰都不打招呼。可她有一股蠻力，下手抓住羊的兩條後腿，手腕一翻，膝蓋一頂，刀尖對準羊的頸項，放血連一根羊毛也不沾。其實她的身量沒有那麼矮，鼻梁也算周正，就是鼻頭略微大一些。她姓姚，罕村姚姓是大戶。當年嫁到陶家也是貪圖陶子晟的模樣人品，帶到新疆來這麼一丟，就把她丟背過氣了。跟陶子晟一樣，她打出來就再沒回過罕村。

除了路途遙遠，年輕的時候都覺得沒臉回去。

她比陶子晟大三歲，可看上去哪有大三歲的樣子啊。她看上去那麼結實、精幹，兩隻腳踩在地上，看著就有根。說實話，她也不像媽媽說的那麼不堪，媽媽純屬埋汰她。屯屯朝她走去，她把韭菜放到一個石墩上，走出了椿樹的陰影，手搭著涼棚看一眼，驚叫說：「是小美啊！聽說妳爸喝到了妳採的補血草？」

屯屯叫了一聲「姨」，問她聽誰說的。她說：「早上出去買早點時遇到了妳媽。妳媽說二奎也回來？」

屯屯含混地應了聲。

她馬上問：「他啥時來，是坐火車還是坐飛機？」

屯屯只得說還沒一定，心下也奇怪她怎麼會對二奎感興趣。問她想做啥飯。她說包素餡餃子。「老家的伏天韭菜是臭的，奎屯的韭菜是香的。」她的話更像是別有深意。「二奎走的時候才一個月零八天，」她說，「那年的奎屯六月飄雪。」

這是在說往事還是在說氣象？她的話，屯屯不想聽，便岔開了話題。問她是不是吃韭菜雞蛋餡。她也意識到了屯屯心不在焉，寥落地說：「小美，中午在這兒吃吧。」

屯屯說：「等會兒要去醫院，爸爸的情況很不好。」

燈碗說：「他就是在等二奎。大家都知道，他就是在等二奎。」

屯屯的心裡抽動了一下，賭氣似的說：「二奎要是一輩子不來呢？」

燈碗不滿地發出一個鼻音，說：「妳爸這輩子，就這麼點念想，妳們怎麼就不幫幫他，讓他了了心願？他心裡苦。」

屯屯奇怪地看了她一樣，心說當年是他拋棄了妳，妳倒不說自己苦。

屯屯想走，燈碗說：「妳到我家坐坐，我給妳看樣東西。」

屯屯遲疑了一下，但沒擋住好奇心。她想會是什麼東西讓她看……突然想，燈碗心裡應該有祕密，她當年是當事人啊。

屯屯跟隨燈碗走進了家門。鍋灶，火牆。因為沒有後窗和後門，屋裡暗得影影綽綽。這房子早先建成什麼樣現在還是什麼樣，牆壁黑黢黢的，貼著兩張門神畫，也落滿了灰塵。不像屯屯家裡，隔斷打通，闢出專門做飯吃飯的地方。後窗裝上玻璃，房間變得通透。每年都刷房子，牆壁總是雪白。那個跛腳丈夫早就去世了，她這些年過得有多悽惶，看一眼這房間就知道。

炕邊是塊氊子，有著繁複的圖案。屯屯小心地坐了上去。燈碗說，這氊子還是當年妳爸買的。他去烏魯木齊開會，買了兩塊花氈，另一塊送給了二奎的媽。

這話是什麼意思？屯屯皺著眉頭想。那時媽媽甘絨花還是黃花閨女，與這件事情不搭界。花氈如果幾十年不清洗，灰塵大概能落豆腐厚。好在這塊花氈還是薄的。屯屯使勁想罕村的桂長河家，他家有高門檻、土坯炕，屋裡整齊潔淨，被子疊得像豆腐塊，但記憶裡沒有這塊花氈。

「他媽年輕的時候一定是美人。」屯屯搜索著記憶。她就見過二奎媽那一面，不冷不熱。自家嬸子說，那是個凡人不理的主兒，「她以為自己是菩薩。」嬸子鄙夷，「常年吃齋念佛。」

「長得是不差，比妳媽好看。」燈碗抓了一把沙棗給屯屯，沒注意屯屯皺了一下眉頭。

「我爸是咋跟她扯上關係的？」屯屯假裝問得隨意，其實她心裡特別好奇。眼下爸爸躺在病床上，這些不雅之事似乎也輕淡了。爸爸的作風問題讓媽媽數落了一輩子。屯屯也奇怪，爸爸為啥跟人家生了兩個兒子而又沒跟人家結婚。「他傻子一樣讓人騙了。」這話媽媽只敢偷偷地說，「他讓人家騙了，他又騙了我。」

「這話不該我說，回家問妳媽。」燈碗的聲音有點兒衝。

「我媽不知道。」屯屯的口氣也硬了起來。

「她知道。跟妳們成心裝不知道！」

屯屯無言，有點兒後悔跟燈碗進到這屋裡來。看來和解只是表面上的。媽媽經常送來好吃的也沒能溫暖她，也許她這一輩子太孤寒，也許她始終沒有原諒那個帶她來新疆的人。她在這裡沒有一個血親，卻要在這寒冷的地方待一輩子。

換了誰都不會輕易說原諒。

屯屯的心裡柔軟了一下，想媽媽為什麼來送吃的，無疑，人都老了，有些事能夠放下了。但以媽媽的心性，她無疑覺得自己是站在高處，雖然一輩子也談不上幸福，但與燈碗比，她是勝利者。勝利者容易有姿態，況且爸爸需要她這種姿態，媽媽自己也需要。

媽媽甘絨花是一個會「作」的女人。當年是文藝女青年，被人敲鑼打鼓送來的。媽媽打小父母雙亡，跟舅舅舅媽長大。國家號召支邊，她第一個報了名。舅媽哭哭啼啼勸她不要去，說新疆那麼遠，坐火車都要半個月，去時容易回來難。甘絨花剛強地說，好兒女四海為家，妳沒聽廣播裡說嗎？舅媽勸不了她，去鄰居家借了十個雞蛋，想煮熟了讓她在路上吃。甘絨花卻不願意等，自己背著鋪蓋偷偷地跑了。甘絨花分到了離奎屯一百多里的農場，說是農場，卻連一棵莊稼也沒有。沒有衛生紙，來月經了自己燒草木灰裝到布袋子裡墊下體。冬天開墾蘆葦地，跳進淤泥裡清淤，冰碴直往鞋裡灌。夜裡就睡在蘆葦湖裡，身下鋪著茅草。幾根棍子四角一支，上頭蓋些蘆葦就是草房，很多人指甲蓋都凍掉了。她跟爸爸認識三個月就結婚了，因為奎屯比農場條件好，火牆能讓人夜裡睡覺冒汗。

甘絨花結婚前是一個人，結婚後是一個人。如今老了，大概又變成了另外一個人。大美曾經對屯屯說：「媽媽有時惦念二奎，比惦念妳還強烈。」

屯屯眨眨眼，記憶中不是這樣的。她問：「為什麼？」

大美拍了她一下，說：「妳以為只有爸爸想打幡的事啊！」

「她添什麼亂啊！」屯屯不滿。

「您想讓我看什麼？」屯屯有些坐不住了，她心裡雖然有些柔軟，但她不喜歡這個年老的女人。她的略帶鷹鉤的鼻子像一隻隼，眼神也泛著凌厲的光。這屋裡有一股不潔的氣味，也許就是她身體散發出來的。燈碗打開櫃蓋，拿出來一個鐵盒子。大概許久沒有打開過，她摟在懷裡開得很吃力，有指甲摩擦的淒厲聲。到底還是打開了，裡面是一個藍布袋，有點兒像小時候見過的菸袋荷包，封口處繫著白線繩，那線繩已經是老舊的顏色了。她把線繩解開，把口鬆一鬆，倒提著往炕上倒，一個一個滾出來的，居然是羊拐骨。

屯屯目瞪口呆。

那六隻羊拐骨落在炕上，彼此撞擊時發出清脆的聲響。它們擺出各種各樣的姿態，各個溫潤如玉，安靜得像隻小貓，卻支稜著耳朵。歲月沒從它們身上行走過，它們還像初始那樣清秀潔淨。屯屯吃驚得眼珠差點落下來：「這是……」

燈碗用手一劃拉，六隻羊拐骨悉數被她抓到了手心裡。她摩挲著說：「妳……忘了？這是當年我在屠宰場收集的。那樣多的羊拐骨，要懷孕的母羊水色最好，還得是前腿。羊大了不行，小了也不行，一樣大，『耳』清晰，等了好多天才遇到合適的。用毛刷刷乾淨，用開水煮去油汙，埋土裡去腥膻，然後又用蠟油包起來，這模樣才好看。那時小姑娘玩的羊拐骨都漆紅油漆，像從血鍋裡撈出來的。有天我下班，正碰上妳因為羊拐骨哭鼻子，要借別人的玩，人家不讓。我就想，我要給妳找幾個最好看的羊拐骨，讓妳在小夥伴面前有面子……沒想到妳不要，還沒一刻鐘就還了回來，扔在了雪堆裡。二寶氣得拿回家來哭，說連個黃毛丫頭都瞧不起我們。我說，她不是瞧不起我們，她是聽了大人的話，將來有一天她長大了，就會懂得我們的好意。」

屯屯心潮起伏。這一段話包含了多少油鹽滋味啊。那些遙遠的記憶只剩下了一些輪廓，被她一提拎，慢慢就凸顯了邊緣。那六隻羊拐骨就像心頭肉一樣，讓她多麼不捨。可她惹不起家裡那個「朝天吼」，說如果不還回去就永不許她吃飯，屯屯怕她說到做到。她小時候就怕挨餓。

「妳還要嗎？」

還用說？雖然都忘了怎麼玩。屯屯使勁想，一個「耳」代表什麼，一個「平」代表什麼，記得玩法有多種，卻一個也想不起來。難道自己也老了？可這不會損害她對這些羊拐骨的感情，屯屯忙不迭地說：「我要，我當然要。」

燈碗把它們重又裝進布袋裡。

屯屯謹慎地說：「上一輩的事我搞不懂。可我知道，我爸對不起您。」可心裡在想，我爸若對得起妳，這世界就對不起我了。

「不是。是我對不起妳爸。」

屯屯又被驚住了，她的樣子平和誠懇，屯屯不禁問：「您能仔細說說嗎？」

她嘆了口氣，拍著那塊氈子說：「當年二奎就躺在這上面，睡了八天，每天都睡十幾個小時，醒了就睜大眼睛看屋頂，從來不哭不鬧。二奎出月就被她媽抱了來，說這個孩子姓陶不姓桂。我早早備了一隻羊，讓二奎喝羊奶。二奎小時候可好看了，兩隻大眼滴溜溜轉，嘴唇紅得像抹了胭脂。剛出月的孩兒，就呵呵地會跟妳說話。可誰想到他們又變卦呢？那晚下大雪，妳爸去農業站開會去了。二奎媽穿著一件皮襖進來，渾身上下都是白的，臉也是白的，像一隻野狐狸。她進門就撲通跪下，雪抖落了一地。她說這孩子不能姓陶，得姓桂，否則桂家人會剝了她的皮。我問她是咋回事，這事兒是立了字據的，她和妳爸生兩個兒子，老大姓桂，老二姓陶。大奎都三歲了，妳爸終日提心吊膽，怕她生個閨女……二奎媽哭著說她是賣給他家的，這事她做不得主。他去哪兒，她得跟著去哪兒。他讓她幹啥她就得幹啥，否則將來遭罪的是孩子。他說回老家，她就得跟他走。他說得把兩個孩子都帶著，她就得過來抱……否則，她的命不打緊，還有大奎呢……他得有個安身立命的地方……說完就砰砰磕頭。只幾下，腦門就流血了。她用袖子一抹，臉就成了血葫蘆。我在屠宰場殺羊，可我怕人的血，看見人的血我就哆嗦……她抱孩子的時候我動也沒動，就那麼眼巴巴地看著她把孩子揣進皮襖裡，走了。」

「妳爸開會回來看見孩子沒了，簡直瘋了，一拳就把我杵到了牆旮旯。帶人騎著快馬一直追到烏市，也沒見著他們的影兒。他以為是我不願意照看別人生的孩子，故意把孩子弄丟了。『妳連牲口都敢殺，我不信妳搶不過她！』我是搶得過她。後來我一直想，真要動起手來，她抱不走這孩子……可她是孩子的媽呀。妳爸一輩子也沒解開那個疙瘩，他就是覺得我把他兒子弄丟了。」

「真是不怪您。」屯屯痴痴的，像在說夢話。她想起自己曾經懷過的一個孩子，那一定是個兒子，四十天，才像一粒葡萄大，在鄰縣的小醫院把他弄丟了。那年她才十九歲，根本沒有做母親的打算。如果把他生出來，會送給別人嗎？哪怕那個人是親生父親，也不行，絕對不行。屯屯心裡忽然一陣鈍痛，她對眼前的女人有些肅然起敬。那個雪夜發生的事改變了很多人，滿臉是血的母親要抱嬰兒。若真撕扯起來，孩子說不定會摔到地上，會把二奎摔成腦震盪。那樣，生活就走樣了。

屯屯情不自禁地笑了笑，伸手握了下她的手，那手像雞爪子一樣瘦。

「二奎啥時回來，小美妳告訴我一聲，我想看他一眼。」

二奎不僅是爸爸的兒子，也是她的兒子。屯屯點點頭，卻不願說二奎根本不可能回來。沒有比自己更失敗的人生了。坐在這女人面前，屯屯發現自己連她都不如，鼻子一酸，眼睛就溼了。把布袋抓在手裡，屯屯趕緊起身告辭，女人著急地說：「我話還沒說完呢……二奎的媽，其實有可能跟妳爸結婚……」

「他們結不了。」屯屯微笑著說。

「一家人都在找妳，妳怎麼在這兒？」走進來的是二寶，一副鬍子拉碴相，頭髮長得遮住了脖頸，油汪汪的，似乎很久沒洗了。

屯屯一下蹦了起來，問：「我爸咋了？」

二寶連忙擺手，說：「不是妳爸咋了。是妳姐，大美，打妳電話總關機。說這都晌午了，不會睡到這麼晚。是不是又跑了？我正好在醫院門口拉活兒，她打發我回來看看，妳家裡沒人，我就尋思來家裡先看看，沒想到妳在我家。」

屯屯這才把一顆心放下了，摸了摸口袋，手機還在床上。她沒有瞅二寶，她瞅羊拐骨。二寶一看就知道是怎麼回事，說：「妳拿它幹啥，又不會再玩。」

屯屯把羊拐骨收起來攥緊了，說：「姨，我走了。」

二寶說：「我送妳。」

屯屯說：「不用。」

屯屯先回家拿手機，順便把羊拐骨放進了行李箱，似乎是把年輕時的一顆心也放了進去。那顆心一直不安穩，放進去，就妥貼了。她平靜地打開了手機，查看信息，只有大美的幾條留言：睡醒了嗎？起了嗎？吃了嗎？

「我還就不信了，沒人打幡就不死人了。」屯屯自言自語。她用兩只碗扣住雞蛋，骨碌骨碌地搖，把皮子很快都搖散了。

她兩口就把雞蛋吃了，噎得直伸脖子。屯屯用最快的速度喝了幾口綠豆湯，吃了塊點心，她得趕緊去醫院。雞蛋皮子和點心渣子用紙包起來，丟進了垃圾箱。出來發現二寶的車就停在了門口。屯屯想繞過去，二寶下車拉住了她，把她塞進了副駕駛。

二寶的車很髒，一股煙油味汗餿味。屯屯搖下了車窗玻璃，那玻璃有些故障，咯吱咯吱響。

「有點毛病。」二寶看也不看她。

屯屯偏頭看著窗外。出了家屬院左拐兩百米就上了大馬路，奎屯發展得很快，很多現代化的建築拔地而起。馬路的對面是繁華的商業街。過去這裡是所中學，左右都是林地。屯屯放學的時候就像一隻警覺的兔子，看準了才往家跑。不知有多少次，她在晚上放學的時候被二寶堵住，二寶把她逼到了坎下的林地裡，讓她跟他談戀愛。有一次，二寶強行親她的嘴，被屯屯一巴掌推開了。屯屯奔跑時，被二寶扯到了衣襟，一溜扣子都不翼而飛。這樣的醜事都是屯屯在暗夜裡自己消化，從沒對別人提起過。

「我也去過埧城。」二寶給自己點著了一支菸，看見屯屯皺眉，又在車幫上摁滅了。「妳不信？妳走以後我整天擔心，怕妳出事。後來我從家裡偷了點錢，坐火車到了北京，然後又坐汽車到了埧城。在西關的早點鋪子喝了碗羊肉湯，那味道跟奎屯的比差太遠。這件事我跟誰也沒說過，我在城門洞子裡住一宿，就回來了。埧城也沒有什麼好，兩條街，幾分鐘就走到了頭。城西有座廟，我從那裡過，沒進去。我想去罕村，又懶得去。我媽都不回去，我去算怎麼回事，人家也許都不認我。城門洞子裡不走車，夜裡住的都是流浪的人。我媽經常說，我們家跟妳們家肩膀頭不一般高。那時我不認，後來明白了。」

「我們有啥可高的？」屯屯丟了一句。

「妳們一家彼此都是親人。跟我們家不一樣。我們家誰跟誰都不是親人。」

「爹媽也不是？」

「爹媽也不是。」二寶朝窗外吐了口痰，目光盯緊前方。

「你不要這樣想。」

「從小大家都這樣說。」

「我從來沒這樣說過。」

「所以我喜歡妳。小美，妳比別人心眼少，單純。我那時是真的喜歡妳。所以妳出走我很難過，我那時還想，妳是因為我的原因才離開家的。」

屯屯不說話。那時她出走的原因複雜，但肯定不是因為二寶。她不喜歡他，可也不怕他。她不喜歡他糾纏，就像不喜歡吃某道菜，見了就想繞著走。她可是從沒想過二寶去埧城找她。

「你的孩子好些了嗎？」

「腦癱的孩子就那樣。不過現在自己能走了。」

屯屯心中湧起悲憫。他們的苦難都是病孩子造成的。他和燈碗姨的關係沒處好，可燈碗姨的工資卡在他手裡，常年支付孩子的醫藥費。

「我想聽妳說一句心裡話。」二寶說。

「啥？」

「妳離家出走，跟我有關係嗎？」

「沒有。」屯屯輕輕嘆口氣，「我為什麼走，全奎屯的人都知道。」

9

一束花先送進來，然後是一張臉，戴眼鏡，厚嘟嘟的嘴唇，有些夾鼻，大腦門鋥亮。大美跳起來的同時，媽媽突然喊了一聲：「陶子晟！」然後就捂住了嘴。媽媽劇烈地搖晃著爸爸說：「陶子晟，快醒醒，你的補血草來了啊！」

二美驚慌地喊：「回血了，回血了。護士，護士！」

護士跑過來梳理了針頭和輸液管，說：「你們看著點，這麼多人，還讓病人動。」

大美衝過去抱住了二奎，使勁地搖，淚花迸濺，卻無語凝噎。二奎還木訥著，他沒有準備迎接這樣隆重的禮節。他剛一探頭，她們就知道他是誰，而他有些拿不準。

她們都在抹眼淚，一屋子眼淚紛飛。他不好意思面對這些女人。把花放到床頭櫃上，他有些惶惑，自己似乎走進了一個激動的王國，而這種激動似乎與他有關，又似乎無關。他趕忙湊到病人旁邊，雙手支在護欄上，俯下身子端詳。他需要確認，這個叫陶子晟的人，身分朦朧而又曖昧。大美搬了把椅子讓他坐，攙扶了他一下。觸到胳膊上的手有一種黏稠的涼，像貼了塊膏藥。病人在均勻地呼吸，臉頰赤紅，眼皮偶爾跳動，像是在裝睡。他的手、小臂、被單下的胸脯、脖頸以及整張面孔都十分消瘦。皮膚底下都是小蟲，一刻不停地啃噬。他甚至能聽到那些小蟲子暢快的呼吸聲。他把病人的手抄起來，握住，就像握住了一把柔軟的植物。根子植入血管，觸鬚四下延伸。他們就這樣聲色不動地結成了一個整體，黏連、交織。他不知道說什麼，他還是不知道說什麼。他只見過陶子晟兩次。第一次陶子晟去郵局寄衣物，驚乍了所有的人。那時他還懵懂。第二次是三年以後，陶子晟請他在附近的小飯店裡喝了酒。四隻眼睛看著彼此，彼此落在彼此的眼裡，也在心裡。隔膜而又戒備。甚至，連書信裡的常溫都達不到。他們的話題很小心，從不碰觸彼此，以及與彼此相關的歷史，甚至不談罕村。他們小心地維護著這一點點陌生，彷彿是塊糖果，稍有溫度即化。陌生才是安全的，他紮了藩籬，阻擋他可能來的情感侵犯。事實證明他多慮。他比想像的要可靠和安全。他樂意成全二奎，一個父親，願意成全自己的兒子。

今天他終於主動走近了陶子晟，沒有想像得那麼難。他從罕村出來的路上就一直在打腹稿，他要去看他，送他一程。他知道，這是陶子晟渴望的，也是自己此生唯一的一次機會，碰觸和親近血緣，機會轉瞬即逝，永不再來。為此，他特別害怕失去。原本他還覺得這是他和大奎兩個人的事，可那個人突然變成了自己一個人的父親，更讓他覺出了緊迫和惶恐。原定好的會議簡化了議程，一些約會臨時取消了。他一邊在文件上筆走龍蛇，一邊吩咐祕書備車，訂飛往烏魯木齊的機票，越快越好。然後訂一輛商務車連夜去奎屯，我要在車上休息。奎屯最好的賓館訂一套房，這些已經不用他交代了。祕書回覆說，那裡甚至有一家郵政賓館最好的房子在等待他。他在上午九點四十到達了邊疆這座陌生的城市，陽光通透，碧空如洗。他南疆北疆走過很多地方，卻從沒到過這裡。過去，他一直選擇繞過這座小城，是因為心裡有些東西像絲麻一樣纏繞，讓他不得安寧。如今那些不安寧的因素都自動消失了。他洗了個澡，換上乾淨的襯衣，委託前臺小姐訂了一束花。一切準備就緒，他開始聯繫屯屯。這麼多年，他都沒主動聯繫過她。私心裡，他是有些愧疚的。他甚至有些緊張地想，第一句話應該怎樣表達才不失分寸，是先問病情，還是先問補血草？或者，自己也跟她去採一些？昨晚，滿屏流淚的表情讓他大吃一驚。他以為自己來晚了，看了信息才明白，屯屯的話說得客氣而又節制。「他不行了……你能讓他看看你嗎？」

可是，「您撥打的電話已經關機」。好在屯屯發了位置，他沒怎麼費周折，就找到了醫院和病房。

迷亂、興奮、流淚、無措，確認彼此的身分，放下緊張和盲從……故事終於從高處跌落，病房恢復了常態。他像個普通的陪護一樣倒了一次尿袋，洗了一次腳。大美燙好的小毛巾被他接了過來。有些熱，他攤開來透了透風。一家人都看著他的手，酷似父親的那雙手，能彈琴和打珠算，靈動而修長。一張臉，背影，回頭時調膀子的那個動作，都是年輕時的陶子晟的翻版。他的注意力都在病人身上，從額頭到耳輪、眼窩、鼻翼、下巴都小心地擦拭，像擦一件珍貴的瓷器。這些事情他做起來得心應手，彷彿對方不是彌留，而只是睡著了。岳父住院的時候這些活計都是他幹，遠比做兒子的要盡心。今天，他終於為自己的父親做了一回兒子。甘絨花兩手撐在椅背上，似乎想站起來，但一直沒站。她老了，胖而油膩。二奎的眼神一直避著她，但能感覺到她內心的不平和、不安穩。她總想表達什麼，可卻羞於出口。她的眼神凌厲，偶爾發出的聲音具有一種覆蓋功能，這樣的人跟岳母一樣，都具有一種掌控和欺凌別人的欲望。只是，這些欲望遇到更強大的對手會弱化，弱化到無。

他不好意思看她。她卻不錯眼珠地看著他，心中裝滿了複雜的情緒，那些無所適從的、亦遠亦近的想法混亂交替。她跟兩個女兒不一樣，她跟他沒有任何關聯，可她這一生的不幸都跟他有關。自從她知道丈夫不止有一次婚姻，知道他有兒子並私下來往，就強烈地感受到了不均衡、不對等。被忽視、被忽略、被輕慢、被蔑視的種種情緒隨時迸發，一直血拼到老，到這個男人被病魔擊倒，她才回了頭。以往的歲月其實並不完全像她想像的那樣不堪，她人為地添加了許多作料和養分。可惜她醒悟得太晚了。這間病房因為他的到來有了喜慶和莊嚴，似乎一切都跟原來大不同了。醫生和護士經常藉故進來看看，重點看他。他無疑是經看的、體面的，有著成功人士通常有的自信和氣場。紳士、禮貌，言不高聲，但站在那裡就有一種分量。

「護士，沒液了！」二美的叫聲素來都是委婉的、柔弱的，眼下卻有了幾許張揚。

小護士的鞋跟有點兒響，噠噠噠地一路敲了進來，進屋就說：「嘿，老爺子終於醒了。」他正在燙小毛巾，一回頭，陶子晟的一雙眼睛睜得大大的，一動不動看著他。小護士熟練地掛好輸液瓶，問：「認識嗎，他是誰？」陶子晟清晰地說：「我兒子。」甘絨花喜極而泣，大聲說：「他這一輩子不敢說兒子兩個字，現在膽子終於大起來了！」

※　※　※

「哥，你要請我吃飯，我想吃海鮮！」大美說得張揚。

「你請了小美那麼多次，也該請我們了。」二美說得誠懇。

「好的，想吃什麼隨便說，我請妳們。」二奎語調平和，他很快認知了自己的哥哥身分。

「羞不羞，哥哥大老遠來的，妳們不請他，倒讓他請妳們。」甘絨花的聲音聽起來就像煮熟的糯米。

「哥哥就應該請妹妹，誰讓他是哥哥呢！」大美已經有些撒嬌了。

屯屯小心地推開病房的門，被一屋子的喜氣洋洋弄得不知所措。一個高大的背影背對著她，她知道，他來了。剛才路過護理站，護士說，十八床的兒子一看就像個當官的。她就明白了。她並沒有感到多少意外，他來與不來都是一種存在，她想通了。她的一顆心稍稍沉了沉，嘴角寬展了一下。令她意外的是，他們的氛圍那麼好，完全就像一家人。這是怎麼回事？她錯愕的樣子讓大家更發笑了，彷彿這不是在病房，而是在戲臺底下。二奎把手伸到被單裡，正在給爸爸做按摩，回頭朝她笑了下。她喊了一聲「哥」，卻像嘴裡發出來的一個「噓」聲。她還是有些拘謹。走到床前看了看爸爸，爸爸仍然閉著眼。她走到牆角坐在一張凳子上，這樣誰的視線也不遮擋。媽媽說，剛才妳爸醒了，一眼就認出了妳哥。大美二美也爭先告訴她剛才的景況，大美附耳過來說：「護士問爸認不認識這個人是誰，老爸清晰地說，我兒子！」耳朵潮乎乎地癢，屯屯趕緊用手揉了揉。其實她關心他有沒有喊爸，大美不再往下說，她就知道了，他沒喊。大美是一個藏不住事的人。

媽媽敞開嗓門說：「妳哥才是妳爸的補血草，妳哥一來他就醒了。」

「他等了哥哥一輩子。」

「他一輩子的心思都在哥哥身上。」

「如果不是因為跟燈碗離婚，他說不定會追去罕村。」

「燈碗是誰？」桂二奎躬起腰來問。

甘絨花說：「這些就像檔案一樣，早就解密了。二奎你也不要難為情，你的身世全奎屯人都知道。燈碗是你爸的前妻，不生育。是當年你爸從老家帶出來的。你出生以後滿月就被抱到了陶家，說好的送給陶家當兒子。你在燈碗的被窩裡睡了八天，你媽後悔了，又把你抱走了。」

二奎一下住了手，這裡好像沒有陶子晟什麼事。

「也把你的童年抱走了。」大美調侃了句。她把哈密瓜切成小塊，用牙籤扎著送到了二奎的嘴邊，二奎躲了一下，接受了。

屯屯把這一切看在了眼裡，補充說：「你是爸爸跟桂家媽媽生的孩子。原本說好了，老大姓桂，老二姓陶。那晚天降大雪，桂家媽媽趁著爸爸開會把你抱走，一直抱回了罕村。爸爸散會騎著快馬追到了烏市，也沒有追上。回來爸爸跟燈碗姨離了婚。他們兩個一輩子再沒回罕村。」

「妳聽誰說的？」大家幾乎一起問，問完病房一下靜默了，屯屯有些不安。那段歷史遠比這喧囂和熱鬧，只是從沒有人正面談起，這要讓人發神經的。只是此刻那個人已經聽不見了。他短暫的清醒後，又陷入了深度睡眠。二奎愣住了，他想起了大奎和他嘴裡的那紙契約。母親跟同一個男人生了兩個孩子，大奎誤會了。二奎舒了一口氣，他情不自禁地握了下陶子晟的手，他甚至把陶子晟的手回彎過來，讓陶子晟握著自己。

「我們小時候有多少好玩的事啊。」大美善於打破沉默，接著自己剛才的話茬說，「哥你在內地根本體會不到。從房子上往雪堆裡跳，噗地一下，雪沒頭頂，出來連眉毛都是白的。爸給我們每人做一個冰船，從坎上往下衝，呼呼帶著風聲，像在海裡衝浪一樣。」

「你爸心靈手巧，就是一輩子抬不起頭來。」

二奎有些尷尬，可還是問了句為什麼。

甘絨花說：「因為沒有兒子……沒有兒子死了沒人打幡，從內地來的人都講究這個……我又生了三個丫頭，肚皮不爭氣啊……你被抱走的事，成了全奎屯的笑話。那時候的奎屯就像個村子，好事不出村，壞事一個時辰就都傳遍了。他在單位也出了名，大會小會挨批判，寫檢查，每次有運動就先運動他，讓他交待作風問題，女同志都不敢找他說話……若不是他打得一手好算盤，怕連會計也當不成了。」

甘絨花說得哽咽。她想起了自己，她一輩子也因為這個原因跟他過不去。

「可我們小時候很幸福。」二美慢聲細語地說，「那個時候生活水平低，大家都只顧一張嘴。可我們家有書報看，記得有《兒童文學》，有

《少年文藝》，有《大眾電影》。小夥伴都愛往我們家跑，連老師都知道爸爸媽媽有文化。有一次，爸爸從呼市回來，居然帶來一本書叫《綠化樹》，爸爸還沒看，我們都搶著看完了……那個作家叫張什麼來著，很有名吧。」

大美說：「那時我們已經長大了。」

二美說：「我是說，這些哥哥都沒享受著。」

二奎靜靜地聽著這些，心中湧動著一種奇怪的感覺，彷彿他原本就是她們的哥哥，從來沒有分開過。

「液怎麼停了？」屯屯吃驚地站起身。她們的熱鬧她插不上嘴，她記憶中的童年生活不是她們說的那樣。也許是因為年齡小，她把膽子嚇破了。那顆飛翔的槽牙帶著血的紅線，她夜裡經常夢見。

二奎緩緩地站了起來，垂下了頭。他感受到了從這具軀體裡滲出的絲絲涼意，皮膚不再潤滑，而在逐漸僵硬。「他去世了。」他說。

10

「我知道妳當年為什麼離開奎屯，不像別人說的那樣是跟小兵蛋子私奔。妳是為了不丟這個哥哥，才千里迢迢回去守著他。」二美看了一眼二奎，在屯屯的耳邊悄聲說，「妳到底把他守回來了。」

屯屯被孝衣包著頭，扭過臉去，一下捂住了嘴。

陶子晟的葬禮按照家鄉罕村的儀式舉行，送葬的隊伍排起了長隊。長幡被二奎高舉著，像一面旗幟。幡有白幡、紅幡、花幡、槓幡。槓幡就是把幡放到棺材上，意味著後繼無人，自己的幡要自己頂。打白幡證明你至少有兒子。奎屯從來也沒人打布幡，他們打的都是紙幡，二奎別出心裁，請人定製了布幡，兩邊是亡人的生卒年月，中間是名字，在奎屯的天空底下，獵獵地飄。過十字路口的時候要燒紙，屯屯跪在二奎的身後，看他點燃了紙錢，火光跳起來，二奎小聲說：「爸爸，一路走好。」

屯屯滿臉是淚，一下就哭出了聲。

爸爸葬在了南山坡下，周圍是大片的補血草，開得讓人異常寬慰。墓碑上寫的是「第一代支邊人陶子晟先生之墓」，這也是根據二奎的要求定製的。二奎說，爸爸是為建設邊疆來的，理應把「支邊」兩個字寫上。甘絨花本能地想反對，她覺得，這太過儀式化了，不像家人立的碑。可看著大美、二美都圍著哥哥轉，她還能說什麼呢？

屯屯翻到了黃板的電話。十幾年過去了，也不知他有沒有換號碼。「你知道我跟桂二奎是什麼關係嗎？他是我親哥哥。」屯屯發了條短信。

時間不長，手機鈴音響了。黃板說：「哪天我去郵局找妳。」

屯屯說：「我辭職了。」

這話衝口而出，屯屯心裡一動。她是覺得她不需要填城了。

黃板問她辭職準備去哪裡。

屯屯說，還沒想好。「我想去隨便一個地方。」

屯屯把黃板刪了，然後關上了手機。

代後記

——一表三千里

鄉間的一些俗語，你刻意時是想不起來的。但行文到關鍵處，它跳出來的頻率簡直充滿了加速度，讓你毫無防備而又欣喜莫名。「一表三千里」即是。客觀地說，我撞見它的概率很小，幾十年間，也不過兩三次，都是在父母或鄉鄰們的口中不經意間的表達，充滿了無奈或莫可名狀之感。大概就是表述時語式、語感、語境的獨特而繁複，它悄悄在我的大腦皮層下植入，到我發現並使用它，時間竟過去了那麼久。我發誓，這是我第一次在小說〈青黴素〉中使用它，有種欣喜並妥貼的感覺，而且隱隱有些激動。

重點當然是那個「表」字。於是作為詞條百度搜索了一下。沒想到對它的解釋非常簡單。外表、中表、裡表。這是前三條。「裡表」是我總結和概括的，與表達和表述有關，所謂把內心裡的東西「表一表」是也。外表就不說了。「中表」這個詞我是第一次接觸，當然一方面是我學識有限，單從字面絕看不出這代指親戚。表兄、表姐、表弟……不知緣何用個「中」字，大概是取了遠近親疏的距離。但，絕不能涵蓋「一表三千里」中那個「表」本質中的詞性和詩性，有種決絕的意味和孤寒的表情。內裡不單含了長短，還有譏誚、鄙夷、庸常、甘苦等雜七雜八，恰如經常食用的麻辣香腸，有種民間特有的風味，幾乎是浸潤了所有屬於鄉村的不可調和的情感和元素。要多近有多近，可要多遠也有多遠。

我經常想會起「一表三千里」這句俗話。其實它只在一部小說裡出現了那麼一下，並不顯得怎樣緊要。但在我的心裡，它顯然不像文字表面那樣簡單。有那樣多的情愫值得斟酌，那樣多的意緒值得回味。那種屬於情感張力的大開大合，焉知不是種天地無垠的境界。便想人與人之間的關聯，實在有趣得緊。物理的、化學的、生物的；甜的、辣的、鹹的，都構成了人生的基本屬性，像細胞一樣不可或缺。不禁慨嘆發明這話的是個通透之人，在倫理綱常面前洞若觀火，毫不為親緣的假象所蒙蔽。在小說中，這話是形容兩家人游離而又彼此牽扯的狀態，但在日常中卻有種難以為繼和迫不得已。恰如走上一條斷頭路，明明前邊風景無限，你卻覺得無從依倚。

沒有比這種感覺更具欺騙性。

幾部小說都是寫人與人之間的關聯，作用或反作用。疏離或緊密，都像雨滴種滿沙灘，表面若無其事，孕育些什麼，豈是人能料得齊全。〈四月很美〉的故事堪稱古老，令人動容的是百歲老人對美的追求。〈補血草〉溫情脈脈，實在是在書寫過程中發生了太多意想不到的事。〈東山印〉純屬偶得，但故事和人物都在心中隱匿太久。〈灰鴿子〉中的一對殘疾夫妻最具象徵意義，他們的生活更像行為藝術。人物的緊密或疏離，既有家人的，也有鄰里的；既有經濟的，也有政治的。若問心與心有多遠，大概三千里都很難囊括。便想起《紅樓夢》裡有句話：一帆風雨路三千，把骨肉家園齊來拋閃。當然這三千未必是那三千，但從物理意義來說，它們折射的也許是相同的層面。套用一句民間俗語來談創作，這才是我的初衷和打算。

還想說的一句話是，在文本裡，距離就是距離。它與產生美的元素毫無關聯。

如果悉心一些，讀者會發現所有的故事都有相似或相同的生活場域。它們都發生在罕村或埍城，那是我的一畝三分地，有屬於我的元素符號和背景。一條大堤，三面環河，只有南面是條通天路。或一座四四方方的城池，有明代建的鼓樓，有遼代建的木結構寺廟。這些氤氳著歷史氣息的文化和氛圍，都讓我入迷，然後像栽秧苗一樣把故事植入進去，讓人物隨著自身的節律行走。生活的詭譎和神祕在書寫中褪去層層帷幕，呈現出原始的質地。我有屬於自己的城市和村莊，這是不是可以引以自豪呢？

一座村莊或一座城市的故事真是很難講窮盡。它的溝壑縱橫的褶皺中隱藏著太多的文學的因數，於千百次回眸中被我呈現出來，才有了這樣一本書。這是我熱愛它們的其中一個理由。

我們不在乎遙遠，我們只在乎距離。

補血草

作　　者：尹學芸
編　　輯：柯馨婷
發 行 人：黃振庭
出 版 者：崧燁文化事業有限公司
發 行 者：崧燁文化事業有限公司
E-mail：sonbookservice@gmail.com
粉 絲 頁：https://www.facebook.com/sonbookss/
網　　址：https://sonbook.net/
地　　址：台北市中正區重慶南路一段六十一號八樓 815 室
Rm. 815, 8F., No.61, Sec. 1, Chongqing S. Rd., Zhongzheng Dist., Taipei City 100, Taiwan
電　　話：(02)2370-3310
傳　　真：(02)2388-1990
印　　刷：京峯彩色印刷有限公司（京峰數位）
律師顧問：廣華律師事務所 張珮琦律師

定　　價：420 元
發行日期：2023 年 04 月第一版
◎本書以 POD 印製

國家圖書館出版品預行編目資料

補血草 / 尹學芸著 . -- 第一版 . -- 臺北市：崧燁文化事業有限公司，2023.04
面；　公分
POD 版
ISBN 978-626-357-262-1(平裝)
857.63　112003690

電子書購買

臉書